W0343054

Las trampas del amor

Amanda Quick

Las trampas del amor

Traducción de
Delia Lavedan

CÍRCULO de LECTORES

Para mi editora,
Beth de Guzmán,
con reconocimiento y gratitud.

PRÓLOGO

La débil llama de la vela apenas perforó las tinieblas que llenaban el interior de la desierta mansión. A Matthias Marshall, conde de Colchester, le pareció que la vasta casona había absorbido la esencia misma de la noche. Un aura sepulcral flotaba sobre ella, transformándola en un lugar en el que los fantasmas parecían encontrarse en su ambiente.

Los pliegues de la larga capa negra de Matthias se arremolinaron en torno de sus botas embarradas mientras subía la escalera. Sostuvo en alto la vela para iluminar su camino. Nadie había acudido a recibirlo, de manera que entró solo al cavernoso vestíbulo. Resultaba evidente que allí no debía haber sirvientes, ni siquiera una doncella o un lacayo. Al comprobar que no aparecía ningún mozo de cuadra, se vio obligado a ocuparse personalmente de su caballo.

Se detuvo en lo alto de la escalera, escudriñando por encima de la baranda el océano de sombras que inundaba el vestíbulo. La luz de la vela no lograba penetrar las penumbras fluctuantes que semejaban olas en una playa tenebrosa.

Matthias se encaminó hacia la primera sala situada a la izquierda del oscuro pasillo. Se detuvo frente a ella e hizo girar el viejo tirador. La puerta se abrió con un gemido. Alzó la mano que sostenía la vela y contempló la habitación.

Recordaba el interior de un mausoleo.

En medio de la sala se alzaba un viejo sarcófago de piedra. Matthias echó una mirada a las tallas e inscripciones que lo adornaban. Romanas, pensó. Totalmente ordinarias.

Se acercó al ataúd, que aparecía rodeado de vaporosos

cortinajes negros. La tapa había sido retirada. La luz de la vela reveló su interior tapizado de terciopelo negro.

Matthias apoyó la vela sobre una mesa. Se deshizo de sus guantes de montar, los arrojó a un costado del candelabro y se sentó en el borde del ataúd para quitarse las botas.

Cuando estuvo listo, envolviéndose en los pliegues de su capa, se acostó sobre los cojines de terciopelo que tapizaban el sarcófago.

Faltaba poco para el amanecer, pero Matthias sabía que las pesadas cortinas que cubrían las ventanas impedirían que los rayos del sol naciente invadieran la oscura habitación.

Cualquiera habría tenido dificultad para conciliar el sueño en un ambiente tan sepulcral. Para Matthias eso no sería problema. Estaba acostumbrado a la compañía de los fantasmas.

En el momento de cerrar los ojos se preguntó, una vez más, por qué se había molestado en responder a la convocatoria realizada por la misteriosa Imogen Waterstone. Pero ya conocía la respuesta a esa pregunta: había prometido hacerlo largo tiempo atrás. Su palabra era sagrada.

Matthias siempre hacía honor a sus promesas. Hacerlo era lo único que le aseguraba no convertirse él mismo en un fantasma.

CAPÍTULO I

El alarido espeluznante de una mujer arrancó bruscamente a Matthias de su sueño.

Una segunda voz femenina, agria como las verdes manzanas del antiguo Zamar, interrumpió el horrible chillido.

–Por el amor de Dios, Bess –reconvino la voz de acidez de manzana–. ¿Tienes que gritar cada vez que ves una telaraña? Es realmente irritante. Tengo que hacer muchas cosas esta mañana y apenas puedo hacer nada si no dejas de gritar continuamente.

Matthias abrió los ojos, se desperezó y se sentó lentamente en el sarcófago. Dirigió la mirada hacia la puerta abierta de la sala a tiempo para ver cómo caía desvanecida sobre el suelo una joven doncella. A sus espaldas, la débil luz del sol proveniente del vestíbulo indicó a Matthias que ya estaba avanzada la mañana. Pasó los dedos por su pelo y luego por la aspereza de su barba crecida. No le sorprendió haber asustado a la doncella al punto del desmayo.

–¿Bess? –otra vez manzanas frescas, ácidas. Pasos ligeros en el vestíbulo–. Bess, ¿qué rayos pasa contigo?

Matthias apoyó el brazo sobre el borde del ataúd de piedra y observó con interés la aparición de una segunda figura en el vano de la puerta. Al principio, ella no lo vio. Toda su atención se concentraba en la doncella caída.

Era indudable que se trataba de una dama. El largo delantal que llevaba sobre su práctica bata de bombasí color gris no lograba disimular la elegante línea de su espalda ni la suave y erguida redondez de sus pechos. El gesto resuelto de sus hombros hablaba de un orgullo innato y mostraba una actitud decidida nacida en la misma médula de sus huesos.

Matthias contempló a la dama con creciente fascinación mientras ésta se inclinaba sobre su doncella. Su mirada la recorrió íntegramente, valorando cada parte de su silueta como si se tratara de la talla de una estatua zamariana.

Ella había realizado un admirable esfuerzo por ocultar la voluminosa mata de su pelo castaño-rojizo bajo una sencilla cofia blanca. No obstante, se habían liberado varios rizos y formaban un halo alrededor de su rostro finamente esculpido. En ese momento, dicho rostro se hallaba parcialmente fuera de la vista de Matthias, pero alcanzó a vislumbrar los altos pómulos, las largas pestañas y una nariz arrogante y personal.

Un rostro fuerte y notable, concluyó. Expresaba la esencia del poderoso espíritu que sin duda lo animaba.

La dama no era precisamente una niña que acabara de salir de la escuela, pero tampoco era de edad tan avanzada como la suya. En realidad, él tenía treinta y cuatro años, pero se sentía varios siglos más viejo que eso. Calculó que Imogen tendría veinticinco.

La observó mientras arrojaba sobre la alfombra un diario encuadernado en piel y se arrodillaba, impaciente, al lado de su doncella. Su mano no mostraba señales de sortija de bodas. Por alguna razón, esto le agradó. Tuvo la sospecha de que la voz de manzanas agrias y los modales autoritarios tenían mucho que ver con su aparente condición de solterona.

Naturalmente, todo era cuestión de gustos. Muchas de las amistades masculinas de Matthias preferían la miel y el chocolate. Él, sin embargo, siempre se había mostrado inclinado a elegir algo que tuviera un dejo amargo a la hora de los dulces después de la cena.

–Bess, ya es suficiente. Abre los ojos ahora mismo, ¿me oyes? –Imogen sacó de algún sitio un frasquito con vinagre y lo pasó enérgicamente bajo las narices de la doncella–. No puedes andar gritando y desmayándote cada vez que abres una puerta de esta casa. Te advertí que mi tío era un hombre muy peculiar, y que era muy probable que nos encontráramos con cosas bastante raras mientras hacíamos el inventario de su colección de antigüedades funerarias.

Bess gimió y giró la cabeza sobre la alfombra. Dijo, sin abrir los ojos:

–Lo he visto, señora. Lo juro sobre la tumba de mi madre.

–¿Qué has visto, Bess?

–Un fantasma. O tal vez un vampiro. No estoy segura de qué era.

–Tonterías –dijo Imogen.

–¿A qué se debe todo este alboroto? –preguntó otra voz de mujer desde lo alto de la escalera–. Imogen, ¿ocurre algo malo?

–Bess se ha desmayado, tía Horatia. Realmente, esto es demasiado.

–¿Bess? No es posible –Nuevos pasos en el vestíbulo anunciaron la inminente llegada de la mujer que había sido identificada como tía Horatia–. Bess es una joven fuerte y robusta. No es de las mujeres que tienen desmayos a cada rato.

–Si no se ha desmayado, está haciendo una imitación excelente de una dama en pleno soponcio.

Las pestañas de Bess se agitaron.

–¡Oh, señorita Imogen, era aterrador! ¡Un cuerpo en un ataúd de piedra! *¡Se movía!*

–No seas ridícula, Bess.

–Pero lo he visto –gimió nuevamente Bess, que levantó la cabeza y miró ansiosamente más allá de Imogen, hacia las sombras que llenaban la habitación.

Matthias hizo una mueca cuando su mirada se posó en él, y la joven volvió a gritar. Bess cayó de espaldas sobre la alfombra con la gracia de un pescado fresco.

La tercera mujer llegó al vestíbulo exterior. Estaba vestida con el mismo estilo práctico de Imogen: una simple bata, delantal y cofia. Era un poco más baja que su compañera, y considerablemente más ancha que ésta en cintura y caderas. Su pelo gris estaba sujeto debajo de la cofia. Observó a Bess a través de sus gafas.

–¿Qué es lo que está trastornando a esta niña?

–No tengo ni idea –respondió Imogen, atareada con el frasquito de vinagre–. Bess parece tener una imaginación calenturienta.

–Te advertí acerca de los peligros que entrañaba enseñarle a leer.

–Sé que lo hiciste, tía Horatia, pero no tolero la idea de tener cerca de mí a una mente inteligente sin educación.

–Eres igual que tus padres. –Horatia sacudió la cabeza–. Bien; pues no será de mucha utilidad si continúa asustándose con cada visión poco común de esta casa. La colección de excentricidades funerarias de mi hermano es suficiente como para provocar soponcios en cualquiera.

–Tonterías. La colección de tío Selwyn es un poco morbosa, lo reconozco, pero, en cierta manera, resulta fascinante.

–Esta casa es un mausoleo, y tú lo sabes bien –replicó Horatia–. Tal vez deberíamos mandar a Bess a la planta baja. Ésta era la habitación de Selwyn. Sin duda se sobresaltó ante la vista del sarcófago. La razón por la que mi hermano insistía en dormir en ese antiguo ataúd romano escapa a mi comprensión.

–Es una cama más bien extraña.

–¿Extraña? Provocaría pesadillas en cualquiera con una sensibilidad normal.

Horatia se volvió para echar un vistazo en la oscura sala.

Matthias decidió que ya era hora de levantarse del ataúd. Pasó las piernas sobre el borde del sarcófago e hizo a un lado los finos tapices negros. Se envolvió en su capa, ocultando así los pantalones y la arrugada camisa con los que había dormido. Contempló a Horatia con divertida resignación.

–¡Dulce Jesús que estás en los cielos, Bess estaba en lo cierto! –La voz de Horatia se elevó hasta transformarse en un chillido–. Hay algo dentro del ataúd de Selwyn –retrocedió, tambaleando–. ¡Corre, Imogen, *corre*!

Imogen dio un salto.

–No lo haré si tú no corres también, tía Horatia.

Imogen se dio la vuelta para echar una mirada furiosa dentro de la alcoba en penumbras. Cuando divisó a Matthias, de pie frente al ataúd, abrió la boca en un grito silencioso de azoramiento.

–Por todos los cielos, hay alguien ahí.

–Se lo dije, señora –murmuró roncamente Bess.

Matthias aguardó con viva curiosidad para ver si Imogen empezaba a gritar o sucumbía al soponcio.

No hizo ninguna de las dos cosas. En lugar de eso, entrecerró los ojos en un inconfundible gesto de desaprobación.

–¿Quién es usted, señor, y qué se propone al asustar a mi tía y a mi doncella de manera tan desagradable?

–Es un vampiro –musitó débilmente Bess–. He oído hablar de ellos, señora. Le chupará la sangre. Corra. Corra mientras sea posible. Sálvese.

–Los vampiros no existen –señaló Imogen, sin molestarse en echar siquiera una mirada a la atribulada doncella.

–Un fantasma, entonces. Corra, corra por su vida, señora.

–Tiene razón. –Horatia tironeó de la manga de Imogen–. Debemos salir de aquí.

–No seas ridícula. –Imogen se soltó y contempló a Matthias alzando la barbilla–: ¿Y bien, señor? Hable de una vez, o llamaré al magistrado local para que lo ponga entre rejas.

Matthias caminó lentamente hacia ella con los ojos fijos en su rostro. Imogen no retrocedió. En lugar de ello, colocó ambas manos sobre su cintura y comenzó a dar golpes sobre el suelo con el taco de su botín.

Una extraña pero inconfundible sensación de reconocimiento, casi un escalofrío, recorrió a Matthias. *Imposible*. Pero cuando se encontró lo suficientemente cerca de Imogen como para ver la intensa claridad de sus grandes ojos verde-azulados, ojos del color del mar que rodeaba el perdido reino insular de Zamar, de pronto comprendió el motivo. Por alguna peregrina razón que no podía explicar, Imogen le recordaba a Anizamara, la legendaria Diosa del Día zamariana. La mitológica deidad dominaba gran parte de las tradiciones del antiguo Zamar y de su creación artística. Era el símbolo del calor, de la vida, de la verdad, de la energía. Su poder sólo se equiparaba al de Zamaris, el Señor de la Noche. Sólo él podía imponerse a su espíritu luminoso.

–Muy buenos días, señora. –Matthias dominó sus fantasiosos pensamientos e inclinó la cabeza–. Soy Colchester.

–¡Colchester! –Horatia dio otro tambaleante paso atrás, hasta apoyarse contra la pared. Sus ojos volaron hacia el pelo de Matthias. Tragó con dificultad–. ¿Colchester *El Despiadado*?

Matthias sabía que ella estaba mirando el mechón blanco que atravesaba la cabellera renegrida. Eran muchos quienes lo reconocían de inmediato. Había identificado a los miembros de su familia durante cuatro generaciones.

–Como ya le he dicho, soy Colchester, señora.

Cuando se ganó el apelativo de «Despiadado», Matthias tenía el título de vizconde de Colchester. El hecho de que ambos títulos familiares respondieran al mismo nombre de Colchester había dado pie a innumerables murmuraciones, pensó amargamente. No había sido necesario perder la aliteración.

–¿Qué está haciendo en Upper Stickleford, señor? –preguntó Horatia, temblándole la boca.

–Está aquí porque yo mandé buscarlo. –Imogen le obsequió con una cegadora y deslumbrante sonrisa–. Debo decir que ya era hora de que llegara, milord. Despaché mi mensaje hace más de un mes. ¿Qué le ha demorado tanto?

–Mi padre murió hace varios meses, pero mi regreso a Inglaterra fue postergado. Cuando por fin vine, me aguardaban un sinfín de cuestiones relativas a su patrimonio que reclamaron mi atención.

–Sí, naturalmente. –Imogen mostró un marcado embarazo–. Le ruego me excuse, milord. Reciba mis condolencias por la muerte de su padre.

–Gracias –dijo Matthias–. Pero no estábamos muy unidos. ¿Hay algo para comer en la cocina? Me siento francamente hambriento.

Lo primero que llamaba la atención en el conde de Colchester, pensó Imogen, era la pincelada de plata que cruzaba su cabellera oscura como la medianoche. Ardía como una helada llama blanca en la larga melena ya poco habitual.

Lo segundo que se advertía era su mirada. Sus ojos eran aún más fríos que la gélida plata de su cabello.

El cuarto conde de Colchester era un hombre impresionante, pensó Imogen, mientras lo conducía hacia una de las sillas de la biblioteca. Estaba cerca de la perfección, de no haber sido por esos ojos. Destellaban en su rostro duro y ascético con una luz glacial y carente de emoción propia de un fantasma inteligente y peligroso.

Salvo esos espectrales ojos grises, Colchester era exactamente como ella lo había imaginado. Sus brillantes artículos, publicados en el *Boletín Zamariano*, habían reflejado fielmente su pensamiento, así como un carácter forjado en años de rudos viajes por exóticas tierras.

Cualquier hombre que pudiera acostarse tranquilamente en un sarcófago y dormir dentro era un hombre con nervios de acero. Exactamente lo que necesitaba, pensó Imogen, entusiasmada.

–Permítame que mi tía y yo nos presentemos ante usted con la debida corrección, milord. –Imogen tomó la tetera y se dispuso a servir el té. Apenas podía controlar la excitación que le producía la presencia de Colchester. No sin algo de tristeza jugueteó con la idea de dejarle conocer toda la verdad en relación con su propia identidad. Pero prevaleció la prudencia. Después de todo, ella no podía saber con absoluta certeza cómo reaccionaría él, y por el momento necesitaba de su cooperación–. Como sin duda ya habrá imaginado, yo soy Imogen Waterstone, y ella es la señora Horatia Elibank, hermana de mi difunto tío. Ha enviudado hace poco tiempo, y gentilmente ha accedido a convertirse en mi acompañante.

–Señora Elibank. –Matthias retribuyó la presentación con una inclinación de cabeza.

–Su señoría. –Horatia, sentada rígidamente erguida en el borde de la silla, dirigió a Imogen una mirada incómoda y decididamente desaprobatoria.

Imogen frunció el entrecejo. Ahora que se había calmado el temor inicial y se habían realizado las debidas presentaciones, no había razón para que Horatia se mostrara tan ansiosa. Después de todo, Colchester era un conde. Más aún; al menos en lo que a Imogen concernía, el hecho era más relevante todavía por tratarse de Colchester de Zamar, el distinguido descubridor de aquel antiguo y durante largo tiempo perdido reino insular, fundador del Instituto Zamariano y del prestigioso *Boletín Zamariano*, y administrador de la Sociedad Zamariana. Aun para las elevadas exigencias de Horatia debía de ser eminentemente aceptable.

Por su parte, tenía que realizar un gran esfuerzo para evitar quedarse embobada mirándolo. Todavía no conseguía convencerse de que Colchester de Zamar estuviera allí, sentado en la biblioteca, tomando el té como un hombre común y corriente.

Pero no había en él muchas más cosas comunes y corrientes, pensó Imogen.

Alto, esbelto y con un físico imponente, Colchester era dueño de una vigorosa elegancia masculina. Los años de arduo peregrinaje en busca de Zamar sin duda habían afinado y endurecido su cuerpo hasta llegar al admirable estado que presentaba en ese momento, supuso Imogen.

Se recordó a sí misma que los impresionantes atributos físicos de Colchester no eran tan singulares y únicos. Imogen había conocido algunos hombres con buena musculatura. Después de todo, vivía en el campo. Una buena parte de sus vecinos eran granjeros que trabajaban sus propias tierras y muchos de ellos habían desarrollado anchos hombros y fuertes piernas. Tampoco era una mujer totalmente ignorante del mundo masculino. En primer lugar se encontraba Philippe d'Artois, su instructor de baile. Philippe era tan airoso como un pájaro en pleno vuelo. El siguiente había sido Alastair Drake. Atlético y guapo, no había necesitado de ninguna ayuda del sastre para hacer justicia a su atavío.

Pero la diferencia entre Colchester y esos hombres era como la noche y el día. La fuerza que emanaba de él no tenía nada que ver con el porte musculoso de sus hombros y sus muslos. Irradiaba desde algún profundo núcleo de inflexible acero. Su fuerza de voluntad era casi palpable.

Había también en torno de él una sensación de calma que era más propia de las sombras que de la luz del día. Era la paciente calma del predador. Imogen procuró imaginar el aspecto que debió de tener aquel decisivo día, cuando por fin encontró su camino por entre el laberinto de la ciudad en ruinas de Zamar y descubrió la biblioteca oculta. Habría vendido su alma por haber estado junto a él en tan memorable ocasión.

En ese momento Colchester volvió la cabeza para dirigirle una mirada interrogativa y ligeramente divertida. Parecía como si hubiera podido leer sus pensamientos. Imogen, avergonzada, sintió que la recorría una ola de calor. La taza que sostenía en su mano tembló sobre el plato.

La oscura biblioteca estaba helada, pero Colchester, con gran amabilidad, había encendido fuego en el hogar. La habitación, repleta de estrafalarios objetos funerarios, en poco tiempo estaría caldeada.

Cuando Bess se quedó convencida de que Colchester no era un fantasma ni un vampiro, se recobró lo suficiente como para meterse en la desierta cocina, donde preparó un té y unos bocadillos fríos. El sencillo refrigerio consistía tan sólo en algo de pastel de salmón sobrante, budín de pan y un poco de jamón, pero Colchester se mostró satisfecho.

Eso era lo que Imogen esperaba. La comida no había salido de las desiertas alacenas de la mansión; la habían llevado en una cesta esa misma mañana para comer algo mientras llevaban a cabo la tarea de catalogar la colección de Selwyn Waterstone. A juzgar por la eficacia con que Colchester estaba dando cuenta de ella, Imogen dudaba de que quedara algo para Horatia, Bess o ella misma.

–Por supuesto, estoy encantado de conoceros –dijo Matthias.

Imogen descubrió de pronto que la voz de Colchester le provocaba un extraño efecto en sus sentidos. Notaba un poder oscuro y sutil que amenazaba con envolverla. La hacía evocar mares misteriosos y tierras desconocidas.

–¿Más té, milord? –preguntó Imogen rápidamente.

–Gracias. –Sus dedos largos y elegantes rozaron los de ella cuando tomó la taza.

El contacto con Colchester le produjo a Imogen una extraña sensación, una inexplicable oleada de calor que recorrió su mano hasta notarla en lo más profundo de su piel. Era como si se hubiese sentado muy cerca del fuego. Imogen apenas atinó a apoyar la tetera sobre la mesa antes de que cayera de las manos.

–Señor, lamento mucho que no hubiera nadie aquí anoche para recibirlo como se merece –dijo Imogen–. He enviado a la servidumbre a sus casas unos días, mientras mi tía y yo realizamos el inventario. –Frunció el entrecejo al asaltarla un pensamiento–: No obstante, estoy segura de haberle indicado que se dirigiera a Waterstone Cottage, no a Waterstone Manor.

–Sin duda lo hizo –dijo suavemente Matthias–. Pero su carta contenía una gran cantidad de indicaciones. Debo de haber olvidado una o dos por el camino.

Horatia clavó su mirada en Imogen.

–¿Carta? ¿Qué carta? Realmente, Imogen, debes darme una explicación.

–Te lo explicaré todo –aseguró Imogen a su tía. Miró a Matthias con cierta cautela. Vio que en sus ojos había una inconfundible y fría burla. Reaccionó vivamente–: Milord, no alcanzo a ver nada divertido en el contenido de mi carta.

–No me resultó particularmente divertida anoche –admitió Matthias–. Era una hora avanzada. Estaba lloviendo. Mi caballo estaba exhausto. No me pareció que tuviera sentido perder el tiempo tratando de localizar una pequeña casa de campo, cuando tenía a mi disposición esta vasta mansión.

–Entiendo. –Imogen le dedicó una sonrisa decidida–. Debo decirle que la noche pasada en un sarcófago parece haberle dejado imperturbable. Mi tía y yo solemos comentar que la idea que tenía mi tío Selwyn de un lecho apropiado no era ciertamente para todos los gustos.

–He dormido en lugares peores. –Matthias apuró lo que quedaba del jamón y paseó la mirada a su alrededor con expresión apreciativa–. Había oído muchas historias sobre la colección de Selwyn Waterstone. La realidad supera ampliamente todos los rumores.

Momentáneamente distraída, Horatia lo atisbó por encima de sus gafas.

–Señor, imagino que está al corriente de que mi hermano tenía un firme interés por el arte mortuorio y las antigüedades funerarias.

Los notables ojos de Matthias se posaron pensativamente sobre una momia egipcia apoyada en un rincón.

–Sí, lo estoy.

–Ahora todo esto me pertenece –dijo Imogen con orgullo–. El tío Selwyn me legó toda su colección, junto con la casa.

–¿Acaso está interesada en el arte sepulcral? –le preguntó Matthias dirigiéndole una mirada de asombro.

–Sólo en el zamariano –respondió Imogen–. El tío Selwyn afirmaba poseer algunos objetos zamarianos, y espero ansiosamente que así sea. Pero me llevará tiempo dar con ellos. –Hizo un ademán, señalando la cantidad de antigüedades y rarezas funerarias que atiborraban la biblioteca–. Como puede ver, mi tío carecía del sentido de la organización. Jamás se molestó en catalogar los objetos de su colección. En esta casa debe de existir una gran cantidad de tesoros esperando ser descubiertos.

–Parece que habrá que trabajar mucho para encontrarlos –convino Matthias.

–Sí, ciertamente. Como ya le dije, me propongo conservar cualquier antigüedad que pueda identificar con seguridad como zamariana de origen. Ofreceré el resto a otros coleccionistas, o tal vez lo done a algún museo.

–Ya veo. –Matthias sorbió su té y examinó la biblioteca con más detenimiento.

Imogen siguió su mirada. Nadie podía negar que su excéntrico tío había cultivado un gusto muy particular por todos aquellos objetos relacionados con la muerte.

Espadas antiguas y armaduras procedentes de cámaras funerarias romanas y etruscas estaban esparcidas por el lugar sin orden ni concierto. Sobre los estantes descansaban fragmentos de estatuas y turbias botellas de vidrio descubiertas en antiguos monumentos funerarios. Sombrías máscaras mortuorias observaban desde las paredes.

Los anaqueles de la biblioteca estaban llenos de docenas de volúmenes que trataban sobre antiguas prácticas funerarias y el arte del embalsamamiento. En el extremo más alejado de la habitación se agrupaban varios cajones de gran tamaño, que Imogen aún no había abierto. Ignoraba su contenido.

La situación no mejoraba en las habitaciones de la planta superior, todas estaban abarrotadas de los objetos sepulcrales antiguos que Selwyn Waterstone había acumulado a lo largo de toda su vida.

Matthias dio por terminada su breve inspección y dirigió la mirada hacia Imogen.

–Lo que decida hacer con las rarezas de Waterstone es asunto suyo, por supuesto. Pero volvamos a lo nuestro. ¿Le importaría decirme por qué razón me ha llamado?

Horatia soltó un ligero bufido a la vez que se giraba para encararse con Imogen.

–No puedo creer que hayas hecho esto. Por todos los cielos, ¿por qué no me has dicho nada?

Imogen le dedicó una sonrisa tranquilizadora.

–La cuestión es que mandé llamar a su señoría pocos días antes de que tú llegaras a Upper Stickleford. No tenía la certeza absoluta de que él respondiera y viniera en persona, de manera que no encontré motivo alguno para mencionarlo.

–Esto es muy ingenuo de tu parte –exclamó Horatia. En ese momento, cuando ya había pasado la conmoción inicial, todo indicaba que estaba recuperando su carácter habitual–. ¿Te das cuenta de quién se trata, Imogen?

–Naturalmente que sé de quién se trata. –Imogen bajó la voz hasta lograr un tono adecuadamente reverente–. Es Colchester de Zamar.

Matthias alzó las cejas, pero no hizo ningún comentario.

–Como bien dijo, milord –continuó Imogen–, es hora de ir al grano. Por lo que sé, usted era un buen amigo de mi tío.

–¿Lo era? –preguntó Matthias–. Eso sí que es nuevo para mí. No sabía que Selwyn Waterstone tuviera amigos.

Imogen sintió un toque de alarma.

–Algo me indujo a creer que usted le debía un gran favor. Siempre decía que usted anhelaba retribuírselo, de ser posible.

–Sí –respondió finalmente Matthias, tras contemplarla en silencio algunos minutos.

Imogen se sintió profundamente aliviada.

–Excelente. Por un momento temí haber cometido un terrible error.

–¿Suele cometer muchos errores, señorita Waterstone? –preguntó Matthias con amabilidad.

–Casi nunca –aseguró ella–. Mis padres daban mucha importancia a la educación. He sido instruida en lógica y filosofía, entre otras disciplinas. Mi padre decía siempre que si se piensa con claridad difícilmente se cometen errores.

–Así es –murmuró Matthias–. Con respecto a su tío, es cierto que consideraba estar en deuda con él.

–Por algo relacionado con un antiguo manuscrito, ¿no es así?

–Hace años, en el curso de uno de sus viajes, dio con un antiquísimo volumen griego –dijo Matthias–. Contenía una referencia tangencial a un perdido reino insular. Esa referencia, junto a otras que yo había descubierto, me dieron algunas de las pistas que necesitaba para determinar la ubicación de Zamar.

–Eso es precisamente lo que me contó el tío Selwyn.

–Lamento que muriera antes de que pudiera devolverle el favor –dijo Matthias.

–Pues tiene suerte, señor –replicó Imogen con una sonrisa–. Dadas las circunstancias, existe una forma de poder cumplir con su deseo.

Matthias la miró con una expresión indescifrable en su rostro.

–Temo no entender por completo lo que quiere decir, señorita Waterstone. Acaba de decirme que su tío ha muerto.

–Y así es. Pero, junto a su colección de objetos funerarios, mi tío me legó una respetable herencia, y la promesa que usted le había hecho.

Se produjo un breve y tenso silencio. Horatia observó a Imogen como si ésta se hubiese vuelto loca.

–¿Perdón? –insistió Matthias, contemplándola con mirada enigmática.

Imogen se aclaró delicadamente la garganta.

–El tío Selwyn me hizo heredera de la promesa que usted le hiciera. Está expresado en su testamento con toda claridad.

–¿Lo está?

Las cosas no se estaban desarrollando tan fácilmente como Imogen había esperado. Reflexionó durante unos segundos, cruzando los brazos sobre el pecho.

–Tengo la intención de cobrarme esa promesa.

–Oh, Dios mío –susurró Horatia.

Parecía resignada ante un destino fatal.

–¿Puedo saber cómo se propone cobrarse la deuda que contraje con su tío, señorita Waterstone? –preguntó finalmente Matthias.

–Bien, en cuanto a eso –dijo Imogen–, es algo complicado.

–Por alguna razón, no me sorprende.

Imogen fingió no oír el desalentador comentario.

–¿Conoce usted a lord Vanneck, señor? –preguntó.

Matthias vaciló. Un frío desdén iluminó brevemente su mirada.

–Es un coleccionista de antigüedades zamarianas –contestó.

–También era el esposo de mi buena amiga lady Haconby.

–Lady Vanneck murió hace algún tiempo, ¿no es así?

–Sí, milord. Hace tres años, para ser precisos. Y estoy convencida de que fue asesinada.

–¿Asesinada?

Por primera vez, Matthias mostró signos de sorpresa.

–Oh, Imogen, seguramente no estarás tratando de... –interrumpió Horatia, cerrando los ojos con desmayo.

–Creo que fue asesinada por su esposo, por lord Vanneck –dijo enérgicamente Imogen–. Pero no encuentro la forma de probarlo. Con su ayuda, me propongo intentar que se haga justicia.

Matthias no respondió. No apartaba la mirada del rostro de Imogen.

–Milord, con toda seguridad usted logrará convencerla de abandonar este alocado proyecto –dijo Horatia, recuperando el dominio de sí.

Imogen la miró, frunciendo el entrecejo.

–No quiero correr el riesgo de seguir aguardando –dijo Imogen–. Una persona amiga me ha escrito contándome que Vanneck se propone volver a casarse. Aparentemente, ha sufrido algunos reveses económicos de importancia.

–Eso es verdad –replicó Matthias, encogiéndose de hombros–. Hace pocos meses, Vanneck se vio obligado a vender su mansión en la ciudad y a mudarse a una casa mucho más pequeña. Pero todavía se esfuerza en conservar las apariencias.

–Sospecho que actualmente merodea por los bailes y los salones de Londres en busca de alguna joven heredera acaudalada –apuntó Imogen–. Podría muy bien matarla también a ella, una vez que pusiera sus manos sobre su fortuna.

–Realmente, Imogen –dijo débilmente Horatia–, no debes hacer esa clase de acusaciones. No tienes absolutamente ninguna prueba.

–Sé que Lucy temía a Vanneck –insistió Imogen–. Y también sé que Vanneck a menudo era cruel en el trato que le dispensaba. Cuando visité a Lucy en Londres, poco antes de su muerte, me confió que temía ser asesinada por su marido. Me dijo que estaba enfermo de celos.

Matthias posó su taza de té y apoyó los codos sobre sus piernas. Juntó suavemente sus manos entre las rodillas y contempló a Imogen con una expresión de involuntario interés.

–¿Exactamente, cómo se propone llevar adelante su plan, señorita Waterstone? –preguntó.

Horatia pareció horrorizada:

–Por todos los cielos, milord, no debe alentarla.

–Me siento algo intrigado –dijo secamente Matthias–. Me gustaría escuchar los detalles del plan.

–Todo está perdido, entonces –murmuró Horatia, desalentada–. Imogen tiene la virtud de arrastrar a todo el mundo en sus planes.

–Le aseguro que no es tan fácil arrastrarme a hacer nada que yo no quiera hacer –le aseguró Matthias.

–Le ruego que recuerde más tarde esas decididas palabras, señor –murmuró Horatia.

–En ocasiones, mi tía tiene la tendencia a ser exageradamente ansiosa, milord –dijo Imogen–. No se preocupe. He planeado todo con el mayor de los cuidados. Sé lo que estoy haciendo. Ahora bien, como usted ha señalado muy bien, lord Vanneck es un entusiasta coleccionista de toda clase de objetos zamarianos.

–¿Ah, sí? –La boca de Matthias se torció en una mueca carente de humor–. Vanneck puede fantasear de ser un experto, pero lo cierto es que es incapaz de distinguir un objeto zamariano genuino de los cuartos traseros de un caballo. Incluso Stone demuestra una percepción mayor.

Horatia posó su taza de té con el sonido audible de la porcelana. Sus ojos pasaron alternativamente de Matthias a Imogen.

Ésta respiró profundamente y se acomodó para replicar.

–Creo que ha discrepado frecuentemente con las conclusiones de I. A. Stone desde las páginas del *Boletín Zamariano*.

Matthias se mostró cortésmente divertido.

–¿Es que se mantiene al corriente de nuestras pequeñas disputas?

–Ya lo creo. Llevo varios años suscrita al *Boletín*, milord. Siempre me ha parecido que sus artículos son sumamente esclarecedores.

–Gracias.

–Pero también he encontrado que los textos de I. A. Stone plantean conclusiones estimulantes para la reflexión –agregó ella, con lo que esperaba fuese una sonrisa afable.

Horatia frunció el entrecejo como advertencia.

–Imogen –dijo–, me parece que nos estamos apartando del tema. No es que yo esté particularmente deseosa de volver a la otra cuestión; no obstante...

–Stone jamás ha estado en Zamar –dijo Matthias entre dientes. Por primera vez en el curso de esa mañana, una llama de auténtica emoción iluminó sus fantasmales ojos–. No tiene un conocimiento de primera mano acerca del tema, a pesar de lo cual se siente muy libre para hacer observaciones y sacar conclusiones basadas en mi trabajo.

–Y en el del señor Rutledge –señaló rápidamente Imogen.

La cálida emoción que impregnara la mirada de Matthias murió tan rápidamente como había aparecido.

–Rutledge murió hace cuatro años, durante su último viaje a Zamar. Lo sabe todo el mundo. Sus viejos escritos han perdido vigencia. Stone debería evitar referirse a ellos en sus investigaciones.

–Tenía la impresión de que los textos de I. A. Stone eran muy bien recibidos por los miembros de la Sociedad Zamariana –dijo Imogen tentativamente.

–Admito que Stone tiene una cierta familiaridad con Zamar –concedió Matthias con elegante arrogancia–, pero el suyo es la clase de conocimiento superficial que se recoge estudiando los trabajos de un experto mejor informado.

–¿Alguien como usted, milord? –preguntó cortésmente Imogen.

–Precisamente. Es evidente que Stone ha leído prácticamente todo lo que he escrito acerca de Zamar. Y luego ha tenido el descaro de disentir conmigo en varios puntos.

–Hum, Imogen –carraspeó discretamente Horatia.

Imogen pudo vencer la tentación de proseguir con el tema. Horatia tenía razón. Había otras prioridades que reclamaban su atención.

–Sí, bien, volvamos a Vanneck. Más allá de sus limitaciones intelectuales, debe admitir que es bien conocida la pasión que lo consume por los objetos zamarianos.

Dio la impresión de que Matthias habría preferido continuar la apasionada discusión sobre la falta de experiencia de I. A. Stone. Pero accedió a tratar nuevamente el tema de Vanneck.

–Siente codicia por todo objeto que se suponga proveniente del antiguo Zamar.

–Seré sincera, señor –dijo Imogen, endureciendo su posición–. Se comenta que, en eso, usted es muy parecido a él. La diferencia entre ustedes es que usted es la autoridad indiscutida en antigüedades zamarianas. Estoy segura de que su colección es un ejemplo de buen gusto y rigurosidad.

–Sólo cobijo bajo mi techo aquellos objetos zamarianos más curiosos, de mejor calidad y mayor interés. –Matthias contempló a Imogen con una mirada indescifrable–. En otras palabras, sólo aquellos que yo mismo descubro. ¿Me explico?

Imogen quedó sorprendida ante el leve escalofrío que recorrió su columna vertebral. Eran pocas las cosas que lograban perturbar su control, pero algo en la voz de Matthias tenía la virtud de hacerlo. Aspiró profundamente y dijo:

–Como ya le he dicho, no tengo pruebas que acusen a Vanneck de asesinato. Pero debo demasiado a Lucy como para permitir que su muerte quede impune. Llevaba tres años intentando esbozar un plan que me permitiera lograr mi objetivo, pero hasta la muerte de mi tío Selwyn no había vislumbrado la manera de vengar a Lucy.

–¿Qué intenta hacer con Vanneck?

–Creo que he encontrado la forma de destruirlo ante los ojos de todo el mundo. Cuando haya terminado con él, Vanneck no estará en condiciones de aprovecharse de otra mujer inocente como Lucy.

–Habla completamente en serio, ¿verdad?

–Sí, milord. –Imogen alzó la barbilla y sostuvo su mirada sin pestañear–. Soy una persona extremadamente seria. Me propongo tender una trampa a Vanneck, algo que provocará su ruina social y financiera.

–Una trampa requiere de un señuelo –indicó suavemente Matthias.

–Muy cierto, milord. El que intento utilizar es el Gran Sello de la Reina de Zamar.

Matthias la observó un instante y luego preguntó:

–¿Acaso pretende tener en sus manos el Sello de la Reina?

–Por supuesto que no –respondió Imogen, frunciendo el entrecejo–. Usted mejor que nadie debe saber que el sello jamás ha sido encontrado. Pero, poco antes de su muerte, Rutledge envió una carta al *Boletín Zamariano* informando a los editores que creía estar sobre la pista del sello. Los rumores que indican que murió en el laberinto subterráneo mientras lo buscaba inspiraron la Maldición de Rutledge.

–Eso es un disparate. –Matthias alzó un hombro con gesto elegante–. La condenada idea de una maldición se mantiene sólo porque se dice que el sello es extremadamente valioso. Siempre abundan las leyendas en torno a los objetos de mucho valor.

–Sus propias investigaciones indican que el sello está realizado en el oro más puro y que tiene incrustaciones de piedras preciosas –le recordó Imogen–. Usted ha afirmado ver inscripciones que lo describen.

Matthias apretó las mandíbulas.

–El verdadero valor del sello reside en el hecho de que es un objeto realizado por los más finos orfebres de un pueblo desaparecido. Si el sello existe, no tiene precio, pero no por ser de oro y piedras preciosas, sino por todo lo que puede contarnos acerca del antiguo Zamar.

–Comprendo sus sentimientos, señor –dijo Imogen, sonriendo–. Sólo cabía esperar de usted un punto de vista cultural sobre el sello. Pero le puedo asegurar que un hombre de la naturaleza de Vanneck estará mucho más interesado en su valor económico. Especialmente en sus actuales circunstancias de escasez.

La sonrisa de Matthias no era agradable.

–Sin duda tiene razón. ¿Qué tiene que ver esto con su plan?

–Mi plan es muy sencillo. Tengo intención de viajar a Londres con tía Horatia e introducirme en los círculos sociales que frecuenta Vanneck. Gracias a tío Selwyn, poseo el dinero necesario para hacerlo. Y gracias a tía Horatia, también cuento con las relaciones adecuadas.

Horatia se movió incómoda en su asiento. Dirigió a Matthias una mirada de excusa.

–Soy pariente lejana del marqués de Blanchford, por parte de madre.

–Blanchford está de viaje por el extranjero, ¿no es así? –comentó Matthias, con el entrecejo fruncido.

–Eso creo –admitió Horatia–. Lo hace con frecuencia. No es un secreto que no soporta la alta sociedad.

–Él y yo coincidimos en ese punto –dijo Matthias.

Imogen ignoró el comentario.

–Blanchford muy raramente aparece en público durante la temporada. Pero ésa no es razón para que tía Horatia y yo no lo hagamos.

–En otras palabras –apuntó Matthias–, piensa aprovechar las relaciones de su tía para llevar a cabo su alocado plan.

Horatia alzó la vista al cielo, mientras dejaba escapar un suspiro de desesperación.

Imogen dirigió a Matthias una mirada furiosa.

–No es ningún plan alocado. Al contrario, es muy brillante. Llevo semanas trabajando en él. Una vez que me encuentre en los círculos sociales adecuados, dejaré caer insinuaciones acerca del Sello de la Reina.

Matthias enarcó las cejas.

–¿Qué clase de insinuaciones? –preguntó lacónicamente.

–Haré saber que mientras realizaba el inventario de la colección de mi tío me encontré con un mapa con datos que ayudarían a localizar el sello.

–Por todos los diablos –murmuró Matthias–. ¿Se propone convencer a Vanneck de que ese supuesto mapa puede conducirlo hasta el fabuloso objeto?

–Precisamente.

–No puedo creer lo que oigo.

Matthias finalmente miró a Horatia en busca de apoyo.

–Traté de advertirle, milord –musitó ella.

Imogen se inclinó ansiosamente hacia delante:

–Convenceré a Vanneck de que tengo el propósito de compartir esos datos con cualquiera que contribuya a financiar una expedición con la que pueda luego resarcirse.

Matthias la miró con curiosidad.

–¿Y qué beneficio conseguirá con eso?

–¿No es evidente? Vanneck será incapaz de resistirse a la idea de ir tras el sello. Pero, como en la actualidad sus finanzas atraviesan un mal momento y todavía no ha encontrado una rica heredera, carece de los fondos necesarios para solventar él mismo la expedición. Voy a alentarlo para que forme un consorcio de inversores.

–Permítame adivinar. –Matthias la miró, pensativo–. ¿Se propone embarcar a Vanneck en una aventura financiera, para luego desbaratarla?

–Sabía que lo entendería. –Imogen estaba contenta de que finalmente él comenzara a percibir la verdadera genialidad de su plan–. Es exactamente lo que me propongo. No tendré inconveniente para convencer a Vanneck de que forme un consorcio que financie la expedición.

–Y cuando haya gastado el dinero del consorcio en alquilar un barco, contratar la tripulación y conseguir el costoso equipo necesario para esa expedición, le dará un mapa inservible.

–Y se embarcará en una absurda travesía –concluyó Imogen, con una satisfacción que no se molestó en ocultar–. Vanneck jamás encontrará el Sello de la Reina y la expedición fracasará cuando se termine el dinero. Los miembros del consorcio estarán furiosos. Correrán rumores de que se trataba de un gran fraude perpetrado contra inversores inocentes. Otra Estafa de los Mares del Sur. Vanneck no se atreverá a regresar a Londres. Sus acreedores lo acosarán durante años. Y si finalmente regresa, no estará en condiciones de reintegrarse a la sociedad. Sus posibilidades de rehacer su fortuna con una acaudalada heredera se habrán desvanecido.

Matthias se mostró divertido.

–No sé qué decir, señorita Waterstone. Me quita el aliento.

Imogen pensó que era más que satisfactorio provocar semejante efecto sobre Colchester de Zamar.

–Es un plan inteligente, ¿verdad? Y usted es el socio que yo necesito, señor.

Horatia apeló a Matthias.

–Milord, le ruego que le diga que este plan es alocado, peligroso, temerario y disparatado.

Matthias la contempló brevemente y luego volvió su fría mirada hacia Imogen.

–Su tía tiene toda la razón. Es todas esas cosas, y más aún.

Imogen pareció aturdida.

–Tonterías. Funcionará, estoy segura.

–Sé que voy a arrepentirme de preguntar esto, señorita Waterstone, pero no puedo sustraerme a una morbosa curiosidad. ¿Qué papel me ha destinado en este grandioso plan?

–¿No resulta evidente, milord? Usted es la máxima autoridad reconocida en todo lo relacionado con la cultura zamariana. Con la posible excepción de I. A. Stone, no hay estudioso más importante que usted en la materia.

–Sin *ninguna* excepción –corrigió Matthias con severidad–. Particularmente si habla de Stone.

–Si usted insiste, milord –murmuró Imogen–. Todos los miembros de la Sociedad Zamariana saben de sus calificaciones.

–¿Entonces? –preguntó Matthias Marshall, desechando la obviedad.

–Habría creído que era evidente, señor. La forma más simple y efectiva de convencer a Vanneck de que poseo un mapa auténtico con la localización del Sello de la Reina es que usted diga que está convencido de que es así.

Un breve e intenso silencio se adueñó de la biblioteca.

–Maldición. –Matthias pareció casi asustado–. ¿Quiere que persuada a Vanneck y al resto de la gente de que creo que su tío le dejó un mapa del antiguo Zamar que muestra la forma de encontrar el sello?

–Exactamente, milord. –Imogen se sintió aliviada al ver que él había captado los puntos esenciales del plan–. Su propio interés en el mapa dará a mi historia la credibilidad necesaria.

–¿Y cómo se supone que debo demostrar dicho interés?

–Ésa es la parte *fácil*, milord. Fingirá que quiere seducirme.

Matthias contuvo el aliento.

–Oh, Dios –musitó Horatia–, creo que me siento algo mareada.

Matthias contempló a Imogen con mirada inexpresiva.

–¿Debo seducirla?

–Será una simulación, naturalmente –aseguró ella–. Toda la alta sociedad advertirá que tiene interés en mí. Vanneck deducirá que existe sólo una razón para que lo haga.

–Pensará que estoy detrás del Sello de la Reina.

–Exactamente.

Horatia dejó escapar otro profundo suspiro.

–No tenemos salvación.

Matthias tamborileó suavemente con el dedo sobre el borde de la taza de té.

–¿Por qué iría Vanneck, o cualquier otro, a creer que solamente tengo interés en la seducción? Todo el mundo sabe que he regresado hace poco a Inglaterra para asumir las responsabilidades de mi título. Es probable que la alta sociedad espere que esta temporada consiga una esposa, no una amante.

Imogen se atragantó con un sorbo de té.

–No se preocupe, milord. No corre riesgo alguno de quedar inadvertidamente comprometido conmigo. Nadie va a esperar que me proponga matrimonio.

–¿Y qué pasa con su reputación? –preguntó Matthias, buscando su mirada.

Imogen apoyó su taza de té con gran precisión.

–Veo que no me conoce. Lo cual no es sorprendente, supongo. Ha estado mucho tiempo fuera en los últimos años.

–Quizá le sea posible aclararme todo acerca de su verdadera personalidad –gruñó Matthias.

–Hace tres años, cuando visité a mi amiga Lucy en Londres, me gané el apodo de Imogen, *La Impúdica* –titubeó–. Mi reputación quedó comprometida más allá de toda consideración.

Las cejas de Matthias se unieron en una oscura línea sobre sus ojos. Posó la mirada sobre Horatia.

–Es totalmente cierto, milord –dijo ésta con calma.

–¿Quién era el hombre? –preguntó Matthias, esta vez mirando a Imogen.

–Lord Vanneck –respondió ella.

–Por todos los diablos –dijo él suavemente–. No es de extrañar que busque venganza.

Imogen se enderezó.

–Aquel incidente no tiene nada que ver con esto. Me importa un comino mi propia reputación. Es la muerte de Lucy lo que clama venganza. Le conté la historia porque quiero que comprenda que la alta sociedad no me considera una candidata aceptable para el matrimonio. Nadie esperaría que un hombre de su posición me persiguiera por otra cosa que no fuera un romance pasajero o la oportunidad de obtener algo valioso.

–Como el Sello de la Reina. –Matthias sacudió la cabeza–. Por todos los diablos.

Imogen se puso prestamente de pie y le dedicó una sonrisa alentadora:

–Creo que ya conoce los puntos esenciales del asunto, milord. Podremos avanzar en los detalles de mi plan esta noche, durante la cena. Mientras tanto, tenemos un inventario que completar. Ya que está aquí, y realmente no hay otra cosa que pueda hacer, ¿le importaría ayudarnos?

CAPÍTULO II

Horatia se acercó sigilosamente a Matthias tan pronto se encontraron a solas en la biblioteca.

–Milord, hay algo que debe hacer.

–¿Qué debo hacer?

La expresión ansiosa de Horatia se transformó en otra de severa desaprobación:

–Señor, conozco muy bien quién es usted, y lo que es. Hace diez años, yo vivía en Londres.

–¿Ah, sí?

–No solía moverme en los círculos que usted frecuenta, milord. Pero, vamos, muy poca gente respetable lo hacía. Sé por qué y cómo se ganó el apodo de Colchester *El Despiadado*. Mi sobrina lo conoce sólo como Colchester de Zamar. Lo ha admirado durante años. No sabe nada sobre sus más notorias actividades.

–¿Y por qué no la informa acerca de ellas, señora Elibank? –preguntó muy suavemente Matthias.

Horatia retrocedió un paso, como si esperara que Matthias se abalanzara sobre ella mostrando los colmillos.

–No sería de ninguna utilidad. Desecharía mi versión considerándola fruto de puras habladurías maliciosas. Supondría que su reputación fue injustamente destrozada, como la de ella. No dudaría en transformarse en su más entusiasta y fiel aliada.

–¿De verdad lo piensa? –Matthias contempló, pensativo, el vano de la puerta–. Nunca he tenido muchos.

–¿Muchos qué? –preguntó Horatia, clavando la vista en él.

–Entusiastas y fieles aliados.

–Creo que ambos sabemos muy bien que hay buenas razones para ello, milord –respondió Horatia.

–Si usted lo dice.

–Colchester, sé muy bien que no tengo derecho a exigir su consideración, pero estoy desesperada. Mi sobrina está decidida a llevar adelante este imprudente plan. Usted es mi única esperanza.

–¿Qué demonios espera que haga? –Matthias miró por encima del hombro para asegurarse de que Imogen no había vuelto a asomarse por la puerta–. Sin ofender, señora, le digo que jamás he conocido a ninguna mujer parecida a la señorita Waterstone. Deja a un hombre como si hubiera sido pisoteado por una partida de caza.

–Sé lo que quiere decir, señor, pero debe hacer algo o nos encontraremos todos enredados en este absurdo plan de venganza que ha pergeñado.

–¿Todos? –Matthias tomó un volumen encuadernado en piel de uno de los estantes cercanos.

–Le aseguro que Imogen no abandonará su proyecto si usted rehúsa cooperar. Se limitará a encontrar otros medios de concretarlo.

–Estrictamente hablando, no es problema mío.

–¿Cómo puede decir eso? –Horatia parecía desesperada–. Usted hizo esa promesa a mi hermano. Constaba en el testamento de Selwyn. Se dice que usted siempre cumple sus promesas. Incluso sus más acérrimos enemigos, y entiendo que son muchos, lo admiten.

–Es verdad, señora. Siempre cumplo mis promesas. Pero lo hago a mi manera. Mi deuda era con Selwyn Waterstone, no con su sobrina.

–Señor, si estaba dispuesto a pagar esa deuda a mi difunto hermano, debe evitar que Imogen cometa ese terrible error.

–Imogen espera de mí una ayuda completamente diferente, señora. Parece estar muy alegremente resuelta a cometer ese terrible error, y, dada su fortaleza y determinación, supongo que ha de lograr su cometido.

–Es asombrosamente obstinada –admitió Horatia.

–Lograría avergonzar a Napoleón y a Wellington juntos. –Matthias inclinó la cabeza hacia los estantes repletos de libros–. Tomemos, por ejemplo, mi tarea actual. No tengo una idea muy clara de cómo, he acabado ayudando a la señorita Waterstone con el inventario de la colección de su tío.

–Ese tipo de cosas sucede con frecuencia con mi sobrina –comentó Horatia, apesadumbrada–. Tiene tendencia a controlar las situaciones.

–Ya veo. –Matthias miró el título del libro que tenía en la mano: *Informe sobre objetos extraños e inusuales hallados en tumbas descubiertas en algunas islas de los Mares del Sur*–. Creo que éste corresponde a su lista.

–¿Se refiere a libros sobre objetos funerarios? –Horatia se movió alrededor del escritorio y frunció el entrecejo mirando una de las páginas del anotador abierto. Mojó una pluma en el tintero y escribió algo en él–. Muy bien, puede ponerlo junto a los otros.

Matthias acomodó el libro sobre una pila creciente de títulos similares. Echó una mirada distraída a los restantes volúmenes, con la mente ocupada por el tema, mucho más importante, de Imogen Waterstone. Se dijo que necesitaría más información antes de decidir qué hacer.

–¿Cómo consiguió Vanneck comprometer a su sobrina?

Horatia apretó los labios.

–Es una historia muy desagradable.

–Si he de hacer algo, debo conocer los hechos.

Horatia lo miró con un deje de esperanza.

–Supongo que es mejor que conozca los detalles a través de mí antes de que lo haga por el chismorreo de Londres. Y no es que usted no cargue también con una reputación poco gratificante, ¿no es así, milord?

–Es muy cierto, señora Elibank –dijo, mirándola a los ojos–. Su sobrina y yo tenemos mucho en común.

Horatia se mostró repentinamente interesada en una antigua máscara mortuoria etrusca.

–Bueno, hace tres años, Lucy invitó a Imogen a visitarla en Londres. Para entonces hacía un año que lady Vanneck se había casado, pero era la primera vez que se molestaba en invitar a Imogen.

–¿Imogen se hospedó con lord y lady Vanneck?

–No. Lucy alegó que no podía invitarla a quedarse en la mansión porque lord Vanneck no toleraba huéspedes en la casa. Le sugirió a Imogen que alquilara una casita por algunas semanas. Lucy hizo todos los arreglos.

–¿Imogen fue sola a Londres? –preguntó Matthias, con el entrecejo fruncido.

–Sí. Me resultó imposible acompañarla porque mi esposo ya se encontraba muy grave. Y no era que Imogen considerara que necesitaba una acompañante, por supuesto. Tiene un carácter muy independiente.

–Ya me he dado cuenta.

–Responsabilizo de ello totalmente a sus padres, que en paz descansen. –Horatia soltó un suspiro–. La amaban profundamente y querían lo mejor para ella, pero me temo que la educación que le brindaron no fue demasiado convencional.

–¿Por qué lo dice? –preguntó Matthias.

–Mi hermano y mi cuñada eran ya mayores cuando nació Imogen. En realidad, habían abandonado toda esperanza de tener hijos. Cuando mi cuñada quedó embarazada, ya no se lo esperaban.

–¿No tiene hermanos Imogen?

–No. Su padre, John, mi hermano mayor, era un filósofo que tenía ideas radicales en lo concerniente a la educación de los jóvenes. Vio en Imogen una espléndida oportunidad de poner en práctica sus teorías.

–¿Y su madre?

Horatia hizo una mueca.

–Alethea era una dama poco común. En su juventud, causó un revuelo que rozó el escándalo: escribió un libro que cuestionaba seriamente el valor del matrimonio para las mujeres. En cuanto lo leyó, mi hermano se enamoró de ella. Se casaron de inmediato.

–¿A pesar del punto de vista de ella sobre el matrimonio?

–Alethea siempre decía que John era el único hombre del mundo que podía ser su marido. –Horatia vaciló–. Tenía razón. Además, Alethea había desarrollado una serie de ideas extrañas acerca de la educación que debían recibir las mujeres. De hecho, escribió otro libro sobre ese tema.

Matthias se mostró ligeramente divertido.

–En otras palabras, Imogen es el resultado de un experimento filosófico radical.

–Temo que ése sea, exactamente, el caso.

–¿Qué les ocurrió a su hermano y a su esposa?

–Murieron a causa de una infección pulmonar el mismo año en que Imogen cumplió dieciocho años. –Horatia sacudió la cabeza–. Yo les había advertido a menudo acerca del pernicioso hábito de fumar ese vil tabaco americano. Afortunadamente, Imogen no adoptó esa costumbre.

–Estaba por relatarme lo que sucedió hace tres años, cuando Imogen fue a Londres –le recordó Matthias, interrumpiéndose cuando oyó el sonido de pasos que se acercaban desde el vestíbulo.

Imogen asomó la cabeza en el vano de la puerta y dirigió una mirada interrogante a Horatia y a Matthias.

–¿Qué tal va el inventario por aquí?

Matthias levantó un ejemplar encuadernado de la *Revista Trimestral de Antigüedades* que acababa de encontrar.

–Creo que estamos haciendo progresos satisfactorios, señorita Waterstone.

–Excelente. –Imogen miró una lista que llevaba en la mano–. He organizado un programa de trabajo según el cual, si nos ceñimos a él, podremos acabar con el inventario de la primera planta antes de partir a Londres el próximo jueves. Tía Horatia y yo terminaremos con el resto de la casa en nuestros ratos libres cuando regresemos, dentro de unas pocas semanas. Continuad con vuestro trabajo –saludó con un alegre gesto de la mano, y volvió al vestíbulo.

Matthias la miró, pensativo.

–¡Qué criatura más sorprendente!

–Temo que nadie logre disuadirla de su propósito, milord –replicó tristemente Horatia.

Matthias apoyó la *Revista Trimestral de Antigüedades* sobre una mesa.

–No olvide que iba a contarme cómo quedó comprometida hace tres años.

–¡Si hubiera podido reunirme con ella en Londres! Imogen se considera una mujer de mundo pero, como podrá imaginar, tras toda una vida pasada en Upper Stickleford estaba muy poco preparada para convivir con la sociedad londinense. Aún peor, sus padres detestaban el mundo de la aristocracia. Le enseñaron un montón de temas inútiles, como griego, latín y lógica, pero nada que la ayudara a sobrevivir en la alta sociedad.

–Un cordero en medio de los lobos –murmuró Matthias–. Pero un cordero con dientes afilados, creo.

–Su amiga Lucy, por cierto, no resultó de gran ayuda –dijo amargamente Horatia–. Sin lugar a dudas, lady Vanneck tuvo su cuota de responsabilidad en el incidente. Pero así era Lucy. Sé que Imogen la consideraba una buena amiga, pero la verdad es que no se interesaba por nadie más que por ella misma.

–¿La conocía usted?

–La conocí una vez que vino a visitar a mi hermano y su familia. Era muy hermosa, y podía llegar a ser encantadora. Pero solía utilizar su belleza y su encanto para manipular a los demás. Aquí, en Upper Stickleford destrozó el corazón de muchos granjeros. Creo que se hizo amiga de Imogen porque no había otras jóvenes en la región. Ni siquiera se molestó en mantener correspondencia con ella hasta un año después de haberse mudado a Londres. Entonces, de buenas a primeras, le pidió que fuera a verla.

–¿Qué sucedió en Londres?

–Durante un tiempo todo anduvo bien. Imogen se puso en contacto con la Sociedad Zamariana. Sentía pasión por Zamar desde los diecisiete años. En ese año, Rutledge y usted regresaron de su primera expedición. Imogen se unió a la Sociedad Zamariana poco después de que ésta se formara, pero no había tenido oportunidad de conocer a ninguno de sus miembros hasta que fue a Londres.

–Lamento decir que la Sociedad Zamariana está compuesta, en su mayoría, por aficionados y diletantes. –Matthias apretó las mandíbulas–. Por desgracia, Zamar se ha puesto de moda.

–Puede ser. Pero en los primeros tiempos Imogen pudo relacionarse con otras personas que compartían sus intereses. Se sentía muy emocionada. No olvide que, tras la muerte de sus padres, había quedado completamente sola. Su única amiga había sido Lucy y, cuando ésta partió a Londres, Imogen sintió profundamente la soledad. Me temo que el estudio sobre Zamar era todo para ella. Encontrarse con otros que tuvieran sus mismas inclinaciones le resultó muy estimulante.

–¿Con quiénes, exactamente, se relacionó? –preguntó Matthias con cierta cautela.

La súbita fascinación por todo lo relacionado con Zamar había atraído hacia las filas de la Sociedad Zamariana a cierta clase de jóvenes petimetres peligrosamente aburridos, a libertinos disolutos y a otros que iban en busca de emociones.

–Lucy le presentó a un joven muy agradable llamado Alastair Drake. –Horatia titubeó–. Fue la única cosa decente que hizo Lucy por ella en toda su vida. El señor Drake compartía el interés de Imogen por el antiguo Zamar.

–¿Era así, realmente?

–Ambos se llevaban a las mil maravillas en todos los aspectos. Supe por amigos comunes que el señor Drake sentía una cierta ternura por Imogen. Pero entonces ocurrió el desastre.

Matthias abandonó toda pretensión de continuar con el inventario. Se apoyó contra la biblioteca y cruzó los brazos.

–Desastre personificado en lord Vanneck, supongo.

Tras los cristales de sus gafas, los ojos de Horatia mostraron una expresión desolada.

–Sí. Imogen no tenía la menor idea de cómo proceder ante un endurecido libertino empeñado en seducirla. No tenía a nadie que la orientara o le diera un consejo –se detuvo abruptamente, sacó un pañuelito del bolsillo de su delantal y lo pasó por sus ojos–. Es difícil incluso hablar del incidente.

–Debo rogarle que termine con su relato, señora –dijo Matthias sin miramientos–. No puedo decidir cómo voy a proceder hasta que no sepa todo lo que hay que saber sobre esta situación.

Horatia inclinó la cabeza y lo observó con mirada pensativa. Finalmente, pareció tomar una decisión. Guardó el pañuelito nuevamente en su bolsillo.

–Muy bien, señor. Después de todo, no es ningún secreto. Todo el mundillo londinense se enteró del incidente, y cuando Imogen regrese, seguramente se ha de reavivar el cotilleo. En pocas palabras, señor, Imogen fue descubierta en una habitación junto a Vanneck.

Por alguna razón, Matthias tuvo la sensación de que acababan de darle un golpe en el estómago. Quedó confundido ante tan violenta reacción. Le llevó algo de tiempo darse cuenta de que no había esperado que el relato tuviera un final tan dramático.

Había imaginado que se trataba de algo mucho más inocente. Después de todo, era muy poco lo que hacía falta para arruinar la reputación de una joven de la alta sociedad. Un beso indiscreto o el aventurarse a salir sola de compras o cabalgar sin la compañía de una doncella, o demasiados valses con el hombre menos indicado; cualquiera de estos inofensivos errores podían llamar la atención de todo el mundo sobre ella. En la aristocracia, las apariencias lo eran todo.

Pero ser descubierta en un dormitorio con un hombre, pensó Matthias, cualquier hombre, por no decir con uno de la clase de Vanneck, era algo más que una indiscreción menor. Aparentemente, Imogen *La Impúdica* se había ganado su apodo en buena ley. Tenía suerte de que no se hubiera elegido un epíteto aún más fuerte.

–¿Se trataba de la habitación de Vanneck? –se obligó a preguntar Matthias–. ¿O acaso lo había invitado ella?

–Por supuesto que no. –Horatia apartó la mirada–. Pero casi habría sido preferible que el incidente ocurriera en algún lugar más privado. Desgraciadamente, Imogen y Vanneck fueron descubiertos juntos en un dormitorio de la planta alta en un baile ofrecido por lord y lady Sandown en su casa.

–Comprendo. –Matthias tuvo que realizar un gran esfuerzo para dominar el acceso de cólera que lo envolvió como un latigazo. ¿Qué diablos le ocurría? Apenas conocía a esa mujer–. Su sobrina, ciertamente, no hace las cosas a medias, ¿verdad?

–No fue por su culpa –dijo Horatia, con conmovedora lealtad–. Vanneck la engañó para llevarla hasta allí.

–¿Quién los descubrió?

Horatia exhaló un nuevo suspiro de pesar.

–El señor Drake, el agradable joven que estaba a punto de proponerle matrimonio. Iba en compañía de otra persona. Naturalmente, después del incidente, no se habló más de boda. No se puede culpar al señor Drake por perder interés.

–Drake pudo haber mantenido la boca cerrada acerca de lo que había visto.

–Quisiera creer que lo habría hecho –dijo Horatia–, pero, como le dije, estaba acompañado. El hombre que lo acompañaba no era, evidentemente, tan caballero como él.

Matthias dejó escapar un profundo suspiro que, inadvertidamente, había estado reteniendo.

–Deduzco que el incidente, como usted lo denomina, puso fin a la amistad entre la señorita Waterstone y lady Vanneck.

–Al día siguiente de que Vanneck fuera descubierto junto a Imogen, Lucy decidió quitarse la vida. Dejó una nota, en la que decía que no podía soportar la idea de que su marido la traicionara con su mejor amiga.

–¿Cómo se suicidó? –preguntó Matthias, tras asimilar la información.

–Tomó una gran cantidad de láudano.

–¿No hubo, entonces, ninguna duda de que se trató de un suicidio?

–Ninguna, al menos para todos los que la conocían. La única que piensa que Vanneck asesinó a Lucy es Imogen. Mucho me temo que el punto de vista de mi sobrina sobre el asunto esté obnubilado por la terrible experiencia sufrida a manos de él. Quizá sienta algo de culpa. Pero lo sucedido en esa habitación fue culpa de Vanneck. No me cabe ninguna duda.

Matthias miró hacia el hueco de la puerta; en ese momento no había nadie allí.

–Y ahora, tres años después, la señorita Waterstone ha concebido esta alocada idea de vengar a su amiga.

–Yo creía que ya la había abandonado –confió Horatia–. Pero, mediante su participación en la Sociedad Zamariana, mantiene correspondencia con gran número de personas. Hace algunas semanas, una de estas personas le informó que lord Vanneck estaba buscando una rica heredera. Acababa de morir mi hermano, dejándole a Imogen esta casa con todo lo que contiene y su... bueno, su promesa. Imogen fue presa de una súbita inspiración.

–Inspiración no es la palabra que yo habría elegido –dijo Matthias, apartándose de la biblioteca.

Calló al distinguir un reciente ejemplar del *Boletín Zamariano*. Al ver la fecha exclamó, frunciendo el entrecejo.

–¡Maldición!

–¿Pasa algo malo, milord?

–No. –Tomó el ejemplar del *Boletín* y lo hojeó–. En este número los editores publicaron dos artículos sobre la interpretación de las inscripciones zamarianas, uno escrito por mí y el otro por Stone. Su nombre me persigue.

–Comprendo –comentó Horatia, ocupada con una urna funeraria.

–Por alguna razón, los editores otorgaron una atención considerable al artículo de Stone, aunque cualquier tonto puede darse cuenta de que sus conclusiones están totalmente equivocadas. Hablaré con ellos del asunto.

–¿Piensa hablar con los editores sobre la publicación de los textos de I. A. Stone?

–¿Por qué no? Fui yo quien fundó el maldito periódico. Tengo la responsabilidad de que en él se publiquen los artículos más serios.

–¿Debo suponer que las conclusiones de I. A. Stone acerca de las inscripciones zamarianas discrepan con las suyas, milord? –preguntó secamente Horatia.

–No, no discrepan. Lo irritante de la cuestión es que Stone, como de costumbre, basó sus conclusiones en el resultado que se publicó de mis propias investigaciones.

Matthias logró controlar el ultraje que sentía. Solía recibir con desdén y un completo desinterés los trabajos de otros expertos sobre Zamar. Sabía mejor que nadie que, desde la desaparición de Rutledge, no había quien le igualara en la materia.

La autoridad de Matthias no había sido cuestionada hasta la aparición de I. A. Stone en escena, dieciocho meses atrás, desde las páginas del *Boletín*.

Stone había demostrado ser la primera persona en muchos años capaz de hacer que Matthias reaccionara airadamente, lo que le provocaba un creciente enfado y no poca perplejidad. No lo comprendía. Jamás lo había visto. Sólo conocía a su rival a través de sus escritos. Muy pronto, se prometió, buscaría a Stone y le diría lo que tenía que decirle.

–¿Milord? –llamó Horatia con cautela–. ¿Acerca de nuestro pequeño problema?

–Discúlpeme, señora. Stone es un tema espinoso para mí.

–Ya lo veo, señor.

–Desde mi regreso a Inglaterra, pocos meses atrás, he ido tomando conocimiento de sus atrevidos artículos en el *Boletín*. Los miembros de la Sociedad Zamariana toman partido cuando Stone y yo disentimos sobre algún punto.

–Puedo comprender sus sentimientos sobre el tema, señor, dadas sus incontestadas posiciones en ese campo –señaló diplomáticamente Horatia.

–¿Incontestadas posiciones? Stone las cuestiona en cada oportunidad que se le presenta. Pero ése es otro tema. Estamos discutiendo sobre Imogen y su alocado plan.

–Sí, así es –respondió Horatia, mirándole a los ojos.

–Supongo que es poco probable que el incidente ocurrido hace tres años le impida volver a tener un sitio en la alta sociedad, ¿verdad?

–No cifre muchas esperanzas en la posibilidad de que no reciba las invitaciones adecuadas –aconsejó Horatia–. Mucho me temo que la nobleza la encuentre extremadamente entretenida. La combinación de mi relación con Blanchford, la respetable herencia que recibió de Selwyn y su historia acerca de un mapa que señala la localización de un tesoro zamariano logrará captar el hastiado interés del mundillo londinense.

–No será considerada una buena candidata para el matrimonio, pero, definitivamente, será entretenida –comentó suavemente Matthias.

–Me temo que eso sintetiza bastante bien la situación.

–Es una buena receta para un desastre.

–Así es, milord. Usted es mi única esperanza. Si no encuentra la forma de hacerla cambiar de parecer, Imogen, con toda seguridad, se dirige hacia la catástrofe. –Horatia se detuvo el tiempo necesario para dar mayor dramatismo a sus siguientes palabras–: Creo que, si verdaderamente intenta pagar la deuda que contrajo con mi hermano, debe salvar a Imogen. Es lo que Selwyn habría deseado.

–Tiene usted una forma más bien concisa de resumir los

temas en discusión, señora Elibank –dijo Matthias, alzando las cejas.

–Estoy desesperada, señor.

–Ha de estarlo si cree que podrá manipularme utilizando para conseguir sus propios objetivos la promesa que le hice a su hermano.

Horatia se quedó boquiabierta, pero se mantuvo en sus trece.

–Milord, le ruego que evite que mi sobrina siga adelante con este disparate.

Matthias sostuvo su mirada.

–Usted dice estar al tanto de mi reputación. Si eso es así, ha de saber que me muestro más inclinado a destruir a los demás que a salvarlos.

–Tengo plena conciencia de ello, señor. –Horatia extendió las manos–. Pero sólo cuento con usted. Ella no me hará caso. Y usted hizo esa promesa a mi hermano. Todo el mundo sabe que Colchester *El Despiadado,* siempre cumple sus promesas.

Matthias se volvió sin responder. Salió de la habitación y recorrió el vestíbulo, dirigiéndose a la escalera. Bajó los escalones de dos en dos.

Al llegar al rellano se detuvo para escuchar. Un fuerte estrépito, seguido de una serie de golpes amortiguados, le indicaron que quien buscaba se encontraba trabajando en el ala este de la mansión. Avanzó resueltamente por el corredor dando largas zancadas.

Imogen Waterstone ya había causado demasiada conmoción en su vida, decidió. Era hora de que volviera a tomar las riendas de su propio destino. Siempre cumplía sus promesas, pero, como había advertido a Horatia, lo hacía en sus propios términos.

Varios ruidos sordos lo guiaron hacia la puerta abierta en una sala situada a la izquierda del pasillo. Matthias se detuvo en la entrada y miró hacia el interior.

La habitación era un lugar sombrío y tenebroso decorado

en el mismo estilo funerario que el resto de la casa. Las pesadas cortinas negras habían sido quitadas de las ventanas, pero la luz que entraba por ellas poco hacía para iluminar la penumbra reinante. Los colores de la ropa de cama eran los del luto. Sobre ella colgaba un baldaquino realizado con telas pardas y negras.

La visión más interesante de la habitación era, con mucho, las hermosas y redondas nalgas de Imogen. Matthias sintió un agudo tirón cerca de la ingle.

La lozana curva del trasero de Imogen estaba exhibida de manera provocativa a causa de la posición algo incómoda en que ésta se encontraba. Estaba doblada por la cintura, ocupada en arrastrar desde abajo de la cama cubierta con mantas negras un gran baúl con guarniciones de hierro. La alzada falda de la bata de bombasí revelaba sus pantorrillas elegantes, enfundadas en medias blancas. Matthias sintió un súbito e imperioso deseo de explorar el territorio que se encontraba más arriba de esas medias.

La poderosa ola de deseo que lo atravesó lo cogió por sorpresa. Soltó un largo suspiro y se obligó a concentrarse en el problema que tenía entre manos.

–¿Señorita Waterstone?

–¿Qué rayos...? –Imogen, sobresaltada, se irguió con un rápido movimiento. Se dio la vuelta con el rostro sonrojado por el reciente esfuerzo. Su mano hizo caer una pequeña y horrible estatuilla representando a una deidad sepulcral que estaba apoyada sobre una mesilla cercana. La pequeña monstruosidad de arcilla se hizo añicos contra el suelo.

–¡Oh, Dios! –exclamó Imogen, frunciendo el entrecejo al ver la estatuilla rota.

–No lo lamente –aconsejó Matthias, tras un breve vistazo a los restos de la estatuilla–. No es zamariana.

–No, no lo es, ¿verdad? –dijo Imogen, acomodándose la cofia que se había ladeado–. No le vi llegar desde el vestíbulo, milord. ¿Es posible que ya haya terminado con la biblioteca?

–No, señora. Casi ni he comenzado con ella. He venido para discutir con usted algo mucho más importante.

Ella pareció iluminarse.

–¿Sobre nuestros planes para tenderle una trampa a Vanneck?

–Planes suyos, señorita Waterstone, no míos. La señora Elibank y yo hemos discutido el asunto en detalle, y ambos somos de la misma opinión. Su plan es desatinado, imprudente y posiblemente muy peligroso.

Imogen se quedó mirándolo, con el desaliento ensombreciendo sus ojos.

–Señor, usted no puede detenerme.

–Estaba casi seguro de que diría eso –la contempló unos instantes–. ¿Qué hará si rehúso cooperar desempeñando el papel que me ha adjudicado?

Ella lo miró, vacilante.

–¿Rehúsa cumplir la promesa que le hiciera a mi tío?

–Señorita Waterstone, la promesa que le hice a Selwyn era de naturaleza bastante ambigua. Se presta a varias interpretaciones y, dado que el que la formuló fui yo, seré yo quien la interprete.

–Humm. –Imogen colocó ambas manos sobre la cintura y comenzó a dar golpes con el tacón–. Tiene el propósito de no cumplir con su promesa, ¿no es así?

–No. Siempre honro mi palabra, señorita Waterstone, y ésta no ha de ser la excepción. –Matthias advirtió que se estaba enfadando–. He llegado a la conclusión de que la mejor manera de cumplir mi deuda con su tío es evitar que se involucre en tan peligrosa confabulación.

–Le advierto, señor, que usted puede rehusar ayudarme, pero no logrará evitar que lleve a cabo mi plan. Debo admitir que su apoyo sería inapreciable, pero estoy segura de que puedo atraer la atención de Vanneck sin su concurso.

–¿Ah, sí? –Matthias se adentró en la habitación–. ¿Y cómo piensa hacerlo, señorita Waterstone? ¿Se va a encontrar con él en una habitación privada otra vez, tal como lo hizo hace tres años? Reconozco que una oferta semejante indudablemente provocará su interés.

Durante un instante, Imogen pareció quedar estupefacta. Luego la ira inflamó su mirada.

–¿Cómo se atreve, señor?

Matthias se sintió atravesado por un ramalazo de disgusto consigo mismo. Con toda rapidez, sofocó el sentimiento. En este caso, se dijo, el fin justifica los medios. Apretó los dientes y dijo:

–Le ruego me disculpe por traer el incidente a colación, señorita Waterstone.

–Y bien cierto que debe disculparse.

–Pero –continuó él, implacable– no logro adivinar cómo haríamos cualquiera de nosotros para ignorar el pasado. Hechos son hechos. Si Vanneck ya la sedujo una vez, con toda seguridad ha de volver a intentarlo. Y, a menos que usted pretenda utilizar su encantadora persona para enredarlo en la trama que ha planeado...

–¡Por todos los diablos! Vanneck no me sedujo tres años atrás. Me puso en un compromiso. Hay una gran diferencia entre ambas cosas.

–¿La hay realmente?

–Una es la realidad, la otra, una mera cuestión de apariencias –resopló Imogen desdeñosamente–. Creía que un hombre con una inteligencia como la suya sería capaz de distinguir la diferencia esencial entre ambas.

El genio de Matthias se inflamó de cólera sin previo aviso.

–Muy bien, leguleya, si usted lo dice... No cambia las cosas. El problema subsiste. No le va a ser fácil manipular a un hombre de las características de Vanneck.

–Le aseguro que puedo hacerlo, y lo haré. Pero estoy empezando a pensar que tiene usted razón en un punto, señor. Tal vez no necesite sus servicios. Cuando diseñé mi plan, creí que usted me sería de gran utilidad, pero ahora me pregunto si no resultará ser más un estorbo que una ayuda.

Por algún motivo que no pudo desentrañar, la réplica

mordaz de Imogen sólo sirvió para avivar aún más las llamas de su furia.

–¿Eso cree?

–Evidentemente, no es usted la clase de hombre que yo creí que era, señor.

–¡Por los condenados infiernos! ¿Qué clase de hombre creyó que era?

–Había supuesto, erróneamente por lo que veo, que era usted un hombre de acción, la clase de hombre que no retrocede ante el peligro. Un hombre capaz de lanzarse a la aventura sin un segundo de vacilación.

–¿Y de dónde sacó esa idea tan peculiar?

–De sus artículos sobre el antiguo Zamar. Por los emocionantes relatos de sus viajes y exploraciones, deduje que realmente había vivido todas las aventuras que narraba. –Le dedicó una sonrisa desdeñosa–. Quizás haya estado equivocada.

–Señorita Waterstone, ¿acaso está sugiriendo que baso mis artículos en investigaciones de segunda mano, tal como lo hace ese condenado de Stone?

–I. A. Stone es completamente honesto en cuanto a las fuentes de su información, señor. No pretende haber observado en persona todo aquello sobre lo que escribe. Usted sí lo hace. Se hace pasar por un hombre de acción, pero estoy por creer que no lo es, en absoluto.

–No pretendo hacerme pasar por nada más que lo que soy, exasperante y pequeña...

–Aparentemente, lo que usted escribe es ficción, no hechos ciertos, señor. Es una lástima que yo pensara en usted como un hombre inteligente y lleno de recursos, proclive a las proezas y al coraje. También me he equivocado en otro aspecto: he dado por sentado que era usted un hombre para quien las cuestiones de honor estarían por encima de las consideraciones mezquinas de la conveniencia.

–¿Está poniendo en tela de juicio mi honor y mi hombría de bien?

–¿Y por qué no habría de hacerlo? Está claramente en deuda conmigo, señor, y, a pesar de todo, es evidente que desea eludir el pago de esa deuda.

–Estaba en deuda con su tío, no con usted.

–Ya le he explicado que he heredado esa deuda –replicó ella.

Matthias dio otro paso dentro de la sombría estancia.

–Señorita Waterstone, está agotando mi paciencia.

–Ni siquiera soñaría con hacerlo –contestó Imogen, en un tono engañosamente suave–. He llegado a la conclusión de que no será un buen socio para mi plan. Por lo tanto, lo relevo de su promesa. Puede marcharse, señor.

–¡Demonios, mujer, no se liberará usted de mí tan fácilmente!

En un par de zancadas, Matthias atravesó la distancia que los separaba y la tomó de los hombros.

Tocarla fue un error. En un abrir y cerrar de ojos, la ira se transformó en deseo.

Durante un instante, no pudo moverse. Tuvo la sensación de que una mano poderosa le aferraba las entrañas. Matthias intentó aspirar con fuerza, pero la fragancia de Imogen inundaba su mente, nublando su entendimiento. Miró dentro de las insondables profundidades de esos ojos azul-verdosos, y se preguntó si acaso se hundiría en ellos. Abrió la boca para concluir su argumento con una réplica adecuada, pero las palabras murieron en su garganta.

La cólera se esfumó de la mirada de Imogen y fue reemplazada por una repentina preocupación.

–¿Milord? ¿Sucede algo malo?

–Sí –fue todo lo que logró responder, con los dientes apretados.

–¿Qué ocurre? –Imogen comenzó a alarmarse–. ¿Se siente mal?

–Más o menos.

–¡Cielo santo! No me había dado cuenta. Eso explica, sin duda, su extraño comportamiento.

–Sin duda.
–¿Querría recostarse un momento?
–No creo que sea lo más atinado en mi situación.
Ella era tan suave... Podía sentir el calor de su piel a través de las mangas de su recatada y práctica bata. Advirtió que deseaba saber si ella hacía el amor con el mismo espíritu apasionado que había mostrado al discutir. Se obligó a quitarle las manos de los hombros.
–Es mejor que terminemos nuestra discusión en otro momento.
–Tonterías –dijo ella enérgicamente–. No creo en las postergaciones, milord.
Matthias cerró los ojos unos segundos y aspiró profundamente. Cuando volvió a abrirlos, pudo ver que Imogen lo observaba con expresión fascinada.
–Señorita Waterstone –empezó a decir, con severa determinación–, estoy intentando usar la razón en este tema.
–Me ayudará, ¿verdad?
Imogen comenzó a sonreír.
–¿Qué dice?
–Ha cambiado de opinión, ¿no es así? –le brillaron los ojos–. Gracias, milord. Sabía que iba a colaborar conmigo. –Le dio una palmadita de aprobación en el brazo–. Y no debe preocuparse por el otro asunto.
–¿Qué asunto?
–El de su falta de experiencia en hazañas intrépidas y valientes aventuras. Lo entiendo. No debe avergonzarse por el hecho de no ser un hombre de acción, señor.
–Señorita Waterstone...
–No todo el mundo tiene por qué ser intrépido, después de todo –continuó alegremente–. No tiene por qué temer, señor. Si durante el desarrollo de mi plan ocurre algo peligroso, yo me enfrentaré a él.
–La sola idea de imaginarla haciéndose cargo de una situación peligrosa es suficiente para congelarme la médula de los huesos.

–Evidentemente, sufre usted de una verdadera debilidad de los nervios. Pero ya se nos ocurrirá algo para salir del paso. Trate de no sucumbir a los terrores de la imaginación, milord. Sé que debe de sentir gran ansiedad pensando en las acechanzas del destino, pero le aseguro que estaré a su lado en todo momento.

–¿De veras lo estará? –se sentía aturdido.

–Yo lo protegeré.

Sin previo aviso, Imogen lo rodeó con sus brazos y le dio un rápido y confortante apretón.

El débil hilo con el que Matthias sujetaba sus emociones se partió en dos. Antes de que Imogen pudiera apartarse, la abrazó a su vez, acercándola a él.

–¿Señor? –dijo, con los ojos desorbitados por la sorpresa.

–El único aspecto de esta situación que realmente me alarma, señorita Waterstone –dijo roncamente–, es saber quién será el que me proteja de usted.

Antes de que ella pudiera replicar, él cubrió sus labios con los suyos.

CAPÍTULO III

Imogen se quedó inmóvil. Por un momento, sintió que todos sus sentidos colisionaban entre sí, produciendo un caos deslumbrante. Siempre se había enorgullecido de la fortaleza de sus nervios. Jamás había sufrido de sofocos, jamás se había desvanecido, nunca había tenido sensaciones de vértigo, pero en ese momento se sintió completamente aturdida.

Su aliento se atascó en la garganta. Repentinamente, las palmas de sus manos se humedecieron. Sus pensamientos, tan claros y lúcidos un minuto antes, se encontraban ahora totalmente confusos. A su alrededor, todo parecía dar vueltas. Se estremeció, y luego sintió que la recorría una deliciosa y casi febril calidez.

Si no hubiera tenido la seguridad de gozar de excelente salud, habría creído que estaba enferma.

Matthias gimió y ahondó su beso, apretándola contra su cuerpo, duro y tenso. Ella sintió que su lengua le recorría el contorno de los labios, y se dio cuenta, sacudida, de que quería abrirle la boca. La invadió una intensa curiosidad. Algo indecisa, abrió los labios. La lengua de Matthias se introdujo entre ellos.

Impresionada por un beso tan íntimo, Imogen sintió que se le aflojaban las rodillas. Aferró fuertemente los hombros de Matthias, temerosa de caer si la soltaba.

Pero Matthias no hizo ningún movimiento para liberarla. En lugar de eso, sus brazos la apretaron con más fuerza, acercándola tanto a él que Imogen pudo sentir el alarmante bulto a través de sus ceñidos pantalones de montar. Sabía que él también sentiría la presión de sus pechos contra su ancho torso. Matthias se inclinó ligeramente, doblándola hacia atrás. Deslizó uno de sus pies calzados con botas entre los de Imogen. Ella pudo sentir la feroz fuerza de su muslo.

Sintió que la inundaban sensaciones salvajes, turbulentas, que no se parecían a ninguna conocida anteriormente. Carecía de experiencia en el asunto, se recordó en un intento desesperado por recobrar la cordura. Pero era innegable que ni Philippe d'Artois y sus expertos besos, ni Alastair Drake, con sus castos brazos, habían conseguido perturbar sus sentidos a tal extremo.

Pasión. Esto era, por fin, verdadera pasión. Un estremecimiento de ardiente excitación se desplegó en su interior.

Con una suave exclamación de placer que no requería palabras, amortiguada en parte por la presión de la exigente boca de Matthias, le rodeó el cuello con los brazos.

–Imogen.

Matthias levantó la cabeza. Su rostro austero parecía tenso. Sus ojos ya no mostraban el espectral gris de costumbre. Llameaban. Daba la impresión de haber escudriñado dentro de una bola de cristal en busca de respuesta a preguntas desconocidas.

–¿Qué diablos estoy haciendo?

La realidad regresó con efecto aniquilador. Imogen contempló a Matthias, consciente de que éste estaba arrepentido del violento impulso que lo había llevado a tomarla en sus brazos.

Sin miramientos, Imogen sofocó el agudo sentimiento de pérdida que brotó en su interior. Luchó por recobrar la compostura, mientras buscaba desesperadamente las palabras apropiadas para una situación sumamente embarazosa.

–Cálmese, milord. –Imogen maniobró para ajustarse la cofia–. No ha sido culpa suya.

–¿Está segura?

–Sí, de veras –aseguró ella, sin aliento–. Esta clase de cosas pueden ocurrir entre personas con pasiones profundas.

Mis padres tenían el mismo problema. Toda discusión entre ellos terminaba siempre de esta manera.

–Comprendo.

–Hace un rato, usted y yo estábamos discutiendo, y supongo que las emociones del momento le han hecho perder temporalmente el control de sí mismo.

–Sabía que podía esperar de usted una explicación inteligente, señorita Waterstone. –Sus ojos lanzaban destellos–. ¿En alguna ocasión se ha quedado sin palabras?

Sintió que la recorría un hormigueo de inseguridad. Esperaba que no estuviera burlándose de ella.

–Supongo que hay situaciones en las que incluso las personas más equilibradas son incapaces de hallar las palabras exactas, milord.

–Y otras en las que no sirven las palabras.

Matthias ahuecó su poderosa mano y la tomó por la nuca, inmovilizándola, y muy lentamente inclinó su cabeza para volver a besarla.

En esta ocasión el beso fue deliberado, calculado y devastador. Imogen se sintió desvanecer en brazos de Matthias. Oyó el suave ruido que hacía su cofia al caer sobre la alfombra. Su pelo se soltó mientras Matthias hundía la mano en él.

Imogen se tambaleó. A su alrededor, el mundo se volvió inestable y comenzó a disolverse. Lo único sólido era Matthias. Y era realmente muy sólido. La fuerza que emanaba de él la abrumaba y la cautivaba a la vez. Un dulce anhelo la recorrió de arriba abajo. Cerró los brazos en torno del cuello de Matthias y se sostuvo con todas sus fuerzas.

–Usted ofrece sorpresa tras sorpresa –susurró Matthias junto a su boca–. Igual que Zamar.

–Milord. –Imagen se sintió confundida por sus palabras.

Ser comparada con el antiguo Zamar estaba más allá de todo. Nunca nadie le había dedicado un cumplido semejante.

Matthias le hizo retroceder un paso atrás, y luego otro más. Imogen sintió que la apoyaba en el armario sin advertencia previa. Él la aferró por las muñecas, apretándolas contra la puerta de caoba tallada que tenía detrás. Sosteniéndola, deslizó la boca por su cuello en una sucesión de ardientes besos. Al mismo tiempo, metió el muslo entre las piernas de ella. La falda de la bata de Imogen cubrió sus pantalones.

–Cielo santo –exclamó Imogen, sin aliento. La pierna de Matthias trepaba entre sus muslos–. No puedo pensar...

–Ni yo, en este momento.

Le soltó las muñecas. Sus fuertes y elegantes manos le rodearon el cuello e inclinaron su cabeza.

Imogen se aferró torpemente al tirador de la puerta del armario para no caer. Pero en ese mismo momento Matthias la hizo girar para conducirla a la cama.

Ella olvidó soltar el tirador. La puerta del armario se abrió con un estrepitoso chirrido. El objeto de gran tamaño que se encontraba en el estante central se tambaleó por la sacudida y comenzó a deslizarse hacia delante.

Matthias apartó la boca del cuello de Imogen.

–¿Qué demonios...?

Imogen contempló horrorizada cómo se deslizaba el cuenco hasta el borde del estante y caía al suelo.

–¡Oh, no!

Matthias se movió con sorprendente elegancia y rapidez. Soltó a Imogen, pasó a su lado y atrapó el cuenco en el aire, todo en un solo movimiento.

–Por todos los diablos –dijo, contemplando el objeto que tenía en las manos.

Imogen dejó escapar un suspiro de alivio.

–Estuvo muy cerca, milord. La verdad es que usted se mueve velozmente.

–Cuando hay una buena razón para hacerlo –respondió, con una ligera sonrisa, mientras estudiaba el cuenco.

Sus ojos aún chispeaban, pero Imogen advirtió que no lo hacían de la misma manera. Ella miró el cuenco un poco más atentamente. Estaba hecho de piedra verde traslúcida y tenía un delicado tallado. Esa piedra sólo podía apreciarse exclusivamente en objetos zamarianos. Los corresponsales de Imogen habían informado que ese color había sido catalogado como verde zamariano. El cuenco mostraba inscripciones escritas en una caligrafía fluida tan elegante como el propio objeto. Imogen reconoció inmediatamente el idioma.

–Zamariano –contempló el cuenco, maravillada–. El tío Selwyn me dijo que poseía algunos objetos zamarianos, pero no sabía que tenía algo tan precioso.

–Probablemente proviene de alguna tumba zamariana.

–Seguramente. –Imogen se inclinó para contemplarlo más de cerca–. Es una pieza realmente fina, ¿verdad? Fíjese en el texto. Escritura informal. Una ofrenda personal en la cámara mortuoria de un ser amado, si no me equivoco.

Matthias apartó la vista del cuenco y le dirigió una larga mirada interrogativa.

–¿Reconoce la escritura?

–Sí, por supuesto. –Imogen tomó con sumo cuidado el cuenco verde mar de las manos de él, maravillándose ante la habilidad de la artesanía–. «Cuando Zamaris abrace a Anizamara al final del día, nuestros dos espíritus quedarán unidos para toda la eternidad.» ¿No le parece un sentimiento adorable, milord?

–¡Por todos los fuegos del infierno! –Matthias la contempló con una intensidad aún mayor que la que le dedicara al cuenco–. En toda Inglaterra hay sólo una persona, aparte de mí, capaz de traducir esa línea de escritura informal zamariana con tanta rapidez y tanta perfección.

Demasiado tarde, Imogen advirtió lo que acababa de hacer.

–¡Oh, Dios mío!

–Supongo que he tenido el placer de besar a I. A. Stone.

–Milord, le aseguro que jamás he intentado engañarle.

–¿No?

–Bueno, tal vez un poco. Iba a explicárselo todo.

–¿Con el paso del tiempo?

–Sí. Con el paso del tiempo. En su debido momento. –Trató de armarse de valor y sonreír con lo que esperaba fuese una actitud conciliatoria–. Hemos estado tan ocupados desde su llegada, entre una cosa y otra, que sencillamente no ha habido ocasión de hacerlo.

Matthias ignoró la débil excusa.

–La inicial del primer nombre es en extremo evidente. Y también lo es el Stone, señorita Waterstone, pero ¿a qué responde la segunda inicial?

–Augusta –confesó Imogen con un ligero suspiro–. Señor, entienda, por favor. He mantenido en secreto mi identidad porque sabía que los editores del *Boletín* jamás publicarían mis investigaciones si se enteraban de que habían sido escritas por una mujer.

–En efecto.

–Tenía la intención de revelarle la verdad tan pronto fuésemos debidamente presentados. Pero usted dejó muy claro que pensaba que I. A. Stone era un rival. No quería que eso enturbiara la percepción que tuviera de mí o de mi plan.

–¿Un rival? –preguntó Matthias levantando las cejas–. Tonterías. No lo considero un rival. La palabra «rival» implica considerar que I. A. Stone está en un pie de igualdad con uno. I. A. Stone es un minúsculo plumífero presuntuoso que basa sus ridículas conclusiones en artículos míos.

Imogen se sintió agraviada.

–Me permito recordarle, señor, que una buena y sólida interpretación de los hechos es tan importante como la experiencia directa.

–No puede reemplazar el conocimiento de primera mano sobre cualquier disciplina.

–Disparates. En el pasado, llegó a muchas de sus conclusiones sobre antigüedades zamarianas sin la garantía de la evidencia que usted mismo descubrió más tarde.

–¿Como cuáles?

–Como aquellas presunciones por completo infundadas referentes a los rituales matrimoniales zamarianos que detalló en su último artículo aparecido en el *Boletín* –dijo Imogen alzando la barbilla.

–Jamás hago suposiciones infundadas. Llego a conclusiones lógicas basadas en descubrimientos personales e investigación.

–¿Realmente? –Imogen clavó en él una mirada desafiante–. Usted sostuvo que la novia no tenía voz ni voto en su contrato matrimonial, cuando es obvio, incluso para un aficionado, que las novias zamarianas tenían muchos derechos y privilegios. Una mujer zamariana podía, si así lo deseaba, disolver su matrimonio.

–Solamente bajo condiciones muy delimitadas.

Imogen sonrió fríamente.

–Podía hacerlo si su esposo demostraba ser cruel o impotente. Eso abarca un terreno muy amplio, milord. Más aún, después del matrimonio conservaba el control sobre sus propiedades e ingresos. Ciertamente, eso coloca a la legislación del antiguo Zamar muy a la vanguardia de la actual ley inglesa.

–No esté muy segura de eso –dijo Matthias–. En lo referente al matrimonio, los zamarianos no eran tan diferentes de los ingleses. El hombre era el jefe del hogar. La esposa debía ser sumisa, una compañera dócil que se ocupara del manejo de la casa y del bienestar del marido. Él, a su vez, asumía la responsabilidad de proteger a su mujer e hijos.

–Ahí está otra vez usted haciendo suposiciones infundadas. Después de haber realizado una concienzuda investigación de sus escritos, he llegado a la conclusión de que los matrimonios zamarianos se basaban en el afecto y el respeto intelectual.

–Sólo una imaginación calenturienta y una falta absoluta de familiaridad directa con nuestro tema podría llevarla a realizar tan extravagantes afirmaciones. Los matrimonios zamarianos se basaban en la propiedad, la posición social y consideraciones comerciales, igual que muchos matrimonios ingleses.

–Eso no es cierto –replicó Imogen–. El elemento más importante en los matrimonios zamarianos era el afecto mutuo. ¿Cómo explica la poesía que descubrió usted en la biblioteca zamariana?

–Bueno, muy bien, unos pocos poetas zamarianos escribieron unos pocos poemas románticos y tontos. –Matthias se pasó la mano por el pelo, con un gesto de exasperado disgusto–. Eso no prueba nada. En el antiguo Zamar el matrimonio era una cuestión de negocios, tal como lo es hoy en Inglaterra.

–¿Está sugiriendo que los zamarianos no creían en el poder del amor, milord?

–«Amor» es una palabra demasiado delicada para la lujuria, y yo apostaría a que esto era bien sabido por los zamarianos. Después de todo, eran personas muy inteligentes.

–Amor no es lo mismo que lujuria.

–Sin embargo es así, señorita Waterstone –respondió Matthias, con los dientes apretados–. Se lo aseguro; he llegado a esa conclusión gracias a observaciones de primera mano, como todas mis conclusiones. No como algunos.

Imogen estaba furiosa.

–No carezco por completo de experiencia personal en el tema, señor, y he llegado a conclusiones muy diferentes.

Matthias le dedicó una fría sonrisa.

–¿Tiene experiencia personal en la lujuria? ¿Le importaría describirla en detalle, señorita Waterstone?

–Sí, me importaría. Son cosas de índole privada.

–Ciertamente. Bien, permítame ofrecerle algo de mis propias observaciones personales en materia de amor y lujuria. Soy el producto de una unión que comenzó entre los ardores de una grande y lujuriosa pasión. Pero cuando esa pasión se enfrió, los rescoldos sólo contenían amargura, odio y resentimiento.

De entre las ascuas ardientes del carácter de Imogen brotó una ola de simpatía. Dio un paso hacia Matthias y luego se detuvo, insegura:

–Discúlpeme, milord. No sabía que esto era para usted un asunto tan personal.

–Desgraciadamente, era demasiado tarde para que cualquiera de las dos partes involucradas pudiera escapar. –Cualquier inflexión se había esfumado de la voz de Matthias–. Mi madre había quedado embarazada de mí. Su familia exigió que se celebrara la boda. La de mi padre deseaba la herencia de mi madre. Eran una pareja formada en el infierno. Mi padre jamás perdonó a mi madre. Siempre sostuvo que ella lo había obligado a casarse mediante una triquiñuela. Ella, por su parte, tampoco lo perdonó por haberla seducido y luego volverse en su contra.

–¡Ha debido de ser una infancia terrible!

En el rostro de Matthias se dibujó una helada expresión de diversión.

–Por el contrario. Considero que esa experiencia ha sido muy saludable para mí, señorita Waterstone. Aprendí mucho de ella.

–No me cabe duda de que siente haber aprendido una lección inolvidable. –Imogen hizo a un lado una punzada de tristeza que la asaltaba–. Mencionó usted que, ahora que ha accedido al título, se espera que contraiga matrimonio. ¿Se propone hallar la felicidad con su alianza, sin duda?

–Puede estar segura de ello –dijo Matthias, sombrío–. Me propongo formalizar un contrato matrimonial basado sobre cimientos más sólidos que una tonta pasión romántica o un ataque de lujuria.

–Sí, naturalmente –murmuró Imogen.

Matthias tomó el reluciente cuenco verde azulado de sus manos y lo contempló con profunda atención.

–Busco una esposa que esté dotada de sentido común, no una que tenga la mente confundida por la poesía romántica. Una mujer inteligente y educada, cuyo sentido del honor asegure que no va a sucumbir a la pasión que le provoque cualquier poeta de mirada perdida.

–Comprendo.

Imogen no lograba entender por qué se había equivocado tanto con respecto a ese hombre. El Colchester de Zamar que había imaginado estaba imbuido por la esencia misma del romanticismo. El Colchester real tenía, obviamente, los pies bien plantados en la tierra.

–Es muy extraño, señor, pero cuando le pedí que viniera, estaba convencida de que usted y yo teníamos mucho en común.

–¿Ah, sí?

–Sí. Pero ahora veo que estaba en un error. Somos diametralmente opuestos, ¿no es así, milord?

Matthias pareció repentinamente cauteloso.

–Tal vez en algunos aspectos lo seamos.

–En todos los aspectos importantes, por lo que veo. –Imogen le dedicó una débil sonrisa–. En este instante lo libero de su promesa, milord.

Matthias frunció el entrecejo.

–¿Qué ha dicho?

–Fue un error de mi parte suponer que me ayudaría en mi plan. –Imogen estudió la forma en que las sensibles manos de largos dedos de Matthias sostenían el cuenco zamariano–. Realmente, me ha convencido de que no está preparado para esta clase de aventuras y de que no tengo derecho en hacerle participar.

–Creí que había dejado suficientemente claro que no se iba a librar tan fácilmente de mí, señorita Waterstone.

–¿Señor?

–Voy a colaborar con su complot. Puedo no ser el hombre que creía que era, señorita Waterstone, pero ardo en deseos de probar que no soy un cobarde.

Imogen estaba horrorizada.

–Señor, yo nunca quise sugerir que usted fuera... un... cobar...

Matthias levantó la mano, interrumpiéndola.

–Ha sido usted muy clara. Me ve como una persona pusilánime y ansiosa. No niego que haya algo de verdad en esto, pero que me condenen si permito que me califique como cobarde.

–Señor, jamás habría soñado siquiera con considerarlo un cobarde. Una tendencia a la debilidad nerviosa no es algo de lo que deba sentirse avergonzado. Se trata de una característica familiar, sin duda, como ese mechón de pelo blanco en su pelo. Es algo sobre lo que no tiene control, milord.

–Demasiado tarde, señorita Waterstone. He tomado la decisión de pagar la deuda que tenía con su tío. Es la única manera de conservar algún resto de orgullo.

–Quedé anonadada, si quieres saber la verdad –confió Imogen a Horatia dos días más tarde, mientras se dirigían a Londres en un coche de posta. Iban solas, porque Matthias había partido el día anterior, con la lista de instrucciones que Imogen le había dado–. Lo está haciendo para probar que no carece de agallas. Me temo que lo herí en su orgullo. Nunca me propuse hacerlo, pero ya sabes cómo pierdo los estribos cuando estoy muy entusiasmada con algún tema.

–Yo no me preocuparía demasiado por el orgullo de Colchester –dijo ásperamente Horatia–. Tiene arrogancia más que suficiente como para que le alcance para toda la vida.

–Me gustaría creerlo, pero tengo la convicción de que tiene una fina sensibilidad.

–¿Fina sensibilidad? ¿Colchester?

–He tratado por todos los medios de disuadirlo para que no me ayudara, pero, como has visto, no he tenido éxito.

–Ciertamente, Colchester parece dispuesto a ayudarte a seguir adelante con este alocado plan. Me pregunto qué se propone.

–Ya te lo he dicho. Se propone probar que es un hombre de acción. Cualquiera puede ver que no lo es.

–Humm. –Horatia se acomodó la falda de su traje de viaje y se reclinó sobre los almohadones. Contempló a Imogen con una mirada pensativa–. Al principio te dije que tu plan era peligroso porque temía la reacción de Vanneck, pero ahora estoy persuadida de que involucrar a Colchester en él es una jugada aún más imprudente.

–Colchester no es peligroso –dijo Imogen, frunciendo la nariz–. La verdad es que me gustaría que lo fuera. No estaría tan preocupada. Tal como son las cosas, aparte de ocuparme de los detalles de mi plan, me veré obligada a vigilarlo a él. Debo asegurarme de que, en su entusiasmo por probarse a sí mismo, no se meta en problemas.

Horatia la miró de soslayo.

–¿Vas a vigilar a Colchester?

–Es lo menos que puedo hacer, dadas las circunstancias. –Imogen miró por la ventanilla, taciturna–. Él no es todo lo que yo esperaba, tía Horatia.

–Sigues diciendo lo mismo. Sé honesta, Imogen, tus especulaciones se basaban en fantasías sin fundamento.

–Eso no es verdad. Mi opinión sobre su temperamento señorial venía influida por los artículos que escribió para el *Boletín Zamariano*. Eso sólo demuestra que no se puede confiar en todo lo que se lee.

Horatia la miró por encima de sus gafas.

–Querida mía, no terminas de entender cómo es Colchester. He tratado de decirte que su reputación quedó firmemente establecida casi diez años atrás, cuando era un veinteañero. Sé que no vas a creerlo, pero la verdad es que se lo consideraba extremadamente peligroso y absolutamente desalmado.

Imogen hizo una mueca.

–Tonterías. No hay que estar más de cinco minutos con él para darse cuenta de que semejante reputación no tiene nada que ver con la verdadera naturaleza de ese hombre. Evidentemente, es víctima de repugnantes habladurías, tal como lo fui yo misma hace tres años.

–Ciertamente, parece haberte convencido de ello –murmuró Horatia–. Me pregunto la razón.

–Parece que no tengo más remedio que cargar con su ayuda –dijo Imogen, resignada a la situación–. No me cabe duda de que causará más problemas de lo debido.

–No me sorprendería que en este momento esté diciendo precisamente lo mismo de ti, querida.

Imogen no respondió. Volvió su atención al paisaje que se veía por la ventanilla del carruaje. A su mente acudieron los recuerdos del sueño que la había despertado la noche anterior. Había tenido sueños parecidos durante las últimas semanas, pero las imágenes de la noche anterior habían sido las más claras y perturbadoras.

Se hallaba de pie en la biblioteca de la mansión del tío Selwyn. Era medianoche. Por las ventanas se filtraba la pálida luz de la luna. Las sombras bañaban la habitación y su sepulcral mobiliario.

Sabía que había un hombre allí. Se volvía lentamente, en busca de ese hombre. Nunca lo había visto. Pero sentía su presencia. Él aguardaba, oculto en lo más profundo de la noche.

Algo, o alguien, se movía en el rincón más oscuro de la habitación. Ella observaba con inquietud, mientras una figura se recortaba entre las sombras circundantes y se dirigía lentamente hacia ella. Tenía el rostro oculto por las tinieblas, pero cuando se movía hacia un lugar iluminado por la luz de la luna ella distinguía la fría plata que brillaba en su pelo.

Zamaris, Rey de la Noche. Poderoso, seductor. Y muy peligroso.

Él se acercaba, extendiendo su mano.

No era Zamaris, advertía. Era Colchester.

Imposible.

Por alguna razón, parecía no poder distinguir entre ambos. Colchester y Zamaris se habían fundido en una única criatura de la noche.

Miraba la mano que él le extendía y veía que de sus dedos largos y elegantes manaba sangre.

Iba a lamentar haberse involucrado con la señorita Imogen Waterstone, se dijo Matthias por centésima vez desde la llegada a Londres. Ya estaba causando un efecto devastador sobre su capacidad de concentración.

Dejó a un lado la pluma y miró sin ver las notas que estaba redactando para su próximo artículo en el *Boletín*. Hasta el momento sólo había logrado llenar media cuartilla con sus especulaciones sobre los ritos zamarianos. Pensamientos acerca de la inminente llegada de Imogen a la ciudad insistían en inmiscuirse.

Horatia y ella llegarían a la ciudad ese mismo día. Llevaban la idea de poner en marcha un imprudente y alocado proyecto enseguida. Todo lo que necesitaban eran unas pocas invitaciones a las recepciones y bailes adecuados. Horatia parecía convencida de que las obtendría.

Matthias se levantó de la silla y rodeó su enorme escritorio de ébano. De pie frente al fuego, fue consciente de la honda y corrosiva agitación que había estado importunándolo desde que llegara a Londres.

Había sido una tontería haberse dejado envolver en el disparatado plan de Imogen. La única nota de color que podía distinguir en este lóbrego cuadro era que el condenado complot tenía muy pocas probabilidades de funcionar. Desgraciadamente, antes de que Imogen se convenciera de abandonar su grandioso plan de venganza, era indudable que deberían pasar algunos momentos de extrema tensión. Matthias, sombrío, se resignó al hecho de que iba a ser el encargado de mantenerla a salvo de problemas hasta que aceptara su derrota.

Estaba decidida a avanzar en su camino, aun cargando con la amenaza del escándalo y del peligro. Matthias reconsideró el plan una vez más, tratando de ser objetivo. No creía que Vanneck hubiera matado realmente a su esposa. Vanneck era un calavera disoluto, disipado, astuto y carente de principios, que tenía muy mala reputación en burdeles y garitos, pero no le parecía un asesino. La desconsiderada seducción de una joven candorosa e ingenua como Imogen correspondía más a su estilo. Matthias apretó fuertemente los puños.

Cerró los puños y pensó en la respuesta de Imogen cuando la tomó en sus brazos. Una ola de dulce y abrasador calor lo recorrió, avivando el fuego que le consumía desde que partiera de Upper Stickleford. No podía recordar cuándo había sido la última vez que el beso de una mujer había producido un efecto tan devastador sobre sus sentidos. Intentó apagar el deseo que se había instalado en su interior. Al fracasar en el intento, la imaginó junto a Vanneck, en aquel dormitorio de la planta alta, en el baile de los Sandown. Se le congelaron las entrañas.

Matthias sabía qué le estaba ocurriendo, y eso le preocupaba mucho más que todo lo que le había preocupado desde hacía mucho tiempo. Quería a Imogen para él. La visión de Imogen en los brazos del libertino de Vanneck era casi suficiente para inspirarle deseos de matar.

Respiró profundamente, clavó la mirada en el fuego y convocó a los fantasmas. Allí estaban, como siempre, al acecho, pareciendo querer tirar de él para arrojarlo a las llamas; allí donde ellos esperaban. Tantos y tantos malditos fantasmas.

Matthias tenía diez años cuando su padre, Thomas, se marchó de casa definitivamente, enfurecido, gritando a Elizabeth, quien estaba, como de costumbre, hecha un mar de lágrimas.

Matthias había presenciado la batalla final a través de los barrotes de la baranda de la planta alta. La certeza de su propia incapacidad para detener el aluvión de palabras groseras o el flujo de las lágrimas de su madre le había hecho temblar las manos. Sólo deseaba correr y esconderse. En lugar de eso, se había obligado a contemplar la contienda entre el padre, a quien nunca pudo agradar, y la madre, a quien nunca pudo consolar.

Había escuchado muchas veces las mismas terribles acusaciones cruzadas entre sus padres, pero ésta era la primera ocasión en que realmente las comprendía.

Después de tantos años, las palabras aún ardían en su mente.

–¡Tú me engañaste, perra insensible y conspiradora! –había gritado Thomas a su esposa en el vestíbulo–. ¡Utilizaste tu cuerpo para seducirme, y luego para quedar embarazada con toda la premeditación!

–¡Tú decías amarme! –replicaba Elizabeth–. Yo era una niña inocente, pero no tuviste escrúpulos en arrastrarme a tu lecho, ¿verdad?

–Me mentiste. Decías que sabías cómo evitar el embarazo. Maldita seas, jamás tuve la intención de casarme contigo. Nunca sentí otra cosa que un capricho pasajero, ni más ni menos que lo que se puede sentir por una prostituta.

–Hablabas de amor –se lamentaba Elizabeth.

–¡Bah, ya he aguantado bastante este absurdo matrimonio! ¿Querías el título? Bien, ya lo tienes, pero por Dios te juro, Elizabeth, será todo lo que obtendrás de mí.

–No puedes abandonarme, Thomas.

–No puedo librarme de ti por medios legales. El divorcio está fuera de discusión. Pero me niego a condenarme a toda una vida de infelicidad. Disfruta del título que conseguiste con tu cuerpo. Tendrás esta casa y una renta, pero jamás volveré a pisar esta habitación. Me trasladaré a Londres. Si tienes que comunicarte conmigo por algún asunto grave, hazlo por medio de mis abogados.

–¿Y qué sucederá con Matthias? –preguntaba Elizabeth desesperada–. Es tu hijo, y heredero.

–Sólo tengo tu palabra de que eso es así –decía Thomas con rudeza–. Por lo que sé, te has acostado con la mitad de los socios de mi club.

–¡Es tu hijo, condenado bastardo!

–Tengo plena conciencia de ello, señora –decía Thomas–. Pero algún día sabré la verdad acerca de lo artero de tu engaño. A todos los hombres de mi familia les aparece un mechón blanco en el pelo cuando rondan los veinte años.

–Y así pasará con Matthias. Ya lo verás. Mientras tanto, no puedes abandonarlo.

–Cumpliré con mis obligaciones para con él –prometía

Thomas–. Hace tiempo que debía haber sido enviado a la escuela. Si permanece un minuto más en esta casa, no cabe duda de que lo atarás a ti con toda la fuerza, usando tus condenadas lágrimas y los tirantes de tu delantal; jamás llegará a ser un hombre.

–No puedes enviarlo lejos. Es todo lo que tengo. No lo permitiré.

–Pues no tienes alternativa, señora –había replicado Thomas–. Ya he hecho los arreglos necesarios. Su tutor ha sido despedido. Con un poco de suerte, Eton y Oxford repararán el daño que has intentado provocar.

La vida en la escuela no había sido del todo desagradable. Después de pasar diez años tratando de complacer a su padre, Matthias continuó realizando ese inútil esfuerzo. Se había volcado en los estudios en cuerpo y alma.

Thomas había prestado poca atención a los éxitos escolares del muchacho, pero en esos años sucedió algo poco común. Al revés que la mayoría de sus compañeros, Matthias se había sentido atrapado por los textos clásicos, que conformaban el núcleo del currículum. A medida que él crecía esos textos continuaron cautivándolo con un poder inexplicable. Sentía que contenían un secreto celosamente oculto.

Su madre le escribía largas y melancólicas cartas; gracias a ellas se mantenía informado acerca de sus interminables quejas contra el egoísta y pendenciero carácter de su padre, las reuniones familiares que había planeado y sus enfermedades. Matthias detestaba volver a casa en las vacaciones, pero lo hacía porque algo dentro de él le decía que era su deber. A lo largo de los años, vio a su madre lo suficiente como para darse cuenta de que había comenzado a tratar su depresión con crecientes cantidades de vino y láudano.

Las cartas de su padre habían sido pocas y muy espaciadas. Esencialmente, consistían en quejas sobre el alto costo de los estudios de Matthias y furiosas diatribas contra las interminables demandas de dinero que Elizabeth realizaba a sus procuradores.

Su madre se ahogó en un estanque de la propiedad el invierno en que Matthias cumplía catorce años. Los sirvientes dijeron que había estado bebiendo una gran cantidad de vino durante la cena y que luego se había servido varias copas de brandy. Les había dicho que deseaba dar un paseo a solas.

Su muerte fue declarada accidental, pero Matthias se preguntó más de una vez si su madre no se habría suicidado. De cualquier manera, toda la vida cargaría con la culpa de no haber estado allí para salvarla. Su madre así lo habría querido, pensó con sarcasmo.

Todavía podía ver a su padre, de pie junto a la sepultura de Elizabeth. Había sido una ocasión memorable por muchos motivos, de los cuales no era el menor el hecho de que ese día Matthias se había hecho una promesa. En silencio había mirado a su padre a la cara, y se había jurado a sí mismo no volver a intentar complacerlo. Ese día el frío se había apoderado de su corazón, para no abandonarlo jamás.

Thomas, sumido alegremente en sus cosas, no había advertido el estado de ánimo de Matthias. Inmediatamente después del funeral lo llevó aparte para anunciarle, lleno de entusiasmo, su intención de volver a contraer matrimonio. El alivio que mostraba por la muerte de Elizabeth y su feliz expectativa ante su próxima boda marcaban un agudo contraste con el luto que los rodeaba.

–Se llama Charlotte Poole. Es una mujer muy agradable, encantadora y de una gran pureza. Un noble ejemplo de feminidad. Me traerá la felicidad que nunca he tenido.

–Me alegro por usted, señor.

Matthias había girado sobre sus talones y se había alejado de la tumba de su madre. Supo entonces que su fantasma lo seguiría siempre a todas partes.

La carta en la que Thomas le anunciaba el nacimiento de su hija, Patricia, llegó un año después del casamiento del conde con Charlotte. Matthias leyó cuidadosamente las alegres y resplandecientes palabras que su padre había utilizado para describir el «hondo y duradero cariño» por su pequeña y por la madre. Cuando terminó, arrojó el anuncio del nacimiento al fuego del hogar. Mientras miraba arder la carta, creyó ver el fantasma de su madre entre las llamas. Resultó ser el primero de una larga serie.

El mechón plateado apareció en el cabello de Matthias casi de la noche a la mañana. Su padre comenzó a enviarle cada vez más cartas llenas de buenas intenciones, invitándolo a visitar a su nueva familia. Matthias las ignoró.

Cuando terminó sus estudios, Matthias tenía una sólida formación en griego, latín y en los juegos de dados y el whist. Los numerosos viajes que hacía con regularidad a Londres en compañía de sus amigos lo familiarizaron tanto con los garitos de peor reputación como con las obras artísticas del Museo Británico.

Fue precisamente allí, en el museo, donde encontró las primeras pistas que lo conducirían al perdido Zamar. Fue allí también donde conoció a George Rutledge, un erudito sumamente respetado, experto en antigüedades que lo invitó a utilizar su biblioteca personal.

La impresionante biblioteca de Rutledge contenía una ingente información sobre la existencia del perdido reino insular. Rutledge se mostraba tan entusiasta como Matthias con respecto a la posibilidad de descubrir Zamar. El único problema que se vislumbraba en el futuro era la obtención del dinero necesario para la expedición. Matthias solucionó esa dificultad de una forma muy original; una forma que provocó el escándalo de la sociedad londinense y el agravio de su padre.

Abrió un garito.

En los años que siguieron al descubrimiento de Zamar por parte de Matthias, recibió numerosas esquelas de lord Colchester invitándole a visitar a su reducida familia en su casa de campo. Matthias rehusó cortésmente todas ellas. Se las había ingeniado para evitar conocer a su madrastra y a su media hermana.

Algunos meses antes, mientras se hallaba en camino de regreso desde Zamar, Thomas y Charlotte murieron en un accidente mientras viajaban en un carruaje. El funeral se realizó varias semanas antes de que él llegara a Inglaterra. Inmediatamente después del entierro de sus padres, Patricia se fue a vivir con su tío.

Cuando Matthias llegó a Londres descubrió que había heredado el título de conde, y algunos fantasmas más.

CAPÍTULO IV

Si las cosas salían mal, jugaría la única carta que le quedaba, se prometió Matthias ese martes a la noche mientras entraba en el salón de baile brillantemente iluminado. Existía la posibilidad de que, una vez que el plan de Imogen se pusiera en marcha, él pudiera hacerlo naufragar haciendo saber a Vanneck y a todos los demás que había llegado a la conclusión de que ese mapa era un fraude.

Sería un plan muy arriesgado. No había garantías de que semejante táctica funcionara. Después de todo, Imogen era I. A. Stone. Ella estaba decidida a guardar su identidad en secreto, pero era perfectamente libre de citar la opinión de Stone con total autoridad. Si I. A. Stone, que ya tenía una cantidad de seguidores devotos y entusiastas, hacía saber que consideraba que el mapa era auténtico, Vanneck bien podría morder el anzuelo sin tomar en cuenta la opinión de Matthias. Entre la nobleza eran muchos los que se sentirían complacidos si Matthias resultaba estar equivocado.

Entró en el vasto salón ignorando las curiosas y mal disimuladas miradas que le dirigían. Fingió asimismo no oír los comentarios susurrados que se acallaban a su paso.

Colchester *El Despiadado.*

Jamás se había tomado el trabajo de limpiar la reputación que ganara diez años atrás. No había hecho ningún esfuerzo en ese sentido. Tenía cosas más importantes que hacer en esos años. El perdido Zamar lo había absorbido en cuerpo y alma. O, por lo menos, así había sido hasta que Imogen Waterstone lo arrastrara a su extravagante proyecto.

En general, Matthias no tomaba en cuenta al mundillo de

la alta sociedad inglesa. No disimulaba el desdén que le provocaban las frívolas costumbres y el chismorreo virulento que constituían la esencia. En consecuencia, la nobleza lo encontraba fascinante.

Matthias saludó a un conocido con un frío movimiento de cabeza y se sirvió una copa de champán de la bandeja que llevaba un camarero. Se apoyó contra una de las horrorosas y recargadas columnas, profusamente dorada, que decoraban el salón de baile, y sacó su reloj del bolsillo. Pronto darían las once. Hora de levantar el telón.

En una esquela minuciosamente detallada que le había llegado esa mañana a su casa de la ciudad, Imogen le había dado instrucciones sobre el papel que debía cumplir esa noche. Había llegado al extremo de escribir un guión para que se ciñera a él en el curso de la primera conversación que sostendrían frente a todo el mundo. Se le había ordenado proceder como si acabaran de ser presentados en ese momento.

Tras un rápido vistazo a las ridículas líneas del diálogo que teóricamente debía memorizar, Matthias arrojó el papel al fuego. No era Edmund Kean, y el salón de baile de lady Blunt no era Drury Lane. No obstante, se encontraba allí.

Y, muy a su pesar, estaba intrigado.

La pequeña estratagema de Imogen era descabellada, temeraria y extremadamente alocada. Estaba seguro de que se arrepentiría de participar en ella. Pero no podía negar la sensación de curiosidad que lo embargaba.

Se le ocurrió pensar que, en el corto período de tiempo que la conocía, había experimentado una cantidad de sensaciones poco habituales, desde la incredulidad hasta un deseo perturbador. Entre ambas, había sentido irritación, estupefacción y perplejidad, más sensaciones que las que había tenido en los últimos diez años. La dama era peligrosa.

–Buenas noches, Colchester. Ciertamente, es una sorpresa verlo por aquí. Algo muy interesante debe de suceder esta noche en el baile de lady Blunt. No puedo imaginar otra razón para que usted condescendiera a aceptar su invitación.

Al oír la gutural y conocida voz, Matthias se volvió para observar a la mujer que había aparecido a su lado. Hizo una ligera inclinación de cabeza.

–Selena. –Alzó su copa, en un rápido brindis–. Enhorabuena. Espectacular, como siempre, señora.

–Gracias, señor. Se hace lo que se puede.

–Y en su caso, sale siempre airosa.

Si Selena –lady Lyndhurst– advirtió el tono burlón de sus palabras, no lo dejó traslucir. Se limitó a sonreír, en implícita aceptación de lo evidente. *Era* espectacular. Todo Londres lo reconocía.

Selena tenía veintitantos años. Había establecido su residencia en Londres cuatro años antes, con ocasión del fallecimiento de su anciano esposo. No había mostrado inclinación a contraer matrimonio nuevamente, pero de tanto en tanto su nombre había sido vinculado, si bien discretamente, con el de algunos caballeros de la nobleza. Hermosa, elegante e inteligente, sacaba partido de la incomparable libertad que le otorgaba su situación de viuda acaudalada.

Selena se había incorporado a la Sociedad Zamariana, pero Matthias opinaba que su interés en las antigüedades sería efímero. Tenía la inteligencia necesaria para estudiar el tema, pero, como ocurría con la mayoría de sus miembros, su interés en el Zamar antiguo era más una cuestión de moda que una fascinación intelectual. Cuando Zamar dejara de entretenerla, se volcaría en un nuevo pasatiempo.

Su cabello dorado claro, sus ojos azul cielo y su notoria tendencia a elegir el color celeste para su atavío le habían ganado a Selena el apodo de «Ángel». Los jóvenes petimetres de la sociedad componían odas a su «apariencia celestial» y a su «aura etérea». Los mayores, caballeros más cínicos, concentraban sus esfuerzos en intentar seducirla para llevarla al lecho. Según lo que había oído por ahí, Matthias sabía que muy pocos habían tenido éxito. Selena era muy rigurosa en la elección de sus amantes.

Su instinto le indicaba que Selena era esa clase de mujer

cuyo encanto y belleza inspiraba grandes pasiones en los hombres pero que no caían ellas mismas víctimas de esa pasión.

Esa noche llevaba su habitual color celeste. La tela de su vestido, que dejaba al descubierto buena parte del pecho blanco como la nieve, tenía un entramado de hilos de oro. Las finas hebras resplandecían a la luz de las arañas. Su pelo estaba adornado con gráciles plumas doradas, y llevaba largos guantes azules. Iba calzada con escarpines de satén azul. Un verdadero ángel, pensó Matthias. Se preguntó dónde habrían ido a parar sus alas.

Por un momento tuvo una breve visión interior de la cabellera rojiza de Imogen y sus ojos vivaces de color marino. En Imogen Waterstone no había nada etéreo. Era decidida, enérgica y brillante. Exactamente lo opuesto a los fantasmas que veía en el fuego. Cualquier pasión a la que se entregara sería real, no un ensayado simulacro de sentimiento. El recuerdo del beso compartido resplandeció en la mente de Matthias.

Torció la boca en una mueca de pesar al beber un sorbo de champán. No sentía ninguna atracción en particular por los ángeles; por el contrario, parecía haber desarrollado cierta inclinación por una dama que tenía algo de diabólico.

–Venga conmigo, Colchester, cuénteme lo que lo trae esta noche por aquí. –Selena echó un vistazo por el salón–. ¿Será verdad que ha decidido asumir las obligaciones que le impone su nuevo título? ¿Ha condescendido a alternar una temporada con la nobleza en busca de una esposa?

–¿Es eso lo que dicen los rumores?

–Es la teoría que prevalece en este momento –admitió ella–. Dígame, ¿acaso ha echado el ojo a alguna de las jóvenes de por aquí?

–¿Y si así fuera?

Selena dejó escapar una risa que recordaba el sonido de cristales chocando entre sí.

–Si verdaderamente está a la caza de la esposa adecuada, señor, tal vez pueda ayudarlo.

–¿De qué manera?

–Con las presentaciones adecuadas, desde luego. Debe de haberse enterado de que he formado un pequeño salón para entretenerme. Nos reunimos en mi casa dos veces por semana con el propósito de estudiar el antiguo Zamar. Solamente invito a jovencitas de las mejores familias. Dígame qué es lo que busca en materia de aspecto, modales, edad y herencia, y yo le seleccionaré una o dos para su consideración.

Matthias sonrió sin ganas.

–Selena, esto suena como si trabajara en el patio de subastas de Tattersall.

–Elegir una esposa no se diferencia mucho de elegir un buen caballo, ¿no le parece, milord?

–No sabría decirle. –Matthias tomó una segunda copa de champán de una bandeja y se la ofreció–. Nunca he pasado por ninguna de esas situaciones. Hábleme de su salón zamariano. No parece corresponder a su estilo. ¿Qué clase de diversión representa entretener a un grupo de jóvenes damiselas dos veces por semana?

Los ojos de Selena destellaron por encima del borde de su copa de champán.

–¿No se le ocurre que simplemente disfruto instruyendo a otros en los misterios del antiguo Zamar?

–No –respondió Matthias con franqueza–. Sospecho que es más probable que descubra en las ingenuas jovencitas una excelente fuente de información sobre las más recientes habladurías relacionadas con las familias más encumbradas de la nobleza.

–Desde luego, me siento abrumada por la pobre opinión que tiene de mí.

–No lo tome como algo personal, Selena. Tengo una pobre opinión sobre todos los juegos que ocupan a la nobleza.

–Usted no está en condiciones de criticar, Colchester, ya que hace muy pocos años instaló un garito con el exclusivo propósito de despojar de sus patrimonios a caballeros de la nobleza. –Selena rió suavemente–. Y pensar que me acusa a mí de jugar, señor. La idea que tiene acerca del entretenimiento le quita a una el aliento.

Nadie había perdido todo su patrimonio en las mesas de juego de El Alma Perdida, reflexionó Matthias. Se había asegurado de que así fuese. Pero no vio razón alguna para explicárselo a Selena. En todo caso, era muy improbable que le creyera. Ciertamente, nadie en toda la alta sociedad lo creía. Aun después de todos estos años, persistían las murmuraciones que hablaban de que había destruido gran número de fortunas en el tiempo en que era dueño del garito.

–En estos tiempos prefiero entretenerme con otras cosas.

Matthias escudriñó entre la multitud, intentando ver a Imogen. Ya tendría que haber venido.

–¿Busca a alguien en particular? –preguntó Selena–. Quizá debería advertirle que he visto a Theodosia Slott entre los invitados.

Matthias sofocó un gruñido y mantuvo un tono carente de inflexión.

–Oh, gracias.

–Algún día me contará qué es lo que ocurrió realmente en aquel encuentro al amanecer, cuando le disparó a su amante.

–No tengo ni idea de qué está hablando –dijo Matthias con tranquilidad.

Decidió que daría a Imogen quince minutos más. Si para entonces no había llegado, la dejaría librada a su propia suerte. Pero tan pronto tomó esa firme determinación, cambió de idea. La visión de Imogen librada a su propia suerte bastaba para helarle la sangre en las venas.

Selena lo contempló con una mirada curiosa.

–¿De manera que aún se niega a hablar del duelo, a pesar de que ya han pasado varios años? ¡Qué decepcionante! Pero no puedo decir que me sorprenda. Es usted famoso por negarse a conversar sobre otra cosa que no sea el antiguo Zamar.

–No hay muchos otros temas entre la nobleza que merezcan una conversación prolongada.

–Me temo que es usted un poco cínico, milord. –Selena se interrumpió al advertir un pequeño revuelo en el otro extremo del salón–. Vaya, vaya; parece que acaba de llegar alguien muy interesante, aparte de nosotros dos, claro.

Matthias siguió la mirada de Selena. El malicioso y ávido zumbido de los murmullos que brotó de la multitud no dejaba lugar a dudas. La expectativa le recordó el clima que se cierne sobre los sabuesos poco antes del comienzo de una partida de caza. El aire estaba impregnado con el olor de la sangre.

Un nombre cabalgó sobre la cresta de la ola de conversaciones que fluyó por el salón. Matthias lo atrapó cuando pasó a su lado.

–Imogen, *La Impúdica*. La chica de los Waterstone. ¿Recuerdas, querida?

–No conozco todos los detalles. Fue hace tres años. Se tapó todo por la relación de la familia con el marqués de Blanchford. Creo que recibió una suma considerable a la muerte de su tío.

–Su nombre se asoció con el de Vanneck de una forma más que desagradable. Se los encontró juntos en un dormitorio de la casa de los Sandown, imagínate. A raíz del incidente, lady Vanneck se suicidó.

–Es algo increíble. ¿Y todavía es recibida en los círculos sociales?

–Imogen, *La Impúdica*, es un tema muy entretenido, querida. Y su tía está emparentada con Blanchford.

Selena agitó su abanico azul y dorado.

–Imogen, *La Impúdica*. Casi la había olvidado. Bueno, esto será ciertamente divertido, milord.

–¿Lo cree así?

–Sí, por supuesto. Usted no se encontraba en Londres hace tres años, cuando esa mujer causó un gran revuelo. Una excéntrica, sin exagerar. Verdaderamente, una intelectual. –Selena sonrió–. Usted podrá apreciar esto, Colchester. Estaba absolutamente apasionada por el antiguo Zamar.

–¿Ah, sí?

–Por lo que recuerdo, carecía de buen gusto y no tenía ni idea de la moda. Me pregunto si al menos ha aprendido a bailar correctamente el vals.

–¿La conoce bien? –preguntó Matthias, mirándola.

–*Todo el mundo* la conoce después del incidente con Vanneck. Fue la comidilla de la temporada. No puedo verla desde aquí, señor. Usted que es bastante alto, ¿puede distinguirla entre la gente?

–Sí –respondió Matthias con suavidad–. Puedo verla muy bien.

Matthias observó la entrada de Imogen con una mezcla de fascinación y divertido respeto. Se lo hubiera propuesto o no, la gente se abría a su paso en el salón de baile.

Llevaba un vestido de talle alto color verde zamariano. Matthias pensó que no era solamente el color lo que la hacía diferente. Después de todo, el verde zamariano era muy popular esa temporada. Lo que obligaba a mirarla dos veces era el diseño de delfines y conchas marinas que adornaban el escote y las tres hileras de volantes en la falda. Matthias sonrió casi imperceptiblemente. Los motivos de delfines y conchas marinas eran ciertamente característicos del arte zamariano, pero parecían un tanto extraños en un vestido de baile.

Imogen llevaba un turbante también color verde zamariano que ocultaba todo su pelo, salvo algunos rizos dispersos. El estilo se adaptaba mejor a una matrona algo mayor. Un alfiler de oro con la forma de un delfín adornaba el frente del imponente tocado.

Horatia, resplandeciente con su traje de seda plateado, estaba a su lado. Había reemplazado sus habituales gafas por unos elegantes imperdibles.

Matthias ocultó una sonrisa socarrona cuando vio a Imogen avanzar en medio de la gente. No caminaba dando los pequeños pasos ligeros que la mayoría de las mujeres practicaban con tanta diligencia, sino más bien lo hacía con energía y entusiasmo.

Mientras la contemplaba le pareció que sus sentidos se volvían repentinamente más perceptivos. Tuvo conciencia de las ráfagas de fragancias florales que entraban a través de las balconeras que daban al jardín. Las velas en las enormes arañas ardían con un poco más de brillo. El murmullo de la conversación era más audible que un rato antes. Y de golpe, vio a cada uno de los demás hombres como si fuera un ave de rapiña. Matthias sabía bien que esta última observación no era meramente una invención de su imaginación calenturienta.

–Me pregunto si espera encontrar marido –comentó Selena, pensativa–. Tal vez su tía la haya convencido de que la herencia que ha recibido recientemente es suficiente como para inducir a algunos caballeros desesperados a ofrecerle matrimonio. Lo que es más que posible.

Matthias apretó los dientes con un rechinar casi audible. Imogen debía de ser consciente que el escándalo de tres años atrás había resucitado en cuestión de minutos. El parentesco lejano de la familia Waterstone con el marqués de Blanchford volvería a introducirla entre la nobleza, pero no podía evitar que la nobleza chismorreara. A esa altura los murmullos ya habrían llegado a sus oídos, tal como habían llegado a los de él.

La examinó con más atención. Desde donde él se hallaba la podía ver indiferente a los comentarios que se suscitaban a su paso. Eso sólo corroboraba que no eran muchas las cosas que conseguían intimidar a Imogen.

La observó con creciente admiración, mientras ella y Horatia se abrían camino entre la gente. Matthias sabía muy bien lo que se sentía al entrar a un salón de baile y escuchar un epíteto desagradable unido al nombre de uno. Se requería coraje para avanzar en ese ambiente. ¿Qué diablos podía hacer para desalentarla de llevar adelante su audaz proyecto, habiendo demostrado ella poseer nervios de acero?

–¿Colchester?

Matthias volvió su atención a Selena, que lo miraba con extrañeza.

–Perdón, no la he oído. ¿Qué me ha dicho?

–Le he preguntado si le pasaba algo malo.

–¿Malo? No, en absoluto. –Matthias apoyó su mediada copa de champán en una bandeja–. Discúlpeme, por favor. Me urge descubrir si la señorita Waterstone, efectivamente, anda en busca de marido.

La adorable boca de Selena se abrió por la sorpresa. Matthias jamás la había visto con una expresión tan sobresaltada en el rostro. Faltó poco para que soltara una carcajada.

–¡Colchester, no puede hablar en serio! –Selena recobró la compostura con cierta dificultad–. ¿Qué se propone? No puede decirme que está interesado en Imogen Waterstone como una posible esposa. Milord, acabo de decirle que los rumores sobre ella son sumamente desagradables.

–Muy raramente presto atención a los rumores, Selena. He oído demasiados relacionados conmigo como para darles crédito.

–Pero, Colchester, Imogen fue sorprendida en un dormitorio junto a Vanneck, por todos los cielos. Ningún hombre en su posición consideraría siquiera proponerle matrimonio a Imogen, *La Impúdica*. Usted no necesita su dinero. Todo el mundo sabe que actualmente es usted tan rico como Creso.

–Si me perdona, Selena, debo ver la manera de conseguir que nos presenten.

Matthias giró sobre sus talones y se abrió paso entre el primero de los numerosos grupos apretados de invitados que llenaban la estancia. A medida que avanzaba, se hacían todos a un lado como por arte de magia. Matthias sintió que todas las miradas lo seguían, ávidas y especulativas, cuando quedó en evidencia que se dirigía a Imogen y Horatia.

Llegó hasta el grupo que las rodeaba en el mismo momento que lo hacía Fletcher, lord Vanneck.

Vanneck estaba tan concentrado en Imogen que no vio a Matthias hasta que por poco planta el pie sobre sus botas alemanas brillantemente lustradas.

–Perdone usted –murmuró Vanneck mientras maniobraba para colocarse en un sitio más adecuado. Entonces reconoció a Matthias. Sus ojos de pesados párpados se iluminaron por el asombro–. Colchester. –Una cautelosa sorpresa reemplazó al asombro inicial–. He oído por ahí que estabas en Londres. ¿Qué diablos te trae por aquí? Creí que no te gustaban este tipo de fiestas.

–Parece que todo el mundo se ha puesto de acuerdo esta noche para preguntarme lo mismo. Estoy empezando a encontrarlo monótono.

Vanneck enrojeció. Apretó los delgados labios en una mueca de enfado ante el desaire.

–Mis disculpas.

–No tiene importancia, Vanneck. Esta noche estoy preocupado por otra cuestión.

–¿Ah, sí?

Matthias ignoró las profundas especulaciones que se reflejaban en la mirada de Vanneck. Nunca le había interesado. Habían coincidido en varias ocasiones, no sólo porque Vanneck era miembro de la Sociedad Zamariana sino porque también lo era de uno o dos de los clubes de Matthias.

Sabía que alguna vez Vanneck había sido considerado un hombre apuesto por las damas de la nobleza. Pero ahora estaba en la cuarentena, y sus excesos con la bebida más toda una vida de disipación se habían cobrado su precio. Había engordado en la cintura, y de las que en otros tiempos habían sido cuadradas mandíbulas ahora colgaba una gruesa papada.

Matthias observó a Imogen cuando era presentada a su anfitriona, la regordeta y alegre Letitia, lady Blunt. Era evidente que Horatia y Letty eran viejas amigas. Las dos mujeres estaban parloteando, cual dos calderos borbotando sobre la hornalla. Letty estaba notoriamente emocionada por el revuelo que había logrado provocar con sus dos inesperadas visitas. Al día siguiente su baile estaría en boca de todos. Horatia había elegido bien su primera invitación.

–Imogen Waterstone –informó oficiosamente Vanneck a Matthias–. Ha estado fuera de la ciudad los últimos tres años. Era amiga de mi difunta esposa.

Matthias le dirigió una rápida mirada.

–Eso he oído.

–¿La conoces? –preguntó Vanneck, con el entrecejo fruncido.

–Digamos que sé lo suficiente de ella como para desear que me la presenten.

–No puedo imaginar por qué –musitó Vanneck–. Esa mujer es una excéntrica.

Por un momento, a Matthias se le presentó una visión de ese disoluto bastardo pagado de sí mismo, atrayendo con engaños a Imogen hacia una habitación y tuvo que reprimir un impulso casi ingobernable de plantarle el puño en su carnosa cara. Se obligó a volverse, para atravesar el último cerco de mirones.

Imogen, que había estado atendiendo con gran cortesía al intercambio de noticias entre Horatia y Letty, se iluminó al verlo. Matthias sonrió imperceptiblemente.

–Colchester –llamó Letty con una sonrisa radiante.

La presencia de éste era todo un logro, y ella tenía plena conciencia de que estaba en deuda con él. De un solo golpe la había convertido en una anfitriona digna de ser tenida en cuenta.

–Letty. –Matthias se inclinó sobre su mano regordeta y enguantada–. Mis felicitaciones por tan entretenida recepción. ¿Puedo tomarme el atrevimiento de pedirle que me presente a sus nuevas invitadas?

El redondo rostro de Letty se iluminó de placer.

–Desde luego, milord. Permítame presentarle a mi querida y gran amiga, la señora Horatia Elibank, y a su sobrina, Imogen Waterstone. Señoras, el conde de Colchester.

Matthias sonrió a Horatia tranquilizadoramente mientras se inclinaba sobre su mano.

–Un placer, señora Elibank –dejó que su mirada se trasladara al ansioso rostro de Imogen.

–Milord –dijo Horatia, aclarándose la garganta–. Ha de saber que mi sobrina es una estudiosa del antiguo Zamar.

–¿De verdad? –Matthias tomó la mano enguantada de Imogen entre las suyas. Recordó la frase que Imogen le había indicado decir en la esquela que le había enviado esa mañana–: «¡Qué coincidencia! Yo también».

Los ojos de Imogen relampaguearon con triunfante aprobación cuando le oyó citar las palabras acordadas.

–¿Señor, ¿acaso es usted el lord Colchester que descubrió el perdido Zamar y logró que estuviera más de moda que el antiguo Egipto?

–Claro que soy Colchester. –Matthias decidió que ya era hora de apartarse del libreto–. En cuanto a Zamar, sólo puedo decirle que se puso de moda simplemente porque es Zamar.

Imogen entrecerró los ojos cuando oyó las líneas improvisadas, pero se mantuvo fiel a su propio papel.

–Encantada de conocerle, milord. Me parece que tenemos mucho de qué hablar.

–Qué mejor momento que éste para comenzar esa conversación. ¿Me haría el honor de concederme este baile?

–Oh, sí, por supuesto, señor –dijo ella, pestañeando sorprendida.

Con una inclinación de cabeza hacia Horatia, Matthias se adelantó para tomar el brazo de Imogen. Su mano quedó en el aire, ya que ella ya había comenzado a abrirse paso entre la gente. Logró ponerse a la par de ella cuando ya ganaba la poblada pista.

Imogen se volvió con gran donaire, permitió que él la tomara en sus brazos, y de inmediato lo arrastró en un enérgico vals.

–Bueno, estamos en marcha. –La excitación le hacía brillar los ojos–. Sentí un gran alivio al verlo hoy aquí, señor.

–Me limité a seguir las instrucciones.

–Sí, lo sé, pero debo confesarle que sentía un ligero temor de que pudiera haber sucumbido a las dudas que le provocaba mi plan.

–Más bien tenía la esperanza de que usted misma sintiera algún escrúpulo, Imogen.

–En absoluto. –Imogen echó una rápida mirada a su alrededor, y lo llevó hasta un rincón un poco más tranquilo–. ¿Ha visto a Vanneck?

–Está aquí.

Matthias pensó que eso de ser llevado por la pista de baile por su compañera era toda una novedad.

–Excelente. –Imogen le apretó la mano–. ¿Ya habrá tomado nota de su súbito interés en mí?

–Él y todos los demás. No es habitual que me deje ver en ocasiones como ésta.

–Mejor que mejor. Mientras estamos bailando, tía Horatia le está contando a lady Blunt la historia del Sello de la Reina. Le dirá que el tío Selwyn me dejó el mapa. El rumor se extenderá rápidamente, con lo que espero que Vanneck se entere esta misma noche o mañana a primera hora.

–No le quepa duda, dada la manera en que corren las habladurías en este ambiente –concordó Matthias torvamente.

–Tan pronto sepa que poseo la clave para llegar hasta el Sello de la Reina, recordará cómo buscó usted la oportunidad para que fuésemos presentados lo antes posible. –Imogen sonrió con gran satisfacción–. De inmediato se preguntará por qué se molestaría usted en algo así, y llegará a la conclusión de que sólo existe una razón obvia que lo haya inducido a querer conocerme con tanta urgencia.

–El Sello de la Reina.

–Exactamente.

Matthias la miró de soslayo.

–Hay otra razón para que quisiera que fuéramos presentados esta noche, ¿sabe usted?

Ella lo miró, desconcertada.

–¿Cuál es, milord?

–Ya le dije que la nobleza piensa que estoy a la caza de una esposa.

–Oh, ciertamente –respondió ella, comprendiendo–. Mencionó algo por el estilo. Pero no es probable que nadie crea que se ha fijado en mí por esa razón.

–¿Por qué no?

–No sea torpe, Colchester. Nadie espera que esté seriamente interesado en mí como posible esposa. No se preocupe. La nobleza supondrá exactamente lo que nosotros queramos que suponga: que usted tiene interés en mi mapa.

–Si usted lo dice... –Consciente de que todos los miraban, Matthias sonrió para ocultar su exasperación–. Supongo que no hay esperanzas de hacerla cambiar de idea, ¿verdad?

–En absoluto, milord. De veras. Estoy muy satisfecha por la forma como ha comenzado todo esto. Trate de no preocuparse. Me ocuparé de que no corra ningún peligro.

–Ya que no hay ninguna posibilidad de que abandone su plan, ¿la hay acaso de que pueda persuadirla de que me deje seducirla?

–¿Perdón?

–Sé que puede parecerle aburrido y convencional, pero me enseñaron que debo ser yo el que conduce cuando bailo el vals con una dama.

–Oh. –Imogen se ruborizó–. Discúlpeme, milord. Estoy fuera de práctica. Hace tres años, contraté a un profesor francés de baile. Los franceses son muy hábiles en esta clase de cosas.

–Eso he oído.

Por el rabillo del ojo, Matthias vio que Vanneck levantaba la cabeza por encima de la multitud. Estaba mirando a Imogen con marcado interés.

–Philippe decía que tenía condiciones naturales para conducir a mi compañero.

–¿Philippe?

–Philippe d'Artois, mi profesor francés de baile –explicó Imogen.

–Ah, sí. El profesor de baile.

Imogen bajó las pestañas con recato.

–Philippe solía decir que encontraba muy emocionante dejar que la dama tomara la iniciativa.

–¿Ah, sí?

–Decía que le encendía la sangre en las venas –dijo ella, aclarándose la garganta–. Los franceses tienen una vena romántica, ya sabe.

–Bien cierto.

De pronto, Matthias sintió un poderoso deseo de saber mucho más acerca de Imogen. Necesitaba encontrar un lugar donde pudieran tener una conversación privada. El jardín, tal vez.

Se las ingenió para arrastrarla hacia uno de los extremos de la pista.

–¿Puedo invitarla a tomar un poco de aire fresco, señorita Waterstone?

–Gracias, pero no siento la necesidad de tomar aire fresco, señor.

–Tonterías. –Matthias tomó firmemente el codo de Imogen y la obligó a ir hacia las puertas que se abrían al jardín–. El ambiente aquí está muy caldeado.

–Verdaderamente, señor, no me siento en absoluto acalorada.

–Yo sí.

–¿Qué dice?

–Imagino que debe de tener relación con la emoción de que usted me haya llevado en el baile. Según me ha dicho, provocaba que la sangre se encendiera en las venas.

–Oh. –Su rostro demostró comprensión–. Sí, así es. Lo entiendo muy bien. Un poco de aire fresco es exactamente lo que le hace falta, señor.

Matthias avanzó entre el gentío llevando a Imogen tras él. Al llegar a las puertas, se vio obligado a girar a la izquierda, para evitar el encuentro con un grupo de curiosos.

Aparentemente, fue este repentino cambio de dirección lo que causó el pequeño desastre. Imogen no estaba alerta. Chocó contra un camarero que llevaba una bandeja llena de copas de champán.

El camarero lanzó una aguda exclamación. La bandeja cayó de sus manos y se estrelló contra el suelo. Las copas se hicieron añicos. El champán se derramó sobre los vestidos de las damas más próximas.

Matthias vio que entre ellas se encontraba Theodosia Slott, que al verlo abrió desmesuradamente los ojos. Quedó con la boca abierta por la sorpresa. Posó la mano en su generoso pecho.

–¡Colchester! –exclamó Theodosia, atragantándose.

Luego se puso terriblemente pálida, y cayó al suelo con un airoso desvanecimiento.

–¡Por todos los malditos infiernos! –dijo Matthias.

Un rumor se elevó de entre la multitud. Los caballeros quedaron estupefactos. Pasearon la mirada entre la yacente Theodosia y en Matthias, con expresión confundida. Varias señoras se pusieron en movimiento. Fueron en busca de sus frascos de sales, mientras clavaban los ojos, deliciosamente horrorizados, en Matthias.

–Pensándolo bien, señorita Waterstone... –Matthias se calló cuando vio que Imogen se había arrodillado para ayudar al camarero a recoger las copas rotas. La ayudó a ponerse de pie–. Creo que es hora de partir. Este baile se está poniendo muy aburrido. Busquemos a su tía y llamemos a su carruaje.

–¡Pero si acabamos de llegar! –Imogen miró por encima del hombro, mientras Matthias la alejaba de Theodosia y de las copas rotas–. ¿Quién es esa dama tan extraña? Me parece que se ha desmayado al verlo, señor.

–A veces mi desdichada reputación causa ese efecto en la gente.

CAPÍTULO V

Matthias se introdujo en el carruaje justo antes de que el lacayo cerrara la puerta. Clavó una mirada llena de frustración en Imogen, que estaba sentada a la luz de las lámparas del coche.

–Me gustaría hablar con usted, señorita Waterstone. Evidentemente, esta noche no es posible. –Echó una irritada mirada por encima del hombro hacia la escalinata de la entrada de la mansión de lady Blunt, que iba llenándose de invitados dispuestos a disfrutar de los últimos acontecimientos–. Le haré una visita mañana a las once. Trate de estar en casa.

Imogen alzó las cejas ante su fría arrogancia, pero se dijo que era preciso que hiciera algunas concesiones. Evidentemente, ésta había sido para él una velada llena de tensiones, aunque ella consideraba que las cosas habían salido bien.

–Esperaré su visita con ansiedad, milord.

Le dedicó una sonrisa alentadora, con intención de levantarle el ánimo, pero él se limitó a mirarla con expresión indescifrable. Luego inclinó la cabeza en un brusco gesto de civilizada despedida. La luz de la lámpara transformó en hielo la plata de su pelo.

–Les deseo muy buenas noches a las dos.

Dio un paso atrás y se marchó. El lacayo cerró la puerta tras él.

Imogen lo observó desaparecer entre las sombras de la calle. Luego miró la puerta de entrada de la mansión. Vanneck apareció en la escalinata. Sus ojos se encontraron con los de ella por un breve instante, antes de que el carruaje comenzara a andar.

Imogen se sentó muy derecha contra los almohadones. Era la primera vez que veía a Vanneck desde el funeral. Tres años más de vida disoluta no habían sido compasivos con él. Parecía haberse vuelto más malévolo.

–Debo reconocer que es imposible aburrirse cuando Colchester anda cerca. –Horatia levantó los impertinentes para mirar a Imogen–. Y lo mismo se puede decir de ti, querida. Sospecho que nos espera mucho más de todo esto.

No parecía estar muy complacida con la perspectiva.

Imogen alejó a Vanneck de sus pensamientos.

–¿Quién era la mujer que se ha desmayado al ver a Colchester? –preguntó.

–Parece que causa un efecto peculiar sobre ciertas mujeres, ¿verdad? Primero Bess y ahora Theodosia Slott.

–La reacción de Bess era muy comprensible, dadas las circunstancias. Lo tomó por un fantasma o un vampiro. Pero ¿qué le ha ocurrido a esa Theodosia Slott? ¿Qué motivos tiene?

–Es una vieja historia, y como sucede con todas las historias relacionadas con Colchester, no sé cuánto hay de cierto en ella y cuánto de invención.

–Cuéntame lo que sepas, tía Horatia.

Horatia la miró a los ojos.

–Pensé que no querías oír rumores que cuestionaran su hombría de bien.

–He comenzado a preguntarme si no sería más prudente estar mejor informada. Es difícil saber cómo reaccionar ante cualquier situación si no se sabe lo que ocurre.

–Comprendo. –Horatia se recostó en su asiento con expresión pensativa–. Theodosia Slott era la belleza más popular de su momento. Hizo un excelente matrimonio con el señor Harold Slott, un hombre algo mayor que ella. Creo recordar que la familia del señor Slott se dedicaba al negocio de la navegación.

–Sí, sí, continúa. ¿Qué sucedió? –preguntó Imogen, cada vez más impaciente.

–Nada muy fuera de lo común. Theodosia cumplió con su obligación para con su marido. Le dio un heredero. Y luego se apresuró a trabar relación con un presuntuoso joven llamado Jonathan Exelby.

–¿Quieres decir que se convirtieron en amantes?

–Sí. Exelby frecuentaba los más famosos garitos. Se decía que sobre todo El Alma Perdida era su favorito. Éste era un sitio muy popular entre los jóvenes petimetres. Todavía lo es, dicho sea de paso. De cualquier forma, una noche se enfrentó allí con Colchester, y entre los dos se produjo una violenta disputa que acabó con el arreglo de un duelo al amanecer.

Imogen estaba horrorizada.

–¿Colchester participó en un duelo?

–Ésa es la historia. –Horatia hizo un leve movimiento despectivo con la mano–. Nadie está dispuesto a confirmarlo, desde luego. El duelo es algo ilegal. Las partes involucradas muy raramente lo comentan.

–Pero podrían haberlo matado.

–De acuerdo con todos los relatos, el que resultó muerto fue Exelby.

–No lo creo. –Imogen sintió que se le secaba la boca.

–Por lo que sé, después de ese día jamás se volvió a ver a Exelby –respondió Horatia, encogiéndose de hombros–. Sencillamente desapareció. Según cuentan está muerto y enterrado en una tumba anónima. No tenía familia que hiciera preguntas.

–Debe de haber algo más en esa historia.

–En verdad, sí que lo hay. –Horatia se entusiasmó con el relato–. Theodosia sostiene que, agregando el insulto a la injuria, Colchester se presentó esa misma mañana en la puerta de su casa, reclamando sus favores.

–¿Qué?

–Aparentemente, Colchester le dijo que el motivo de la disputa había sido ella y que, como había ganado el duelo, naturalmente esperaba ocupar el lugar del amante en su lecho. Asegura haberlo puesto en la calle.

Durante un momento, Imogen quedó sin habla. Cuando logró reponerse, explotó:

–¡Indignante!

–Te aseguro que fue la comidilla de la temporada. Lo recuerdo muy bien porque el escándalo opacó la terrible historia de los Gemelos Diabólicos del castillo de Dunstoke, que había estado ese año en boca de todo el mundo.

–¿Los Gemelos Diabólicos? –preguntó Imogen, momentáneamente distraída.

–Sí, fue un suceso que se produjo nada más comenzar la temporada londinense. Un hermano y una hermana que se pusieron de acuerdo para incendiar una casa, en el norte –explicó Horatia–. Aparentemente, el anciano esposo de la hermana estaba en la cama en el momento del incendio. Quedó reducido a cenizas. Se dijo que los Gemelos Diabólicos se habían quedado con la colección de piedras preciosas del esposo.

–¿Los gemelos fueron atrapados?

–No. Desaparecieron con la fortuna. Durante un tiempo todo el mundo se preguntó si aparecerían en Londres para intentar seducir, y luego asesinar, a otro anciano acaudalado, pero nunca lo hicieron. Seguramente se marcharon al continente. De todos modos, como te dije, la gente dejó de hablar de los Gemelos Diabólicos tras el asunto de Colchester.

–Colchester jamás se involucraría en semejante asunto –sostuvo Imogen, frunciendo el entrecejo.

–Bueno, como nunca se ha preocupado por negar o confirmar la historia, ésta se mantiene hasta hoy. Y Theodosia todavía saca partido de ella. Como ves, trabaja duro para mantener la historia vigente.

Imogen frunció la nariz.

–Ya lo creo que lo hace. Esta noche ha hecho una excelente actuación. Pero esto es demasiado ridículo para ser cierto. Colchester jamás se enredaría en un duelo, por no hablar de matar a su rival y luego tratar de seducir a la amante del pobre hombre.

–No conocías a Colchester en ese tiempo, querida. –Horatia se detuvo un instante–. En realidad, tampoco ahora lo conoces demasiado.

–Por el contrario, empiezo a creer que tengo mejor relación con él que con cualquier otra persona en Londres.

–¿Qué te hace pensar eso? –preguntó Horatia, asombrada.

–Tenemos mucho en común –respondió Imogen–. Y puedo asegurarte que es demasiado sensato como para dejarse arrastrar a una disputa por una mujer como Theodosia Slott. Sus nervios no soportarían un enfrentamiento violento. Más aún, no puedo imaginarme ni por un momento a Colchester frecuentando una timba.

–¿Ah, no?

–Por supuesto que no –dijo Imogen–. Es un hombre de fina sensibilidad y gustos refinados. Sencillamente, no pertenece a la clase de hombres que buscan entretenimiento en las casas de juego.

–Querida Imogen, Colchester era el propietario del garito en cuestión.

La próxima vez, Imogen no se le escaparía tan fácilmente, se prometió Matthias al apearse del coche. Subió la escalinata de su casa sintiéndose muy decidido. Sus preguntas ya tendrían respuesta al día siguiente, cuando la visitara. De una manera u otra, ya encontraría la forma de averiguar qué había sucedido entre Imogen y Vanneck tres años antes. Por el momento, se sentía inclinado a pensar que la versión que circulaba no era completamente cierta. Raramente lo eran.

Ufton abrió la puerta en el momento exacto. Su cabeza completamente calva brillaba a la luz de los faroles de entrada. Contempló a Matthias con su acostumbrado aire de rígida compostura.

–Confío en que haya pasado una agradable velada, señor.

Matthias se quitó los guantes y los arrojó al mayordomo.

–He pasado una velada interesante, sí.

–Bien, me temo que aún no ha terminado, milord.

Matthias se detuvo en mitad del vestíbulo para mirarlo por encima del hombro. Ufton y él se conocían desde hacía mucho tiempo.

–¿Qué diablos quieres decir con eso?

–Tiene visitas, señor.

–¿A estas horas? ¿Quién es? ¿Felix? ¿Plummer?

–Milord, su ejem, hermana y su acompañante.

–¿Estás bromeando? Ufton, déjame decirte que te estás poniendo senil.

Ufton se irguió, arreglándose para parecer mortalmente ofendido.

–Le aseguro, señor, que no bromeo. En realidad, nunca lo hago. Debería saberlo. Me ha dicho con demasiada frecuencia que carezco de sentido del humor.

–Maldición, hombre, yo no tengo hermana... –Matthias se detuvo abruptamente. Miró a Ufton–. Por todos los diablos. ¿No querrás decir mi media hermana?

–Lady Patricia Marshall, señor. –Los ojos de Ufton mostraron cierta simpatía–. Y su acompañante, una tal señorita Grice.

Sorteando a Matthias, abrió silenciosamente la puerta de la biblioteca.

Matthias sintió que un frío le recorría cuando miró la habitación bien caldeada. La biblioteca era su sanctasanctórum, su refugio, su guarida. Nadie debía entrar en esta habitación sin su invitación personal.

Muchos encontraban que esa habitación era extraña y opresiva, con su decoración zamariana y sus colores exóticos. Otros la encontraban fascinante, aunque no faltaban quienes sostenían que allí se sentían incómodos. A Matthias no le preocupaba la opinión de sus visitantes. La biblioteca había sido creada como una evocación del antiguo Zamar.

Cada vez que entraba a esa habitación accedía a otro mundo, un lugar donde el pasado remoto lo envolvía y cerraba las puertas al presente y al futuro. Allí, entre los fantasmas de un pueblo muy antiguo, podía olvidar, de tanto en tanto, los fantasmas de su propio pasado. Solía pasar horas en la biblioteca, enfrascado en la tarea de descifrar las pistas dejadas por quienes habían habitado el misterioso Zamar.

Años atrás, Matthias había descubierto que, si se concentraba lo suficiente en la labor de comprender el antiguo Zamar, podía ignorar la angustia sin respuestas que bullía bajo la capa de hielo con que había recubierto su interior.

La habitación era una réplica de su descubrimiento más pasmoso: la gran biblioteca de Zamar, que había encontrado escondida en el laberinto, bajo las ruinas de la ciudad perdida.

Del cielo raso colgaban ricas cortinas profusamente adornadas, color verde zamariano y dorado. El suelo estaba cubierto con una alfombra que hacía juego. De las paredes sobresalían elaboradas columnas doradas delicadamente esculpidas, dando la impresión de una antigua columnata.

Los anaqueles de la biblioteca estaban abarrotados de libros de todas formas y tamaños. Sus páginas contenían textos en griego, latín y otras lenguas más desconocidas. En varios estantes se guardaban tablas de arcilla con inscripciones y documentos escritos sobre rollos de un material semejante al papiro, pero que al paso de los siglos había demostrado ser más resistente. Matthias había rescatado las tablas y los rollos de la biblioteca secreta, con más cuidado que el que habría puesto si hubiesen sido de oro y piedras preciosas. En realidad, el valor que realmente tenían para él era infinitamente mayor que el de los rutilantes tesoros con los que Rutledge había soñado.

Las paredes que quedaban entre las trabajadas columnas estaban decoradas por pinturas que mostraban las ruinas de Zamar. Enfrentadas desde ángulos opuestos de la habitación, había dos estatuas de piedra, representando a Zamaris y a Anizamara. El mobiliario estaba adornado con delfines y las conchas marinas típicas del arte zamariano.

Matthias entró lentamente en la caldeada habitación.

En el sofá con forma de delfín que estaba frente a la chimenea se encontraban sentadas, muy rígidas, dos mujeres, joven la una, de mediana edad la otra. Estaban muy juntas, obviamente intimidadas por todo aquello que las rodeaba.

Ambas vestían polvorientos trajes de viaje y se las veía con un aire de cautela y aprensión. Se sobresaltaron cuando Matthias entró en la biblioteca, como si el tiempo que habían pasado esperándole las hubiera puesto muy nerviosas. La más joven volvió un rostro ansioso hacia él.

Matthias se encontró contemplando unos ojos gris plateado que eran idénticos a los suyos. La joven habría sido realmente muy bonita de no ser por su aspecto de desesperación, pensó desapasionadamente. La nariz clásica y la elegante barbilla sugerían la presencia de una interesante personalidad detrás de la expresión de nerviosidad. Su pelo era algo más claro que el de él, de un tono castaño que sin duda habría heredado de su madre. Era esbelta y graciosa. Matthias se sorprendió al advertir que su traje parecía gastado y raído.

Así que ésta era Patricia, la media hermana que nunca había conocido, que nunca había querido conocer. Ésta era la otra descendiente de su padre, la hija amada que había sido deseada, adorada, protegida y cuidada; el bebé cuya madre no había obligado a su seductor a casarse con ella.

Ésta era la hija de la mujer que había jugado sus cartas mucho más prudente y sabiamente que su madre, pensó Matthias. La hija de la virtuosa.

Matthias se detuvo en el centro de la biblioteca.

–Buenas noches, soy Colchester. Es ya un poco tarde, ¿puedo preguntarle qué la trae por aquí? –dijo, con tono calmado.

Era un viejo truco que había desarrollado cuando tenía veinte años, y con el tiempo se había vuelto una costumbre. Ocultaba eficazmente toda emoción, toda duda, toda esperanza. No pedía nada, ni prometía nada.

Patricia pareció quedar sin palabras frente a ese frío recibimiento. Lo miró con sus enormes ojos desesperados, dando la impresión de que iba a estallar en lágrimas.

Fue la mujer mayor, la que tenía años de amargura y resignación impresos en el rostro, quien se irguió y lo miró con cierto grado de determinación.

–Milord, soy la señorita Grice –anunció–. He acompañado a su hermana en su viaje a Londres. Me informó que usted me reembolsaría el gasto y me pagaría una suma por mis servicios como acompañante.

–¿Eso ha hecho? –Matthias atravesó la habitación para servirse un brandy. Quitó el tapón de una botella de cristal, y deliberadamente vertió en una copa una ración más que generosa–. ¿Y por qué no le paga ella? Mi abogado me ha informado que está bien provista, de acuerdo con los términos del testamento de mi padre.

–No puedo pagarle; no tengo dinero –exclamó Patricia–. Cada vez que llega mi renta, mi tío la toma y la gasta en sus sabuesos, sus caballos y sus juegos de azar. Me he visto obligada a empeñar el collar de mi madre para comprar mi billete en la diligencia.

Matthias se quedó inmóvil, con la copa a medio camino hacia su boca.

–¿Su tío? –Recordó el nombre que su procurador había mencionado. Alguien de la familia de su madre–. ¿Poole?

–Sí. Es mi albacea, y está robándome la herencia. El año pasado, mis padres hicieron el baile de mi presentación en sociedad. Mamá dijo que iba a ofrecer otro este año, pero mi tío se niega a pagar los gastos. Me doy cuenta de que no quiere que me case, y dejar de ser, por lo tanto, mi tutor. En tanto esté obligada a vivir en su casa, tendrá el control sobre mi dinero. He quedado atrapada en Devon desde la muerte de mis queridos padres.

–¿Atrapada? Eso suena un poco exagerado –musitó Matthias.

–Es la verdad. –Patricia sacó un pañuelito de su bolso de

mano y comenzó a sollozar apretando el pequeño cuadrado de linón–. Cuando protesto por el tratamiento que me da, se ríe. Me dice que el dinero le corresponde porque ha sido el único que me ha ofrecido un hogar donde vivir tras la muerte de mamá y papá. Siempre me recuerda que usted no quiso tener nada que ver conmigo, milord. Sé que es verdad, pero ahora debo someterme a su misericordia.

A la vista de sus lágrimas, un sinfín de penosos recuerdos revivieron en el alma de Matthias. Odiaba las lágrimas de las mujeres. Siempre conseguían que recordara aquellas ocasiones en que se había visto obligado a contemplar los periódicos ataques de llanto de su madre. Jamás había sabido qué hacer para consolarla, y, al mismo tiempo, sentía que lo consumía la furia porque su padre lo había abandonado, dejando en sus manos semejante situación.

–Haré que mi procurador vea el tema de sus finanzas. –Matthias bebió un largo sorbo de brandy y esperó a que su calor lo recorriera por dentro–. Algo se podrá arreglar.

–No servirá de nada. Milord, se lo ruego, no me envíe de vuelta con mi tío. –Patricia juntó las manos sobre la falda–. Usted no sabe cómo es él. No *puedo* volver. Tengo miedo, milord.

–¿De qué, por el amor de Dios? –Matthias entrecerró los ojos al ocurrírsele un pensamiento insoportable–. ¿De su tío?

Patricia negó con la cabeza.

–No, milord. La mayor parte del tiempo me ignora. Sólo está interesado en mi herencia. Pero hace dos meses, mi primo Nevil vino a quedarse con nosotros después de haber sido expulsado de Oxford. –Bajó la vista hacia sus manos fuertemente enlazadas–. Me asusta, señor. No me quita los ojos de encima.

–¿No le quita los ojos de encima? –repitió Matthias, haciendo una mueca–. ¿De qué diablos está hablando?

La señorita Grice se aclaró la garganta y clavó en él una mirada acerada.

–Confío en que puede imaginárselo, milord. Es usted un

hombre de mundo. Piénselo. Un joven de sospechosa reputación se instala en la casa. La joven de la casa no se siente a salvo de avances no deseados. Estoy segura de que no hay necesidad de entrar en detalles. Yo misma me encontré en esa situación en mi juventud. Resulta muy desagradable.

–Comprendo. –Matthias apoyó un brazo sobre la repisa de mármol negro del hogar y trató de ordenar sus pensamientos–. Seguramente ha de tener otros parientes, ¿no es así, Patricia? ¿Quizás alguno más del lado de su madre?

–Nadie que me reciba, señor.

Matthias tamborileó con los dedos sobre el frío mármol.

–¿Hay algo que se pueda hacer?

Miró a la señorita Grice, en busca de inspiración.

–Lady Patricia me informó que usted es su hermano, milord –dijo la señorita Grice, como si eso resumiera toda la cuestión–. Desde luego querrá que ella tenga un hogar adecuado.

Miró dubitativamente a su alrededor.

Matthias pudo leer los pensamientos de la mujer tan claramente como si los hubiera expresado en voz alta. La señorita Grice no estaba del todo segura de que esa casa constituyera un hogar adecuado.

Patricia ignoró la fantástica habitación. Miró a Matthias con la clase de esperanza que solamente los jóvenes y los inocentes pueden mostrar con éxito.

–Por favor, milord, me entrego a su clemencia. Le suplico que no me eche a la calle. Papá me dijo que usted le prometió que me daría un hogar si era necesario.

–Por todos los malditos infiernos –dijo Matthias.

–Señorita Waterstone, hay un caballero que desea verla.

Imogen alzó la mirada de la copia del *Boletín Zamariano* que estaba leyendo. La señora Vine, el ama de llaves, que también era la casera, se asomó por la puerta del pequeño salón. El caballero que mencionaba debía de ser Vanneck.

Tal como ella había deseado, los rumores le habrían llegado con rapidez. Pero ahora que estaba esperándola, sintió que el temor le recorría las venas. De pronto deseó que Matthias estuviera con ella.

Tonterías, se dijo enseguida. Este plan era suyo. Estaba al mando y era responsable de que se hiciera correctamente. Matthias ya le había advertido que no era hombre de acción.

–Hágalo pasar, señora Vine –dijo, bajando lentamente el *Boletín*–. Y luego avise por favor a mi tía que tenemos compañía.

–Bien, señora.

La señora Vine era una mujer alta y severa de edad indefinida. Asintió con un gesto sufrido, como si hacer pasar al vestíbulo a un visitante fuese un gran sacrificio.

Imogen tenía la impresión de que la doble función de la señora Vine, como ama de llaves y como casera, hacía que tuviera una visión muy particular de la relación entre ella y sus inquilinos.

En el vestíbulo sonaron pasos que se acercaban. Imogen cruzó los brazos sobre el pecho. Este primer encuentro con Vanneck era clave para el éxito de su plan. Debía mantener el control sobre sí misma. Una vez más, pensó en Matthias. Podía no pertenecer a la clase aventurera, pero era extremadamente inteligente. Sería un útil aliado en una situación como ésta.

La señora Vine reapareció en la entrada, pareciendo más afectada que nunca.

–El señor Alastair Drake desea verla, señora.

–¡Alastair! –Imogen se puso en pie de un salto, tan rápidamente que volcó su taza de té. Por suerte, estaba vacía. Cayó sobre la alfombra, sin romperse–. No lo esperaba –dijo, mientras se agachaba para recoger la taza–. Siéntese, por favor.

Se enderezó enseguida, puso la taza en su lugar y logró esbozar una sonrisa hacia el apuesto joven que estaba en la puerta. Volvieron a su mente viejos y dolorosos recuerdos.

–Buenos días, Imogen. –Una ligera sonrisa curvó sus sensuales labios–. Ha pasado mucho tiempo, ¿verdad?

–Sí, así es.

Ella lo contempló, buscando los cambios producidos en los pasados tres años.

Si los había, sólo lograban hacerlo más atractivo de lo que ella recordaba. Estaba cerca de los treinta años, recordó. La experiencia había hecho más interesante su rostro. Llevaba el pelo castaño claro muy corto y peinado a la última moda. Sus ojos azules aún mostraban esa engañosa expresión que era una combinación de niño perdido con hombre de mundo. Lucy había dicho una vez que era su cualidad más encantadora.

Alastair entró en la habitación.

–Lamento sorprenderte. ¿Esperabas a alguien más interesante, tal vez? ¿Colchester, por ejemplo? He oído que parece haberse interesado especialmente por ti anoche, en el baile de los Blunt.

–No sea ridículo. –Imogen le dedicó lo que esperaba fuese una sonrisa brillante y convincente–. Me ha sorprendido verle porque mi ama de llaves no ha mencionado el nombre de mi visitante. ¿Le apetecería una taza de té?

–Gracias. –Alastair la estudió mirándola por debajo de sus pestañas–. Puedo entender muy bien que, tras la infortunada forma en que nos separamos hace tres años, no tengas razón alguna para recibirme hoy con más calidez.

–Tonterías, señor. Estoy encantada de volver a verle.

Ahora que se había recobrado de la conmoción inicial, Imogen estaba complacida de sentir que su pulso funcionaba a la velocidad normal.

Lucy le había señalado una vez que Alastair era el bondadoso hermano mayor que toda mujer deseaba tener. Sin embargo, Imogen nunca lo había visto como un hermano. Había pasado a integrar el círculo de Lucy tres años antes, cuando ambos se encontraban en la Sociedad Zamariana. Cuando Imogen llegó de visita a Londres, Lucy los había presentado. Los tres se habían vuelto inseparables.

Al principio, Alastair había sido bienvenido porque se podía contar con él como acompañante. Vanneck estaba muy pocas veces dispuesto a acompañar a Lucy y a Imogen a las veladas nocturnas. Prefería pasar el tiempo en su club o con su amante. Lucy había confiado a Imogen que se sentía agradecida de que su marido pasara su tiempo con otra mujer. Había aprendido a temer las noches en que él visitaba su alcoba.

Imogen sintió que la asaltaba una nueva oleada de recuerdos. Hubo un tiempo en que había creído que Alastair podía enamorarse de ella. La había besado como si ella estuviera hecha de frágil material de seda.

Sólo había habido unos pocos de aquellos abrazos, la mayoría robados en oscuros jardines o en terrazas en sombras, durante el transcurso de veladas sociales o de bailes. Imogen sin duda los había disfrutado. Alastair no había demostrado ser tan bueno en esas lides como Philippe d'Artois, su profesor de baile, pero, bueno, Philippe era francés. No era que la comparación importara mucho en ese momento, pensó. El débil recuerdo de los besos que había recibido de ambos hombres había sido total y absolutamente quemado en la hoguera del apasionado abrazo de Matthias.

A pesar de que ahora apenas quedaban unos jirones del cálido sentimiento que alguna vez la uniera a Alastair, no pudo sino reconocer que mostraba un aspecto excelente. Llevaba unos pantalones y una chaqueta de corte impecable, y su corbata estaba anudada en el estilo de moda que Imogen creyó reconocer como el de cascada. El chaleco azul hacía juego con el color de sus ojos. Alastair siempre había estado a la vanguardia de la moda.

–Casi no pude creerlo cuando oí que estabas en la ciudad, Imogen. –Alastair tomó la taza que ella le tendía. Sus ojos mostraban una mirada elocuente–. Me hace mucha ilusión volver a verte, querida. Dios mío, cuánto te he echado de menos.

–¿Ah, sí? –Imogen tuvo de pronto una vívida imagen de

la conmoción y el ultraje que había mostrado el rostro de Alastair la noche en que la descubrió junto a Vanneck. Nunca le había dado la oportunidad de explicarse–. Por cierto que yo he echado de menos a Lucy.

–Oh, sí. Pobre Lucy. –Alastair sacudió la cabeza–. Una situación muy triste. Pienso a menudo en los maravillosos momentos que compartimos los tres. –Hizo una pausa significativa–. Pero debo admitir que mis recuerdos más valiosos se refieren a ti, Imogen.

–¿De veras? –Imogen aspiró profundamente–. ¿Por qué no me ha escrito nunca entonces, señor? Tenía alguna esperanza de tener noticias suyas después del funeral de Lucy. Creía que, al menos, éramos amigos.

–¿Amigos? –Su voz se endureció abruptamente–. Éramos algo más que amigos. Seré totalmente honesto contigo, Imogen. Después del incidente, no tuve valor de reabrir las heridas.

–¿Heridas? ¿Qué heridas?

–Yo quedé... dolido.–Apretó los labios–. Destrozado, para decirte la verdad. Me llevó mucho tiempo recuperarme del impacto de verte en los brazos de Vanneck.

–No estaba en sus brazos –apuntó ella secamente–. Yo... oh, no importa. Eso ya es historia, y sin duda será mejor dejarlo como está. ¿Puedo saber por qué ha elegido el día de hoy para visitarme?

–¿No resulta obvio? –Alastair apoyó la taza sobre la mesa y se levantó–. He venido a verte porque cuando me he enterado de que estabas en Londres he comprobado que lo que una vez sentí por ti no estaba completamente muerto.

La tomó de la mano y la invitó a ponerse en pie.

–Alastair, por favor.

Imogen estaba tan impresionada por su declaración que no se le ocurrió ninguna forma elegante de retirar la mano.

–Hay algo que debo decirte. Algo que ha estado atormentándome durante tres largos años. Quiero que sepas que te perdono por lo ocurrido esa desgraciada noche.

–¿Que me perdona? –Imogen le lanzó una mirada furiosa–. Bueno, es muy amable de su parte, señor, pero le aseguro que no le he pedido su perdón.

–No necesitas darme explicaciones, querida. Ya no tiene ninguna importancia. Todo el mundo sabe qué clase de hombre es Vanneck. Se aprovechó de tu inocencia y candidez. Yo mismo era mucho más joven en aquellos días. Dejé que la opinión de la alta sociedad influyera en mí.

–No se preocupe –Imogen apoyó las manos sobre sus hombros–. Comprendo perfectamente bien por qué llegó a la conclusión de que era la amante de Vanneck. En realidad, cualquier caballero en su posición habría creído lo mismo.

–Estaba tan impresionado que no pude pensar con claridad. Y, cuando recuperé la cordura, ya era muy tarde. Lucy había muerto y tú te habías ido.

–Sí, sí, comprendo.

Imogen le dio un apretón en los hombros.

–Ahora ambos somos mayores y más sabios, querida. Somos adultos maduros que conocemos el mundo.

Inclinó la cabeza para besarla.

Imogen esquivó su boca ansiosa y lo empujó hacia atrás.

–Se lo ruego, señor, déjeme.

–¿Acaso has olvidado lo que había entre los dos? ¿Los cálidos abrazos que compartimos? ¡Aquellas charlas íntimas sobre el perdido Zamar! ¡Tus ojos encendidos de pasión cada vez que tocabas ese tema, querida!

Una gran sombra oscura bloqueó el vano de la puerta.

–¿Interrumpo? –preguntó Matthias, en un tono capaz de congelar los fuegos del segundo infierno zamariano.

–¿Qué diablos...? –Alastair soltó a Imogen y retrocedió apresuradamente–. ¡Colchester!

Imogen se volvió, agitada y sin aliento tras la pequeña escaramuza.

–Entre, por favor, milord –dijo en voz alta y segura–. El señor Drake ya se marchaba.

CAPÍTULO VI

–¿Qué estaba haciendo Drake aquí? –preguntó Matthias, mucho más suavemente, mientras se acomodaba en la silla que Alastair acababa de dejar.

–Es un viejo amigo. –Imogen tomó la tetera. Sentía un profundo alivio de que Alastair se hubiese marchado, pero no estaba segura de que la presencia de Matthias representara una mejora significativa. No parecía de buen talante–. Un amigo de hace tres años.

–Un amigo íntimo.

Matthias la observó con los ojos semicerrados.

–Mío y de Lucy –apuntó ella.

–Creo que su tía lo mencionó.

–No se podía molestar a Vanneck pidiéndole que acompañara a su esposa al teatro, a reuniones o a fiestas, y Lucy adoraba este tipo de acontecimientos.

–Una vez que la consiguió, la ignoró, ¿no es así?

–Creo que la habría dejado en un almacén, junto al resto de su colección, de haber podido hacerlo. Lucy se incorporó a la Sociedad Zamariana en un intento por complacerlo, pero él ridiculizó su interés. Sin embargo, allí fue donde conoció a Alastair.

–Y, según lo que dijo la señora Elibank, se lo presentó a usted –murmuró Matthias.

–Así es. Como ya le dije, los tres solíamos salir juntos. Alastair era muy galante. Se sentía muy feliz de acompañarnos.

–Comprendo. –Matthias tomó la taza y el platillo con sus elegantes manos y se reclinó en su silla. Extendió las piernas y contempló a Imogen con mirada inescrutable–. Continúe, se lo ruego.

–¿Que continúe con qué? –preguntó Imogen, sin mostrar expresión alguna.

–Con el resto de la historia.

–No hay nada más interesante que contar, milord. Anoche Alastair se enteró de que estaba en la ciudad para participar en la temporada social. Me ha hecho una visita para reanudar nuestra relación. Eso es todo.

–Imogen, es verdad que pasé la mayor parte de los últimos dos años en Zamar, y que cuando estuve en Londres evité cuidadosamente a lo que se conoce como sociedad cortesana –dijo Matthias con una ligera sonrisa–. Pero no soy un completo idiota. Cuando he entrado aquí, hace pocos minutos, usted estaba en los brazos de Drake. Por lo tanto, muy perspicazmente deduzco que hay algo más para agregar a su historia.

–¿Y qué hay de malo en eso? Le dije que somos viejos amigos.

–Por lo que me contó su tía, advierto que usted tiene puntos de vista demasiado liberales en lo referente a las relaciones entre los sexos. Pero tendería a pensar que semejante saludo apasionado es demasiado, incluso en el caso de viejos amigos. Como he sido obligado a presenciar la situación, me siento con derecho a recibir una explicación.

Imogen se sintió ofuscada.

–Mi relación con Alastair no es de su incumbencia, milord. No tiene nada que ver con mi plan.

–No estoy de acuerdo. Si voy a ayudarla, debo estar bien informado.

–Cálmese, milord. Lo mantendré al tanto de todo lo que necesite saber.

–Evidentemente, no tiene idea de lo complejas que pueden ser esta clase de cosas –dijo Matthias–. ¿Qué sucede si Alastair decide involucrarse en esta historia?

Ella lo miró, estupefacta.

–¿A santo de qué haría algo semejante?

–Podría decidir que le gustaría hacerse con el Sello de la Reina.

Imogen hizo un elegante gesto de desprecio.

–Eso es altamente improbable, se lo aseguro. En el mejor de los casos, el interés de Alastair en las antigüedades zamarianas es superficial. Es un diletante a la moda, no un verdadero estudioso. Ni siquiera es un coleccionista. Alastair no será un problema en ese aspecto.

–¿Es posible, entonces, que llegue a la conclusión de que, en vista de que disfrutó de una relación íntima con usted hace tres años, podría llegar a ser agradable, digamos, reanudar el vínculo? –preguntó Matthias entornando los ojos.

–Tengo el firme propósito de impedir que eso ocurra –repuso Imogen seriamente.

–¿De veras?

–¿Qué pretende insinuar, Colchester?

–Que más vale que intente desalentarlo de manera algo más convincente que la que le he visto utilizar hace algunos minutos.

–¿Por qué está tan preocupado por el tema? –preguntó Imogen–. No es asunto suyo, se lo aseguro. Yo sabré cómo arreglármelas con Alastair.

Matthias tamborileó con los dedos sobre el apoyabrazos del sillón. Parecía estar buscando otro camino para abordar la cuestión.

–Imogen, insisto en que debe haber la más absoluta honestidad entre ambos en todo lo concerniente a este condenado plan suyo.

–No es un condenado plan. Es un proyecto sumamente inteligente.

–Es una idea alocada y, si voy a formar parte de él, debo contar con el máximo de honestidad de su parte. Es lo menos que me debe, a cambio de mi ayuda. En este asunto, los riesgos son numerosos. Riesgos serios.

Finalmente, llegó la comprensión. Imogen exhaló un suspiro de fastidio y se desplomó sobre el sofá.

–Por fin llegamos al meollo del asunto. Una vez más, está usted poniéndose más que ansioso.

–Se podría decir que sí.

–No se ofenda, milord, pero es una desgracia que no pertenezca a una clase más temeraria de hombre.

–Me consuelo pensando que todos tenemos nuestras fortalezas y nuestras debilidades. Quizás al final le demuestre que puedo serle útil.

–Humm. –Ella observó por entre sus párpados entrecerrados. Había veces que no podía evitar la desagradable sensación de que Matthias la encontraba divertida–. Muy bien, si esto calma sus nervios, le contaré mi relación con Alastair Drake.

–Dudo mucho que su explicación tenga un efecto tranquilizador sobre mis nervios, pero creo que es mejor que la escuche.

–En resumidas cuentas, Alastair era el caballero que nos descubrió a Vanneck y a mí en una habitación, tres años atrás.

–Así me lo contó su tía.

–¿Por qué me hace todas esas preguntas, entonces? –le espetó Imogen.

–Quiero oír su versión de la historia.

–Alastair me vio en una situación comprometida, y supuso lo peor –dijo Imogen lanzándole una mirada indignada–. Eso es todo al respecto.

Matthias contempló su taza de té como si se tratara de una reliquia zamariana.

–A un hombre se le pueden disculpar ciertas suposiciones erróneas cuando descubre a dos personas en la cama.

–¡Diablos, no estaba en la cama con Vanneck! –estalló Imogen–. Estaba en una habitación con él. Hay una diferencia, señor.

Matthias la contempló por encima del borde de la taza:

–¿La hay?

–Por supuesto que la hay. Todo fue un terrible malentendido. O, al menos, eso pensé en ese momento. –Imogen se mordió el labio inferior mientras los recuerdos volvían a ella–. Entonces, murió Lucy. Se comentó quc había dejado una carta. La gente dijo que se había suicidado porque su esposo y su mejor amiga la habían traicionado. Durante cierto tiempo, hubo una gran confusión.

–No me cabe duda.

Imogen se puso en pie de un salto, juntó las manos a la espalda y se puso a recorrer la habitación de arriba abajo.

–Cuando pude volver a pensar con claridad, se me ocurrió que tal vez Vanneck me había llevado a esa recámara sabiendo que seríamos descubiertos.

–¿De manera que, al morir Lucy, los rumores de traición y suicidio ocultaran la verdad? Suena un poco inverosímil, Imogen.

–Debe reconocer que tiene cierta lógica. Vanneck es un hombre muy inteligente. No deseaba que nadie sospechara que era un asesinato. Quería que la muerte de Lucy apareciera como suicidio. Eso significaba darle una razón plausible para que se matara.

–¿Por qué fue a esa habitación a encontrarse con él? –preguntó Matthias.

–No tenía intenciones de encontrarme con él. Fui porque había recibido una misiva urgente pidiéndome que fuera allí.

–¿Quién envió esa misiva?

–Lucy. O al menos eso pensé. Ahora creo que fue el propio Vanneck el que la escribió y firmó con el nombre de ella. Cuando entré en la habitación, lo encontré allí. Estaba...

Imogen se interrumpió, sonrojándose violentamente.

–¿Estaba cómo?

Imogen se aclaró la garganta y continuó:

–Estaba parcialmente desvestido, por decirlo así. Se había quitado la camisa y las botas, y cuando llegué estaba a punto de quitarse los pantalones.

Matthias apoyó la taza con sumo cuidado.

–Comprendo –comentó.

–Vanneck simuló estar tan sorprendido de verme como yo lo estaba de verlo a él. Me giré enseguida para abandonar la habitación, naturalmente. Pero en ese preciso instante, Alastair y su amigo aparecieron en el vestíbulo. Entraron al dormitorio y nos vieron a Vanneck y a mí.

–¿Y prestamente corrieron a su club, para informar a sus amigotes que Vanneck la había seducido? –preguntó Matthias con sequedad.

–Alastair no hizo nada semejante. –Imogen lo miró fijamente–. Es un caballero. Pero su compañero no fue tan discreto. Naturalmente, Alastair hizo cuanto pudo por proteger mi reputación.

–Naturalmente.

Imogen le dirigió una mirada inquisitiva, desconcertada por su tono de voz. ¿Otra vez se estaba burlando de ella? Decidió ignorarlo.

–Pero fue imposible impedir las murmuraciones, especialmente después de la muerte de Lucy.

–Dígame, Imogen, ¿explicó la situación a Drake?

Imogen se detuvo frente a la ventana y contempló la calle.

–En ese momento, Alastair estaba profundamente turbado. Realmente fuera de sí por lo que creía haber visto. Se marchó muy deprisa, antes de que pudiera decirle la verdad. Más tarde no hubo oportunidad para hacerlo.

–Comprendo. ¿Drake no desafió a Vanneck, entonces?

–¡Por supuesto que no! –replicó Imogen, enrojeciendo–. Un duelo habría estado fuera de sitio. Yo jamás habría permitido algo semejante.

Matthias no dijo nada.

–Tampoco habría servido de nada –dijo tranquilamente Imogen–. Tal como solían decir mis padres, a la alta sociedad sólo le interesan las apariencias, no la verdad. Por eso a Vanneck le resultó tan fácil engañarlos cuando asesinó a Lucy. Dio al asunto la apariencia de suicidio, y le creyeron.

Matthias pareció titubear.

–Tal vez sea momento de pasar a temas más productivos.

–Totalmente de acuerdo, señor.

Profundamente aliviada por la sugerencia, Imogen se apartó de la ventana y se dirigió animadamente de vuelta al sofá.

Horatia apareció en el vano de la puerta. Miró a Matthias, sorprendida.

–¿Qué es esto? No me he enterado de que teníamos visitas. Realmente, debo tener una charla con nuestra ama de llaves. No me ha informado de su llegada.

–Imogen y yo estábamos discutiendo sus planes.

Matthias se puso de pie para saludar a Horatia.

–Ya veo. –Horatia se apresuró a entrar en la habitación y tendió su mano a Matthias–. Este proyecto de Imogen me tiene sumamente preocupada.

–Me alivia saber que no soy el único que siente aprensiones –dijo Matthias, dirigiendo una mirada a Imogen–. Aquellos que no tenemos nervios de acero debemos aunar fuerzas.

Imogen contempló a ambos con actitud reprobatoria.

–Todo saldrá bien. Lo tengo todo bajo control.

–Sólo podemos esperar que así sea. –Matthias volvió a sentarse–. Pero, mientras tanto, tengo otro problema entre manos.

–¿De qué se trata? –preguntó Imogen, frunciendo el entrecejo.

–Anoche se presentó mi media hermana. Me comentó que no tiene adónde ir y que debe instalarse en mi casa.

Imogen parpadeó.

–No sabía que tenía una hermana –dijo.

Los ojos de Matthias no mostraron expresión alguna.

–Después de la muerte de mi madre, mi padre volvió a casarse –dijo–. Patricia es hija de ese segundo matrimonio. Para ser sincero, no sé qué hacer con ella. Ha venido con una acompañante, pero la mujer no puede quedarse.

–¿Cuántos años tiene Patricia? –preguntó Imogen.

–Diecinueve.

–Pues entonces tiene la edad adecuada para disfrutar de la temporada social –observó Horatia.

–¿Cómo rayos se supone que me voy a arreglar para hacerla participar de la temporada? –gruñó Matthias–. Presentar a una jovencita en sociedad implica un vestuario, invitaciones adecuadas, una acompañanta y Dios sabe cuántas cosas más.

–Quédese tranquilo, Colchester –dijo Imogen–. Tía Horatia es una experta en relaciones de sociedad. Dejaremos a Patricia en sus manos.

Horatia abrió desmesuradamente los ojos tras los cristales de sus gafas.

Matthias paseó la mirada entre Imogen y Horatia. Su alivio era evidente.

–Es un gran esfuerzo.

–Tonterías. –Imogen miró a Horatia–. ¿Y bien, tía? ¿Estás dispuesta a guiar a una jovencita en la temporada social?

–Será muy divertido –contestó Horatia alegremente–. Nada me gusta más que elegir numerosos trajes y enviar la cuenta a otra persona.

Definitivamente, había mucho que decir acerca de una mujer inclinada a tomar las cosas a su cargo, pensaba Matthias tres días después, mientras entraba en su club. En un abrir y cerrar de ojos Imogen había asumido el mando del apremiante problema de Patricia. Con un poco de suerte, conseguiría casar a su hermana cuando terminara la temporada, y de esa forma cumplir con la promesa hecha a su padre.

Mientras entregaba los guantes y el sombrero al portero, advirtió que dicha promesa había sido formulada en ese mismo club. Dos años antes, Thomas lo había arrinconado en el salón de café. Matthias pensó que quizá su padre debía de tener alguna premonición acerca de su fin inminente.

–Deseo hablar contigo –había dicho Thomas al sentarse frente a él.

–Por supuesto, señor. –Matthias siempre ponía sumo cuidado en mantener un tono tranquilo y cortés cada vez que hablaba con su padre–. ¿Sucede algo malo?

–Estoy preocupado por el futuro.

–¿Acaso no lo estamos todos? Personalmente, he descubierto que lo mejor es ignorarlo.

–Me he dado cuenta. Maldición, tu actitud irresponsable no habla en favor tuyo. No has hecho sino crear escándalos desde que has dejado la universidad. –Thomas clavó los codos en los apoyabrazos del sillón, cerró los puños e hizo un evidente esfuerzo para controlar su cólera–. Pero no es de eso que deseo hablarte. Quiero tomar algunas medidas en relación con Patricia, en el caso de que nos suceda algo a mi esposa o a mí.

–Tengo entendido que los procuradores generalmente se ocupan de esa clase de cosas.

–Ya me he ocupado de la parte financiera del asunto. He dispuesto en mi testamento todo lo necesario para que Patricia no pase apuros. Pero su madre y yo estamos preocupados por su felicidad.

–Ah, sí. Su felicidad.

–Eso no es algo sencillo de disponer –dijo Thomas frunciendo el entrecejo.

–Me he dado cuenta; sí, señor.

Thomas apretó los labios hasta convertirlos en una fina línea.

–Si nos sucediera algo a Charlotte o a mí, se han hecho los arreglos necesarios para que Patricia viva con unos familiares de Charlotte.

–¿Y entonces?

Thomas lo miró directamente a los ojos.

–Si por cualquier razón el arreglo no funciona, quiero tu palabra de que te ocuparás de ella.

Matthias quedó inmóvil.

–¿Qué espera que haga?

–Que cumplas tu obligación –Thomas cerró los ojos, fatigado, y volvió a abrirlos para clavarlos en Matthias–. Bien sabe Dios que te has burlado de tus responsabilidades como heredero mío a lo largo de toda tu vida adulta, pero ésta no la eludirás. Patricia es tu hermana. Te ocuparás de ella, si algo me ocurre, ¿lo has entendido? Quiero tu palabra de honor.

–¿Qué le hace pensar que puede confiar en que cumpla semejante promesa?

–Deshonraste tu patrimonio cuando pusiste en marcha esa maldita sala de juegos. Marchaste en pos del antiguo Zamar en lugar de realizar un buen matrimonio y darme un nieto que asegurara el título. Hay quienes sospechan que eres responsable de la muerte de Rutledge. Corren rumores de que mataste a un hombre en un duelo a causa de una mujer casada. –Thomas apretó los puños sobre los apoyabrazos–. Pero es sabido que jamás has dejado de cumplir una promesa. Quiero tu promesa en esta cuestión.

Matthias lo contempló durante un instante.

–Sé lo difícil que debe de ser esto para usted, señor. Debe de amar mucho a Patricia.

–Ella y su madre son la luz de mi existencia.

–Y cada vez que me mira, sólo puede ver la oscuridad que le acarreó el matrimonio con mi madre –apuntó Matthias con suavidad.

Thomas se puso rígido. Sus ojos volaron hacia el blanco mechón que atravesaba la negra cabellera de Matthias, réplica exacta del que había en su propia cabeza.

–Dios se apiade de mí, cada vez que te miro veo a mi hijo y heredero.

–Qué desagradable debe de ser eso para usted, señor –dijo Matthias, sonriendo sin humor.

–Has hecho todo lo posible para hacerlo desagradable, maldición. –La furia de Thomas se transformó en cansancio–. Sé que no creerás lo que te voy a decir después de todo lo sucedido entre nosotros, pero lamento que tú y yo no hayamos pasado más tiempo juntos cuando eras más joven.

Tal vez podría haberte inspirado un mayor sentido de la responsabilidad.

Matthias no respondió.

Thomas lo contempló con una intensidad casi palpable.

–¿Tengo tu palabra de honor de que cuidarás de Patricia si me ocurre algo?

–Sí.

Matthias recogió el papel que había estado leyendo.

–¿Es todo cuanto tienes que decir? –preguntó Thomas con el ceño fruncido.

–Le di mi palabra en lo referente a Patricia. –Matthias lo miró a los ojos–. ¿Hay algo más que desee de mí, señor?

–No. –Thomas se puso de pie lenta y pesadamente–. No. Eso es todo. –Vaciló–. No, no es verdad. Hay algo más.

–¿De qué se trata, señor?

–¿Tienes intención de casarte? ¿O piensas llevar tu venganza contra mí hasta el punto de dejar que la línea sucesoria muera contigo?

–¿Por qué desearía yo tal venganza, señor?

–¡Mil diablos!, ambos sabemos que me culpas de la desdicha de tu madre. Pero ya tienes edad suficiente para comprender que cualquier moneda tiene dos caras. Si alguna vez te ves en mi situación, sabrás por qué actué como lo hice.

–Pues entonces me aseguraré bien de no encontrarme nunca en su situación –dijo Matthias con amabilidad–. Buenos días, señor.

Thomas titubeó, como si quisiera decir algo más. Al no encontrar las palabras adecuadas, se volvió y se dispuso a marcharse.

Matthias lo contempló mientras se alejaba. Estaba sorprendido al comprobar lo avejentado que estaba su padre. Sin ninguna razón aparente, resurgió en él el viejo deseo de ganarse su aprobación.

–¿Señor?

Thomas se volvió:

–¿Qué sucede?

Matthias vaciló.

–Tengo el propósito de cumplir con mi obligación en lo referente al título cualquier día de estos –dijo finalmente–. No permitiré que la línea sucesoria muera conmigo, si puedo evitarlo.

Algo que bien podía ser alivio, incluso gratitud, iluminó el rostro de Thomas.

–Gracias. Lamento que... Nada. Ya no tiene importancia.

–¿Qué es lo que lamenta, señor?

–No haberte dado el dinero que necesitabas para tu primera expedición a Zamar. –Thomas hizo una pausa–. Sé cuánto significaba esa aventura para ti.

Matthias sabía que su padre y él nunca habían estado tan cerca de una reconciliación como aquel día en el club. Cerró la puerta de los viejos recuerdos y entró en el salón de café.

Saludó con una inclinación de cabeza a uno o dos conocidos, tomó un ejemplar de *The Times* y se acomodó en un amplio sillón demasiado relleno cercano al fuego. El periódico era sólo un pretexto. No deseaba leerlo. Deseaba pensar sin ser interrumpido. Durante los últimos días, su existencia tranquila y ordenada se había convertido en un tremendo alboroto.

Miró sin ver la primera página del periódico, pensando en el relato de Imogen acerca de cómo se había visto comprometida con Vanneck. Luego se obligó a recordar la penetrante sensación desagradable que lo había asaltado al verla en los brazos de Vanneck. Se dijo a sí mismo que no eran celos sino simplemente irritación. Dadas las circunstancias, tenía todo el derecho a sentirse molesto.

Imogen, Vanneck y Alastair Drake. Los tres estaban vinculados entre sí, y ese vínculo lo fastidiaba más de lo que lo había hecho ninguna otra cosa en mucho tiempo. «Por todos los condenados infiernos –pensó–, tal vez me haya convertido en un caso de debilidad nerviosa.»

Se forzó a imaginar la intolerable visión de Imogen en un dormitorio, junto a un Vanneck semidesnudo, y a un Alastair Drake fuera de sí. Se recordó que Imogen era hija de unos padres poco convencionales. Sus dedos se cerraron sobre los bordes del periódico, arrugándolo.

–Colchester. Me pareció haberlo visto entrar hace pocos minutos.

Matthias bajó el periódico lentamente y observó al callado joven de pie frente a él.

–¿Hemos sido presentados?

–Hugo Bagshaw –dijo, con tono levemente desafiante–. El hijo de Arthur Bagshaw.

–Ajá. Y como usted, obviamente, conoce ya mi identidad, quizá podamos terminar aquí esta conversación. Deseo terminar de leer el periódico.

Matthias hizo ademán de volver a la lectura de *The Times*.

–De haber sabido que usted era socio de este club, señor, me habría asociado a otro.

–No permita que yo le impida cancelar su asociación.

–Maldición, señor, ¿acaso no sabe quién soy yo?

A regañadientes, Matthias dobló el periódico y contempló el rostro enrojecido y furioso de quien tenía ante sí. Bagshaw era un joven de aspecto serio, facciones francas y enérgicas y una fuerte y atlética constitución. Su pelo erizado, el extravagante lazo de su corbata y su chaqueta ceñida lo delataban como un hombre a la moda. Sin embargo, la mirada llameante que mostraban sus serios ojos pardos no era el fulgor romántico fingido por los jóvenes petimetres de la nobleza. Era auténtica.

–Hugo Bagshaw, creo haberle oído decir –murmuró Matthias.

–El hijo de Arthur Bagshaw.

–Ya ha mencionado el parentesco.

–Usted mató a mi padre, Colchester. Tan claramente como si hubiera puesto una pistola en su cabeza.

Un gran silencio se instaló en el salón de café.

–Tenía la impresión de que su padre había sido el responsable de su propia muerte.

–¡Cómo se atreve, señor! –Hugo cerró los puños a los costados de su cuerpo. Su rostro mostraba una violenta expresión de furia–. Se disparó un balazo después de perder todo lo que tenía jugando a las cartas en aquel condenado garito que usted dirigía hace diez años.

–Mi recuerdo de la historia es algo diferente.

Hugo lo ignoró.

–Para entonces, yo sólo tenía catorce años. Demasiado joven para vengarlo. Pero algún día encontraré la forma de hacerlo, Colchester. Un día de éstos habrá de pagar por el daño que le hizo a mi familia.

Hugo giró sobre sus talones y salió con paso firme del salón. Ninguno de los demás socios levantó la vista del periódico que tenía en las manos, pero Matthias sabía bien que habían oído la acusación de Bagshaw. Lanzó un leve suspiro. Qué difícil era encontrar un lugar tranquilo para pensar.

Clavó los ojos en las llamas de la chimenea y contempló al fantasma de Arthur Bagshaw.

–El joven Bagshaw ha llegado a Londres hace muy poco tiempo –dijo con voz cansina Vanneck desde detrás del sillón de Matthias–. Parece que un pariente lejano le ha dejado algún dinero al morir. ¿Cree usted que tendíamos a ser tan emotivos en nuestros días de juventud, Colchester? ¿O acaso es la influencia de los nuevos poetas de esta generación lo que transforma a los jóvenes en tan condenadamente melodramáticos?

–Personalmente, apenas puedo recordar haber sido joven alguna vez, y los fragmentos de recuerdos que logro traer a la mente no son muy reveladores.

–Soy de parecida opinión en lo referente a mi propia juventud. –Vanneck rodeó la silla y se plantó frente al fuego–. Una palabra de advertencia, Colchester. Bagshaw lo odia, y puede ser peligroso. He oído por ahí que está tomando lecciones de boxeo en Shrimpton, y que practica tiro en Manton. Se le considera un buen tirador.

–Las habilidades del joven Bagshaw en esas lides no me preocupan demasiado. En este momento tengo otros intereses más importantes.

–Comprendo. –Vanneck hizo una exagerada representación de calentarse las manos frente al fuego–. ¿Acaso esos intereses tienen relación con la señorita Waterstone y cierto objeto zamariano?

Matthias le dirigió una mirada curiosa.

–¿De dónde sacó esa idea? Por ahora, no estoy en el negocio de las reliquias. Tengo otros planes. Me temo que esta temporada debo encontrar una esposa.

–Sé muy bien que ha entrado en posesión de su título, señor. Tiene obligaciones que atender, al igual que yo mismo.

–He oído que también está a la búsqueda de una esposa.

–Mi primera esposa no podía ser molestada con la presión de darme un heredero –dijo Vanneck, lanzando un bufido–. Sólo se interesaba por fiestas, bailes y vestidos. Entre usted y yo, en la cama era un pescado frío. Se casó conmigo sólo por mi título. Y fui lo suficientemente tonto como para permitirlo.

–Me sorprende, Vanneck. No lo creía de la clase de hombre capaz de dejarse subyugar por una cara bonita.

–Porque nunca vio a Lucy. –Vanneck hizo una pausa y continuó–: Era realmente espectacular. Pero su nombre no valía un penique. No obtuve nada de ese arreglo. Convirtió mi vida en un infierno. Créame, no volveré a cometer ese error.

–Ajá.

Vanneck le dirigió una mirada de soslayo.

–Estábamos hablando de usted, señor.

–¿Lo estábamos?

–No pretenderá hacerme creer que considera seriamente a la señorita Waterstone como una candidata adecuada para esposa.

–¿Por qué le resulta tan difícil de creer?

–Vamos, señor, ¿por quién me toma? –Vanneck lo miró

de hombre a hombre–. La señorita Waterstone tiene veinticinco años. Algo crecidita, ¿no le parece? Cuesta imaginarla como una novia ruborosa.

–Personalmente, prefiero las mujeres maduras. –Matthias pasó la página del periódico–. Suelen tener una conversación más interesante.

–Aun cuando a sus ojos la edad fuera una virtud –dijo Vanneck con el entrecejo fruncido–, corren rumores de que carece de otra clase de virtud. Se la llama Imogen, *La Impúdica*, sabe usted.

Matthias bajó el periódico y miró a Vanneck directamente a los ojos.

–Cualquiera que, en mi presencia, se refiera a ella en esos términos mejor que se prepare a terminar la discusión con un par de pistolas.

Vanneck pareció retroceder.

–Mire usted, Colchester, no espere que crea que realmente desea hacerle una proposición a Imogen Waterstone. Si anda tras ella, tiene que ser por otra razón. Y se me ocurre solamente una posibilidad.

Matthias se puso de pie.

–Puede creer lo que guste, Vanneck –sonrió débilmente–. Pero le aconsejo que sea muy cuidadoso con lo que dice.

Patricia echó una mirada incómoda en el interior de la librería.

–¿Está completamente segura de que mi hermano no habrá de objetar que haga alguna compra?

–Deje a Colchester en mis manos –repuso firmemente Imogen–. Si se le ocurre hacer alguna objeción, yo me arreglaré con él. Pero dudo que lo haga. El coste de uno o dos libros será tan ínfimo, comparado con las cuentas de sus trajes, que me atrevo a decir que ni siquiera se dará cuenta.

Patricia se puso pálida.

–Sé que su tía ha ido demasiado lejos con la modista.

¡Tantos vestidos! ¡Y de telas tan caras! Colchester se pondrá furioso cuando descubra que hemos gastado tanto.

–Tonterías. Si es necesario, yo se lo explicaré. –Imogen le dirigió una sonrisa alentadora–. Vaya y eche un vistazo. Quiero saber si ya ha aparecido el nuevo libro de Garrison sobre antigüedades. Cuando hayamos terminado, tía Horatia habrá concluido su conversación con la señora Horton. Estará esperándonos en el carruaje.

Patricia pareció dubitativa, pero fue a examinar obedientemente los títulos de un estante cercano. Imogen se dirigió hacia el mostrador. Mientras esperaba que el empleado terminara de atender a otro cliente, revisó distraídamente varios libros exhibidos sobre una mesa. Cuando oyó el sonido de la campanilla de entrada, miró con aire ausente por encima del hombro para ver al recién llegado.

Se estremeció al ver a Vanneck en la entrada de la tienda. Era la primera vez que se encontraba con él desde el baile en casa de lady Blunt.

Se dijo que su aparición en la librería bien podía ser una coincidencia. Pero le parecía más probable que finalmente hubiera mordido el anzuelo. «Ya era hora», pensó.

–Señorita Waterstone. –Vanneck le dedicó una sonrisa untuosa mientras se encaminaba hacia el mostrador–. Qué agradable sorpresa. Han pasado tres años, ¿no es así?

–Creo que sí.

–¿Busca algún libro en particular? –preguntó cortésmente Vanneck.

Imogen hizo el esfuerzo de sonreír; esperaba que la suya fuera una sonrisa tranquila.

–Espero encontrar algo sobre reliquias zamarianas.

–Naturalmente. No me sorprende que mantenga su interés en el antiguo Zamar. Era una verdadera apasionada en el tema, por lo que recuerdo. –Vanneck se apoyó sobre el mostrador y le dirigió una mirada de mal disimulada curiosidad–. Corre el rumor de que no hace mucho tiempo ha entrado en posesión de una herencia más que interesante.

–He sido muy afortunada. Además de algunos ingresos, mi tío me dejó su colección completa de antigüedades. Tiene algunos objetos fascinantes.

Vanneck miró rápidamente alrededor y se acercó un poco más.

–Incluso cierto mapa que pretende señalar la ubicación de un objeto zamariano de valor incalculable, por lo que tengo entendido.

–¡Con qué rapidez corren las noticias en Londres!

Imogen se obligó a permanecer impávida. La ansiedad por apartarse de Vanneck era casi insoportable.

–Entonces, ¿es verdad? –Vanneck buscó su mirada con expresión ansiosa–. ¿Cree que este mapa puede llevarla hasta el Sello de la Reina?

Imogen se encogió ligeramente de hombros.

–Es muy posible, aunque me sirve de poco en este momento. No puedo afrontar el costo de una expedición para ir en busca del sello. Pero tengo la esperanza de que mis problemas económicos se solucionen muy pronto.

–Se refiere a Colchester, ¿verdad?

–Ha sido lo suficientemente amable como para interesarse en el tema.

–Maldición. Entonces, yo estaba en lo cierto. –Vanneck cerró las manos sobre el mostrador–. Pensaba que ésa era la razón para acercarse a usted. ¿Sabe?, todo Londres habla de lo mismo.

Imogen alzó la vista.

–¿De veras, señor?

–Piensa echar mano a su mapa. Colchester haría cualquier cosa para encontrar el Sello de la Reina.

–Es de dominio público que Su Señoría es un gran coleccionista de las mejores reliquias zamarianas –comentó Imogen.

Vanneck inclinó la cabeza y bajó el tono de voz.

–Sé que usted me guarda rencor por el infortunado incidente ocurrido hace tres años. Pero puedo asegurarle que he sido tan víctima de las circunstancias como lo ha sido usted.

–Con respecto a ese incidente, siempre me he preguntado ¿qué estaba haciendo usted en esa habitación?

–Para decirle la verdad, estaba esperando a alguien. Una encantadora viuda cuyo nombre no mencionaré por razones obvias. Ciertamente, no la esperaba a usted. Fue un lamentable error.

–Un error que le costó la vida a la pobre Lucy.

Vanneck pareció confundido.

–¿Lucy?

–¿La recuerda, milord? Era su esposa.

–No sea ridícula. –Vanneck pasó un dedo entre la corbata y su cuello–. Por supuesto que la recuerdo. Pero ya han pasado tres años de su muerte, y un hombre debe rehacer su vida.

–Ciertamente

Imogen apretó el libro que tenía en la mano y se obligó a permanecer en calma. Si daba rienda suelta a su ira, podía echar por la borda todo el plan.

–Lucy y usted eran amigas, señorita Waterstone –dijo Vanneck con aire preocupado–. Seguramente no escapó a su atención que mi esposa estaba poseída por un carácter más bien inestable, ¿verdad? Costaba muy poco causarle una depresión. No debe culparse por su muerte.

Imogen aspiró con fuerza. «Te culpo a ti –pensó–. No a mí.» Pero ¿sería cierto eso?, se preguntó de pronto. ¿Sería posible que su deseo de castigar a Vanneck tuviera la raíz en su propio sentimiento de culpa por lo ocurrido aquella noche? Se estremeció.

–No tiene sentido hurgar en el pasado –continuó Vanneck enérgicamente–. Como usted y yo estamos relacionados por la amistad que tenía con mi esposa, considero que tengo el deber de prevenirla.

–¿Prevenirme contra qué? –preguntó Imogen.

–Debo prevenirla contra cualquier forma de vínculo con Colchester.

«De manera que realmente ha tragado el anzuelo.» Imogen le dirigió una ligera sonrisa.

–Sin embargo, estoy decidida a encontrar el Sello de la Reina, señor. Colchester puede contribuir a financiar la expedición.

–Concretar una alianza de negocios con Colchester sería comparable a bailar con el diablo.

–Tonterías. Seguramente exagera usted, señor.

–Estoy diciéndole la verdad –se indignó Vanneck–. Ese hombre es conocido como Colchester, *El Despiadado*, y buenas razones hay para ello. Si accede a financiar una expedición para buscar el sello, sólo será porque espera quedarse con él cuando aparezca.

–Estoy segura de que ambos podremos llegar a un acuerdo satisfactorio.

–Bah. Sin duda, eso es lo que creyó el pobre Rutledge. Todos sabemos lo que le sucedió.

–No todos lo sabemos.

–Nunca regresó del perdido Zamar –exclamó Vanneck–. Hay quienes creen que Colchester sabe exactamente cómo murió.

–Ni por un momento creo en esas ridículas habladurías. Colchester es un caballero de pies a cabeza. No tiene nada que ver con la muerte de Rutledge.

–¿Un caballero? ¿Colchester? –Vanneck abrió los ojos, sorprendido, y se interrumpió con súbita comprensión–. Bendito sea Dios. No es posible que le haya convencido de que siente algo especial por usted, señorita Waterstone. No puede ser tan ingenua. No es usted una niña.

Imogen pensó que no era necesario que Vanneck se mostrara tan incrédulo frente a la posibilidad de que Matthias se enamorara de ella.

–Mi relación con Colchester es un tema privado –dijo.

–Le ruego que me perdone, pero faltaría a mi responsabilidad como viejo amigo si no le advirtiera que Colchester puede intentar seducirla sólo para poder hacerse con el mapa.

–Tonterías. Eso me ofende, señor.

Vanneck la observó con escepticismo.

–Por cierto, no ha de creer que un hombre en la situación de Colchester podría llegar a proponer matrimonio a una mujer de su edad y su... bueno, reputación.

Imogen apoyó las manos en las caderas y comenzó a dar golpes con el tacón.

–Para ser honesta con usted, señor, no estoy tan interesada en el matrimonio como lo estoy en encontrar a alguien que me ayude a financiar la expedición. Por ahora, no veo muchas alternativas a lord Colchester. Es el único caballero que conozco capaz de afrontar ese costo, y que además tiene interés en hacerlo.

–Hay otras formas de financiar una expedición –dijo rápidamente Vanneck–. Formas mucho menos peligrosas que tener tratos con Colchester, *El Despiadado*.

Imogen frunció los labios.

–¿Lo cree usted? Alguna vez pensé en crear un consorcio, pero carezco del conocimiento y las relaciones para formalizar un arreglo tan complejo.

Vanneck parpadeó. La excitación hacía brillar sus ojos.

–Formar un consorcio sería un juego de niños para mí, señorita Waterstone. Tengo una amplia experiencia en cuestiones de negocios.

–¿De veras? ¡Qué interesante! –«Dios bendito, ¿acaso debía dirigirlo en cada uno de los pasos de este engañoso vals?», se preguntó Imogen. Con mucho aspaviento, fingió mirar el pequeño reloj sujeto a su pelliza–. Se está haciendo tarde. Si me disculpa, señor, tengo prisa. Mi tía me espera.

Vanneck alzó una ceja.

–Confío en volver a verla esta noche.

–Es posible. Tenemos varias invitaciones. Todavía no sé con certeza cuál de ellas aceptaremos. –Imogen sonrió de manera ambigua y se alejó del mostrador–. Que tenga usted buen día, señor.

–Hasta esta noche –saludó bruscamente Vanneck, con un movimiento de cabeza.

Se volvió y enfiló hacia la puerta con expresión decidida.

–Señorita Waterstone –llamó Patricia, mientras se acercaba a ella llevando un volumen en su mano enguantada–. Ya he hecho mi elección.

–Excelente. –Imogen se quedó mirando hasta ver que la puerta se cerraba tras Vanneck. Luego observó a través del cristal del escaparate–. Me parece ver a tía Horatia subiendo al carruaje. Salgamos. Debemos ir hasta su casa, para que pueda desenvolver sus compras. A las cinco entregarán el vestido que llevará esta noche. Hay mucho que hacer antes de eso.

–¿Cree realmente que estará listo? –preguntó Patricia–. ¡Le hemos dado tan poco tiempo a la modista!

Imogen sonrió, haciendo una mueca.

–Tía Horatia prometió a madame Maud una regia retribución. Puede estar segura de que estará listo a tiempo.

Patricia no pareció tranquilizarse. En realidad, parecía más preocupada que nunca.

–¿Está completamente segura de que mi hermano no pondrá el grito en el cielo cuando sepa los gastos que hemos hecho hoy? –preguntó.

–Está demasiado preocupada por la actitud de Colchester con respecto a sus gastos –señaló Imogen–. ¿Por qué piensa que se ha de enfadar?

–Porque me odia –susurró Patricia.

Imogen la miró fijamente.

–Imposible.

–Le aseguro que es verdad, señorita Waterstone. Tiene de mí el más bajo de los conceptos sólo porque soy la hija de la segunda esposa de su padre.

–Seguramente no es así.

–Mamá me lo explicó todo el día en que me contó que tenía un hermano mayor. Me aconsejó no esperar nunca nada de Colchester. Dijo que era un hombre muy peligroso y que carecía en absoluto de altruismo.

–Disparates. Por el amor del cielo, Patricia, eso es ridículo.

–Me dijo que comenzaron a llamarlo Colchester, *El Despiadado* cuando apenas tenía veinticuatro años.

–Le aseguro que Colchester es víctima de chismes maliciosos.

Patricia estrujó su pañuelo.

–Hace dos años, papá me dijo que, si algo les ocurría a él y a mamá y yo sentía que no podía ser feliz en la casa de mi tío, debía llamar a Colchester. Papá me dijo que había prometido velar por mi bienestar.

–Y así lo hará.

–Papá dijo que lo único bueno que tenía Matthias era su fama de cumplir con su palabra.

–Eso es muy cierto.

–Pero me doy cuenta de que no quiere que esté en su casa. Buscará cualquier excusa para poder librarse de mí. Cuando reciba las cuentas de mis vestidos, puede muy bien decidir que resulto demasiado onerosa. Y entonces, ¿adónde voy a ir? No me atrevo a volver a la casa de mi tío. Iré a parar a un asilo, o aun algo peor.

–Por alguna razón, no creo que se llegue a ese extremo –musitó Imogen.

–¡Oh, señorita Waterstone, echo tanto de menos a mamá y a papá!

Imogen sintió que la recorría una corriente de simpatía hacia la joven. Ella debía de tener la misma edad de Patricia cuando perdió a sus queridos padres. Recordaba demasiado bien la sensación de soledad y de pérdida que la habían invadido entonces. Poco había sido el consuelo recibido, salvo de parte de Lucy. Horatia no había podido visitarla con frecuencia porque las exigencias de atender a su esposo enfermo la retenían en Yorkshire. Su tío, Selwyn, había continuado enfrascado en sus intereses funerarios. Ciertamente, pensó Imogen, sabía muy bien cómo se sentía Patricia.

Haciendo caso omiso a las miradas desaprobatorias del dueño de la librería, rodeó a Patricia con sus brazos y la estrechó en un abrazo rápido y cálido.

–Desde ahora, las cosas serán diferentes, Patricia. Ya no estará sola.

CAPÍTULO VII

El alboroto que llegaba del vestíbulo llevó a Matthias hasta la puerta de la biblioteca. Reclinado contra ella, observó, divertido, el regreso de las intrépidas compradoras de su vertiginosa incursión por las tiendas de Pall Mall y Oxford Street.

En ese momento se estaban descargando del carruaje cajas y bultos de las más variadas formas y colores. Con una estoica expresión instalada en su rostro, Ufton observaba impávido cómo Imogen tomaba la batuta de toda la operación.

De pie en la escalinata de la entrada, muy feliz con su vestido de calle color verde zamariano y un gran sombrero adornado con conchas marinas, daba instrucciones a los lacayos con la seca precisión de un oficial del ejército. Horatia revoloteaba a su alrededor, controlando los paquetes a medida que llegaban al vestíbulo. Tras ella iba Patricia, con la expresión ansiosa de costumbre. No atinaba a otra cosa que a echar miradas incómodas a Matthias.

Sólo hacía algunos días que su hermana estaba en su casa, y ya se había percatado de su carácter nervioso y su tendencia a ponerse a llorar por el menor motivo. Le recordaba un conejillo asustado.

–Sí, sí, traed todo dentro –decía entretanto Imogen, moviéndose animadamente y llevando en la mano su sombrilla con mango en forma de delfín–. Y luego llevad todo arriba, a la habitación de lady Patricia. Mi tía os acompañará y controlará todo. Conoce la forma apropiada de tratar y guardar materiales tan delicados como éstos. –Echó una mirada a

Horatia–. Podrás hacerte cargo de los arreglos finales, ¿verdad? Debo hablar con Colchester.

–Sí, naturalmente. –Horatia sonrió, satisfecha–. También tenemos que preparar el atuendo que necesitará Patricia esta noche para su primera presentación en sociedad. –Hizo una seña en dirección a ella–: Ven conmigo, querida. Tenemos muchas cosas que hacer.

Horatia comenzó a subir la escalera. Patricia dirigió una última mirada asustada a Matthias y se escabulló tras Horatia.

Imogen se volvió hacia Colchester con expresión resuelta.

–¿Podría hablar con usted en privado un momento, milord? Hay algo que querría que discutiéramos.

–A sus órdenes, señorita Waterstone. –Matthias se apartó cortésmente del vano de la puerta–. Como siempre.

–Gracias, señor. –Imogen pasó frente a él, rumbo a la biblioteca, mientras desataba los lazos de su desmesurado sombrero–. No llevará mucho tiempo. Es tan sólo un ligero malentendido que quiero aclarar.

–¿Otro más?

–Éste tiene que ver con su hermana. –Apenas había dicho esto, Imogen se interrumpió, lanzando un sonido ahogado de maravillado asombro. Se quedó mirando, totalmente fascinada, el interior de la biblioteca–: ¡Cielo santo! ¡Esto es deslumbrante!

Matthias la observó detenerse abruptamente después de trasponer la puerta. Se dio cuenta de que había estado aguardando su reacción. Después de todo, se trataba de I. A. Stone, la única persona en toda Inglaterra capaz de apreciar en su debida dimensión el ambiente que había creado en esa habitación. Su expresión de sincero asombro era muy gratificante.

–¿Le gusta? –preguntó, aparentando indiferencia, mientras Ufton cerraba discretamente la puerta tras ellos.

–Es sencillamente maravillosa –susurró Imogen. Alzó la mirada para poder apreciar las colgaduras verdes y doradas que pendían del techo–. Extraordinario.

Lentamente, comenzó a recorrer la habitación, deteniéndose por todos los rincones para examinar los exóticos paisajes representados sobre las paredes o las ánforas dispuestas sobre tallados pedestales.

–Ha logrado captar la esencia misma del antiguo Zamar. Podría jurar que su espíritu vive y respira en esta habitación. –Imogen se detuvo frente a la imponente estatua de Anizamara, Diosa del Día–: Exquisita.

–La traje conmigo en mi último viaje. La descubrí, junto a una estatua de Zamaris, en la tumba de un príncipe.

–Esto es fantástico, milord. –Acarició reverentemente el lomo de los dos delfines gemelos que hacían las veces de patas del sofá–. Absolutamente fantástico. ¡Cuánto le envidio!

–No me atrevería a afirmar que es una réplica exacta de la biblioteca zamariana –dijo Matthias, procurando mantener una actitud de modestia, que no le resultaba fácil. Se apoyó contra el borde de su escritorio, pasó una pierna frente a la otra y cruzó los brazos–. Pero debo admitir que estoy satisfecho con el resultado.

–Increíble –murmuró Imogen–. Absolutamente increíble.

Matthias tuvo una súbita visión de Imogen, desnuda en el sofá de los delfines. La visión era intolerablemente clara. Pudo ver su cabellera castaña, suelta sobre los hombros, sus suaves curvas bañadas por el fulgor del fuego del hogar, una de sus rodillas alzada con gracia. Sintió que la parte inferior de su cuerpo se endurecía con un deseo que era casi doloroso.

–Tiene suerte de haber podido recrear para su uso personal este ambiente maravilloso, milord. –Imogen se detuvo para examinar una inscripción en una tabla de arcilla–. Un fragmento de un poema. Qué extraño.

–Lo descubrí en una tumba. La mayoría de las tablas de arcilla zamarianas que circulan estos días en Londres reflejan solamente anodinas transacciones comerciales. Rutledge consiguió enviar cientos de ellas a Inglaterra. Creyó que vendiéndolas podría amasar una fortuna considerable. Y tenía razón.

–Hablando de negocios, me gustaría hacerle una pregunta personal. –Imogen lo miró con expresión perspicaz–. Dígame, ¿abrió usted El Alma Perdida para financiar su travesía a Zamar?

Matthias alzó las cejas y repuso:

–De hecho, así fue, es verdad.

Imogen asintió, con evidente satisfacción.

–Pensé que ésa sería la razón –dijo–. Bueno, eso lo explica todo, por supuesto.

–Pedí a mi padre que me facilitara los fondos necesarios –dijo Matthias con lentitud–. Era lo único que había pedido a mi padre desde que llegué a la edad adulta. Se negó. De manera que abrí el garito.

–Perfectamente comprensible. Tenía que encontrar una manera de conseguir el dinero. Sencillamente, Zamar era demasiado importante.

–Sí.

Imogen rozó delicadamente con los dedos uno de los jarrones.

–En cuanto a la señora Slott...

Matthias hizo una mueca.

–Una noche, en El Alma Perdida, descubrí a su amante, Jonathan Exelby, haciendo trampas con los naipes. Le dije que tenía que abandonar el local. Se puso fuera de sí. Dijo que había puesto en duda su honor, lo que era absolutamente cierto. Me retó a duelo, pero luego, cuando recuperó la sobriedad, lo pensó mejor. En lugar de eso, decidió ir a probar fortuna a América. Nunca más volvió a aparecer por Londres, pero corrieron muchos rumores acerca de su muerte.

Imogen le dirigió una serena sonrisa.

–Estaba segura de que tenía que ser algo por el estilo. Bueno, ahora vayamos a lo que me ha traído aquí. Querría hablar con usted acerca de su hermana, señor.

Matthias frunció el entrecejo.

–¿Qué sucede con ella? –preguntó.

–Por algún motivo inexplicable, parece sentir que no es bienvenida en su casa. En realidad, vive en un estado cercano al terror.

–No sea ridícula. ¿Por qué iba a sentirse aterrorizada?

–Tal vez la debilidad nerviosa es típica de la familia, señor. No es raro observar familias en las cuales cada generación muestra ciertos rasgos; una barbilla, una nariz u... –alzó la mirada hacia el níveo mechón de pelo de Matthias– otros atributos físicos heredados de los padres.

–¿Debilidad nerviosa? –Matthias decidió que ya se estaba cansando de las teorías de Imogen referentes a su temperamento–. ¿De dónde diablos saca esas tonterías?

–Ciertamente, lady Patricia parece haber heredado su propia tendencia a alimentar presagios e inseguridades.

–Considero que ya hemos hablado demasiado acerca de mi hermana –cortó él fríamente–. Sólo debe usted preocuparse de prepararla convenientemente para su presentación en sociedad.

Imogen lo ignoró. Juntó las manos a su espalda y comenzó a recorrer la habitación de arriba abajo, paseándose pensativa sobre la alfombra verde y dorada.

–Soy de la opinión de que debe hacer un esfuerzo para que ella se sienta más cómoda. La pobre niña cree que aquí sólo es tolerada. Como si no tuviera derecho a reclamar su protección.

La ira irrumpió desde dentro de Matthias sin previo aviso. Lo recorrió con la fuerza de un tornado, venciendo el control de sí mismo antes de que pudiera advertirlo. Abrió los brazos y se apartó del escritorio.

–No me interesa su consejo en esta cuestión –dijo.

Esta vez, algo en su tono de voz causó cierto impacto en Imogen. Dejó de pasearse y se volvió para contemplarlo fijamente.

–Pero, milord, parece que no comprende la naturaleza ansiosa de Patricia. Yo tan sólo intento explicarle que ella también, al igual que usted, tiene una sensibilidad extremadamente delicada, y que ella...

–Sus nervios me importan un comino –interrumpió Matthias, apretando los dientes–. He cumplido con mi obligación hacia mi hermana. He puesto un techo sobre su cabeza. Por lo que acabo de ver en el vestíbulo, dentro de muy poco tiempo estaré pagando algunas cuentas más que abultadas. Estoy dispuesto a fijarle una dote adecuada para cuando contraiga matrimonio. No puede pedir más de mí.

–Pero, señor, usted se refiere solamente a las obligaciones materiales. Le concedo que son muy importantes, pero no tanto como la bondad y el afecto fraternal. Eso es lo que su hermana necesita más en este momento.

–Pues entonces no debería haber solicitado mi amparo.

–Sin embargo, estoy segura de que siente algún afecto por ella.

–La he visto por primera vez hace unos pocos días –dijo Matthias–. Apenas la conozco.

–Bien, pues ella sabe muchas cosas sobre usted, y creo que todas erróneas. –Imogen lanzó un pequeño bufido de disgusto–. Cree que el infame apodo con que se lo menciona tiene algún fundamento. ¿Puede creerlo? De usted depende que corrija su falsa impresión.

De pronto, Matthias sintió necesidad de moverse. Se obligó a caminar con deliberada lentitud hacia la ventana. Al llegar a ella, se detuvo, dirigiendo una mirada ausente al jardín.

–¿Por qué está tan condenadamente segura de que esa impresión es falsa? –le preguntó.

–No sea ridículo, milord. Usted es Colchester de Zamar. –Con un ademán, señaló la librería y sus tesoros–. Cualquier hombre que tenga un gusto tan exquisito para los objetos de arte, una percepción tan delicada de la historia del antiguo Zamar, una pasión por las maravillas que encerraba..., bueno, es imposible que un hombre semejante carezca de emociones y sensibilidad.

Matthias se volvió para mirarla cara a cara.

–Voy a hacerle una honesta advertencia. No me conoce

ni la mitad de lo que cree conocerme. Una ignorancia así puede ser en extremo peligrosa.

Al oír estas rudas palabras, Imogen pareció quedar más confundida que desalentada. Luego, su mirada se suavizó y dijo:

–Puedo ver que se trata de un tema doloroso para usted, señor.

–No, doloroso no. Aburrido.

–Como guste –respondió ella con ironía–. Pero le ruego que considere que su hermana está seriamente perturbada. Por la conversación que hemos tenido las dos esta tarde, deduzco que está completamente sola en el mundo. Usted es la única persona en quien puede confiar, por lo que me gustaría recordarle dos cosas, milord.

–Tengo la sensación de que no me libraré de esta maldita conversación hasta que no me exponga en detalle esas dos cosas. Adelante con ellas.

–Primero, me permito recordarle que, haya sucedido lo que haya sucedido, Patricia no tiene ninguna culpa. Como tampoco usted. Segundo, tenga en cuenta que, así como usted es el único pariente cercano que tiene en el mundo, ella es el único que usted tiene. Ambos deben permanecer unidos.

–¡Por todos los diablos! ¿Quién le ha contado la historia de mi familia?

–No sé mucho sobre ella –reconoció Imogen–, pero a juzgar por lo que me ha contado Patricia esta tarde, después de la muerte de su madre se produjo una ruptura entre su padre y usted.

–Tiene razón, Imogen. No sabe nada sobre el tema. Le sugiero que no se entrometa. He cumplido con la promesa que hice a mi padre, y con eso se cierra la cuestión.

–Ambos son muy afortunados de tenerse el uno al otro –dijo suavemente Imogen–. En los meses siguientes a la muerte de mis padres, habría vendido mi alma por tener un hermano o una hermana.

–Imogen...

Ella se volvió y se encaminó hacia la puerta, donde se detuvo brevemente, con la mano ya sobre el tirador.

–Casi lo olvido. Hay algo más que quería decirle.

Matthias la contempló con creciente fascinación.

–Se lo ruego, no se contenga ni un segundo más, señorita Waterstone.

–Esta mañana me he encontrado con Vanneck en una librería. Puedo informarle sin lugar a dudas que ha mordido el anzuelo. Incluso ya está planeando la formación de un consorcio. Mi plan está en marcha.

Diciendo esto, se marchó. Ufton cerró la puerta tras ella.

Matthias cerró los ojos y lanzó un gemido. Sus delicados nervios no iban a salir ilesos de este asunto. Se consideraría afortunado si lograba evitar ser encerrado en el manicomio de Bedlam antes de que todo hubiese concluido.

Matthias se dirigió hacia la baranda del balcón y bajó la mirada hacia el atestado salón de baile. Ya era casi medianoche y la velada estaba en su esplendor. Las arañas derramaban su brillante luz sobre los hombres y mujeres elegantemente vestidos. Torció la boca en una ligera mueca de disgusto. No se sentía a sus anchas entre la alta sociedad.

Sólo le llevó un momento localizar a Imogen entre las parejas que bailaban. Sus ojos volaron hacia ella como si fuera la única mujer en la estancia. Durante un instante, se permitió disfrutar de la visión. La verde seda de su traje de noche se arremolinaba en torno de sus tobillos. Llevaba escarpines de baile y guantes del mismo tono de verde, largos hasta el codo. Por debajo del gran turbante, se asomaban algunos rizos de su pelo castaño.

Podría haber sido una visión arrebatadora, pensó Matthias, si no fuera por el hecho de que se encontraba en los brazos de Alastair Drake. El único consuelo que tuvo fue ver que para Drake no era fácil mantener el equilibrio. Aun desde donde se encontraba mirando, Matthias pudo ver que era Imogen quien dirigía el desplazamiento por la pista. Sonrió ligeramente y le pareció que se sentía mejor.

Desvió su atención de Imogen y buscó a su hermana con la mirada. Se sorprendió al verla en el centro de un grupo de admiradores. Estaba sonrojada y llena de excitación. Su vestido blanco y rosado era totalmente adecuado para una joven bien criada y muy a la moda.

Horatia se encontraba cerca de ella, en actitud servicial, sonriendo con el aire de una orgullosa gallina que presenta a su único polluelo. Estaba conversando con Selena, lady Lyndhurst, quien llevaba su acostumbrado atuendo celeste.

Bueno, pensó Matthias, al menos uno de sus problemas estaba bajo control. Gracias a Imogen y Horatia, su hermana era todo un éxito. Con un poco de suerte, cuando llegara junio su procurador estaría preparando los documentos del matrimonio.

Su sentimiento de satisfacción se desvaneció al divisar a Hugo Bagshaw, que intentaba abrirse camino a través de la multitud para acercarse a Patricia. Cerró las manos sobre la baranda del balcón. Se propuso advertir a su hermana que no debía alentar a Bagshaw.

Matthias volvió a contemplar a Imogen, que acababa de terminar el vals que bailaba con Drake. Observó que estaba entusiasmada con algún tema, que muy probablemente fuera el antiguo Zamar. Para enfatizar lo que decía, hacía enérgicos movimientos con su abanico. Estaba tan ensimismada en lo que decía, que no vio que se acercaba uno de los camareros, llevando una bandeja llena de copas. Por desgracia, Drake tampoco advirtió el desastre inminente hasta que fue demasiado tarde.

Matthias observo cómo Imogen, describiendo un amplio arco con su abanico, arrasaba con la bandeja y hacía caer varias copas de champán. Retrocedió un paso para contemplar el animado espectáculo que se desarrolló a continuación. Los desafortunados invitados que se encontraban cerca de la escena dieron un salto para apartarse.

El camarero dirigió a Imogen una mirada de reproche y luego se arrodilló para recoger los trozos de cristal que estaban en el suelo. Imogen, con un aspecto sumamente distendido, se apresuró a ayudarle. Pero Drake se lo impidió, retirándola apresuradamente del lugar.

En pocos minutos, todo había terminado. Matthias sonrió para sus adentros y se encaminó hacia la escalera.

Le llevó un buen rato llegar hasta Imogen, que ahora se encontraba junto a Patricia, Horatia y Selena. Cuando finalmente llegó, los jóvenes que pululaban en torno a ellas se hicieron rápidamente a un lado para dejarle pasar hasta el centro del círculo. Pudo distinguir a Hugo, observándolo desde el exterior del mismo.

Imogen fue quien primero lo divisó.

–Ah, está aquí, Colchester. Estábamos esperándole. Patricia es todo un éxito. Horatia y yo nos hemos visto obligadas a espantar a los admiradores con un gran bastón.

Varios de los jóvenes lanzaron risillas incómodas mientras miraban con cautela a Matthias.

–Ya veo. –Matthias posó sus ojos en Patricia, que le sonrió con cierta ansiedad, como si estuviera aguardando su veredicto. Imogen aplicó un puntapié en el tobillo de Matthias con la punta de su escarpín de baile. Éste la miró, y por su expresión comprendió que se esperaba que dijera algo más–. Puedo comprender muy bien por qué se ven obligadas a protegerte. Felicitaciones, Patricia. Esta noche eres un diamante.

Patricia parpadeó, sorprendida. El arrebol tiñó sus mejillas y sus ojos brillaron con alivio. Esas palabras habían hecho que recuperara gran parte de la confianza en sí misma.

–Gracias, señor –dijo.

Selena lanzó una risita ahogada.

–Parece que su encantadora hermana ya tiene todos los bailes comprometidos.

–Excelente. –Matthias miró a Imogen–. Bien, entonces. ¿Me concedería este baile, señorita Waterstone?

–Por supuesto, milord, con sumo placer.

Imogen se volvió hacia la pista de baile y empezó a andar resueltamente.

Lanzando un suspiro, Matthias la alcanzó, la tomó por el codo y la obligó a detenerse. Ella le dirigió una mirada sorprendida.

–¿Sucede algo, milord? ¿Ha cambiado de idea?

–En absoluto. Simplemente, he pensado que sería agradable caminar a su lado en lugar de ir tras usted como un perro llevado de la correa.

–Oh, lo siento. Tómese su tiempo, señor. No tenía ninguna intención de hacerle correr. De vez en cuando olvido que la suya no es una naturaleza atlética.

–Le agradezco su comprensión. –Matthias la guió hasta la pista de baile sosteniéndola firmemente y luego la tomó en sus brazos–. Esta noche parece estar en excelente forma.

–Disfruto de una salud excelente, señor. Siempre ha sido así.

–Me complace saberlo. –Matthias debió esforzarse para tener la iniciativa en el baile. Era todo un desafío–. No obstante, me refería más bien a su aspecto que a su salud. Ese traje le sienta de maravilla.

Imogen se miró el traje como si hubiera olvidado lo que llevaba puesto.

–Es precioso, ¿verdad? Lo confeccionó madame Maud. Horatia dice que es una modista muy exclusiva. –Alzó la mirada–. Estoy segura de que le complacerá saber que Horatia piensa que Patricia ha sido muy bien recibida. Mañana sin duda le lloverán las invitaciones.

–He contraído una deuda de gratitud con su tía y con usted por hacerse cargo de la vida social de Patricia.

–No ha sido un problema en absoluto, señor. Horatia me ha dicho que lady Lyndhurst ha invitado a Patricia a su salón zamariano, que se reúne mañana. Un verdadero acontecimiento. Allí conocerá a varias jóvenes de su edad.

–Sin embargo, no creo que aprenda mucho acerca del antiguo Zamar –comentó secamente Matthias–. El salón de Selena no es más que un entretenimiento de moda.

–Comprendo. –Imogen frunció las cejas, con expresión concentrada, como si estuviera intentando verlo bajo otro ángulo–. Bueno, no es algo demasiado dañino, milord.

Parecía jadear un poco a causa de sus piruetas.

–Tal vez no. –Matthias miró por encima de Imogen y vio a Hugo que conducía a Patricia hasta la pista de baile–. Pero puede haber un problema con la atención que le dispensa el joven Bagshaw. Mañana hablaré con Patricia acerca de él.

Imogen abrió los ojos con asombro.

–¿Qué tiene de malo el señor Bagshaw? Parece un caballero muy respetable.

–Tengo la sospecha de que su interés en Patricia está motivado más en su deseo de vengarse de mí que en una auténtica admiración por ella.

–¿De qué está hablando, señor?

–Es una vieja historia. –Matthias la hizo girar en un amplio círculo que los acercó hasta las balconeras–. Sólo le puedo decir que el joven Bagshaw me considera responsable de la decisión de su padre de volarse la tapa de los sesos encerrado en su estudio.

–No puede hablar en serio. ¿Qué sucedió?

–Arthur Bagshaw perdió la mayor parte de su fortuna en una fallida aventura naviera. La noche en que se enteró de ese desastre acudió a El Alma Perdida. Estaba muy ebrio y sumido en la desesperación. Supongo que tenía idea de recuperar lo perdido en mis mesas de juego. Me negué a que jugara.

–Eso fue muy decente de su parte, señor. Bagshaw, evidentemente, no podía permitirse perder lo poco que le quedaba.

–No sé hasta qué punto mi actitud fue decente –dijo Colchester con sequedad–. Bagshaw y yo discutimos. Él se marchó a su casa y se pegó un tiro. Ésa es toda la historia.

–¡Dios Santo! –susurró Imogen–. Pobre Hugo.

Matthias la obligó a detenerse.

–Hugo me culpa de lo sucedido. Cree que su padre perdió su fortuna en El Alma Perdida.

–Debe aclarárselo de inmediato, señor.

–En otro momento.

–Pero, Matthias, esto es realmente demasiado...

–Ya le dije que me ocuparé del asunto en otro momento. Ahora quiero hablar con usted.

–Por supuesto, milord. –Imogen abrió el abanico y comenzó a sacudirlo enérgicamente–. Hace un poco de calor, ¿verdad?

–Tenga cuidado con esa arma que empuña. –Matthias la condujo hacia la terraza–. Acabo de ser testigo de su capacidad destructora.

–¿Qué? –preguntó, contemplando el abanico con cara preocupada. Luego, su expresión se aclaró–: Oh, deduzco que ha presenciado el inoportuno contratiempo que acabo de tener. No ha sido culpa mía. El camarero estaba justo detrás de mí. No nos vimos hasta que ya era demasiado tarde. Fue mala suerte. Por eso se los llama contratiempos.

–Comprendo

Matthias contempló las luces de colores que decoraban la terraza y luego prefirió guiar a Imogen hasta el jardín envuelto en penumbras.

–¿Y bien, señor? ¿De qué quería hablar? –le preguntó Imogen cuando él la obligó a detenerse detrás de un alto seto.

Matthias vaciló, prestando suma atención para asegurarse de que estaban solos en este sector del amplio parque.

–He estado hace un rato en mi club. Estaba usted en lo cierto con respecto a Vanneck. Ha mordido el anzuelo. Ya corren rumores de la formación de un consorcio para encontrar el Sello de la Reina.

–Pero eso es magnífico, señor. ¿Por qué se muestra usted tan ansioso?

–Imogen, esto no me gusta. Vanneck se está comportando con extremo sigilo.

–Bueno, naturalmente. Tal como cabría esperar que lo hiciera. Seguramente no querrá que su proyecto se comente en todo Londres.

–Me enteré de sus planes sólo porque él lo comentó con un conocido mío, y éste me contó lo que estaba tramando. Tengo la sospecha de que Vanneck intenta mantenerme al margen del asunto.

–Cálmese, Colchester. –Imogen le dio unos golpecitos sobre la manga de la chaqueta con su abanico plegado, en un gesto que sin duda tenía como objeto darle confianza y apuntalar sus nervios–. Todo está bajo control.

–Sigue usted insistiendo con eso.

–Porque es verdad. Mi plan se está desenvolviendo de la manera prevista. –Sus ojos destellaron satisfechos.

Matthias observó el rostro de Imogen bañado por la luz de la luna y sintió crecer el deseo en su interior.

–Imogen, ¿existe alguna posibilidad de que logre convencerla del peligro que encierra este plan? ¿Alguna posibilidad de que evite que siga adelante con él?

–Lo siento, Colchester –repuso ella con amabilidad–. Sé que está usted nervioso al respecto, pero ya he llegado demasiado lejos. Por el recuerdo de Lucy, no puedo abandonar mi búsqueda de justicia.

–Lucy significaba mucho para usted, ¿no es así?

–Era mi mejor amiga –repuso Imogen con sencillez–. En realidad, tras la muerte de mis padres, fue mi única amiga.

–¿Y Drake? –se obligó Matthias a preguntar.

Imogen parpadeó:

–¿Perdón?

Matthias le tomó el rostro entre las manos.

–Él también era su amigo. ¿Sueña a veces con él? ¿Se pregunta lo que podría haber llegado a haber entre ustedes si él no la hubiera descubierto en esa habitación con Vanneck?

–No. Nunca –respondió ella, permaneciendo inmóvil.

–¿Está segura?

–Cualquier sentimiento que abrigara por Alastair murió

la noche en que él me dio la espalda, indignado por lo que creyó haber visto. –Entrecerró los ojos–. Jamás me dio la oportunidad de explicarme. Jamás puso en duda las conclusiones a las que había llegado. Nunca, nunca podría sentir algo por un hombre que demostrara tener tan poca fe en mí.

Matthias la obligó a inclinar la cabeza para poder ver mejor sus ojos iluminados por la luz de la luna y le preguntó:

–¿Cree que alguna vez podría llegar a sentir algo por mí?

Imogen quedó con la boca abierta por la conmoción.

–¡Matthias! ¿Qué está diciendo?

–Demasiado, me temo. Quizá ya no sea tiempo de palabras. –Diciendo esto, inclinó la cabeza y cubrió los labios de Imogen con los suyos.

El anhelo que había estado bullendo en su interior estalló sin aviso previo.

La boca de Imogen tenía un sabor tan dulce y exótico como el que debían de haber tenido las fuentes efervescentes de Zamar. Matthias la apretó contra su cuerpo, súbitamente desesperado por sentir la firme y suave curva de sus pechos contra sí.

Imogen lanzó un suave gemido apagado.

–Matthias...

Por un momento, él temió que ella lo apartara. Era presa de una terrible desesperación, cautivo de un presentimiento nacido en las más oscuras y frías zonas de sus entrañas.

Tuvo la impresión de que en ese delicado momento su destino pendía de un hilo.

Y entonces Imogen le echó los brazos al cuello. Lo recorrió una oleada de alivio. Se apartó de su boca lo suficiente para mirarla a los ojos, y lo invadió una sensación familiar. Era lo que había sentido al descubrir las grandes columnas que señalaban la entrada a las antiguas ruinas de Zamar.

–Imogen...

Ella sonrió y le dirigió una mirada anhelante, plena de promesas.

Matthias le rozó los labios con los suyos. Ella se estremeció y le devolvió el beso con un entusiasmo tal que amenazó con cortarle el aliento. La música y las risas provenientes del salón de baile se perdieron en la distancia. Su atención se centró en lo único que importaba: Imogen.

Sin soltar sus labios, le quitó los guantes y los arrojó descuidadamente al suelo. Luego cerró las manos en torno de sus brazos y lentamente comenzó a bajar las diminutas mangas de su vestido.

Imogen se estremeció cuando el pequeño corpiño de talle alto se deslizó hacia abajo, dejando en libertad sus elegantes senos.

–¡Matthias!

–Es usted muy hermosa –susurró él–. Me recuerda las imágenes de Anizamara pintadas sobre las paredes de la biblioteca de Zamar. Plena de vida y calidez.

Imogen lanzó una risilla temblorosa y hundió la cabeza en su hombro.

–No creerá lo que voy a decirle, señor, pero últimamente he tenido los sueños más extraños. Entre ellos, usted parecía convertirse en Zamaris o viceversa; no puedo precisarlo.

–Parece que compartimos nuestro interés por Zamar aun en nuestros sueños.

Matthias rodeó su cintura con ambas manos y la levantó en vilo. El movimiento dejó sus pechos al alcance de la boca de Matthias. Éste tomó entre sus labios uno de sus firmes pezones y lo lamió con suavidad.

–¡Matthias! –Ella lo aferró por los hombros y se sujetó como si en ello le fuera la vida–. ¿Qué está haciendo? –Su voz se fue elevando a medida que él pasaba la punta de la lengua por su pezón y comenzó luego a mordisquearlo con suavidad–. Esto es... seguramente es... –Su murmullo confuso se transformó en un silencio sin aliento.

Él dejó el exquisito bocado y volvió su atención hacia el otro pezón. Sintió que Imogen le hundía los dedos en los hombros. El gemido que lanzó lo excitó como no lo había hecho nada hasta entonces.

Imogen comenzó a darle frenéticos besos en el pelo.

Matthias miró a su alrededor y descubrió un banco en el jardín. Llevó a Imogen hasta allí y se sentó con Imogen en sus brazos. La falda de ella se enredó en los pantalones de él. Matthias le levantó el adornado borde de la falda del vestido por encima de las rodillas.

–¿Qué es lo que se propone, señor? –preguntó Imogen cuando él deslizó la mano entre sus cálidos muslos–. ¿Se trata de alguna extraña técnica amatoria zamariana?

–¿Qué?

El aroma de Imogen le llenó la cabeza. Pareció no poder concentrarse en sus palabras.

–En uno de sus artículos publicados en el *Boletín Zamariano* aludía a cierto pergamino que describía alguna de las costumbres de alcoba de los matrimonios zamarianos.

–¿Podemos hablarlo más tarde, mi amor? –le dijo, besándole el cuello.

–Sí, por supuesto. –Imogen hundió el rostro en su chaqueta y se aferró a sus solapas–. Es sólo que se siente algo tan raro.

–Por el contrario. –Le mordisqueó el lóbulo de la oreja–. Se siente algo increíble.

–A menudo he deseado que publicara información más detallada sobre el tema de las relaciones maritales zamarianas. He leído varias veces el único artículo que ha escrito, pero siempre me queda la duda acerca de a qué se refiere usted cuando señala que los zamarianos eran realmente desinhibidos.

–Béseme, Imogen.

–Oh. Sí, por supuesto.

Ella bajó la cabeza y entreabrió los labios.

Matthias alcanzó la boca de Imogen, y al mismo tiempo sus dedos llegaron hasta la carne húmeda y cálida de entre las piernas.

Imogen gritó débilmente, sorprendida. Matthias ahogó su grito con un beso. Ella forcejeó para cerrar las piernas, pero sólo logró atrapar la mano de él entre ellas. Éste exploró con cuidado, y ella se relajó, sintiendo una oleada de creciente excitación.

Matthias introdujo un dedo dentro de su suavidad.

–Es tan cálida y tierna...

Imogen se estremeció en sus brazos. Los pequeños músculos que rodeaban el dedo de Matthias se cerraron suavemente en torno de él y pensó que estaba a punto de perder el poco control que le quedaba.

–Matthias, esto es tan... tan...

Imogen absorbió una bocanada de aire y se puso rígida. Su cabeza cayó hacia atrás. El turbante se deslizó de ella y cayó sobre el césped.

Matthias introdujo el dedo más profundamente, una y otra vez, presionando contra el pasaje ceñido como un guante. Al mismo tiempo, frotaba con el pulgar su pequeño tesoro escondido.

Con un grito sobresaltado, Imogen se convulsionó y se echó hacia atrás entre sus brazos.

Matthias la sostuvo, exultante por su respuesta. Estaba a punto de estallar dentro de sus pantalones, pero se las ingenió para controlarse. Más tarde, se prometió, mientras la apretaba fieramente contra sí. Más tarde llegaría su turno. En ese momento, lo único que importaba era que ella hallara satisfacción en sus brazos.

Después de un momento, Imogen cesó de temblar, pero aún le aferraba los bordes de la chaqueta con tanta fuerza que supo que la costosa tela se rasgaría. Distraídamente advirtió que se le había deshecho el lazo de la corbata. La cabellera de Imogen se había derramado sobre sus hombros.

Matthias se dio cuenta de que, a pesar de sufrir por el deseo insatisfecho, se sentía tan joven y libre como no se había sentido en años.

Imogen levantó lentamente la cabeza para contemplarlo con ojos iluminados por una maravillosa sensualidad. Le sonrió, apoyada sobre la curva de su brazo.

–Esto ha sido lo más pasmoso que jamás me ha...

Las voces de un hombre y una mujer interrumpieron lo que estaba diciendo. La evidencia de su precaria situación golpeó a Matthias con la fuerza de una lluvia helada. Se dio cuenta de que la otra pareja estaba sólo a unos pasos de ellos. Lo único que se interponía entre Imogen y el hallazgo que iban a realizar era el alto seto.

–¡Infierno y condenación! –susurró.

Se puso de pie con Imogen entre sus brazos y la dejó apresuradamente sobre el suelo. No había necesidad de hacerle advertencia alguna. Pudo ver que ella también había oído las voces. Aferró vanamente su corpiño caído.

Las voces continuaban acercándose. Una carcajada suave de la mujer. Un comentario murmurado por el hombre.

Matthias comenzó a inclinarse para recoger sus guantes y entonces advirtió que Imogen tenía dificultades para arreglar su vestido.

–Espere, deje que le ayude con esto

Consiguió volver a poner las mangas en su sitio. Sus pechos volvieron a quedar ocultos. No había nada que pudiera hacer con su pelo desmelenado, sin embargo, o con el turbante que había caído sobre el césped. Imogen era la viva estampa de una mujer que acababa de verse envuelta en un apasionado y sensual abrazo de amor.

–Ven –dijo él, tomando su mano e intentando apartarla de la escena antes de que apareciera la pareja.

Cuando así lo hizo, Imogen se tambaleó.

–Colchester. –Selena, seguida por Alastair Drake, acababa de rodear el seto–. Y la señorita Waterstone. ¿Qué estáis haciendo aquí vosotros...? ¡Oh, Dios mío! –Una lenta y experta sonrisa curvó sus labios–. No importa. Puedo ver perfectamente qué estabais haciendo.

–Imogen –dijo Alastair, contemplándola con expresión aturdida.

Matthias se paró delante de Imogen, en un vano esfuerzo por ocultarla, pero sabía que el daño ya estaba hecho. Vio que la mirada de Alastair se dirigía a un delicado escarpín de baile y al turbante que yacían próximos a sus abandonados guantes.

Selena clavó los ojos en el deshecho lazo de la corbata de Matthias y lanzó una carcajada divertida.

–Bueno, bueno; parece que hemos interrumpido ciertas investigaciones muy interesantes sobre el tema del antiguo Zamar.

–Eso parece –repuso Alastair, con los labios apretados.

–Es bien cierto que habéis interrumpido algo realmente interesante –dijo Matthias–. Pero no era una investigación académica. La señorita Waterstone acaba de estar de acuerdo en prometerse conmigo en matrimonio. Podéis ser los primeros en felicitarnos.

CAPÍTULO VIII

Ella estaba allí, de pie, en la sepulcral biblioteca de su tío. En esta ocasión pudo notar cómo corría un viento gélido. Vio que la ventana estaba abierta, permitiendo que el frío aire de la noche soplara dentro de la habitación. Entre las sombras asomaba un sarcófago de piedra. Estaba convencida de no haberlo visto allí la última vez. La tapa había sido quitada. Dentro había algo. Algo peligroso.

Comenzó a andar hacia el sarcófago, pero se detuvo cuando sintió que sus pelos se erizaban en la nuca. Supo que otra vez él estaba con ella en la habitación. Se volvió lentamente, y vio a Matthias/Zamaris. La luz de la luna se reflejaba sobre el níveo mechón de su cabello. Sus austeras facciones estaban ocultas en las sombras.

Él extendió con elegancia una mano.

–Mentiras –susurró con una voz oscuramente sensual–. No creas en ellas. Ven a mí.

–Ha sido un desastre. –Imogen hizo a un lado los recuerdos de su último sueño perturbador y se obligó a concentrarse en lo que había pasado–. Ha estropeado todos mis planes.

–Cálmate, querida –Horatia, sentada en un sillón haciendo su labor, la observó por encima de las gafas–. Estoy segura de que Colchester sabe lo que hace.

–Tonterías. –Imogen alzó las manos y continuó paseándose, furiosa, por el estudio–. Ha sido todo un maldito desastre, te lo aseguro. En este momento, toda la alta sociedad piensa que Colchester y yo estamos prometidos.

–*Estás* prometida, querida. El anuncio de anoche lo ha hecho oficial.

Imogen hizo un gesto amplio con la mano y volcó accidentalmente de un estante un pequeño vaso lleno de fragancias que rebotó sobre la alfombra y rodó bajo el escritorio. Las hierbas secas y las flores se desparramaron por el suelo. Imogen se interrumpió para mirar con furia a las rosas secas y las hojas de laurel.

–¿Cómo pudo hacerme esto? –preguntó, a nadie en particular.

Horatia pareció reflexionar.

–Evidentemente, debió de pensar que no tenía otra alternativa. La situación te comprometía en grado sumo. Mucho más que la última vez, ya que lady Lyndhurst también lo presenció, junto a ese agradable señor Drake. Selena revive con esa clase de habladurías. No había posibilidad alguna de silenciar el asunto.

–Supongo que no –repuso Imogen con una mueca de disgusto.

Tenía la certeza de que quizá podría haber persuadido a Alastair de que mantuviera la boca cerrada. Era un viejo conocido, que alguna vez había sido algo más que amigo. Pero no había razón para suponer que lady Lyndhurst fuera tan discreta.

–Colchester hizo lo único que un verdadero caballero podía hacer en esas circunstancias –señaló Horatia, frunciendo el entrecejo–. Debo admitir que estoy sorprendida. Su reputación no indica que se pueda esperar de él una conducta noble.

–Estás equivocada, tía Horatia. Colchester es exactamente la clase de caballero que procuraría salvar mi reputación. Pero me temo que no se detuvo a considerar las consecuencias de su acción –dijo Imogen, dejando de pasearse.

–Estás siendo muy dura con él, querida. –Horatia dio una puntada en su bordado–. Todo esto debe de ser tan difícil para él como lo es para ti.

–Pero es mi plan el que está arruinado. La alta sociedad no me perdonaría una ruptura del compromiso. Sabes bien que, en estos casos, la culpa siempre recae sobre la mujer.

–Lo sé, querida.

–Si rompo el compromiso, quedaré al margen de la sociedad. No volveré a recibir invitaciones de ningún tipo.

–Sí, querida.

–Y entonces, ¿cómo podré llevar a cabo mi plan para atrapar a Vanneck?

–No tengo la menor idea, querida.

–Exactamente. Estoy atrapada. –Imogen dio una palmada sobre la superficie de su escritorio al pasar al lado de él. El tintero se tambaleó–. Podría pensarse que Colchester hizo esto deliberadamente.

La aguja de Horatia se detuvo a mitad de camino.

–¿Deliberadamente? –preguntó.

–Bien sabes que se opuso a mi plan desde el principio.

–Bueno, desde el comienzo admitió que lo tenía absolutamente preocupado –accedió Horatia.

–Precisamente. –Imogen frunció el entrecejo–. Tal vez tenía los nervios tan destrozados por la presión del papel que debía desempeñar en este asunto, que decidió poner fin a mi plan de esta forma tan poco limpia.

–Como te repito, Imogen, Colchester no es la clase de hombre que sufra de debilidad nerviosa.

–Y como te repito yo a ti posee una sensibilidad muy delicada. Esa clase de personas sufre a menudo de debilidad nerviosa. –Imogen entrecerró los ojos a medida que la sospecha tomaba cuerpo en su mente–. Anoche, poco antes del desastre, me contó que Vanneck estaba intentando la formación de un consorcio. Mi plan estaba comenzando a funcionar. Me di cuenta de que las noticias lo habían impresionado vivamente. Evidentemente, no alcancé a ponderar la magnitud de su conmoción.

–Ajá.

–Debe de haberse asustado.

–¿Asustado? ¿Colchester?

–Quizás estaba tan perturbado y ansioso que decidió tomar medidas drásticas para estropear mi plan antes de que llegara más lejos.

Horatia consideró la idea.

–Supongo que este compromiso complica tus planes.

–Los ha convertido en un verdadero embrollo –exclamó Imogen–. La idea era hacerle creer a Vanneck que competía con Colchester.

–Lo sé.

–Quería que pensara que yo deseaba formar una sociedad con cualquiera que fuese capaz de financiar una expedición a Zamar. Quería que Vanneck creyera que tenía todas las posibilidades de convencerme de que le permitiera ser mi socio. –Imogen hizo un amplio gesto con la mano y no tiró un florero por cuestión de milímetros–. Ahora probablemente abandone toda idea de formar su consorcio.

–Es posible. Dadas las circunstancias, Vanneck supondrá que ya no tiene ninguna posibilidad de acceder al Sello de la Reina. Colchester lo ha eliminado de un plumazo, ¿no es así? Ninguna dama puede formar una sociedad comercial como la que tú te propones formar con un hombre, estando prometida para casarse con otro. No es correcto.

–Precisamente. –Imogen se detuvo al lado de su escritorio y tamborileó con los dedos sobre la pulida superficie–. No es correcto. La mujer le debe lealtad a su futuro esposo, quien ha de controlar sus asuntos comerciales. Colchester lo sabe. Por eso tengo la fuerte sospecha de que esto no es más que una jugada desesperada de su parte. Creo que le ha salido bien. Ha logrado destruir muy eficazmente mi plan.

Horatia la observó por encima de sus gafas.

–Parece que pretendes hacerme creer que toda la culpa es de Colchester. Una conspiración infame para arruinar tus planes.

–Sospecho que se trata exactamente de eso.

–¿Puedo preguntarte cómo te has visto enredada en este

asunto? ¿Acaso te atrajo con engaños a esa zona recoleta del parque y te forzó a aceptar sus atenciones?

Imogen se sonrojó violentamente.

–No exactamente.

El recuerdo de Matthias haciéndole el amor la había mantenido despierta la mayor parte de la noche. Las emociones que había experimentado en sus brazos la habían dejado aturdida y perturbada. No estaba del todo segura de que él hubiera sentido algo especial. Parecía estar totalmente controlado cuando aparecieron lady Lyndhurst y Alastair.

Imogen dejó escapar un pequeño suspiro. Temía que, cualesquiera fuesen las emociones experimentadas por Matthias la noche anterior, no habían sido de una naturaleza tan intensa como las suyas. El sueño que había tenido poco antes del amanecer no había contribuido a aquietar sus agitadas sensaciones.

El amanecer, no obstante, había traído consigo una mayor claridad de ideas y una conciencia cabal de todo lo que había perdido. La amable acusación de complicidad que le hacía tía Horatia sólo empeoraba las cosas. Muy bien, pensó Imogen, había besado a Matthias voluntariamente. Pero todo podría haber terminado ahí si él no hubiese puesto en práctica esas exóticas técnicas amatorias zamarianas para enloquecerle los sentidos.

–¿Y bien? –la urgió Horatia.

Imogen se aclaró la garganta y enderezó los hombros.

–Ya te lo dije, salimos al jardín para discutir el avance de mi plan. Lady Lyndhurst y Alastair Drake nos descubrieron juntos.

–Ser descubierta junto a un caballero en un jardín no justifica un anuncio de compromiso matrimonial, querida. A tu edad, no.

–Soy consciente de ello. –Imogen buscó la forma de cambiar de conversación. No quería entrar en detalles acerca de los hechos de la noche anterior–. Temo que lady Lyndhurst y Alastair pensaran lo peor.

–El rumor que corrió por el salón de baile decía que cuando te vieron estabas semidesnuda –le espetó Horatia con poco frecuente rudeza–. Oí decir que llevabas el pelo revuelto sobre los hombros, que llevabas el vestido completamente arrugado y habías perdido los zapatos. El corpiño de tu vestido parecía estar casi deshecho. También dijeron que los guantes de Colchester y tu propio turbante estaban sobre el césped.

–¿Te enteraste de todos esos detalles escabrosos? –preguntó Imogen, horrorizada.

–Y algunos más. –Horatia suspiró–. Muchos más. Han vuelto a llamarte Imogen, *La Impúdica,* querida. Hoy estarías arruinada si Colchester no hubiese hecho ese pase mágico, declarando que estabais comprometidos.

Imogen se desplomó sobre la silla de su escritorio y se cubrió el rostro con las manos. Trató de poner orden en sus pensamientos para poder razonar con lógica y coherencia. Pero su cerebro parecía estar bloqueado.

–¡Maldición! –musitó–. ¿Qué voy a hacer ahora?

–Lo primero que debes hacer es cuidar tu lenguaje mientras estemos en Londres, querida –la reconvino Horatia–. Sé que adquiriste de tu madre el hábito de jurar, pero debo recordarte que estaba considerada una mujer muy poco convencional.

Imogen contempló a Horatia entre los dedos de la mano.

–Te ruego me perdones, tía Horatia. Pero «¡maldición!» es la única expresión que se me ocurre en este momento.

–Tonterías. Una dama siempre puede encontrar la palabra adecuada para cada momento.

Un perentorio golpe seco en la puerta interrumpió a Imogen antes de que pudiera encontrar una respuesta conveniente. La señora Vine abrió la puerta del estudio. Su cara mostraba la expresión malhumorada de costumbre.

–Un mensaje para usted, señorita Waterstone –dijo, alargándole con su mano cuarteada por el trabajo una hoja de papel doblada–. Lo acaba de traer un muchacho hace unos minutos y lo ha dejado en la entrada de servicio.

Imogen bajó rápidamente las manos y las apoyó sobre el escritorio.

–Démelo, por favor, señora Vine.

La casera entró en la habitación y puso la esquela sobre el escritorio. Luego se volvió y se encaminó hacia la puerta.

–Espere un momento, señora Vine. –Imogen tomó el papel y lo desdobló–. Tal vez quiera enviar una respuesta.

–Como usted desee, señora –replicó la señora Vine, permaneciendo estoicamente en la puerta de entrada.

Imogen leyó el breve mensaje:

Mi querida Imogen:

Estaré allí esta tarde a las cinco para dar un paseo por el parque. Anhelo verla. No permita que los hechos recientes la abrumen. Ya encontraremos una manera satisfactoria de arreglar las cosas.

Suyo
Colchester

Esto ya era demasiado.

–¿Abrumada? ¿Yo? –exclamó Imogen con un gruñido–. No soy yo quien tiene los nervios débiles.

Horatia le dirigió una mirada interrogante.

–¿Qué dices? –preguntó.

–No tiene importancia –respondió Imogen, arrugando la carta que tenía en la mano–. Sí, señora Vine, definitivamente quiero enviar una respuesta.

Imogen tomó una hoja de papel de carta de su escritorio, mojó la pluma en el tintero y garabateó este apresurado mensaje:

Colchester:

Recibí su nota. Lamento no poder acompañarle hoy a dar un paseo por el parque. Otros compromisos me reclaman.

Suya
I. A. Waterstone

Imogen dobló y selló la misiva con sumo cuidado y la entregó a la señora Vine.

–Por favor, haga que sea enviada de inmediato.

–Sí. –La señora Vine sacudió la cabeza al tomar la carta–. Mensajes que vienen, mensajes que van. Eso me recuerda a otra pensionista que tuve hace unos años. Una pequeña zorra. Una persona de la alta sociedad la instaló aquí durante algunos meses. Pasaban todo el tiempo enviándose mensajes de ida y vuelta. Cuando no estaban revolcándose en la cama, claro.

Imogen estaba momentáneamente distraída, y le preguntó:

–¿Vivió aquí la amante de alguien conocido, señora Vine?

–Una mujer muy bonita, por cierto. Pero era francesa, ¿sabe usted? Se consiguió otra amante. También de la alta sociedad. –La señora Vine exhaló un suspiro–. Debo reconocer que tenía buen gusto. Pero la primera amante, la que instaló aquí y pagaba la renta, las encontró a las dos en la cama. Se volvió loca. Sacó una pistola del bolso y disparó a la ramerilla en el hombro. Las sábanas quedaron hechas un asco. Después me enteré de que la otra amante...

–Deténgase un momento, señora Vine –interrumpió Horatia, mirándola fijamente–. ¿Está diciendo que la persona de la alta sociedad que pagaba la renta de la pequeña ramera era una mujer?

–Sí. Lady Petry. Siempre pagaba a tiempo, sí señor.

–¿Y qué ocurrió? –preguntó Imogen, fascinada.

–Bueno, la pequeña zorra no estaba malherida. La ayudé a recomponerse, y luego se largaron a llorar las tres y a disculparse y todo eso. Después me pidieron que les llevara una bandeja con el té al saloncito. Cuando volví de la cocina, estaba todo arreglado.

–¿Arreglado? –repitió Horatia.

–Resultó que lady Petry y lady Arlon, la dama que estaba en la cama con la protegida de lady Petry, estaban secretamente enamoradas una de la otra desde mucho tiempo antes.

–¡Cielo santo! –exclamó Horatia sin aliento–. ¿Lady Petry y lady Arlon?

–Ninguna se lo había confesado a la otra –explicó la señora Vine–. Luego, al final le dieron a la pequeña zorra una bonita suma de dinero y la mandaron a paseo. Se quedó muy satisfecha de lo que consiguió de todo este asunto. Se instaló como modista. Madame Maud, se hace llamar. Muy exclusiva.

La segunda misiva de Colchester llegó una hora más tarde. Cuando la señora Vine la llevó al estudio, Imogen la miró de reojo. Algo le decía que no debía leerla. La desdobló con lentitud.

Querida Imogen:

Le aconsejo cancelar el compromiso para hoy que menciona en su nota. Si para las cinco de la tarde, cuando vaya a visitarla, no está en casa, me veré obligado a suponer que ha sufrido algún tipo de terrible desgracia. Aquellos que sufrimos de debilidad nerviosa y somos aquejados por malos presentimientos, siempre suponemos lo peor. No descansaré hasta que no la haya localizado, y me haya asegurado de que está bien. Créame, la encontraré aunque me vea obligado a buscarla por todo Londres.

Suyo
Colchester

–¿Es de Su Señoría? –preguntó Horatia, expectante.

–Sí –respondió Imogen, estrujando la nota en su mano–. ¿Quién hubiera pensado que un hombre que sufre de debilidad nerviosa sería tan eficaz a la hora de intimidar?

A las cuatro y media de la tarde, Patricia regresó de su primera ronda de compromisos sociales. Matthias estaba en la biblioteca, intentando dar los últimos retoques a una conferencia a la que se había comprometido en la Sociedad Zamariana. Oyó que Ufton abría la puerta y saludaba a su hermana.

Minutos después, Ufton llamó discretamente a la puerta de la biblioteca. Matthias dejó la pluma.

–Entre –dijo.

Ufton abrió la puerta. Patricia, ataviada con uno de sus nuevos trajes de tarde, entró en la habitación. Parecía estar sumamente perturbada.

–Matthias, debo hablar con usted.

–¿No puede esperar? Estoy a punto de salir a una cita. Esta tarde, la señorita Waterstone y yo vamos a ir al parque a dar un paseo.

–Es sobre la señorita Waterstone de lo que quiero hablarle –dijo Patricia con una firmeza sorprendente.

Matthias se reclinó en su asiento y contempló a su hermana.

–Sin duda, querrás hacerme algunas preguntas acerca de mi compromiso.

–En cierta forma. –Patricia se quitó el sombrero y lo estrujó con ambas manos–. Acabo de llegar de la casa de lady Lyndhurst. Tuvo la amabilidad de invitarme a que le hiciera una visita esta tarde.

–Lo sé. Espero que lo hayas pasado bien.

–Mucho. Dirige un salón, como sabe. Los concurrentes están estudiando diferentes aspectos de Zamar. Es realmente muy interesante. Me propusieron unirme a ellos.

–Qué bien.

–Pero no es sobre eso que quiero hablarle. –Patricia aspiró profundamente, evidentemente juntando fuerzas para lo que iba a decir–. Señor, debo decirle que hoy me he enterado de algunas novedades muy desagradables sobre la señorita Waterstone.

Matthias se puso rígido.

–¿Novedades...?

–Lamento tener que decirle esto, pero la señorita Waterstone ha sido el tema de conversación del salón. He creído conveniente que lo supiera.

–El tema de conversación –gruñó Matthias, cerrando las manos en torno del apoyabrazos del sillón–. ¿Significa que has estado prestando atención a habladurías referidas a mi prometida?

Al oír el tono en que le hablaba, Patricia se puso pálida.

–Pensé que debía saber que su nombre está en boca de todos. Aparentemente, arrastra cierta reputación. Tal vez no lo crea, pero la llaman Imogen, *La Impúdica.*

–Nadie la llama así en mi presencia.

–Todo el mundo comenta que usted se sintió en la obligación de anunciar su compromiso con la señorita Waterstone porque ella se encontraba en un aprieto.

–Lo que sucediera anoche entre la señorita Waterstone y yo es algo exclusivamente nuestro –dijo Matthias con suavidad.

–No comprendo. –Patricia pareció estar genuinamente desconcertada–. Pensé que usted se quedaría tan impresionado como yo al enterarse de que la reputación de la señorita Waterstone sería una mácula.

–En lo que a mí respecta, su honor está impoluto, y cualquiera que diga lo contrario tendrá que responder ante mí. ¿Queda suficientemente claro?

Patricia dio un paso atrás, incómoda, pero comentó, orgullosa.

–Muy bien, usted sabrá bien lo que hace.

–Precisamente.

Matthias se puso de pie y rodeó el escritorio.

–Si quiere comprometerse con una mujer de dudosa virtud, es problema suyo –dijo Patricia desafiante–. Pero no espere que siga frecuentando a la señorita Waterstone y a su tía. Yo debo cuidar mi propia reputación.

Matthias sintió que lo invadía una violenta cólera.

–En tanto sigas viviendo bajo mi techo, mostrarás el debido respeto hacia la señorita Waterstone y su tía.

–Pero, Matthias...

–Y ya que estamos, como parece que estamos hablando de relaciones adecuadas, aprovecho para decirte que no quiero que tengas amistad con Hugo Bagshaw. No debes alentarlo.

–El señor Bagshaw es un perfecto caballero –replicó Patricia, atónita–. Está por encima de cualquier reproche.

–Hugo Bagshaw me odia. Es muy posible que se proponga utilizarte para vengarse de mí por algo que cree que le hice hace varios años. Manténte alejada de él, Patricia.

–Pero...

Matthias ya estaba en la puerta.

–Debes disculparme. Tengo una cita.

Cuando se sentó junto a Matthias en el carruaje, Imogen bullía de furia. Éste se asombró de que la ira que desprendía no pegara fuego a su vestido. Matthias sonrió tristemente para sí mientras conducía los dos tordillos entre los pilones de piedra que señalaban la entrada al parque.

Los caminos estaban ya llenos de elegantes carruajes. Las cinco de la tarde era el momento apropiado para ver y ser visto. A Matthias no le divertía la alta sociedad, pero conocía sus códigos. Se daba cuenta, aunque Imogen pareciera no hacerlo, de que era crucial para ambos mostrarse juntos esa tarde. Toda la nobleza estaría pendiente de ellos.

–Confío en que advierta claramente lo que su naturaleza ansiosa ha hecho a mi plan –dijo bruscamente Imogen.

–Lamento cualquier inconveniente que pueda haberle causado nuestro compromiso.

Imogen le dirigió una mirada fulminante.

–¿Oh, sí, señor? Lo dudo. Se me ocurre que quizás el desastre de anoche bien pudo haber sido urdido deliberadamente por usted. Un descarado intento de cortar mis planes de raíz.

–¿Qué le hace pensar eso? –preguntó Matthias mientras

saludaba con un casi imperceptible movimiento de cabeza a un conocido que se cruzaba con ellos.

–Es muy sencillo. Llegué a esa conclusión cuando me di cuenta de que ponía en práctica sobre mí los métodos amatorios secretos del antiguo Zamar.

Matthias casi soltó las riendas.

–Por todos los malditos infiernos, ¿de qué está hablando?

–No se le ocurra tratar de enredarme, milord. No funcionará. –Las manos enguantadas de Imogen se cerraron con fuerza sobre su abanico. Alzó la vista, muy altiva–. No soy tonta. Sé muy bien que utilizó misteriosas técnicas secretas para que mis sentidos me descontrolaran por completo.

–Comprendo. ¿Y cree que aprendí esas, digamos, técnicas exóticas en mis estudios sobre el antiguo Zamar?

–¿Dónde si no? Por cierto que no eran métodos normales de hacer el amor. Lo percibí de inmediato.

Muy a su pesar, Matthias sintió que crecía en él una suerte de fascinación.

–¿Es así? ¿Por qué está tan segura?

Ella lo miró con disgusto:

–No carezco de experiencia, milord –dijo.

–Comprendo.

–No es la primera vez que me besan y sé que sus besos no son normales.

–¿En qué consiste, exactamente, la diferencia entre mis besos y los otros que ha recibido?

–Sabe muy bien cuál es la diferencia –repuso Imogen en un tono cada vez más frío–. Me afectaron tanto a las rodillas que casi no podía mantenerme en pie. Y también hicieron que mi pulso se acelerara anormalmente. Más aún, creo que me provocaron una fiebre pasajera.

–¿Fiebre? –repitió Matthias, recordando melancólicamente la forma en que ella se había estremecido en sus brazos.

–Sentí mucho calor. –Lo miró enfadada, con el entrecejo fruncido–. Pero la prueba más contundente fue que sus besos destruyeron por completo mi capacidad de pensar lógicamente. Yo me sentía perfectamente cuerda, concentrada en mi plan para atrapar a Vanneck, y a partir de cierto momento sentí que mi mente se convertía en un caos.

Matthias clavó la vista en la punta de las orejas de los caballos.

–¿Ha dicho que jamás había experimentado las mismas reacciones cuando la besaron otros hombres?

–En absoluto.

–¿Cuántos hombres la han besado, Imogen?

–Eso es asunto mío, señor. No pienso darle un número; una dama no habla de esas cosas.

–Discúlpeme. Respeto el hecho de que no sea la clase de mujer que recibe un beso y después habla de eso. Pero si toma a Drake como única referencia, creo que debo decirle...

–El señor Drake no es mi única base de comparación. –Imogen se movió en su asiento–. Para su información, milord, he sido besada por otro hombre más.

–¿De veras?

–¡Y era francés! –agregó, triunfal.

–Entiendo.

–Todo el mundo sabe que los franceses son muy expertos en las artes amatorias.

–¿Cómo conoció a ese francés? –preguntó Matthias.

–Si insiste en saberlo, se trata de Philippe d'Artois, mi profesor de baile.

–Ah, sí, el profesor de baile. Eso marca una ligera diferencia en el asunto. Supongo que debo concederle que tiene algunos elementos de comparación.

–Por cierto que los tengo –replicó Imogen–. Y sé bien que las fuertes sensaciones que experimenté anoche no eran el resultado de técnicas amatorias normales. Admítalo. Utilizó exóticas técnicas zamarianas para enloquecer mis sentidos.

–Imogen... –comenzó a decir Matthias, pero se interrumpió al oír el sonido de algo que se rompía. Miró al abanico de Imogen. Vio que ella había estado aferrándolo con tanta fuerza que había terminado por romper las delicadas varillas de madera que lo formaban–. Estaba a punto de decir que existe otra explicación para las fuertes sensaciones que dice haber experimentado anoche.

–Disparates. ¿Qué otra explicación puede haber?

–Es posible que haya reaccionado como lo hizo porque siente por mí lo que la nobleza llama *tendre* –sugirió gentilmente–. En otras palabras, cierto grado de pasión que ha crecido entre nosotros.

–Tonterías. –Imogen pareció de pronto sumamente interesada en el paso de un carruaje–. ¿Cómo podría existir tal... intenso grado de pasión sin amor?

–Eso que dice es extremadamente ingenuo, Imogen.

Se oyó el sonido de cascos que se acercaban por el camino. Vanneck pasaba al lado del faetón. Matthias vio por el rabillo del ojo que Imogen forzaba una sonrisa.

–Buenas tardes a ambos –dijo sombríamente Vanneck. Tiró de las riendas de su arisco semental bayo. Cuando sintió la orden en su boca, el caballo acható las orejas–. Entiendo que se impone una felicitación.

–Así es –respondió Matthias.

–Gracias, lord Vanneck –murmuró Imogen con voz ahogada.

Comenzó a dar golpecitos en su rodilla con el abanico roto.

Vanneck lanzó una débil sonrisa de compromiso. Ésta no llegó a sus ojos, que no hacían más que mirar alternativamente a Imogen y a Matthias. Su mirada tenía algo de ávida y taimada. A Matthias le hizo pensar en un hurón.

–Hay quienes dicen que su futura esposa aporta una más que interesante dote, Colchester –observó Vanneck.

–La señorita Waterstone no necesita de ninguna dote para ser interesante –dijo Matthias–. Es atractiva por sí.

–No tengo duda de ello. Hasta luego, señor.

Vanneck saludó con un brusco movimiento de cabeza y se alejó al galope.

–¡Rayos y centellas! –susurró Imogen–. ¡Estaba tan cerca! Había caído en la trampa. Sólo quedaba cerrar la puerta.

–Déjelo ya, Imogen –dijo Matthias, frunciendo el entrecejo–. Todo ha terminado.

–No necesariamente –respondió ella con lentitud.

Repentinamente, Matthias tuvo conciencia de la nueva expresión que brillaba en sus ojos.

–Imogen...

–Colchester, se me acaba de ocurrir que tal vez haya una manera de rescatar algo de mi plan inicial.

–Imposible. No puede formar una sociedad con Vanneck ahora que está comprometida conmigo.

–Es verdad que ha arruinado mi primer plan.

–Lo siento, Imogen, pero me pareció que era lo mejor.

–No todo está perdido –dijo ella, como si no lo hubiese oído–. Acaba de ocurrírseme un nuevo plan.

–¡Mil diablos!

–Es cierto que ya no estoy en condiciones de formar una sociedad con Vanneck, pero, como prometido mío, usted sí que puede hacerlo.

–¿De qué diablos está hablando?

–Es muy sencillo, milord. –Le obsequió con una sonrisa deslumbrante–. Dirá usted a Vanneck que no puede arriesgar tanta cantidad de dinero para financiar una expedición. Sin embargo, le alentará a convertirse en su socio. *Siempre y cuando consiga el dinero necesario para asegurarse su parte del convenio.*

–¡Santo Dios!

Por mucho que le pesara, Matthias se sintió admirado.

–¿Acaso no lo entiende? El efecto será el mismo que me había propuesto lograr originariamente. Vanneck todavía necesitará formar un consorcio de inversionistas para conseguir el dinero que necesita. Y quedará arruinado cuando fracase la expedición.

Matthias la contempló, entre maravillado y divertido:

–¿Jamás se da por vencida, Imogen?

–Jamás, milord. Mis padres me enseñaron a perseverar.

CAPÍTULO IX

–No me andaré con rodeos, milord. –Sentada frente a Matthias, con el escritorio de por medio, una mirada de enfado se traslucía a través de los cristales de las gafas de Horatia mientras se encaraba con éste–. He venido hasta aquí para averiguar qué clase de juego lleva usted con mi sobrina.

Matthias la miró con curiosidad.

–¿Juego? –repitió.

–¿Cómo llamaría usted al anuncio de compromiso matrimonial?

–Pensaba que se sentiría complacida, señora. El compromiso pondrá fin a su peligroso proyecto. ¿No era, acaso, lo que deseaba?

–No esté tan seguro de que le pondrá fin –replicó Horatia–. Sabe bien que está tramando otra forma de llevar a cabo su plan de arruinar a Vanneck.

–Sí, pero este nuevo plan precisa algo más que mi ayuda. Requiere de mi total cooperación en una falsa aventura comercial. No tengo intención alguna de secundarla en esa trama.

Horatia frunció el entrecejo.

–¿Qué quiere usted decir? –preguntó.

–No voy a convencer a Vanneck de que integre una sociedad conmigo. Dudo de que se detenga a considerar siquiera la posibilidad de semejante asociación, aun cuando yo ardiera en deseos de ofrecérsela. Ni siquiera por el Sello de la Reina. Vanneck y yo somos enemigos naturales, nunca aliados. Cálmese, todo saldrá bien.

–No me diga que me calme. Cuando me dice eso hace que me acuerde de Imogen.

Matthias se encogió de hombros.
–Aquí termina todo, Horatia –afirmó.
–¿Le parece? Por el amor de Dios, Colchester, acaba de anunciar un compromiso formal. Sabe qué significa eso. ¿En qué situación queda Imogen?
–Prometida.
Horatia lo observó con furia creciente.
–No se burle de mí, señor. Estamos hablando de una joven cuya reputación ha sido salvajemente comprometida. ¿Cómo piensa que quedará después de que usted anuncie la anulación del compromiso?
–Algo me dice que Imogen sobrevivirá muy airosamente a la anulación de nuestro compromiso. Nunca se agotan sus recursos, ¿verdad? Pero no tema, no me propongo anularlo. Ni tampoco permitir que ella lo haga.
Horatia abrió la boca e inmediatamente la cerró. Y luego la apretó hasta que se convirtió en una fina línea:
–¿Está sugiriendo que sus intenciones son... son...?
–¿Honorables?
–¿Y bien? –lo desafió ella–. ¿Lo son?
–No es necesario que se muestre tan sorprendida. La respuesta es sí. –Matthias echó una hojeada al pergamino zamariano que estaba estudiando cuando Horatia había aparecido en la biblioteca unos minutos antes. Luego la miró de frente–. Pienso que realmente lo son.
–¿Se propone casarse con Imogen?
–¿Por qué le sorprende?
–Señor, a pesar de su desdichado pasado y su aún más desagradable reputación, usted es el conde de Colchester. Todo el mundo sabe que posee una cuantiosa fortuna y un linaje intachable. Para decirlo francamente, cuando decida buscar una esposa puede aspirar a mucho más que a una joven de la cuna y la fortuna de Imogen.
–Le recuerdo que me había dicho que a través de usted está emparentada con el marqués de Blanchford.
–¡No sea ridículo! –exclamó Horatia–. El parentesco es

muy remoto, y usted lo sabe muy bien. Imogen no está en la línea sucesoria, y no heredará ni un penique de su dinero. Más aún, gracias a sus excéntricos padres, carece de los modales que uno espera de una condesa. Y para completar el cuadro, ha estado comprometida en situaciones embarazosas, primero con Vanneck y luego con usted mismo. ¿Cómo espera que crea que lo dice en serio?

–Creo que será una esposa excelente. La única dificultad que encuentro es convencerla a ella de que así será.

Horatia se quedó observándolo, claramente desconcertada.

–No lo comprendo, señor –dijo.

–Entonces, debe confiar en mí. Le doy mi palabra de honor de que tengo intención de casarme con Imogen. El compromiso no es ninguna farsa. Al menos, no lo es para mí.

–¿Es ésta otra de sus famosas promesas, señor? –preguntó Horatia con mucha suspicacia–. ¿La clase de promesa que, según se dice, mantiene usted a rajatabla?

–Sí. Lo es –respondió Matthias, sintiendo la íntima convicción de que así era.

Matthias esperó hasta que la puerta de la biblioteca se cerrara detrás de Horatia antes de ponerse en pie. Volvió a enrollar cuidadosamente el pergamino y lo dejó a un costado. Luego rodeó su escritorio y se fue hasta la mesita donde se encontraba el botellón de brandy.

Llenó una copa y la levantó en un gracioso remedo de brindis hacia la estatua de Zamaris.

–No será fácil, ya lo sabes. Por el momento, no tiene la menor intención de casarse conmigo. Pero la aventajo claramente en un punto: tengo muy pocos escrúpulos y casi ningún prurito caballeresco. Basta con preguntárselo a cualquiera.

Zamaris lo miraba con la absoluta comprensión que solamente puede ofrecer a otro alguien que, como él, también vive en las sombras, rodeado por los fantasmas.

Matthias se detuvo ante el fuego. No podría afirmar con exactitud en qué momento había cristalizado en su interior la decisión de casarse con Imogen. Lo único que sabía era que la amaba con una pasión tan sólo comparable con la que sentía por el perdido Zamar.

Imogen era su Anizamara, su diosa de la luz, de la vida, del calor. Era la única que podía ahuyentar a los fantasmas.

–Y a pesar de que mis investigaciones han demostrado algunas influencias griegas y romanas en los usos y costumbres del antiguo Zamar, la mayor parte de la literatura y la arquitectura del pueblo de la isla era absolutamente singular.

Matthias hizo a un lado la última de sus notas con una profunda sensación de alivio. Apoyó ambas manos sobre el antepecho del podio y contempló al numeroso público que se había congregado para escucharlo.

–Esto da por terminada mi charla sobre el perdido Zamar –se obligó a agregar cortésmente–. Con todo gusto, contestaré a las preguntas que deseen formularme.

En el repleto salón de conferencias se oyeron corteses aplausos. Con excepción de Imogen, sentada en la primera fila, nadie lo hizo con demasiado entusiasmo. A Matthias no le sorprendió. No había ido allí para entretener a nadie. Sólo lo movía el interés por impresionar a la única persona del público capaz de apreciar el resultado de sus investigaciones y sus conclusiones: I. A. Stone.

Pudo comprobar que Imogen aplaudía con gratificante entusiasmo.

Por lo general, Matthias tendía a eludir estos actos. Desde que el antiguo Zamar se había puesto de moda, el público que se congregaba para escucharlo se componía de cantidades crecientes de aficionados y diletantes a los que tanto detestaba. Era plenamente consciente de que la vasta mayoría de las personas que estaban allí sentadas tenían un interés que, en el mejor de los casos, era superficial. Pero ese día había expuesto sus ideas frente a un digno rival, y Matthias disfrutaba anticipadamente con la refutación de Imogen.

A medida que los aplausos iban apagándose, Matthias bajó la mirada hasta ella. Resplandecía en su asiento, como un potente y brillante faro solitario en medio de una habitación iluminada por débiles cirios chisporroteantes. Un violento ramalazo de deseo lo atravesó con la violencia de un relámpago. Debía ser suya. Todo lo que debía hacer era jugar sus cartas con cuidado. Con toda su inocencia y candidez, Imogen no tenía más posibilidades de eludirlo que las que Anizamara había tenido con Zamaris. Aspiró profundamente. Curvó las manos sobre el antepecho. Sería él quien llevara las riendas en este vals. Toda la felicidad que pudiera encontrar en la vida dependía de eso.

Imogen llevaba otro de sus trajes verde zamariano y una chaqueta verde haciendo juego, adornada con delfines y conchas marinas. Su espesa cabellera estaba sujeta debajo de un enorme sombrero verde.

Matthias se permitió regodearse en la admiración que vio reflejada en sus grandes ojos de mirada inteligente. Inteligentes, sí, pero ¡tan ingenuos! Reflexionó sobre las acusaciones que le había lanzado el día anterior, durante el paseo que dieran por el parque. En lugar de reconocer la pasión que los abrasaba cada vez que se besaban, Imogen estaba realmente convencida de que él había utilizado secretas técnicas amatorias zamarianas.

Finalmente, acabaron los últimos aplausos. Imogen se reclinó ligeramente en el asiento con las manos cruzadas sobre su regazo y observó a Matthias embelesada mientras éste se disponía a responder a las preguntas del público. Matthias tuvo una fugaz y muy vívida visión de Imogen, contemplándolo con expresión similar, hundida en el sofá zamariano con forma de delfín de su biblioteca. Se sintió profundamente agradecido de que el gran podio de madera ocultara de la vista del público la parte inferior de su anatomía.

Un hombre corpulento, sentado en el fondo del salón, se puso de pie y se aclaró ruidosamente la garganta.

–Lord Colchester –dijo–, me gustaría hacerle una pregunta.

–¿Sí? –respondió Matthias, sofocando un gruñido.

–En su conferencia no ha hecho ninguna mención a la influencia de la cultura china en los usos y costumbres del antiguo Zamar.

Matthias vio a Imogen poner los ojos en blanco. Sabía con precisión cómo se sentía. Pocas cosas eran más fastidiosas que las preguntas tontas.

–Eso se debe a que no hay ninguna influencia apreciable –dijo sin vacilar.

–Pero ¿no diría usted, señor, que las características de la grafía zamariana guardan semejanza con la escritura china?

–De ninguna manera.

El que preguntaba volvió a sentarse, enfurruñado.

Otro hombre se puso de pie. Miró a Matthias con el entrecejo fruncido y dijo:

–Lord Colchester, no pude sino advertir que ha preferido no discutir la teoría expuesta por Watley acerca de que Zamar era en realidad una antigua colonia inglesa.

Matthias hizo un esfuerzo para no perder la paciencia. No lo consiguió fácilmente.

–Señor, la teoría de que Zamar era una perdida colonia inglesa es tan absurda, obstinada e idiota como la de que Egipto también era un puesto de avanzada de esta nación. Ningún académico que se respete da crédito alguno a ninguna de estas dos teorías.

Imogen se puso de pie de un salto. Con el codo enganchó el bolso de la dama sentada a su lado y lo hizo volar por los aires. Matthias observó con interés la agitación que se produjo en la primera fila.

–¡Oh, Dios mío! –murmuró Imogen. Se agachó para recoger el bolso caído–. Le ruego que me disculpe, señora.

–Está bien –dijo la dama–. Está bien.

Imogen se enderezó y volvió su atención hacia Matthias. Sus ojos brillaban de determinación.

–Lord Colchester, querría hacerle una pregunta.

–Naturalmente, señorita Waterstone. –Matthias se acodó negligentemente sobre el podio y sonrió anticipadamente–. ¿Qué desea preguntarme?

–En su libro acerca de los usos y costumbres del antiguo Zamar incluyó varios bosquejos que copió de las paredes de la biblioteca zamariana.

–Así es.

–Uno de esos bosquejos muestra un rito matrimonial. En él, ambos novios parecen estar recibiendo tablillas de arcilla grabadas con unos textos en poesía. ¿Diría usted que la escena sugiere que los matrimonios zamarianos estaban basados en la idea de una verdadera igualdad entre los sexos, y que entre los esposos existía una fuerte comunión metafísica?

–No, señorita Waterstone. No llego a ninguna conclusión por el estilo –repuso Matthias–. La escena representada en la pared era una pintura metafórica de la diosa zamariana de la sabiduría, dando a los antiguos zamarianos el don de la escritura.

–¿Está totalmente seguro de que no se trataba de un rito de esponsales? Tengo la impresión de que la inscripción que muestra la tablilla constituye alguna clase de contrato matrimonial.

–De hecho, señorita Waterstone, he tenido la enorme suerte de descubrir un verdadero papiro matrimonial zamariano.

Un murmullo de interés recorrió la audiencia.

Imogen abrió los ojos con gran excitación.

–¿Y qué contenía ese papiro, señor?

Matthias sonrió, y contestó:

–Las inscripciones tendían más a ser una especie de manual de instrucciones. Iban acompañadas por algunos dibujos sumamente detallados.

Imogen unió las cejas en un gesto de curiosidad.

–¿Instrucciones? –preguntó–. ¿Acerca de los respectivos derechos y obligaciones de los esposos, dice usted?

–No precisamente –dijo Matthias–. El texto contiene directivas y algunos consejos prácticos sobre ciertas delicadas cuestiones referidas al aspecto íntimo del matrimonio. Cuestiones personales, si usted me comprende, señora.

Algunas sonrisas, unas disimuladas, otras sofocadas y otras incómodas, surgieron entre el público. Varias damas de edad fruncieron el entrecejo. Otras, más jóvenes, demostraron un vivo interés en el tema.

Imogen apoyó ambas manos sobre las caderas y comenzó a dar golpes en el suelo con su pequeño botín de cabritilla. Echó una mirada furiosa a su alrededor y luego la centró en Matthias.

–No, milord, no lo comprendo. ¿Qué clase de consejos, exactamente, muestra el papiro?

–Las inscripciones instruyen a las parejas casadas sobre técnicas específicas destinadas a que ambos, esposo y esposa, encuentren felicidad y satisfacción en la alcoba marital. Y es todo lo que pienso decir sobre el tema, señorita Waterstone.

Entre la audiencia se escucharon varios murmullos de reprobación. Las risas contenidas y murmullos en la última fila aumentaron de volumen. Imogen enarcó las cejas y pareció prepararse para hacer otra pregunta. Matthias se apresuró a anticiparse a ella.

Sacó el reloj de bolsillo de su chaleco y miró la hora con expresión sorprendida.

–Oh, veo que el tiempo se ha terminado –dijo–. Agradezco a todos vuestra amable atención –recogió sus notas y comenzó a bajar del podio.

Imogen lo alcanzó cuando llegó al final de la escalinata. Sus ojos brillaban de determinación.

–Una charla muy excitante, milord.

–Gracias. Me alegro de que la disfrutara.

–Oh, por supuesto que sí. Inmensamente. Me han interesado especialmente sus observaciones sobre las pinturas halladas en las paredes de la biblioteca zamariana. ¡Cómo me hubiera gustado estar con usted cuando las descubrió!

–A mí también me habría gustado contar con su opinión –repuso él con toda honestidad.

–Con respecto a ese papiro matrimonial que mencionó, me gustaría mucho poder echarle un vistazo, si es posible.

–Nunca lo he mostrado a ningún otro académico –dijo él con deliberada lentitud–. Pero me encantaría hacer una excepción en su caso.

Imogen se iluminó.

–¿Lo haría? ¡Sería estupendo! ¿Cuándo podré verlo?

–Ya le avisaré cuando sea conveniente.

Su rostro mostró decepción.

–Confío en que no lo demore demasiado, señor. Estoy impaciente por estudiarlo.

–Un pensamiento subyugante.

–¿Qué ha dicho usted?

–Nada –repuso Matthias con una sonrisa–. Mientras tanto, tal vez encuentre interesante la idea de un recorrido por el museo de la Sociedad Zamariana.

–Sumamente interesante –dijo Imogen–. Pero ha estado cerrado al público desde que llegué a Londres.

–Es que los administradores de la Sociedad Zamariana están a punto de trasladar la colección a un salón más grande. Por el momento, el museo es sólo un almacén. Pero tengo la llave. Será un gran placer para mí ser su cicerone.

El rostro de Imogen volvió a iluminarse.

–Eso sería muy emocionante –dijo.

Matthias echó una mirada al salón, que iba desocupándose rápidamente. Sólo quedaban unos pocos rezagados y se marcharían muy pronto. Sacó una llave del bolsillo.

–No veo por qué no podemos ver el museo ahora mismo. –Hizo una pausa–. Si no tiene inconveniente, claro está.

–Ninguno, por supuesto. Me parece muy bien.

–La puerta de entrada al museo está al girar aquella esquina –dijo Matthias, señalando la dirección con un ligero movimiento de cabeza–. Debajo de la escalera.

–¡Qué excitante!

Imogen se puso en marcha rumbo a la entrada del museo con tanto ímpetu que la falda de su vestido se enrolló en sus tobillos.

Matthias apenas alcanzó a tomar su brazo antes de que ella desapareciera.

–Me temo que tendrá que venir conmigo, querida. Yo tengo la llave.

–Espero que no se quede rezagado, señor.

–No, pero tampoco me propongo marchar al galope por el vestíbulo.

–Siempre me olvido de que no tiene inclinaciones por la actividad atlética –dijo ella, lanzando un suspiro.

–Procuro compensarlo en otras áreas –dijo Matthias, mientras la guiaba más allá del ángulo debajo de la escalera que franqueaba el acceso a las plantas superiores de la Sociedad Zamariana.

Cuando llegaron a la entrada del museo, la obligó a detenerse e introdujo la llave en la cerradura. Luego abrió la puerta y entraron.

Contempló el rostro expresivo de Imogen mientras ella miraba el sombrío interior. No quedó decepcionado. Los ojos de Imogen mostraban la maravilla que la embargaba, tal como sus labios entreabiertos, semejantes a la expectativa previa al beso de un amante. Imogen era la única persona capaz de reaccionar de esa manera en una habitación atestada de objetos polvorientos y de fantasmas de personas desaparecidas hacía mucho tiempo.

–Es maravilloso. –Imogen se adentró en la habitación y miró a su alrededor, estudiando la colección de objetos que se amontonaban en la penumbra–. ¿Trajo usted personalmente de Zamar la mayoría de estas antigüedades?

–No. Debo confesar que me he quedado con aquellas piezas

que traje personalmente –respondió Matthias, encendiendo una lámpara en la pared–. Los que ve aquí son los que Rutledge prefirió traer a Inglaterra tras nuestro primer viaje. Como podrá apreciar, dio preferencia al tamaño que a la delicadeza.

Imogen descorrió el velo que cubría una monumental estatua de Zamaris de tres metros de alto, y parpadeó al encontrarse con los sobredimensionados genitales de la estatua frente a sus propios ojos.

–Entiendo a qué se refiere –contestó, apartando rápidamente la mirada–. Oh, cielo santo, parece que el brazo se le rompió a la altura del hombro y que ha sido separado.

–Desgraciadamente, mucho de lo que encontró Rutledge resultó dañado a causa de las torpes técnicas que usó para excavar. Lo suyo no era la ingeniería. –Matthias pasó suavemente la mano por el borde dentado de una columna rota–. Y muy poco interés en los sutiles detalles de los objetos que descubrimos. Estaba interesado en tesoros escondidos o en todo aquello que pudiese vender a los coleccionistas.

–Pobre Rutledge –dijo Imogen, rodeando una vasija tan alta como ella–. Un final trágico. Y tan misterioso.

–Espero que no me diga que cree en esa ridiculez de la maldición de Rutledge.

–Por supuesto que no. Pero es un hecho indiscutible que no sobrevivió a su último viaje a Zamar.

Matthias apretó la mano contra la columna.

–No hay ningún misterio en las circunstancias que rodearon su muerte, Imogen. A medida que avanzaba en la exploración del laberinto, fue volviéndose más y más descuidado. Se rompió el cuello al caer por una escalera de piedra cuya presencia, aparentemente, no había advertido en la oscuridad. Fui yo quien lo encontró.

–¡Qué terrible debe de haber sido para usted! –observó ella, dirigiéndole una mirada interrogante.

Matthias sintió que lo recorría un escalofrío. Supo, más allá de cualquier duda, que Imogen imaginaba que la historia no terminaba allí.

–Sí, lo fue –respondió.

La expresión interrogante en los ojos de Imogen fue inmediatamente reemplazada por otra de simpatía. Matthias exhaló un breve suspiro de alivio cuando ella dedicó su atención a un gran sarcófago.

–¿Han sido catalogados como es debido todos los objetos de esta colección? –preguntó Imogen mientras estudiaba la inscripción en la tapa del sarcófago.

–No. Soy el único que posee los conocimientos y la experiencia necesaria para hacerlo correctamente, y aún no he tenido tiempo para esa tarea.

«O deseos de hacerla», agregó para sí. Todo lo que había en la habitación estaba relacionado con Rutledge.

Imogen se enderezó y lo miró con una expresión de creciente excitación.

–Yo podría hacerlo, Matthias –ofreció.

–¿Catalogar esta colección? –Vaciló–. Sí, podría hacerlo. Sería interesante contar con la opinión de I. A. Stone sobre estos objetos.

–¿Cree usted que los administradores me permitirán estudiar y registrar todo lo que se encuentra en esta habitación?

–A los administradores los controlo yo –dijo Matthias–. Harán lo que les diga. Pero eso significaría revelar su identidad como I. A. Stone.

Ella pareció reflexionar sobre el tema.

–Quizá ya sea tiempo de hacerlo –dijo, con un suspiro–. Pero lo primero es lo primero. Vine a Londres para vérmelas con Vanneck. Debo seguir adelante con eso. ¿Ha pensado en mi nuevo plan para convencerlo de que se asocie con usted?

–No.

–No puedo perder más tiempo, señor. –Imogen se agachó para inspeccionar una gran máscara de arcilla que estaba apoyada contra el ataúd–. Quiero ponerlo en práctica lo antes posible. Antes de que todos conozcan la falsedad de nuestro compromiso.

Matthias se acercó a ella y se encontró contemplando la punta de su sombrero.

–Imogen –dijo–, ¿no se le ha ocurrido pensar que nuestro compromiso no tiene por qué ser falso?

–¿Cómo dice? –preguntó Imogen sorprendida, poniéndose súbitamente en pie.

Matthias dio un paso rápido atrás antes de ser alcanzado por la punta del sombrero. Para recuperar el equilibrio, Imogen estiró la mano con intención de sostenerse del borde del sarcófago. Desgraciadamente, en lugar de eso lo que hizo fue empujar un vaso alto que se encontraba a su lado. El objeto comenzó a tambalearse.

–¡Oh, no! –se lamentó ella.

Matthias atrapó el vaso al vuelo antes de que se hiciera añicos contra el suelo. Lo puso en su sitio con sumo cuidado. Luego se volvió hacia Imogen. Estaba contemplándolo con expresión confundida.

–Me parece que no lo he oído bien, milord –dijo débilmente.

–Creo que haríamos una excelente pareja.

Él se acercó aún más y la tomó en sus brazos.

–¿Matthias, qué está haciendo? Entre nosotros no han existido palabras de amor.

–Lo que tenemos en común es más fuerte y más perdurable que esa tontería metafísica.

Él desató los lazos del sombrero y lo arrojó a un costado.

Ella buscó sus ojos, mirándolo con una expresión de desesperación tal que amenazó con hacer pedazos algo clavado muy profundamente en su interior. Matthias tuvo la terrible sensación de estar al borde del abismo de uno de los cinco infiernos zamarianos.

–¿Qué... qué tenemos en común? –preguntó ella.

–La pasión, y Zamar.

Inclinó la cabeza y besó su boca con el violento deseo que había estado creciendo dentro de él en los últimos tiempos.

Imogen soltó un grito ahogado y le rodeó la cintura con

sus brazos. Se apretó contra él y abrió los labios entre los suyos.

Matthias sintió cómo se desataba en ella la tormenta mientras el trueno retumbaba en sus propias entrañas.

Se arrojó temerariamente dentro del vendaval de su pasión. Imogen estrechó su abrazo. Sus mullidas caderas se apoyaron íntimamente contra su rígido miembro. Cuando él interrumpió el febril beso para explorar el fragante hueco de su nuca, Imogen se estremeció.

–Matthias, no puedo comprender lo que hace conmigo –dijo, sin aliento–. Lo juro, es la más enloquecedora de las sensaciones.

Un cubo de agua fría cayó sobre él, apagando el fuego que ardía en sus venas. Matthias apartó la boca de la satinada piel de su cuello.

–No, no quiero tenerte de esta manera.

–¿Qué sucede? ¿Qué tiene de malo?

Matthias tomó el rostro de Imogen entre las manos y la obligó a mirarlo a los ojos.

–Cuando esto termine –dijo– no toleraré que me acuses de emplear técnicas amatorias secretas zamarianas para seducirte.

–Pero, Matthias...

–Te quiero más de lo que he querido nada desde que partí en busca de Zamar. Pero, a menos que sientas por mí una pasión parecida, este abrazo no va a llegar muy lejos.

–Oh, Matthias, ¿siente por mí lo que sentía por Zamar?

–Sí.

Imogen se quedó inmóvil entre sus brazos. Bajó las largas pestañas para ocultar su mirada. Durante un terrible momento, Matthias creyó que la había perdido. Supo entonces cuál de los infiernos zamarianos era el que acechaba bajo sus pies. Era el tercero, aquel en el que un hombre debía enfrentarse a miles de años de soledad, con la única compañía de los fantasmas.

Imogen alzó la mirada hasta la suya.

–Ha sido una gran desconsideración de mi parte acusarle de emplear técnicas eróticas zamarianas para seducirme. Le ruego sinceramente que me disculpe. Estaba enfadada con usted por haber arruinado mis planes con el anuncio de nuestro compromiso.

–Lo sé.

–La verdad es que la culpa de lo que pasó la otra noche en el jardín es sólo mía –titubeó–. En ese momento quería que me hiciera el amor, como lo quiero ahora.

Matthias advirtió que podía volver a respirar.

–¿Estás segura?

Ella se puso de puntillas y le rodeó el cuello con los brazos.

–Nunca he estado tan segura en toda mi vida.

–¡Imogen! –Sus brazos se cerraron con fuerza en torno de ella. Comenzó a inclinar la cabeza.

Imogen lo detuvo con la sencilla artimaña de ponerle un dedo sobre los labios:

–Milord, permítame aclarar esta cuestión.

–¿Aclarar?

–Convinimos en que avanzaríamos en este abrazo con total comprensión de lo que hagamos.

–Sí.

–¿Ha dejado de lado sus temores de que más tarde pueda acusarle de algo?

–Totalmente de lado –respondió él, comenzando a lamerle el dedo que permanecía sobre sus labios.

–Entonces –dijo Imogen, con los ojos brillantes– no veo ninguna razón para que no me enseñe una o dos de las antiguas técnicas zamarianas para hacer el amor, ¿no le parece?

Matthias sintió que lo invadían el alivio y la risa.

–Ninguna razón, en absoluto.

Tomó su mano antes de que pudiera apartarla de sus labios y depositó un sinfín de besos sobre la palma.

Imogen se apoyó en él, suspirando. Cerró los dedos en torno de los de él. Matthias continuó bajando la boca hasta la suave piel de su muñeca y se deleitó ante el leve temblor de deseo que la recorrió.

Imogen se puso de puntillas y devolvió el beso con franco entusiasmo. Matthias recorrió con su boca la curva de la mejilla y la oreja de ella. Imogen paseaba con suavidad sus dedos por el pelo de él, que se notó estremecer.

–Lo haremos lentamente –prometió él.

–Si ése es su deseo –respondió ella, deshaciéndole el lazo de la corbata.

–Vamos a saborear cada momento. Apuraremos hasta la última gota de cada una de las sensaciones que vivamos antes de pasar a otra.

–Me recuerda a uno de esos poetas noveles, señor. –Imogen trató de ayudarle a quitarse la camisa. El ruido de la tela al rasgarse fue muy audible en el polvoriento salón–. Oh, Dios mío.

Matthias sonrió con la cara hundida en su pelo.

–Me parece que he roto su camisa, señor. Lo lamento terriblemente.

Matthias se sintió mareado por el delirio.

–Olvide la camisa, señora. Tengo muchas más.

–Qué suerte.

Con una suave presión bajo el mentón, Matthias la obligó a levantar la cabeza, para poder ver su boca cálida y plena. En ese mismo instante, olvidó sus propósitos de hacerlo todo con parsimonia. Lo acometió un deseo febril. Ardía, y, a juzgar por su camisa rota, ella no se quedaba atrás.

Alzó a Imogen entre sus brazos y la condujo hasta un largo sofá apoyado contra la pared, atravesando los fantasmales restos del antiguo Zamar.

Una nube de polvo se levantó de los almohadones enfundados cuando depositó a Imogen, pero ella no pareció notarlo. Lo miraba con ojos brillantes. Podía decirse mucho de una amante con quien uno compartía intereses intelectuales, se dijo Matthias. Seguramente había encontrado a la única mujer de toda Inglaterra que no se quejara por ser seducida en un tenebroso y polvoriento museo.

Le besó la punta de la nariz y se enderezó para desprenderse de la capa que colgaba de su cuello. La arrojó encima del sarcófago, y rápidamente se libró de la chaqueta, el chaleco y la camisa rota. Sonrió ligeramente cuando vio el desgarrón en la costosa tela.

Dejó caer a su lado toda la ropa y bajó la mirada, para encontrarse con que Imogen estaba mirándolo intensamente. Había en ella una expresión tiernamente anhelante que cortó su respiración. Entre sus labios entreabiertos asomaba su pequeña lengua rosada.

–Es usted realmente hermoso, milord –susurró con voz ronca–. La verdad es que jamás... jamás vi algo parecido.

Matthias lanzó una carcajada.

–Tú eres la única criatura hermosa que hay en esta habitación –exclamó.

Se inclinó para sumergirse en el verde mar de su falda de muselina y giró la cabeza cuando se hundió en él.

–¡Matthias! –murmuró Imogen, aferrando sus hombros desnudos.

Él la apretó contra sí y la besó hasta hacerla estremecer y lograr que su cabeza cayera sobre su brazo. Luego, lentamente, abandonó su boca para seguir con los labios la seductora línea de su cuello. Imogen se retorció, irguiéndose hasta que pudo sentir sus pechos aplastados contra el torso de Matthias.

Cuando éste alcanzó con sus besos el recatado escote del vestido de Imogen, maniobró para desabotonar el corpiño, que cayó al suelo, revelando una camisa de linón tan fina que Matthias pudo ver a través de ella las areolas de los dos pezones rosados. Todo su cuerpo se contrajo en un espasmo de deseo.

Matthias bajó la cabeza y comenzó a besarle los pechos a través de la delgada tela que los cubría. Imogen lanzó un grito de placer y comenzó a besarle los hombros con frenética ansiedad.

Matthias bajó la mano y tomó el borde de su falda y de su

camisa. Las alzó hasta la cintura de Imogen, descubriendo el triángulo de rizos castaños que guardaba sus secretos.

Con un ronco gemido, Matthias inclinó la cabeza y depositó un beso en el interior de uno de sus sedosos muslos. La fragancia del sol derramándose sobre el mar zamariano invadió su cabeza. Cerró delicadamente su mano sobre el triángulo, ahuecándola para sentir toda su calidez.

El suave jadeo de Imogen era embriagador. La sintió licuarse en la palma de su mano; pensó que nada lo había conmovido tanto en toda su vida.

–Esto va más allá de todo –dijo Imogen, clavando sus uñas en los hombros. Se sacudió, recorrida por un estremecimiento tras otro–. Milord, me importa poco si emplea todas y cada una de las técnicas secretas zamarianas que ha descubierto para hacer el amor. Las aprenderé todas esta misma tarde.

–Desgraciadamente, no tengo la paciencia necesaria para recorrer todo el repertorio –respondió Matthias mientras luchaba para deshacerse de los pantalones–. Pero te prometo que las practicaremos todas a su debido tiempo. Envuélveme con tus piernas, cariño mío.

–¿Mis piernas?

–Necesito entrar en ti. –Asió una de sus rodillas enfundadas en largas medias y la puso en torno de su cintura–. Si espero más, me volveré loco.

Imogen lo aprisionó obedientemente con las piernas.

–Matthias, siento algo muy extraño. Esta posición ¿la ha aprendido en ese papiro matrimonial que ha mencionado hoy?

–Algunas cosas son universales –repuso él, acariciándola con suavidad.

Notó que ella se aflojaba y se abría para él. Sentía la mano resbaladiza por el contacto con el rocío que había fluido desde su tibio interior, y utilizó esa cálida humedad para lubricar la delicada perla que palpitaba en la entrada. Imogen lanzó un gemido.

–¡Cielo santo, yo no... no puedo...!

Imogen nunca dijo el resto de lo que intentaba decir.

Matthias alzó la cabeza para contemplar su rostro arrebatado por la pasión.

–Mírame, Imogen. Abre los ojos y mírame.

Las pestañas de Imogen vibraron y por fin se abrieron. Lentamente, se fue dibujando en su rostro una sonrisa que para Matthias contenía más misterios que las ruinas del antiguo Zamar.

Matthias sucumbió al violento deseo que lo consumía. Separándole las piernas cuidadosamente, se abrió camino y avanzó lentamente hacia el interior de su cálido y apretado pasaje.

Sintió que Imogen se ponía rígida entre sus brazos.

–Quizá no entendió correctamente, señor –dijo ella–. Su traducción puede haber sido defectuosa.

Matthias apeló a su cordura y su control con los últimos vestigios de fuerza que le quedaban.

–¿De qué estás hablando? –preguntó.

–Esta técnica zamariana para hacer el amor en particular, evidentemente, no ha sido pensada para hombres de sus proporciones, Matthias. Debemos probar alguna otra.

–Eres virgen –susurró él con la boca apoyada junto a su nariz.

–¿Qué diablos tiene que ver eso con su torpe traducción de las instrucciones zamarianas para la utilización de este método?

–Nada –reconoció él.

–No estoy sugiriendo que nos detengamos. Simplemente, quiero que intentemos otra técnica.

–Debemos dominar ésta antes de continuar. –Rozó los labios de ella con los suyos–. ¿Recuerdas lo que sentiste la otra noche en el jardín?

–Sí. Pero esto es completamente diferente –respondió ella, mirándolo ansiosamente.

–Espera y verás. –Comenzó a salir lentamente de su ceñido canal. La sensación fue la de un indescriptible, exquisito tormento–. Aspira profundamente.

Bajó la mano entre sus cuerpos y acarició la pequeña joya que custodiaba la entrada. Fue recompensado con un trémulo estremecimiento de respuesta.

Imogen respiró con un sofocado jadeo. Y entonces comenzó a aflojarse. Estaba tan tensa como un momento antes, pero algo de la tensión de su cuerpo empezó a desaparecer. Matthias la penetró lenta, cuidadosamente.

Imogen suspiró y le clavó las uñas en la espalda.

Él volvió a salir a medias y luego le besó los pezones cubiertos por la fina camisa.

–¿Mejor? –susurró.

–Sí. Sí, yo... creo que este método va a funcionar, después de todo. ¿Lo hago bien?

–Perfectamente. –Matthias apretó los dientes y se obligó a contenerse mientras volvía a penetrar lentamente en su cálido interior–. Absolutamente perfecto.

–¡Matthias!

Sin nada que lo presagiara, Imogen se estremeció y estalló en convulsiones bajo su cuerpo.

La sensación cayó sobre Matthias como un rayo. Estaba vivo y lo bañaba la luz del sol. En ese momento, ningún fantasma podía alcanzarlo.

CAPÍTULO X

La noche siguiente, Matthias llegó al teatro justo antes del último acto de *Otelo*. Imogen, sentada junto a Horatia y a una malhumorada Patricia, le echó una mirada reprobatoria mientras entraba en el lujoso palco. Era la primera vez que lo veía desde que hicieron el amor en el Instituto Zamariano.

–Milord, estábamos a punto de creer que ya no contaríamos con usted –le susurró Imogen cuando él tomó su mano–. Se ha perdido casi toda la obra.

Matthias curvó ligeramente los labios. Ella pudo ver los íntimos recuerdos del día anterior reflejados en sus fantasmales ojos grises.

–Espero que nunca dejes de contar conmigo, querida –murmuró él, mientras besaba la mano enguantada y se volvía para saludar a Horatia y a Patricia.

–Buenas noches, señoras. Están encantandoras esta noche.

–Milord –respondió Horatia con una inclinación de cabeza.

Patricia le dirigió una mirada fulminante.

–Dijo que iba a encontrarse aquí con nosotras, Matthias –espetó.

–Y así lo hice.

Patricia comenzó a dar golpecitos con su abanico.

–La representación está por terminar.

–He descubierto que una pequeña dosis de teatro es más que suficiente –repuso Matthias, sentándose al lado de Imogen–. Espero que no tengas intención de superar a Kean esta noche, Patricia. No tienes la menor posibilidad de competir con él. Incluso ebrio, es el mejor actor.

Patricia pegó un respingo y luego se volvió con gesto enfadado. Se quedó observando torvamente la deslumbrante gente sentada en los palcos de enfrente.

Imogen ahogó un breve suspiro, consciente de que era la causa de la reciente hostilidad surgida entre Matthias y Patricia. Por algún motivo inexplicable, la relación con Patricia se había deteriorado velozmente en los últimos días. Esa misma noche se había hecho evidente que a Patricia le había molestado notablemente tener que sentarse junto a Imogen y Horatia en el palco de su hermano.

Imogen no tenía idea de lo que había provocado el cambio de actitud de Patricia, pero le preocupaba. Tenía el propósito de discutir el tema con Matthias lo antes posible. Pero antes había un asunto más urgente en su agenda. Comenzaba a sospechar que Matthias la estaba eludiendo deliberadamente. Y estaba casi segura de conocer la razón.

Imogen se inclinó hacia Matthias y comenzó a abanicarse enérgicamente, con el propósito de que los curiosos creyeran que estaban manteniendo una conversación sin importancia. Confiaba en que el murmullo de la concurrencia y los ruidosos gritos que subían de la platea lograrían que nadie los oyera.

–Señor, me complace que por fin se haya dignado aparecer. Ya iba siendo hora de que se dejara ver.

–Yo también te he echado de menos –murmuró Matthias–. Parece que hubieran pasado mil años desde que causaste semejante efecto en mi estado de ánimo.

–Matthias, por el amor de Dios, compórtese –dijo Imogen, sonrojándose violentamente y mirando ansiosamente a su alrededor para cerciorarse de que nadie los había oído–. No era eso lo que quería discutir con usted, y lo sabe bien.

–Estoy desconcertado –comentó él, con los ojos brillantes. Le tomó la mano y comenzó a besarle la punta de los dedos–. Nuestro encuentro entre las ruinas del antiguo Zamar es lo único en lo que he podido pensar en los dos últimos días. De veras, desde ese momento mágico, todo pensamiento racional ha desaparecido.

Ella lo miró, enfadada.

–¿Qué rayos sucede con usted, milord?

–Has sido mi inspiración, cariño. Estoy pensando en dejar mis estudios académicos para convertirme en un poeta romántico. ¿Crees que me sentaría bien el pelo rizado?

Imogen entrecerró los ojos.

–Está tratando de eludir el tema, ¿no es verdad, señor?

–¿Qué tema?

–El tema de mi nuevo plan para atrapar a Vanneck –siseó ella detrás del abanico.

–Desearía ver concluido ese tema.

–Sí, ya lo sé, pero no tengo la menor intención de dejar mis planes de lado sólo porque estemos prometidos.

–¿Entonces, consideras nuestro compromiso una mera fruslería? Me destrozas.

Imogen sintió que la recorría una nueva oleada de calor. Aumentó la velocidad de su abanico.

–Sabe muy bien que no es eso lo que quise decir, señor.

–Tenga cuidado con ese abanico, señora. Está causando un auténtico vendaval. Nosotros, los poetas románticos, somos muy susceptibles a los enfriamientos.

Ella lo ignoró.

–Matthias, hablo muy en serio. Quiero su palabra de honor de que colaborará conmigo para tenderle una trampa a Vanneck.

–No es momento para discutirlo.

–Pero... –Un pequeño tumulto se alzó sobre el clamor de la platea. Imogen se interrumpió y se volvió para observar al público–. ¿Qué ocurre? ¿Ha sucedido algo?

–Quizá Kean se ha excedido con la bebida y no pueda subir al escenario –sugirió Horatia.

Se inclinó hacia delante con expresión interesada y se colocó los binoculares.

Fue Patricia la que logró identificar el origen de la nueva ola de agitación en la concurrencia.

–Se trata de la señora Slott. Creo que se ha desmayado.

Horatia giró sus binoculares hacia el palco de Theodosia Slott, justamente enfrente al de Matthias.

–Sí, así es. Parece que a Theodosia le ha dado un desmayo, y lady Carlsback está pasando las sales bajo su nariz.

Imogen bajó el abanico para observar al pequeño grupo que se afanaba en el palco de Theodosia.

–¿Qué le pasa a esa mujer? –preguntó.

Patricia dirigió a Matthias una mirada acusadora.

–Lady Lyndhurst dice que la señora Slott cae a menudo presa de un desvanecimiento cada vez que aparece Matthias. Dice que en el pasado ocurrió algo terrible y que la señora Slott jamás se ha recuperado de la impresión.

–Por todos los diablos –dijo Matthias con evidente cansancio.

Imogen frunció el entrecejo.

–¡Es un completo disparate! –exclamó, advirtiendo que todas las cabezas estaban volviéndose hacia el palco de Colchester.

Cerró el abanico de un golpe. Resuelta a dejar en claro de una vez por todas que Matthias no se enfrentaba solo a las lenguas viperinas de la nobleza, se puso en pie. Asiendo el apoyabrazos de su estilizado sillón, trató de acercarlo al de Matthias.

Éste la miró, vio lo que se proponía y también empezó a incorporarse.

–Imogen, permíteme ayudarte con tu silla.

–Está bien. –Imogen apretó los dientes y empujó el sillón–. Parece que estuviera pegado, pero puedo arreglarme sola, milord.

–Imogen, espera...

El sillón era más pesado de lo que parecía. Irritada, Imogen empujó con más fuerza. Una de las delicadas patas del sillón cedió de pronto y se rompió.

El sillón rodó sobre la alfombra roja. Imogen perdió el equilibrio y cayó hacia delante. Aterrizó sobre las piernas de Matthias. Él la sostuvo con facilidad, sonriendo ligeramente cuando ella se agarró con fuerza de sus hombros para no caer.

El turbante de satén adornado con delfines cayó de su cabeza y rodó por encima del antepecho del palco. Voló y cayó en el patio de butacas más abajo. Un gran griterío se alzó entre los bulliciosos jóvenes que ocupaban las zonas bajas del teatro.

–¡Lo tengo!

–¡Es mío! ¡Yo lo vi primero!

–¡Eh, me parece que he pescado un delfín!

–¡Quieto todo el mundo! ¡Es mío! Lo gané en buena ley.

Horatia miró por encima del antepecho del palco.

–Creo que pelean por tu turbante, Imogen –observó.

Una carcajada se extendió por todo el teatro.

Patricia pareció estar al borde de las lágrimas.

–¡Estoy tan mortificada! –exclamó–. Absolutamente mortificada. Podría morir aquí mismo, en este horroroso palco. ¿Cómo puedo presentarme mañana ante mis amigos, en el salón de lady Lyndhurst?

–Estoy seguro de que sabrás arreglarte a la perfección –dijo Matthias sin miramientos.

Se puso de pie y ayudó a Imogen a hacer lo propio.

–Les pido disculpas a todos ustedes –murmuró Imogen, sacudiéndose la falda–. No me proponía causar una escena tan ridícula.

–No es necesaria ninguna disculpa –dijo Matthias, sonriendo–. Te aseguro que ésta es la velada más entretenida que he pasado en el teatro en muchos años. Y, ya que la representación que queda por ver sobre el escenario es muy difícil que supere a ésta, os sugiero que nos marchemos.

Poco tiempo después, Imogen estaba junto a Patricia entre el gentío que cubría el vestíbulo del teatro. Matthias había salido para acercar su carruaje, que era uno más entre los muchos que formaban una larga fila serpenteante a lo largo de toda la calle. Horatia les daba la espalda, conversando con un conocido.

Imogen contempló a la silenciosa y malhumorada Patricia, y decidió aprovechar la oportunidad. Se acercó más a ella.

–¿Ocurre algo, Patricia? Lamento sinceramente la desdichada escena de hace unos minutos. Sin embargo, me pareció notar que estabas molesta conmigo desde antes de que ésta ocurriera.

El rostro de Patricia se puso encarnado. Evitó los ojos de Imogen.

–No sé de qué me habla.

–Tonterías. Creí que comenzábamos a llevarnos bien. Nuestra salida de compras pareció complacerte. Estuviste encantada con el éxito de tu presentación en sociedad. Pero en el último par de días has estado muy cerca de lo que la nobleza llama «girar la cara».

Patricia dio un paso atrás y mantuvo la mirada clavada en las puertas del vestíbulo.

–No me imagino a qué se refiere, señorita Waterstone.

–De manera que otra vez soy la señorita Waterstone, ¿eh? –Imogen apoyó las manos sobre las caderas y comenzó a golpear el suelo con la punta del zapato–. Creí que habíamos estado de acuerdo en que me llamarías por mi nombre de pila.

–¿Es necesario que golpee de esa forma tan ofensiva? –preguntó Patricia entre dientes.

–Perdón, ¿qué dices?

–Todo el mundo la mira.

–Imaginaciones tuyas. –Imogen miró a su alrededor–. Nadie me mira.

–¿Cómo pueden evitar mirarla? –replicó Patricia–. Tiene usted los modales de una tosca campesina. Mire su postura, tan impropia para una dama. Realmente, es molesto estar junto a usted cuando se pone en esa posición tan impúdica y golpea el suelo en forma tan ordinaria. Carece usted del refinamiento y la elegancia propios de una dama.

–Oh. –Imogen se sonrojó y retiró apresuradamente las manos de las caderas–. Perdona. Tomé algunas lecciones de baile hace unos años, pero no me molesté en aprender las sutilezas del correcto comportamiento digno de una dama.

–Eso es obvio –dijo Patricia rígidamente.

–Mis padres pensaban que semejantes instrucciones no tenían importancia –agregó Imogen, con un encogimiento de hombros–. Y, para ser completamente sincera, he aprendido cosas muchísimo más interesantes.

–No lo dudo. –Patricia giró sobre sus talones para enfrentarla directamente. Sus ojos brillaban de furia y humillación–. Le aseguro que no entiendo qué ha visto mi hermano en usted. No logro imaginar por qué le pidió que se casara con él. Está enterada, supongo, de que la gente la llama Imogen, *La Impúdica.*

–Lo sé. Puedo explicarte el origen de ese desagradable apodo.

–No tiene que darme ninguna explicación. Me he enterado de todos los sórdidos detalles referidos a su pasado.

–¿Ah, sí? –preguntó Imogen, acercándose.

–Fue descubierta en una alcoba junto a lord Vanneck.

–¿Quién te lo ha dicho?

–Un amigo –respondió Patricia, pasándose la lengua por los labios–. Alguien que conocí en el salón de lady Lyndhurst. Todos los asistentes hablan sobre usted. Dicen que Matthias se vio obligado a comprometerse con usted porque estuvo envuelta en una situación vergonzosa con él la otra noche.

–Humm.

–Dicen que usted ha hecho con él lo mismo que la terrible madre de Matthias le hizo a mi pobre padre hace muchos años. Lo ha hecho caer en una trampa.

–¿De qué diablos estás hablando?

Patricia parpadeó, muy seria, y retrocedió un paso. Pareció advertir que había ido demasiado lejos.

–Estoy segura de que lo sabe muy bien, señorita Waterstone. No es ningún secreto en la alta sociedad que mi padre se vio forzado a casarse con la madre de Matthias después de que ella, deliberadamente, lo pusiera en una situación comprometida.

Imogen frunció el entrecejo.

–¿Y crees que Matthias fue atrapado en la misma clase de trampa? –preguntó.

–No me imagino otra explicación para que él la eligiera –susurró Patricia–. Todos los asistentes al salón de lady Lyndhurst dicen que Matthias tenía para elegir todas las jóvenes casaderas que quisiera. Pudo haber seleccionado una mujer de reputación intachable. Alguien que no fuera conocida por todos como Imogen, *La Impúdica*. Cielo santo, es tan humillante...

–Me doy cuenta de que es muy duro para ti –comentó secamente Imogen.

Las puertas del teatro se abrieron y entró Matthias al caldeado vestíbulo. Divisó a Imogen y se dirigió hacia ella. Patricia pareció de pronto estar muy ansiosa. Lanzó una incómoda mirada a Imogen.

Matthias observó a su hermana con el entrecejo fruncido.

–¿Te sientes mal, Patricia? Pareces algo perturbada –preguntó.

–Estoy muy bien –musitó ella–. Por favor, sólo quiero ir a casa.

Imogen sonrió suavemente.

–Me temo que lady Patricia se siente algo nerviosa por los acontecimientos de esta noche, milord. Sufre esa tendencia hacia la debilidad en los nervios que aqueja a toda su familia.

Imogen se precipitó al estudio apenas Horatia y ella llegaron a casa. Arrojó su capa de gala sobre una silla, se quitó los largos guantes de cabritilla y luego los zapatos enviándolos lejos con el pie. Acto seguido se desplomó en el sofá y miró severamente a su tía con expresión preocupada.

–Tía Horatia, cuéntame todo lo que sepas sobre el matrimonio de los padres de Matthias. No puedo enfrentar un problema si no conozco todos los hechos que están en juego.

–No hay mucho que contar –respondió Horatia, sirviéndose un poco de jerez de un botellón que estaba sobre una mesita cercana–. Es una vieja historia. De hace más de treinta y cinco años, para ser precisos. Yo era una joven por aquellos tiempos.

–¿Eras amiga de la madre de Colchester?

–Conocí a Elizabeth Dabney, pero no nos movíamos en los mismos círculos –contestó Horatia, sentándose cerca del fuego mientras bebía un sorbo de su jerez–. Estaba considerada un tanto ligera de cascos, para decirte la verdad. Consiguió superar esa fama porque era hermosa y encantadora, y porque su padre era tremendamente rico y muy poderoso. Sus padres la malcriaron desde que nació. Siempre conseguía lo que quería.

–¿Y decidió que quería al padre de Matthias?

–Eso dijeron todos. –Horatia sonrió con ironía–. Pero como siempre digo, para eso se necesitan dos. Él se llamaba Thomas, y en aquel entonces era vizconde. Todavía no había accedido al título porque su padre aún vivía. Era tan malcriado como Elizabeth. Muy arrogante y guapo, también el más calavera de esa temporada. Estoy segura de que no creyó que debería pagar tan alto precio por flirtear con Elizabeth. Dudo de que Thomas hubiera pagado nada en toda su joven vida.

Imogen frunció el entrecejo.

–Eso nos lleva a una pregunta muy interesante. ¿Por qué debía pagar? Thomas era el heredero de un condado. Seguramente podría haber escapado de la trampa de Elizabeth si lo hubiese deseado de veras.

–El título no incluía ninguna fortuna: el padre de Thomas estaba en bancarrota. –Horatia observó el fuego, pensativa–. Entonces, nadie lo sabía. Por lo que se dijo más tarde, el viejo conde quedó encantado cuando su hijo fue descubierto en una situación comprometida con Elizabeth. Necesitaba desesperadamente de su dote para volver a llenar las arcas de la familia. Y Dabney ansiaba con locura un título para su única hija. Verdaderamente hacían una buena pareja desde cualquier punto de vista.

–Excepto para el joven Thomas.

–Así es. Pero no se atrevió a desafiar a su padre por temor a ser repudiado. Se casó con Elizabeth. No fue un matrimonio feliz, como puedes imaginar. Pero, vamos, ¿cuántos lo son?

–Mis padres fueron felices –dijo Imogen con suavidad.

–Es cierto. Temo que hayas crecido teniendo un sentido de la realidad bastante distorsionado, querida. De cualquier forma, después del nacimiento de Matthias no tuvieron más hijos. Thomas y Elizabeth vivieron separados la mayor parte del tiempo. Durante varios años Thomas tuvo una larga sucesión de amantes aquí, en Londres. Elizabeth se contentaba con ofrecer lujosas fiestas en la casa principal del condado de Colchester. El mismo año en que ella murió, Thomas aparentemente se enamoró de una joven viuda llamada Charlotte Poole. Se casaron poco tiempo después de la muerte de Elizabeth.

Imogen apoyó los brazos sobre el respaldo del sofá y se quedó contemplando el fuego.

–Y nació Patricia –comentó.

–Así es.

–Esta noche Patricia me dijo que todo el mundo comenta que Matthias está condenado al mismo destino que su padre –musitó Imogen quedamente.

Horatia la miró fijamente a los ojos:

–Patricia es una jovencita que tiene muy poca experiencia de la vida –señaló.

–Y yo, por el contrario, soy una mujer madura que sabe muy bien lo que quiere.

–¿Y eso qué significa?

–Significa que no puedo permitir que Matthias se case conmigo si no está verdaderamente enamorado de mí –repuso, mirando a Horatia directamente a los ojos–. No podría soportar vivir con él pensando que lo he forzado a repetir el error de su padre.

En los ojos de Horatia apareció una expresión de entristecida comprensión.

–¿Cuánto hace que amas a Colchester, querida? –preguntó.

–Desde que leí su primer artículo en el *Boletín zamariano*, supongo –repuso Imogen con una sonrisa melancólica.

–Todo esto se ha convertido en un gran enredo.

–Sí. –Imogen aspiró profundamente–. Y como soy yo quien ha atado este nudo gordiano, a mí me corresponde desatarlo.

Dos noches más tarde, Imogen permanecía semioculta tras un enorme helecho del salón de baile de lord y lady Wellstead y vio cómo Patricia se apresuraba a apartarse de ella y salía al vestíbulo.

Imogen deseó que Matthias estuviera presente para ayudarla a enfrentar este nuevo dilema. Desgraciadamente, él se las había arreglado una vez más para evitar aparecer en la velada. Su desagrado por los acontecimientos sociales estaba empezando a convertirse en un verdadero problema, ya que Patricia se sentía visiblemente molesta con las acompañantas que le había asignado.

A regañadientes, había consentido que Imogen y Horatia la acompañaran a varios de estos acontecimientos sociales porque Matthias no le había dejado alternativa. Pero una vez que llegaban a la fiesta o baile en cuestión, se esmeraba en poner la mayor distancia posible entre ella y sus acompañantes. Era evidente que se sentía avergonzada de la prometida de su hermano, y algo de ese sentimiento se trasladaba también a Horatia.

Imogen suspiró cuando vio que la persona que estaba a su cargo abandonaba el salón de baile. Aunque le disgustara, debía ir tras ella.

Imogen dejó el vaso de limonada que había tomado de una bandeja. No había razón alguna para preocuparse exageradamente, se dijo, pero Patricia había salido al amplio jardín de la mansión de los Wellstead, donde era muy posible que una jovencita se encontrara envuelta en un serio problema. Varias parejas ya se habían internado en el parque lleno de sombras, con sus altos setos y sus senderos oscuros.

Imogen se deslizó junto a la pared hasta la puerta por la que había salido la hermana de Matthias. Tal vez Patricia sólo buscaba respirar algo de aire fresco, lejos de la gente que caldeaba el ambiente. Pero había visto algo furtivo en la manera en que había mirado cuidadosamente a su alrededor antes de desaparecer. Parecía que Patricia temiera verse seguida.

Con toda seguridad que no agradecería a Imogen que fuera tras ella. Desgraciadamente, el sentido del deber que tenía Imogen le impedía ignorar la situación. Las mansiones de la alta sociedad eran sitios peligrosos para las jóvenes que se apartaban de la protección de la multitud. Imogen había aprendido esa dura lección tres años antes.

Atravesó la puerta y se encontró en un estrecho corredor de servicio. Estaba vacío, con excepción de un carrito con tartas de langosta. Lo dejó atrás, dobló en una esquina y bajó hasta otro vestíbulo. Al final del corredor descubrió una escalera de caracol.

Imogen se detuvo para buscar otra salida, pero no encontró ninguna. Se dio cuenta de que Patricia debía de haber subido la sinuosa escalera hasta la planta alta. Imogen sintió un campanilleo de genuina alarma.

Era evidente que Patricia sabía adónde se dirigía. Si solamente hubiera salido del salón de baile en busca de aire fresco, habría dado la vuelta inmediatamente una vez que advirtiera que se había perdido en un pasillo de servicio. Esta partida mostraba todos los signos de una cita previamente planeada.

Imogen recogió su falda y subió apresuradamente la estrecha escalera. Sus suaves escarpines de baile no hicieron ruido alguno sobre los peldaños de madera.

Un pequeño farol sobre la pared proveía la luz suficiente para iluminar una puerta, en lo alto de la escalera. Imogen la abrió con precaución y se asomó para mirar el interior de la estancia. Lo único que pudo ver fue una densa penumbra, tenuemente iluminada a intervalos regulares por rayos de luz de luna que entraban por una fila de altos ventanales.

Imogen entró y cerró silenciosamente la puerta tras ella. Le llevó algunos segundos acostumbrarse a la oscuridad. Cuando logró hacerlo, pudo divisar el destello de marcos de un intenso dorado que colgaban de las paredes. Decenas de ellos. Se dio cuenta de que estaba en una galería de pinturas que se extendía a todo lo largo de la mansión.

Imogen miró atentamente a su alrededor, tratando de vislumbrar entre las sombras alguna señal de Patricia. En el lejano final de la larga galería sonó un débil ruido; Imogen se volvió hacia ese lugar. Alcanzó a ver el revoloteo de una falda clara en el momento en que desaparecía en una habitación.

–¿Patricia? ¿Eres tú? –preguntó, avanzando con decisión.

En ese momento tropezó con la pata en forma de garra de una silla que no había visto en la oscuridad.

–¡Diablos! –exclamó con una mueca de dolor y se agachó para masajearse el pie dolorido.

De entre las sombras surgió la figura de un hombre.

–¿Señorita Waterstone?

–¿Quién demonios...? –Sorprendida, Imogen dio un rápido paso atrás y contempló la figura que se acercaba. Lo reconoció cuando pasaba bajo un rayo de luz de luna–. Lord Vanneck.

–Lamento esta intriga tan teatral –dijo Vanneck, deteniéndose para contemplarla con una desagradable intensidad–. Pero tenía que hablar con usted en privado. Llevo muchísimo tiempo preparando este encuentro.

–¿Dónde está lady Patricia?

–Volviendo al salón de baile, acompañada por una respetable dama. Patricia está totalmente a salvo, se lo aseguro. Su reputación no está en peligro.

–Entonces no es necesario que me quede aquí –dijo Imogen, recogiéndose la falda y disponiéndose a alejarse de Vanneck a toda prisa.

–Espere. –Vanneck la asió del brazo cuando pasó a su lado, obligándola a detenerse–. Me ha costado muchos problemas arreglar este encuentro y tengo la firme intención de hablar con usted.

–Suélteme.

–No, hasta que me haya oído. –Vanneck hizo una pausa–. Por la memoria de Lucy, debe usted escucharme.

–¿Por la memoria de Lucy? –repitió ella, quedándose inmóvil–. ¿Qué tiene que ver esto con la pobre Lucy?

–Era su amiga.

–Sí; ¿y qué?

–Maldición, señorita Waterstone, escúcheme. Lucy habría deseado que la protegiera. Usted nunca supo defenderse sola en la alta sociedad.

–No necesito su protección, señor.

Vanneck apretó la mano en torno de su brazo.

–Por cierto, supongo que se da cuenta de que Colchester la ha puesto deliberadamente en un aprieto para que no tuviera más remedio que aceptar que anunciara el compromiso.

–No hizo tal cosa.

–Tiene un enorme interés en el Sello de la Reina. ¿Le ha dado usted el mapa?

–No, no lo he hecho.

–Ya me parecía –dijo Vanneck con sombría satisfacción–. De haberlo hecho, él habría disuelto el compromiso. ¿Acaso no ve lo que está haciendo? La dejará a un lado tan pronto ponga sus manos sobre el mapa.

–No puede estar más equivocado, señor –dijo Imogen, sonriendo fríamente.

El rostro de Vanneck se llenó de furia y desesperación. Sus dedos se clavaron en el brazo de Imogen.

–Quiero ese condenado sello, señorita Waterstone. Rutledge dijo que vale una fortuna. Posee un valor incalculable.

–Me está haciendo daño.

Vanneck no le prestó atención.

–Hace unos días intenté crear un consorcio para financiar una expedición a Zamar –dijo–. Desafortunadamente, los socios potenciales perdieron todo interés en el asunto cuando se enteraron de su compromiso con Colchester. En una simple jugada, Colchester arruinó mis planes.

Algo en su tono de voz hizo que a Imogen se le erizaran los pelos de la nuca.

–Realmente, no puedo quedarme aquí, discutiendo esto con usted. Debo regresar al salón de baile.

–Anule el compromiso –dijo Vanneck con violencia–. Hágalo lo antes posible. Es la única forma. Si logra librarse de Colchester, podré formar el consorcio. Usted y yo nos convertiremos en socios. Cuando encontremos el Sello de la Reina seremos ricos.

Eso era exactamente lo que ella esperaba que hiciera, pero en ese momento Imogen vio la turbulenta, insana intensidad de su mirada, y de pronto sintió miedo.

–Debo irme –dijo rápidamente–. Quizá podamos discutir esto en otra oportunidad. Tal vez pueda llegar a algún acuerdo de negocios con Colchester.

–¿Con Colchester?

Demasiado tarde Imogen se dio cuenta de que había dicho lo que no debía.

–Quizá... –comenzó a decir.

–Imposible –gruñó Vanneck–. Colchester jamás accedería a semejante acuerdo. Todo el mundo sabe que mató a Rutledge. Bien podría hacer lo mismo conmigo si nos convirtiéramos en socios. Debe usted anular el compromiso y no entregarle el mapa. Es el único camino.

El enfado reemplazó a la cautela. Imogen se irguió en toda su estatura.

–Haré lo que me venga en gana, señor. Y tenga usted la amabilidad de soltarme.

–Ningún capricho de mujer me apartará del Sello de la Reina. Si usted no anula su compromiso, yo lo haré.

Fue como si algo se quebrara. Imogen se dio cuenta del peligro en que se hallaba y luchó desesperadamente para soltarse. No lo logró.

Aprovechando que la tenía fuertemente agarrada del brazo, Vanneck la arrojó sobre un cercano sofá. Se echó sobre ella con una fuerza tal que le cortó la respiración. Durante algunos momentos Imogen se quedó atónita. No podía creer lo que estaba pasando. Sintió pánico. Lo arañó ferozmente clavándole las uñas en la cara.

–Maldita seas, pequeña ramera. –Vanneck echó mano a su falda–. Cuando haya terminado contigo, me rogarás que financie tu expedición.

–¿Es esto lo que ha hecho a Lucy? –preguntó Imogen, mientras luchaba con él–. ¿La violó antes de darle el láudano?

–¿Lucy? ¿Estás loca? Yo no le di láudano. –Los ojos de Vanneck parecían duros como la piedra entre las sombras–. Lo tomó por su cuenta. Esa maldita mujer vivía quejándose continuamente de sus nervios.

–¿Por qué se toma el trabajo de mentirme? Lo tengo todo muy claro. Sé que lo arregló todo para que me encontraran junto a usted en una situación comprometida, para que la gente pensara que Lucy se había suicidado porque se creía traicionada. Sé que usted la asesinó. Lo sé todo.

–¡No sabes nada! –Vanneck se irguió, apoyándose sobre los codos–. ¿Qué es todo esto? ¿Me estás acusando de asesinato?

–Sí, así es.

–Estás loca. Yo no maté a Lucy. –Vanneck entrecerró los ojos–. Aunque bien sabe Dios que lo pensé muchas veces. Bien podía haberlo hecho. Pero, tal como son las cosas, no murió por mi mano.

–No le creo.

–Me importa un comino que no me creas. Lo único que quiero de ti es ese mapa. Y lo conseguiré, así sea lo último que haga.

Imogen advirtió que estaba poseído por la ira y la desesperación. Pensó que podría controlarla echándose encima de ella. Lanzó un alarido cuando sintió su mano húmeda en la pierna desnuda. Él tapó su boca con la otra mano. El pánico amenazó con desbordarla. Levantó los ojos hacia la pared que estaba detrás del sofá y vio el resplandor de un marco dorado.

Mientras Vanneck luchaba con su falda, intentando descubrir sus muslos, ella extendió una mano y logró aferrar el borde del marco de una de las pinturas.

Por un terrorífico instante, temió que no se despegara de la pared. Tironeó de él, en tanto Vanneck hacía lo mismo con su vestido.

Por fin el cuadro se soltó del clavo que lo sostenía. Era tan pesado que Imogen no pudo controlar su caída. Ella intentó guiarlo. Aun sin lograrlo, éste golpeó a Vanneck en la cabeza y los hombros con un impacto tal que hizo temblar su propio cuerpo.

Vanneck se estremeció, lanzó un gruñido y luego se desvaneció, cayendo sobre Imogen. Ésta lo empujó, tratando frenéticamente de deshacerse de él. Antes de que lo lograra, otras manos la liberaron de su aplastante peso.

–¡Bastardo! –exclamó Matthias, que había llegado entre las sombras como un demonio vengativo.

Arrojó a Vanneck al suelo sin contemplaciones.

El desmadejado Vanneck abrió los ojos y miró a Matthias, reconociéndolo confusamente.

–¿Colchester? Diablos, ¿qué está haciendo aquí?

Matthias se quitó uno de los guantes y golpeó con él a Vanneck en el pecho.

–Mañana recibirá la visita de mis padrinos. Confío en que pueda arreglarse un encuentro para el día siguiente.

–¿Padrinos? ¡Padrinos! –Vanneck intentó levantarse, apoyándose sobre el codo. Sacudió la cabeza, como si intentara aclarársela–. No puede hablar en serio.

Matthias se inclinó sobre Imogen y la cargó en sus brazos para sacarla de allí.

–Le aseguro que nunca he hablado más en serio en toda mi vida. –Se volvió, y se dispuso a marcharse.

–¡Pero usted nunca ha tenido intención de casarse con ella! –El grito desesperado de Vanneck rebotó en las paredes del vasto salón–. Todo el mundo sabe que el compromiso es una farsa. Todo lo que le interesa es el mapa. Maldito sea, Colchester, ella no merece un duelo. Se trata de un asunto de negocios.

Matthias no respondió. Imogen alzó los ojos hasta su rostro mientras él la llevaba por la oscura galería. La recorrió un estremecimiento que nada tenía que ver con la reciente lucha.

En ese momento lo reconoció como la oscura, misteriosa figura de sus sueños. Estaba en los brazos de Zamaris, el Señor de la Noche.

CAPÍTULO XI

Imogen no podía dejar de temblar. Se acurrucó contra Matthias, buscando su fuerza y su calor, mientras éste la llevaba escalera abajo, hacia el vestíbulo. Mantuvo el rostro hundido en su hombro, apretando fuertemente los párpados en un vano intento por contener las lágrimas.

Matthias avanzó velozmente hacia la puerta principal de la mansión. A su paso, se alzaron muchas voces, algunas teñidas de genuina preocupación, otras de mera curiosidad.

–Colchester, ¿le ocurre algo malo a la señorita Waterstone? –preguntó un hombre.

–No se encuentra bien –repuso Matthias con una voz carente de inflexión–. Sus nervios acusan la excitación del compromiso.

–Por supuesto –repuso el hombre con una risita–. Espero que pueda hacer algo para aplacar sus temores.

Imogen quiso protestar y decir que sus nervios eran bastante fuertes como para soportar algo tan mundano como un compromiso, pero no se atrevió a apartar la cara del hombro de Matthias.

–¿Llamo al médico, señor? –preguntó uno de los lacayos.

–No, la llevaré a su casa. Todo lo que necesita es descansar.

–Traeré su carruaje, señor.

–Gracias.

Imogen sintió el fresco aire de la noche sobre su piel. Por fin estaban fuera. En poco tiempo más estaría a salvo, en el carruaje de Matthias.

El ruido de cascos y ruedas resonó sobre los adoquines. Luego se oyó el sonido de una puerta de coche al abrirse.

Matthias subió al carruaje llevando a Imogen en sus brazos. La apoyó sobre el mullido asiento, acunándola contra sí.

–Cálmate. –La mantuvo fuertemente apretada mientras el coche se internaba en la noche–. Todo está bien, querida. Ya acabó todo. Estás a salvo.

–Pero usted no. –Lejos de las miradas curiosas, Imogen se irguió en el círculo formado por los brazos de Matthias. Lo tomó de los hombros y trató de sacudirlo–. En nombre de Dios, ¿qué ha hecho usted, Matthias?

Matthias se quedó inmóvil. Ni siquiera pareció notar los dedos de ella, arrugando la fina tela de su chaqueta. La observó con una mirada fulgurante e indescifrable.

–Estaba a punto de hacerte la misma pregunta –dijo.

Ella lo ignoró, con la atención puesta en la situación más urgente.

–Acaba de retar a duelo a Vanneck. Por todos los cielos, Matthias, ¿cómo ha podido hacer algo semejante?

–Dadas las circunstancias, parecía ser la única respuesta apropiada.

–Pero yo no estoy herida.

Matthias le tomó el mentón, alzándolo hacia él.

–Por lo que puedo dar gracias a Dios –dijo–. Eres verdaderamente sorprendente, querida. Diría que has estado a punto de matar a Vanneck con ese cuadro.

–Pues entonces no tenía necesidad de retarlo a duelo –insistió ella, desesperada.

Matthias le acarició la comisura de los labios con el pulgar. Sus ojos relucían en la penumbra del interior del coche.

–El hecho de que hayas logrado salvarte no significa que pueda permitir que Vanneck se libre de ser retado. La verdad es que no tenía alternativa.

–¡Eso no es cierto! –exclamó Imogen. Sus ojos se volvieron a llenar de lágrimas. Se pasó el dorso de la mano sobre ellos–. No vale la pena, milord. No puedo permitir que arriesgue la vida en un duelo. Me niego a dejar que se bata con él.

Matthias le alzó ligeramente la barbilla y observó su rostro húmedo con una expresión de divertido asombro.

–Me parece que esas lágrimas son por mi causa –dijo.

–¿Por qué otra razón podría ser? –exclamó Imogen, enfadada.

–Podría entenderse que lloraras por lo que te pasó esta noche. Aun una dama de tu fuerte constitución nerviosa podría llegar a sucumbir a...

–Tonterías. Estoy mucho más preocupada por lo que podría llegar a pasarle a causa de este estúpido desafío. –Le tomó el rostro con las manos–. Matthias, no debe hacer esto, ¿me oye? No puedo permitirlo.

Él tomó sus muñecas, apretándolas dulcemente.

–Todo está bien, Imogen –dijo–. Todo saldrá bien.

–¡Puede que él lo mate!

–Es evidente que la idea te perturba –señaló él, con una débil sonrisa.

–¡Maldición, Matthias, la idea me vuelve loca!

–¿Por qué?

La frustración y el miedo la abrumaron.

–¡Porque te amo!

Un profundo silencio se instaló en el interior del carruaje. Era como si un mago hubiera creado algún sortilegio, congelando el momento. Imogen tuvo una vaga conciencia del sonido de voces distantes, el traqueteo de las ruedas del coche y el golpe de los cascos de los caballos sobre la calle. De vez en cuando, las lámparas de otros coches que pasaban a su lado brillaban en la oscuridad. Fuera del coche, el mundo seguía en movimiento. Dentro, todo había quedado inmóvil.

–¿Me amas? –repitió Matthias con gran suavidad.

–Sí.

–Entonces, cásate conmigo mañana con una licencia especial.

Imogen abrió la boca en un gesto de sorpresa:

–¿Cómo puede hablar de matrimonio cuando su vida está en peligro?

–Por alguna razón –repuso Matthias, volviendo a tomarla en sus brazos–, lo único que parece digno de discutirse en este momento es el matrimonio.

–Pero, Matthias...

–Di que te casarás conmigo antes de que me enfrente a mi destino. –Rozó sus húmedos ojos con un suave beso y depositó otro en su pelo enmarañado–. Es todo lo que te pido, amor mío.

–Le daré todo lo que quiera si cancela su cita del amanecer.

–No puedo hacerlo, Imogen. Sólo puedo garantizarte que espero sobrevivir y reunirme luego contigo, para desayunar juntos.

Imogen vio el tono firme que resonaba en sus palabras y supo que toda protesta era inútil. Le golpeó los hombros con sus pequeños puños.

–Matthias, se lo ruego...

–Cásate conmigo. Mañana.

Imogen se echó en sus brazos, exhausta por su inútil estallido de ira. Volvió el rostro hacia su chaqueta para que absorbiera el nuevo flujo de lágrimas.

–Si es ése su verdadero deseo...

–Es mi único deseo. Es todo lo que pido.

En ese momento, ella no podía negarle nada.

–Muy bien –dijo. Su voz se oía sofocada contra la chaqueta–. Me casaré con usted mañana.

–No tiene por qué sonar como si estuvieras a punto de ser deportada a las colonias.

–¡Oh, Matthias!

–Ya sé. –Le acarició el suelto pelo–. Comprendo.

Un nuevo silencio invadió el coche. Sólo por un instante, Imogen se permitió sumirse en la desesperación. Por extraño que pudiera parecer, se sentía tranquilizada por la caricia de esa poderosa mano sobre su cabello. Rehízo su compostura y volvió la atención hacia temas más apremiantes. Debía idear un plan para evitar el duelo.

Pero antes de que pudiera imaginar algo que fuera lo suficientemente inteligente como para resultar eficaz, se distrajo por algo mucho más urgente.

–¡Cielo santo, casi lo olvidaba! –Se enderezó con tanta premura que su cabeza chocó contra la mandíbula de Matthias–. ¡Ay!

–Vanneck no tenía la menor posibilidad, ¿verdad? –Matthias hizo una mueca de dolor y se frotó el maxilar–. Si no le hubieras estrellado ese cuadro en la cabeza, estoy seguro de que habrías ideado otra manera de librarte de él.

–Señor, lo siento, no quise hacerle daño.

–Ya lo sé. –Sus dientes brillaron en un asomo de sonrisa–. Entonces, ¿qué fue lo que te vino de repente a la memoria?

–Patricia. ¿Dónde está?

–Patricia está sana y salva con Horatia. Las vi juntas poco antes de subir a la galería en tu busca. Les enviaré el carruaje tan pronto te deje sana y salva en casa.

–¿Su hermana está con mi tía?

–Sí.

La sombra de una desagradable certeza cayó sobre Imogen.

–Señor, ¿cómo supo que debía buscarme en la galería de los cuadros?

–Patricia me dijo que te había visto subir para ver las pinturas.

–Comprendo –susurró Imogen.

Reflexionó sobre esto mientras el coche continuaba su marcha. No se ganaba nada confiándole a Matthias sus nuevas sospechas. Ya tenía bastantes preocupaciones. Enterarse de que era muy probable que su hermana hubiera conspirado con Vanneck para atraerla a la galería, podía ser demasiado para sus ya destrozados nervios.

Imogen se recostó contra Matthias y miró por la ventanilla del carruaje, intentando alejar sus confusos pensamientos. Decidió hacer un nuevo intento para convencer a Matthias de que no se batiera en duelo.

–Señor, prométame que reconsiderará esta absurda idea

de batirse con lord Vanneck. Comprendo que para algunos caballeros el duelo es la única manera de resolver una cuestión de honor, pero lo encuentro el colmo de la estupidez. Y usted no es ningún estúpido. Por lo tanto...

–Ya está bien, Imogen –la interrumpió Matthias, con tranquilidad–. El asunto está arreglado. Más aún, no lo comentarás con nadie, ¿me entiendes?

–Pero...

–Éste es un asunto de hombres. Los caballeros involucrados en él están obligados a mantenerlo en secreto. No vas a transformar este asunto en la comidilla de la nobleza.

Imogen se mostró horrorizada.

–No se me ocurriría andar murmurando acerca de esa... muestra disparatada, imbécil, absurda de estupidez masculina.

–Excelente. –Matthias hundió la mano en el revuelto cabello de Imogen–. Sabía que podía confiar en que mantuvieras la boca cerrada, amor mío.

–Imogen, ¿es necesario que te pasees de esa forma? –Horatia sirvió té en dos tazas–. Por Dios, me estás mareando.

–¿Qué otra cosa puedo hacer? –Imogen se acercó a la ventana del estudio y miró, malhumorada, al jardincillo barrido por la lluvia–. Me siento como si fuera un manojo de fuegos artificiales a punto de estallar sobre Vauxhall Gardens. Es una sensación horrible.

–Tus nervios, querida. Me parece que ésta es la primera ocasión que te veo con los nervios destrozados.

–Tonterías. Sabes bien que no soy propensa a la debilidad nerviosa.

–Jamás te has enfrentado con la perspectiva del matrimonio –señaló Horatia, chasqueando la lengua–. Yo no sé por qué insiste Su Señoría en hacer las cosas de esta manera apresurada, pero supongo que, dadas las circunstancias, debe de pensar que es lo mejor.

–¿Circunstancias? –exclamó Imogen, con la voz estrangulada. Por un momento, temió que Horatia estuviera enterada del duelo–. ¿A qué te refieres?

–No te ofendas, querida; pero no se plantea una gran boda con toda la pompa en estas circunstancias. Y en todo caso, Su Señoría no tiene demasiado interés en esos asuntos.

–No, es verdad –respondió Imogen, un poco más tranquila. Siguió mirando al jardín. De la noche a la mañana, el mundo entero parecía haberse vuelto gris. Al amanecer, una densa niebla había descendido sobre las calles. Su sueño intranquilo había sido perturbado por otra de las enervantes pesadillas que habían estado molestándola últimamente. En ella, Imogen había seguido intentando salvar a Matthias de algún incierto peligro, pero no había llegado a tiempo. Lo había encontrado en el sarcófago de piedra con sangre por todas partes.

El pánico amenazó con invadirla mientras contemplaba el brumoso jardín. Tenía menos de veinticuatro horas para hallar la forma de detener esa locura.

–¿Imogen?

–Perdona, ¿qué has dicho? –preguntó Imogen, mirando a su tía por encima del hombro.

–Te he preguntado si habías dado instrucciones a tu doncella para que se hiciera cargo del equipaje.

–Me parece que lo he hecho. Creo que sí. –Imogen frunció el entrecejo–. Pero, en verdad, he estado pensando en otras cosas. Ahora que lo mencionas, no estoy segura de haberle dicho que me mudaría esta tarde a la casa de Colchester.

Horatia le dirigió una sonrisa tranquilizadora, mientras se ponía de pie.

–Siéntate y tómate el té con tranquilidad, querida –le dijo–. Subiré a arreglarlo todo con la doncella.

–Gracias.

Imogen atravesó la habitación acercándose a la mesilla donde la esperaba su taza de té. Cogió la taza y bebió un largo y reconfortante sorbo.

La puerta se cerró al salir Horatia, dejando a Imogen sola en el estudio. En la silenciosa habitación se escuchaba claramente el tictac del reloj de pie. Cuando ya no pudo seguir soportándolo, comenzó a pasearse nuevamente.

En varias ocasiones había oído rumores de duelos entre miembros de la nobleza. No les había prestado mucha atención, ya que no había tenido motivos personales para preocuparse por ello. Estaba más que segura de que, aparte de los duelistas, participaban unas cuantas personas más en el asunto. De acuerdo con los relatos que había oído, estaban presentes los padrinos y, algunas veces, un médico. Y debía de haber otros, pensaba. Los cocheros. Tal vez uno o dos palafreneros. Los caballeros de la nobleza raramente hacían algo solos. Siempre iban acompañados de cocheros, lacayos y algunos amigos íntimos.

La señora Vine golpeó una vez y abrió la puerta.

–Hay una dama que desea verla, señorita Waterstone.

Imogen se volvió con tanta rapidez que derramó parte del té.

–¿Quién es?

–Lady Patricia Marshall, dice, señora.

Imogen dejó la taza de golpe.

–Hágala entrar de inmediato, señora Vine.

–Sí, señora

La señora Vine dejó escapar un suspiro y se marchó.

Un momento después, apareció Patricia. Se detuvo en la entrada, con un aspecto muy diferente al de la joven vivaz que había tenido la noche anterior. Su bonito rostro estaba distorsionado por la tensión. Sus ojos grises estaban llenos de ansiedad. Parecía estar al borde de las lágrimas.

–Debo hablar con usted –susurró cuando la señora Vine cerró la puerta del estudio.

–Siéntate –dijo Imogen con brusquedad. Fue a sentarse detrás de su escritorio. Cruzó las manos sobre la pulida superficie de caoba y miró a Patricia con atención–. ¿Qué deseas decirme?

–Esta mañana, durante el desayuno, Matthias me ha dicho que pensaba casarse con usted hoy mismo.

–¿Eso ha dicho?

–Sí. Y pasado mañana se propone arriesgar la vida en un duelo. –La voz de Patricia se quebró en un sollozo. Hurgó en su bolso en busca de un pañuelo–. No estaba previsto que esto acabara así.

–¿Cómo te has enterado del duelo? –preguntó Imogen, confundida.

–Acabo de llegar de casa de lady Lyndhurst –dijo Patricia, sonándose con su pañuelito–. Me dijo que la noticia corre por todo Londres.

«Un aplauso por la supuesta habilidad de los caballeros involucrados en mantener su ridículo secreto», pensó Imogen. Evidentemente, alguien había hablado. Tal vez uno de los padrinos, cuya tarea consistía en arreglar los detalles de la cita al amanecer.

–Y tienen el descaro de quejarse de que las mujeres somos dadas a las habladurías –murmuró Imogen.

–¿Cómo dice? –preguntó Patricia, con mirada curiosa.

–No tiene importancia. Patricia, ya que pareces estar muy al tanto de los detalles del terrible aprieto en el que estamos todos envueltos, tal vez tengas la bondad de decirme lo siguiente: ¿qué diablos estabas haciendo anoche?

Patricia retrocedió. Luego, un enfado lleno de resentimiento curvó las comisuras de sus labios.

–Sólo trataba de salvar a mi hermano de sus garras, pero parece que no ha dado resultado.

–Ah. –Imogen cerró los ojos y se apoyó en el respaldo de la silla–. Todo empieza a encajar.

–Lady Lyndhurst dijo que si Colchester la descubría en una situación comprometida con otro hombre, encontraría motivos para anular el compromiso. Dijo que sería sencillo arreglarlo.

–¡No me digas! ¿Así que fue idea de lady Lyndhurst?

Patricia se sonó la nariz con su pañuelo y levantó los ojos, furiosa, para mirar a Imogen directamente a los ojos.

–Hice exactamente lo que se me pidió que hiciera. Sabía

que me seguiría desde el salón de baile hasta la galería. Nunca deja de representar el papel de acompañanta, aunque usted misma no tiene más idea del comportamiento adecuado que una... una... una pulga.

–¿Una pulga?

–La atraje hasta la galería y luego regresé al salón de baile junto a lady Lyndhurst. Cuando Matthias llegó y preguntó por usted, le dije que había subido para ver las pinturas. Fue en su busca. Lady Lyndhurst dijo que todo había salido según lo planeado. –Patricia alzó la voz–. ¡Pero Matthias no anuló el compromiso como ella dijo que haría!

–¡Tú, tonta majadera! –exclamó Imogen, poniéndose de pie y dando un golpe con la mano abierta sobre el escritorio–. ¿Tienes idea del daño que has causado?

–¡Pero si lo único que quería era salvarlo! –Otro torrente de lágrimas corrió por sus mejillas–. No quería que sufriera el mismo destino que papá. No quería que arruinara su vida.

–Espero que estés satisfecha con el desastre que has causado. –Imogen rodeó el escritorio–. Parece que tu buena amiga, lady Lyndhurst, debe cargar con gran parte de la culpa.

–Sólo trataba de ayudarme.

–Tonterías. Algo me dice que lady Lyndhurst no es de la clase de personas que se molestan para ayudar a nadie que no sea ella misma.

–¡Eso no es cierto! Ha sido muy bondadosa conmigo. La considero una verdadera amiga.

–Es cierto que ha demostrado ser una clase muy especial de amiga. –Imogen se quedó pensando en las implicaciones de lo que dijera–. Me pregunto qué interés tiene en esto. Quizá también ella esté tras el sello.

–No entiendo qué dice en voz baja –dijo Patricia, petulante–. Pero debe hacer algo. ¿Qué pasaría si Matthias resulta muerto en el duelo con lord Vanneck?

–Cálmate, Patricia. Ya pensaré en un plan.

Patricia titubeó.

–Podría negarse a la boda con mi hermano –sugirió–. Me doy cuenta de que la gente hablaría, pero creo que dejarle plantado no perjudicaría aún más la reputación de una dama que ya es conocida como Imogen, *La Impúdica*.

–Puedes tener razón, pero te aseguro que mi negativa a casarme con él no impediría que se batiera con Vanneck.

–¿Por qué iba a batirse en duelo a causa de una dama que no quiere casarse con él?

–No conoces muy bien a tu hermano, ¿verdad? –dijo Imogen–. Créeme, tiene la intención de ir adelante con el duelo sin que importen las circunstancias. Se lo ha jurado a sí mismo. Su sentido del honor lo obliga a batirse con Vanneck. De cualquier manera, le he dado mi palabra de que hoy me casaré con él. Ha sido lo único que pidió Colchester. No pude negarme.

–¡Lady Lyndhurst dijo que usted haría cualquier cosa para conseguir el título! –barbotó Patricia.

Imogen la fulminó con la mirada.

–La próxima vez que te sientas tentada a citar las opiniones de lady Lyndhurst, podrías recordar que es ella la que nos ha metido a todos en este baile.

Patricia se quedó mirándola, momentáneamente sin habla. Después de un nuevo sollozo, recuperó la voz y dijo:

–No, no es verdad. Nunca tuvo intención de que las cosas resultaran de esta manera. Sólo deseaba ayudarme.

–No tengo tiempo para discutir la cuestión. Lady Lyndhurst tendrá que esperar. Por el momento, tengo cosas más importantes que atender. –Imogen fue hacia la puerta, la abrió y llamó–: ¡Señora Vine! ¿Podría venir de inmediato?

Patricia la miró, desconcertada.

–¿Qué se propone? –preguntó.

–Nada de tu incumbencia –respondió Imogen, enfadada y disgustada–. Ya has causado demasiados problemas. Te sugiero que regreses a casa y procures mantenerte al margen de todo este malicioso juego hasta que todo haya terminado.

–¿Qué piensa hacer?

–Márchate, Patricia. Tengo muchas cosas que hacer antes de casarme esta tarde con tu hermano.

Patricia volvió a prorrumpir en llanto.

–Si Matthias muere mañana al amanecer, usted se convertirá en una viuda muy acaudalada. No es justo.

Imogen dio media vuelta y cruzó la habitación a largas zancadas. Agarró a Patricia de los brazos y la puso de pie de un tirón.

–¿Así que de eso se trata? ¿Estás preocupada por tu hermano sólo porque temes que si mañana lo matan yo heredaré su fortuna y tú te quedarás sin un penique?

Patricia pareció quedar aturdida. Abrió los ojos con asombro.

–No, no quise decir eso –aclaró–. No quiero que le pase nada a mi hermano porque él es todo lo que me queda. Tengo auténtico terror de que puedan matarlo en el duelo.

–¿Ah, sí? –Imogen la miró intensamente a los ojos–. ¿Estás seriamente preocupada por él?

–Si lo que me pregunta es si lo quiero como una hermana debe querer a su hermano, entonces debo reconocer que no. –Patricia retorció el pañuelo entre sus dedos. Su boca se frunció en una amarga mueca–. ¿Cómo podría querer a Matthias si sé que cada vez que me mira ve a su propio pasado infeliz?

–Estoy segura de que eso no es cierto, Patricia. Es posible que cuando llegaras a su casa él se sorprendiera mucho, pero...

–Sabe perfectamente que me aceptó en su casa sólo porque creía que debía cumplir la promesa que le hiciera a papá. ¿Cómo puedo sentir un afecto profundo por él cuando sé que su único objetivo es casarme lo más pronto posible?

–No va a obligarte a contraer matrimonio en contra de tus deseos.

–Papá siempre me dijo que, si ocurría lo peor, Matthias se ocuparía de mí. Pero si muere en el duelo, por fuerza deberé regresar a la casa de mi tío. Y... y mi horrible primo estará allí. Tratará de tocarme y, oh... Dios mío, no puedo ni imaginar lo que sucederá.

–Bueno...

Imogen dio unas palmaditas en el hombro de Patricia con aire ausente, mientras golpeaba con la punta del pie sobre la alfombra.

Patricia se enjugó los ojos.

–¿Qué vamos a hacer?

–Tú no vas a hacer nada. Yo me ocuparé. Buenos días, Patricia.

Imogen la empujó suavemente en dirección a la puerta.

Patricia volvió a secarse los ojos y salió al vestíbulo, caminando entumecida. A pesar de los problemas que había causado, Imogen sintió una súbita oleada de simpatía por ella.

–¡Patricia! –llamó.

–¿Sí?

Patricia se detuvo para mirar hacia atrás. Tenía un aspecto de absoluta desdicha.

–Cuando todo haya terminado, tú y yo tendremos una larga charla. Mientras tanto, no permitas que tus nervios te jueguen una mala pasada. Ya tengo demasiados problemas entre manos.

En ese momento la señora Vine hizo su aparición. Secándose las manos en su delantal, acompañó a regañadientes a Patricia hasta la salida. Luego se volvió, de mala gana, hacia Imogen.

–¿Me necesita, señora?

–Sí, señora Vine. Quiero que envíe un mensaje a la posta de caballos más cercana. Informe al propietario que deseo comprar un atuendo completo de mozo de cuadra. Asegúrese de que la ropa sea la adecuada para alguien de mi talla.

La señora Vine miró a Imogen como si hubiera enloquecido.

–¿Quiere comprar ropa de mozo de cuadra? Pero aquí no tenemos ninguna cuadra. Y, ya que estamos, ningún mozo.

Imogen se obligó a sonreír tranquilizadoramente.

–Pienso ir a un baile de disfraces, señora Vine. Será divertido ir disfrazada de mozo de cuadra.

–Bueno, no es peor que las instrucciones que me dio otro inquilino hace algunos años –dijo la señora Vine, con un tono sorprendentemente filosófico–. Solía mandarme a buscarle trajes de dama. Quería que tuviera todos los accesorios: zapatos elegantes, sombrero, peluca. Todo lo que usaría una verdadera dama.

Imogen sintió un momentáneo interés.

–¿Tuvo como inquilino a un hombre que solía ir a los bailes disfrazado de mujer?

–Oh, no iba a ningún baile vestido de esa forma. Le gustaba ponerse toda esa bonita ropa para usarla aquí, por las noches, para entretener a los amigos que venían a visitarlo. Decía que esas ropas lo hacían sentir más cómodo. Era particularmente afecto a las plumas y a las medias de seda. Sus amigos también venían vestidos con bellos vestidos y sombreros elegantes. Y lo mucho que se divertían, sí señor. Y mi inquilino siempre me pagaba puntualmente.

–No me diga. –Imogen pensó un momento en la cuestión–. Sobre gustos no hay nada escrito, supongo.

–Eso es lo que digo siempre. Mientras me paguen la renta, no me interesa cómo se vistan –dijo la señora Vine y se alejó hacia la cocina arrastrando los pies.

Matthias oyó que se abría silenciosamente la puerta de la biblioteca. Firmó el último de los documentos que ese mismo día había solicitado a su procurador y lo dejó sobre la pila de papeles que tenía sobre su escritorio.

–Sí, Ufton. ¿Qué sucede?

–No es Ufton –dijo suavemente Imogen–. Soy yo.

Matthias dejó la pluma. Levantó la vista y vio a Imogen, recostada contra el marco de la puerta, con las manos en la espalda, sosteniendo el tirador. Llevaba una bata de cretona y unos escarpines de estar por casa. Llevaba el pelo sujeto bajo una cofia blanca. Parecía haber estado acostada.

La anticipación que había estado bullendo en su interior de pronto llegó a su punto máximo. Su esposa. Su Anizamara. Hacía cuatro horas que se había convertido en su mujer, pero ésta era la primera oportunidad que tenían para estar solos desde la sencilla ceremonia. Cuando un hombre se veía obligado a prepararse para una boda y un duelo en veinticuatro horas, se enfrentaba a un asombroso cúmulo de tareas.

–Vuelve arriba, Imogen –dijo, con una sonrisa–. Ya casi he terminado. Dentro de un rato me reuniré contigo.

Ella ignoró su comentario.

–¿Qué estás haciendo? –preguntó.

–Ocupándome de uno o dos asuntillos.

Imogen fue hasta el escritorio y echó una mirada a los papeles que había frente a él.

–¿Qué clase de asuntos? –insistió.

–Los habituales. Redacté algunas instrucciones para los administradores de mi hacienda, hice un par de anotaciones en mi diario, puse en orden mi testamento, en fin, nada de importancia.

–¿Tu testamento? –Sus ojos se llenaron de alarma. Aferró fuertemente las solapas de su bata–. Por todos lo cielos, Matthias, seguramente no piensas que... que...

–No. Confío plenamente en estar de vuelta en casa aun antes de que despiertes. Tu preocupación es conmovedora, amor mío, pero completamente fuera de lugar.

–No está fuera de lugar, Matthias. Me has dicho más de una vez que no sientes inclinación hacia el peligro o las situaciones de riesgo. Eres un hombre de delicada sensibilidad. Sabes muy bien que tus nervios no son muy resistentes.

Matthias sonrió, sintiéndose especialmente alegre.

–Si te sirve de consuelo, se dice que los nervios de Vanneck son aún más débiles que los míos.

–¿Y eso qué significa?

–Que es altamente improbable que aparezca a la hora señalada. Es un cobarde, Imogen.

–Pero no puedes confiar en su cobardía.

–Creo que sí puedo. –Matthias hizo una pausa–. De vez en cuando, mi reputación tiene sus ventajas.

–Pero, Matthias, ¿qué pasa si no estuviera enterado de que tu reputación como Colchester *El Despiadado* se basa en falsos rumores y chismorreos? ¿Qué pasa si se entera de que no eres el hombre que todos creen que eres?

–Pues entonces estaré obligado a confiar en que mis pobres nervios sean lo suficientemente fuertes como para pasar airosamente la prueba.

–Maldición, milord, eso no tiene gracia.

Matthias se puso en pie y comenzó a rodear su amplio escritorio.

–Tienes toda la razón. Es nuestra noche de bodas. Sin duda podemos festejarla con cierta solemnidad.

–Matthias...

–Ya está bien, señora. –La alzó en sus brazos–. Basta de charla sobre duelos. Tenemos asuntos más importantes que tratar.

–¿Qué puede ser más importante? –preguntó ella, enfadada.

–Me parece que me gustaría volver a oírte decir que me amas.

Ella abrió desmesuradamente los ojos.

–Bien sabes que es así –dijo.

–¿Me amas? –preguntó él, llevándola hacia la puerta cerrada.

–Por supuesto que sí. Por todos los cielos, jamás habría consentido en casarme contigo si no fuera así.

–¿Serías tan amable de abrir la puerta? –le preguntó gentilmente.

–¿Qué? Oh, sí, claro. –Ella se inclinó para hacer girar el tirador–. Pero, Matthias, tenemos que hablar. Hay muchas cosas que quiero conversar contigo.

–Sin duda. Pero preferiría hacerlo en la cama.

Traspuso la puerta con ella en brazos y la condujo por el vestíbulo hasta la amplia escalinata. Una sensación de culpa lo sacudió durante unos instantes mientras subía los peldaños alfombrados.

Era perfectamente consciente de que había aprovechado la tensión del momento para presionar a Imogen y obligarla a casarse con él. Imogen estaba aterrorizada por el riesgo que él iba a correr al amanecer. La noche anterior ella había quedado con los nervios destrozados por el ataque de Vanneck. Sus sentimientos se habían convertido en un caos. Habría accedido a cualquier cosa que él le pidiera. ¡Porque lo amaba!

Se había aprovechado desconsideradamente de la situación. Ahora, ya era suya. Pero Matthias sabía que cuando pasara el tema del duelo y la vida volviera a la normalidad, los sentimientos de Imogen harían lo propio.

Matthias temía que ella no estuviera precisamente agradecida por haberla manipulado hasta lograr que se casara con él. Recordó lo que le había dicho en el museo: «pasión y Zamar».

Sería suficiente, se prometió. Debía ser suficiente.

CAPÍTULO XII

Matthias se mantuvo de espaldas hasta que ella estuvo de rodillas sobre él, esperando ansiosa que él cumpliera las promesas que le había hecho con sus manos y su ávida boca. Con la cabeza entre sus piernas dulcemente redondeadas, besó el interior de sus muslos temblorosos. Estaba deslumbrado por la embriagadora fragancia de su deseo. El calor de su húmedo pasadizo quemó sus dedos.

Si ese amanecer ocurría algo terrible, quería que Imogen recordara esa noche durante el resto de su vida.

–Matthias, no. ¡Sí! Cielo santo, no deberías, no debes... Seguramente, ésta es otra de tus secretas técnicas amatorias zamarianas. No puedo soportarlo.

Su voz entrecortada y sus suaves jadeos eran la canción más erótica que Matthias había oído jamás. Sentía que nunca tendría suficiente de esa arrebatadora música. Besó una y otra vez su entrepierna, dirigiendo sus besos hacia los inflamados labios que guardaban la entrada. Los separó suavemente, e inclinó la cabeza para tomar su firme y pequeño brote entre los labios.

–¡Cielo santo, Matthias! –Imogen clavó los dedos en su pelo y se arqueó–. Por favor. ¡Por favor! ¡Sí!

Se estremeció y lanzó un grito.

Matthias sintió que la sangre rugía en sus venas. Levantó la cabeza para contemplar el rostro de Imogen mientras el orgasmo la sacudía.

Nada saldría mal al amanecer, se prometió silenciosamente mientras se erguía para ponerse sobre el cuerpo de Imogen. Tenía que regresar a ella. Nada, ni siquiera los tesoros del antiguo Zamar, eran tan importantes para él.

Imogen se retorcía tanto debajo de él que tuvo que sujetar su cadera con una mano que brillaba, mojada por el licor de Imogen. La mantuvo quieta y empujó hacia dentro dulcemente, presionando contra los músculos tensos que custodiaban la ardiente entrada. Ella se cerró en torno de él. Lo que quedaba de su dominio de sí se hizo añicos.

–Dime que me amas una vez más –susurró roncamente mientras se hundía en ella.

–Te amo. Te amo –dijo Imogen, aferrándose a él en la penumbra de la recámara.

Perdido en su sensual calidez, Matthias se permitió la alegría de nadar en un mar de luz.

Empujó más y más adentro del cuerpo que tan bien lo recibía. Los pequeños espasmos que agitaban a Imogen aún no habían cesado.

Por fin, los estremecimientos que lo sacudieron lo dejaron tambaleante, a medio camino entre el dolor y la euforia. Se quedó sin aliento y bañado en sudor, fatigado y plenamente satisfecho.

Y vivo.

Una vez más, había logrado eludir las garras de los tenebrosos fantasmas del pasado.

Matthias esperó hasta que Imogen cayó en un profundo sueño, exhausta, y se deslizó fuera del calor del lecho. Por la ventana asomaban las primeras luces de un amanecer envuelto en la niebla. La luz espectral reveló a Imogen, hecha un ovillo bajo el cobertor. Su cabellera estaba derramada en cascada sobre la almohada. La pequeña cofia blanca había caído en algún momento de la noche. Sus largas y oscuras pestañas acariciaban su altos pómulos.

El milagro de Imogen volvió a golpearlo con nuevo impacto. Era muy posible que ya llevara un hijo suyo en su seno.

Lo recorrió una nueva oleada de emoción. Esta vez se trataba de un fuerte sentimiento de protección. Se quedó de pie junto a Imogen, contemplándola, mientras crecían en él nuevos fuegos nacidos de los recuerdos de la noche anterior y de imágenes del futuro.

Se le ocurrió pensar que, desde que había conocido a Imogen, pensaba mucho más en el futuro que en el pasado.

Matthias se alejó a disgusto del lecho marital y se dirigió hacia el vestidor. Sonrió levemente al recordar los interminables argumentos, las súplicas y las amenazas que había tenido que escuchar durante toda la noche. Ciertamente era gratificante saber que Imogen no quería que arriesgara su vida, ni siquiera ante la posibilidad de lograr así la venganza que había estado buscando durante tanto tiempo.

Había sentido la tentación de asegurarle que sus nervios eran capaces de enfrentarse con éxito a Vanneck, pero la había resistido. En primer lugar, dudaba de que Imogen le creyera. Estaba convencida de que él era un hombre con sensibilidad muy delicada. No veía razón alguna para desengañarla.

La causa principal de su desazón radicaba en la posibilidad de que Imogen se diera cuenta algún día que su reputación se basaba en hechos reales, no en una ficción. Matthias temía el amanecer del día en que eso ocurriera más de lo que temía el del duelo.

Una vez dentro del vestidor, encendió una vela y recogió sus pantalones. No era necesario despertar a su ayuda de cámara. En situación semejante, ningún hombre necesita una corbata anudada con un intrincado lazo, ni su mejor camisa de linón.

Se vistió con suma destreza y se calzó las botas. Salió del vestidor con la vela en la mano. Se tranquilizó al ver que Imogen continuaba dormida en la ancha cama. Se había tapado la cabeza con el cobertor, pero logró distinguir el contorno de su cuerpo bajo las mantas.

Se propuso estar de vuelta antes de que Imogen despertara.

La casa estaba tan silenciosa como una tumba zamariana. Matthias bajó la escalera. Por el ruido de cascos y ruedas en la calle supo que su cochero había seguido las instrucciones que le había dado oportunamente.

Dejó la vela sobre la mesa del vestíbulo. Tomó su chaqueta del armario ubicado debajo de la escalera, la puso sobre su brazo y abrió la puerta.

Un gris manto de niebla cubría las calles. Apenas lograba distinguir el carruaje, detenido al final de la escalinata de entrada. Los caballos parecían espectros surgidos entre la niebla.

Si la niebla continuara tan cerrada cuando llegara a su destino, tendrían un auténtico problema los dos para distinguir a su rival a veinte pasos. Siempre y cuando Vanneck acudiera a la cita, lo que creía altamente improbable.

A Matthias le había extrañado un poco no recibir mensaje alguno de sus padrinos anunciando la cancelación del duelo. La opinión generalizada de los amigos de Matthias había sido que Vanneck era capaz de huir de Londres antes que enfrentarse en un duelo al amanecer. El hombre no se caracterizaba por su coraje. Pero no había recibido nada.

Matthias levantó la vista hacia su cochero mientras subía los peldaños del carruaje.

–A Cabot's Farm, Shorbolt –indicó.

–Bien, milord. –Shorbolt, protegido contra el frío con varias capas superpuestas y un sombrero calado hasta los ojos, hizo un ademán al joven mozo de cuadra que sostenía las riendas de los caballos–. Vamos, muchacho. Su Señoría tiene prisa.

–Muy bien.

El muchacho, con el rostro oculto bajo una raída bufanda y una gorra deformada, soltó las riendas y, de un salto, se sentó en el pescante, junto a Shorbolt.

Matthias subió al coche y se apoyó en el respaldo del asiento. Shorbolt azuzó a los caballos para que se pusieran en marcha, internándose en la niebla.

Las calles de Londres jamás estaban del todo tranquilas, ni siquiera al amanecer. Elegantes carruajes ocupados por caballeros borrachos que volvían de garitos y burdeles pasaban junto al coche de Matthias. El primero de los carromatos con productos del campo ya iba rumbo al mercado de la ciudad. El último de los recolectores nocturnos, con su carro lleno del contenido de pozos negros, se dirigía a las afueras de la ciudad. De tanto en tanto, el aire llevaba los vahos malolientes que desprendía su carga.

Pero a medida que avanzaban, las populosas y bulliciosas calles fueron dando lugar a campos y praderas envueltos en la niebla. Cabot's Farm no estaba lejos de la ciudad. A lo largo de los años había ganado cierta notoriedad como lugar apropiado para lances de duelo al amanecer.

Cuando Shorbolt hizo un alto junto a un prado, Matthias se asomó y miró por la ventanilla. El paisaje estaba surcado por jirones de niebla, que transformaban los árboles desnudos en esqueléticos fantasmas. En el extremo más alejado del prado cubierto de hierba, se veía la silueta de un carricoche con dos caballos.

A pesar de todo, Vanneck había comparecido. Un frío presentimiento se instaló en las entrañas de Matthias.

El mozo de cuadra saltó del pescante para hacerse cargo de los caballos. Algo cayó al suelo con un ruido sordo.

–¡Eh, ten un poco más de cuidado, torpe gañán! –gruñó Shorbolt–. Has tirado al barro mi juego de herramientas.

–Perdón –dijo el muchacho en voz muy baja.

–No hace falta que des esos botes –continuó Shorbolt con ruda bondad–. No eres tú quien se bate hoy aquí.

–Sí, señor. Ya lo sé. –La voz era apenas audible.

–Su Señoría sabe cuidar de sí mismo. No temas, no será necesario que busques otro empleo esta tarde. Ahora ve y tapa la cabeza de las bestias como un buen mozo. A las pobres criaturas no les hace mucha gracia el ruido de los disparos.

–No se les puede reprochar –murmuró el joven.

Ajeno a la cháchara entre Shorbolt y el mozo de cuadra, Matthias abrió la portezuela y se apeó del carruaje. Del carricoche no bajó nadie. Tenía la capota levantada a causa del frío. Matthias no pudo ver el rostro del ocupante. No había señales de los padrinos de Vanneck. Los caballos continuaban paciendo plácidamente, como si ya llevaran allí algún tiempo.

Estaba buscando su reloj cuando oyó el traqueteo de un coche que se acercaba. Levantó los ojos y pudo verlo entre la niebla. El cochero sofrenó los caballos cerca de donde él se hallaba. Una figura familiar abrió la puerta de golpe y saltó sobre la hierba húmeda.

–Colchester. –Fairfax, alto, delgado y vestido al último grito de la moda, sonrió brevemente mientras se dirigía a Matthias–. Has llegado un poco temprano, hombre. Supongo que estás ansioso por regresar junto a tu esposa, ¿eh?

–Muy ansioso. –Matthias dirigió una mirada a la fina caja de madera tallada que llevaba Fairfax–. Confío en que te has cerciorado de que estén correctamente cargadas.

–No te preocupes. He prestado un cuidado especial a tus pistolas. –Fairfax señaló hacia el coche con un gesto de la cabeza–. Jeremy y yo hemos traído un médico con nosotros, por si es necesario.

–¿Dónde está Jeremy?

–Aquí estoy. –Jeremy Garfield, un hombre de corta estatura y melena rubia, descendió tranquilamente del carruaje–. Buenos días, Colchester, espero que liquides esto rápidamente, así podré volver a casa y meterme de nuevo en la cama. He pasado la noche en vela. ¿Por qué siempre tienen que hacerse estas cosas al amanecer? Una hora impía para esto.

–Es un asunto impío –sugirió Fairfax con buen humor–. Bueno, al menos la niebla se ha disipado lo suficiente como para que Colchester apunte certeramente a Vanneck. Suponiendo que aparezca, lo cual es muy improbable.

Matthias señaló con un movimiento de cabeza al carricoche que se distinguía a la distancia.

–Parece que Vanneck está más ansioso que yo por terminar con este asunto.

A la vista del pequeño carruaje, Jeremy lanzó un bufido.

–Así que finalmente ha hecho acto de presencia. Esto sí que es una sorpresa. ¿Dónde están sus padrinos?

–Sus padrinos me dejaron entender que Vanneck preferiría marcharse de Londres antes que enfrentarse contigo –comentó Fairfax, mirando hacia el carricoche.

–Veamos qué le está reteniendo –dijo Matthias, poniéndose en marcha hacia el carruaje.

–El miedo, seguramente. –Jeremy apresuró el paso hasta ponerse a la par de Matthias–. Todo el mundo sabe que Vanneck carece del mínimo coraje. Es un cobarde hecho y derecho. Debe de haber pasado la noche buscando fuerzas en la botella.

Matthias no respondió. Miró con aire ausente al mozo de cuadra que se dirigía hacia el coche. El muchacho le miraba fijamente por debajo de su maltrecha gorra. Todavía llevaba el rostro cubierto por la bufanda para defenderse del frío del amanecer.

Matthias pensó que el rostro le resultaba familiar. Un escalofrío que no tenía nada que ver con la niebla le hizo estremecer. De pronto tuvo la seguridad de no haber visto nunca en su cuadra a ese mozo. Y había en él algo perturbadoramente familiar, algo que tenía que ver con su postura y la forma de inclinar la cabeza.

–Muy extraño, debo decir –dijo Fairfax.

Matthias, momentáneamente distraído por el pequeño e intrigante enigma del mozo de cuadra, le preguntó:

–¿Qué es lo extraño?

–Todo este asunto. –Fairfax miró a su alrededor–. Jeremy y yo nos encontramos anoche con sus padrinos. Ambos acordaron que, si Vanneck no se marchaba de Londres, estarían aquí para examinar las pistolas.

Matthias oyó a sus espaldas pasos suaves y vacilantes. Miró por encima del hombro, y vio que el mozo de cuadra había dejado los caballos para dirigirse hacia el carricoche de Vanneck.

–¡Eh, tú! ¿Dónde crees que vas, muchacho? –gritó Shorbolt–. Vuelve aquí. Esto no es asunto tuyo.

El mozo se detuvo y dirigió una mirada insegura a Shorbolt. La sensación de familiaridad se ahondó en Matthias. Advirtió la elegante línea de la espalda del joven, visible a pesar de la vieja chaqueta con que se disfrazaba. Por un instante, se negó a dar crédito a sus ojos. Y luego, la incredulidad dio paso a la ira.

–¡Por los cuernos del diablo! –susurró.

Fairfax le miró con el entrecejo fruncido, alarmado.

–¿Sucede algo, Colchester?

–No, nada –respondió, aspirando profundamente. Clavó su mirada en Imogen, dejándole entrever la furia que bullía en su interior. Ella manifestó su sorpresa al ver que él la había reconocido.

–Id tú y Jeremy a hablar con Vanneck, por favor –dijo suavemente a su amigo–. Descubrid qué lo retiene. Quiero aclarar con uno de mis sirvientes un asunto referido a mis caballos.

–Volveremos enseguida –prometió Fairfax–. Vamos, Jeremy. Veamos si ya se ha evaporado el coraje de Vanneck.

Matthias esperó a que ambos estuvieran lejos del alcance de sus palabras para dirigirse a Imogen, que se encontraba de pie detrás de él. Caminó hacia ella con deliberada lentitud, recordándose a cada paso que, sobre todo, era indispensable que mantuviera en secreto su identidad frente a Vanneck y a los demás.

Las llamaradas de ira que lo consumían no sólo tenían que ver con el hecho de que Imogen arriesgara otra vez su reputación; había también un creciente sentimiento de aguda desesperación. Imogen conocería la verdad sobre él si lo veía meterle una bala a Vanneck. Todas sus bellas ilusiones sobre su delicada sensibilidad y debilidad nerviosa se harían añicos de una vez y para siempre.

Imogen retrocedió un paso cuando Matthias la alcanzó. Luego, cruzó los brazos sobre el pecho y alzó la barbilla.

–Matthias, por favor, debía venir contigo –dijo.

–¿Qué demonios crees que estás haciendo? –exclamó él, deseando sacudirla–. ¿Te has vuelto loca? ¿Tienes acaso la menor idea de lo que sucedería con tu reputación si este jueguecito tuyo se llegara a conocer?

–Mi reputación siempre ha sido algo sin importancia para mí, señor.

–Pues bien, para mí la tiene. –Era el único argumento lógico que podía esgrimir en ese momento–. Ahora eres la condesa de Colchester, y puedes estar segura de que te comportarás como la condenada condesa que eres. Sube al coche.

–Pero, Matthias...

–¡Sube al coche!

–No puedo permitir que hagas esto.

–No puedes obligarme.

–¡Colchester! –llamó Fairfax con un grito desde el otro extremo del prado–. Será mejor que vengas y veas esto con tus propios ojos.

–¿Cuál es el problema, por el amor de Dios? –preguntó Matthias, mirando hacia sus amigos con impaciencia.

–Menudo embrollo hay aquí –dijo Jeremy–. Esto lo cambia todo.

–Maldición. –Matthias se volvió brevemente hacia Imogen–. Espérame en el coche.

Salió deprisa, sin molestarse en comprobar si le había obedecido.

Los caballos uncidos al carricoche continuaban mordisqueando tranquilamente la hierba cuando la pequeña comitiva se acercó hasta ellos. Matthias vio que las riendas estaban atadas a una rama rota de árbol. Jeremy tenía una expresión consternada. Incluso Fairfax estaba más serio que de costumbre.

–¿Dónde está Vanneck? –preguntó Matthias cuando llegó hasta el carricoche.

Jeremy carraspeó y se aclaró la garganta.

–Dentro –dijo.

–¿Qué diablos está haciendo? ¿Preparando su testamento?

–No precisamente –respondió Fairfax.

Matthias miró hacia el interior del coche y vio una figura hundida en el asiento. La cabeza de Vanneck estaba caída sobre uno de sus hombros. Tenía los ojos abiertos, mirando sin ver fijamente hacia delante. Llevaba una capa, aunque ya no necesitaba protección contra el frío. La pechera de su camisa estaba empapada de sangre.

–Realmente –dijo Matthias–, espero que haya arreglado la cuestión del testamento.

–Pero ¿quién le ha disparado? –preguntó Imogen cuando el coche de Colchester partió de Cabot's Farm. Se preciaba de dominar sus nervios, pero debía reconocer que el desconcertante devenir de los acontecimientos y las emociones que había vivido en las últimas horas la habían sacudido.

–¿Cómo diablos voy a saberlo? –respondió Matthias, recostado en uno de los extremos del asiento, mientras contemplaba a Imogen con mirada reflexiva–. Dada su desagradable personalidad, sospecho que los candidatos son numerosos. Le enviaría un ramo de flores si conociera su identidad.

–Quienquiera que haya sido estaba enterado del duelo. El asesino se tomó el trabajo de conducir el coche de Vanneck hasta Cabot's Farm y dejarlo allí para que tú lo descubrieras.

–La lista de gente que estaba enterada del duelo incluye sin duda a media aristocracia.

–Pero ¿por qué dejaría alguien el cuerpo de Vanneck en la escena del duelo?

–Fairfax tiene una hipótesis al respecto –respondió Matthias, encogiéndose de hombros–. Sospecha que Vanneck fue atacado por un salteador de caminos poco después de arribar a Cabot's Farm. Jeremy concuerda con él. Es una especulación tan válida como cualquiera.

–Un salteador de caminos. Supongo que es una posibilidad.

–Una posibilidad digna de consideración.

Imogen pareció reflexionar sobre ello.

–Todo parece tan extraño...

–Es cierto. Casi tan extraño como que la flamante esposa de uno tenga cierta inclinación a disfrazarse de mozo de cuadra.

–Realmente, Matthias –dijo Imogen, parpadeando–, eso es una niñería comparado con el asesinato de Vanneck.

–No lo es para mí.

–No logro entender cómo puedes preocuparte por un incidente tan trivial cuando nos enfrentamos con algo tan extremadamente serio y enrevesado.

–Te sorprendería ver cómo puedo concentrarme en lo trivial –dijo Matthias con una voz cargada de veladas amenazas–. Tengo un gran talento para eso.

Imogen sintió que la recorría una oleada de simpatía hacia él.

–Me doy perfectamente cuenta de que has tenido que pasar por demasiadas peripecias esta mañana. Ambos lo hemos hecho. Debo confesar que mis propios nervios se han visto alterados. Es totalmente comprensible que usted, con su naturaleza más ansiosa, esté trastornado por lo ocurrido. Sin embargo...

–¿Trastornado? –Matthias hizo un gesto sutil con su mano enguantada que semejó el movimiento de la garra de un felino–. Eso no sirve ni para empezar a describir mi actual estado de ánimo. Por si acaso no lo has advertido, estoy condenadamente furioso.

–¿Furioso? –repitió Imogen, parpadeando.

–Parece que no tienes idea del daño que podrías haber causado. Por suerte, sólo mi cochero ha notado que no eras el mozo de cuadra y, como desea conservar su empleo, mantendrá la boca cerrada. Pero tuvimos la suerte de que tanto Fairfax como Jeremy Garfield quedaran tan estupefactos al ver el cadáver de Vanneck que no prestaron atención al hecho de que ibas vestida para un baile de disfraces.

–Matthias, por favor...

–Y más aún, afortunadamente Vanneck estaba ya muerto y sus padrinos no aparecieron. No me atrevo a imaginar el chismorreo, si hubieras sido descubierta.

Finalmente, Imogen pareció comprender.

–¿De manera que ése es el problema?

Matthias le dirigió una mirada mordaz.

–¿No crees que tu tendencia a despilfarrar tu reputación representa un problema?

Imogen se volvió para mirar por la ventanilla. Trató, sin éxito, de ocultar el dolor que le habían provocado sus palabras.

–Cuando decidiste casarte conmigo sabías muy bien que no me interesan las apariencias ni lo que pueda opinar la gente. Más aún, creía que a ti tampoco te importaban mucho esas cosas.

–¡Maldición, Imogen, esto es ir demasiado lejos!

Enfadada y dolida, se giró para enfrentarse con Matthias.

–Si lo que realmente buscabas era una esposa que se adecuara a la idea que tiene la nobleza de lo que representa ser una digna condesa, no deberías haberte desposado con Imogen, *La Impúdica.*

–¡Por todos los diablos, la única esposa que quiero eres tú! –exclamó Matthias, moviéndose con tal rapidez que Imogen no pudo advertir sus intenciones hasta que vio cómo le sujetaba la muñeca con la mano. De un tirón la apartó del asiento y la apretó contra su pecho.

–¡Matthias!

Éste la abrazó con brazos que parecían de hierro.

–Lo que has hecho hoy ha afectado mis nervios mucho más que la perspectiva de enfrentarme a Vanneck. ¿Puedes comprenderme?

–Pareces preocuparte sólo por mi reputación, milord.

–¿Te parece tan extraño que a un hombre le moleste que su esposa asista a un duelo?

–Lo sabía –dijo Imogen, mientras sus ojos se llenaban de

lágrimas–. Deberías haberte casado con una dama más adecuada. Ambos estamos condenados, y en gran parte es culpa tuya. Traté de advertirte.

–¿Condenados?

–¡Oh, deja de interrumpirme, Colchester! Ya he tenido bastante con tus lamentables conferencias. –Hurgó infructuosamente en los bolsillos de los pantalones de su disfraz, en busca de un pañuelo–. Te has encadenado de por vida a una mujer que lo único que hará será exponerte al escándalo y la humillación.

Matthias sacó un blanco pañuelo de linón del bolsillo y se lo puso a Imogen en la mano.

–No son el escándalo o la humillación lo que temo.

–Oh, sí, lo son. Acabas de admitirlo. Me dijiste que teníamos en común la pasión y Zamar, pero, obviamente, no es suficiente. –Imogen se sonó con el pañuelo–. Ni remotamente suficiente.

–Imogen, tú no entiendes.

–Soy plenamente consciente de que debo asumir parte de la culpa en este desastre. Debería haber tenido el coraje y la sensatez suficiente para rechazar tu ofrecimiento. Pero dejé que mi corazón se impusiera sobre mi cabeza, y ahora debo pagar el precio.

–Entonces, ¿te arrepientes de nuestro casamiento? –preguntó él, endureciendo la mirada.

–Como le he dicho, milord, estamos condenados. Tan condenados como el antiguo Zamar.

–¡Ya está bien! –exclamó Matthias, asiéndola por los brazos–. Te mentí cuando dije que temía por tu reputación.

Imogen alzó la mirada hacia él con cautela.

–¿Qué quieres decir?

La mandíbula de Matthias parecía estar tallada en piedra.

–Escúchame bien, Imogen –dijo–, porque voy a explicar esto una sola vez. Me vi obligado a retar a duelo a Vanneck después de lo que te hizo. No tuve elección. Pero la verdad es que creía que era demasiado cobarde para presentarse a la cita. Estaba razonablemente seguro de poder volver a casa con la noticia de que no había habido duelo.

–Comprendo –repuso ella con el entrecejo fruncido.

–Para ser sincero, pensé que era un plan inteligente. Había previsto que a raíz de ese desafío Vanneck se vería forzado a abandonar Londres y habría caído en desgracia ante la sociedad, tal como tú deseabas. Todo podría haberse arreglado sin riesgo alguno para tu persona.

–¡Cielo santo! –exclamó Imogen, impresionada–. Era realmente un plan muy astuto.

–Pero, al ver el coche de Vanneck, supe que mi plan había fracasado. Vi que debía seguir adelante con el duelo. Fue cuando descubrí que estabas allí, disfrazada de mozo de cuadra. Me enfrenté a la perspectiva de la muerte y a un gran escándalo a la vez y... bueno, me temo que tenías razón. Ha sido demasiado para mis pobres nervios. Perdí los estribos.

–Muerte y escándalo –murmuró Imogen, ablandándose inmediatamente–. ¡Oh, Matthias, te entiendo perfectamente! Debería haber tenido en cuenta todo lo que tenías en la cabeza. –Consiguió esbozar una débil sonrisa–. Debo reconocer que yo misma he estado algo más que ansiosa los dos últimos días.

–Si a Lucy la mató realmente Vanneck –dijo Matthias, acariciándole la mejilla–, ya ha sido vengada. Todo ha terminado, Imogen.

–Sí, eso parece. –La comprobación de ese hecho le pareció extraña, casi irreal. Había convivido tanto tiempo con el deseo de vengar a Lucy que le resultaba difícil aceptar que la venganza, en forma de un salteador de caminos, había sido llevada a cabo–. Jamás tuve, no obstante, la intención de que arriesgaras la vida para castigar a Vanneck.

–Lo sé.

Matthias la rodeó con sus brazos y la atrajo hacia sí.

–Quería protegerte.

–Estoy bien a salvo, querida.

–Pero estuviste muy cerca de no estarlo.

–En realidad, no tanto.

–Sí, lo estuviste –insistió ella–. Por lo que sabemos, Vanneck tuvo intención de acudir a la cita. Después de todo, su coche estaba en Cabot's Farm. Debería proponerse...

–Calla –dijo Matthias, rozándole los labios con los suyos–. Nunca sabremos qué se proponía, y ya no tiene importancia. Como dije, todo ha terminado.

Imogen se disponía a discutir ese punto, cuando el coche se detuvo frente a la casa.

–Milord, hemos llegado –anunció el cochero.

–Si tenemos suerte, aún estarán todos durmiendo y podremos volver tranquilamente a la cama –dijo Matthias–. Con gusto me echaría un sueñecito para restaurar mis nervios destrozados.

–Quizás una taza de té contribuya a calmarte. –Imogen miró por la ventanilla y vio que la puerta de entrada estaba abierta. Por ella apareció Ufton–. ¡Oh, no!

Ufton no estaba solo. Tras él formaban fila dos lacayos, la cocinera, el ama de llaves y una doncella. Todos mostraban en sus rostros una visible ansiedad plena de presagios mientras aguardaban el descenso de los ocupantes del carruaje.

–¡Cielos! –dijo Matthias cuando uno de los lacayos se aproximó al coche para abrir la portezuela–. Todo el mundo parece estar levantado.

Patricia apareció mezclada con el grupo de sirvientes. Imogen vio la expresión de temeroso presentimiento con que aguardaban que se abriera la puerta del coche.

–Su hermana, evidentemente, siente gran preocupación por su bienestar, milord –dijo Imogen con cálida satisfacción–. Sabía que así sería.

–Creo que es más probable que esté preocupada por su asignación económica y por el techo en el que se cobija. Está claro que temía verse obligada a volver a la casa de su tío si yo llegaba a sucumbir en el duelo esta mañana en Cabot's Farm.

Imogen frunció el entrecejo con mirada reprobatoria.

–Matthias, eso no es justo. Eres su hermano, y es muy natural que se sienta preocupada.

Mientras se apeaba del coche, Matthias le dirigió una mirada de burlona incredulidad.

–¡Matthias! –exclamó Patricia, apresurándose a bajar la escalinata–. ¿Está bien?

–Por supuesto que estoy bien. ¿Acaso parece que no lo estoy?

–Bueno, no –reconoció ella, deteniéndose, incómoda. Sus ojos fueron de Matthias a Imogen, sentada aún dentro del carruaje. Se mordió los labios y se volvió hacia su hermano–: Yo... oí los rumores. Estaba muy preocupada.

–¿Lo estabas? –preguntó cortésmente Matthias.

Patricia parecía estar a punto de quebrarse.

Imogen le dedicó una tranquilizadora sonrisa a través de la ventanilla del coche.

–Estoy segura de que si mi tía estuviera aquí –dijo–, diría que, dadas las circunstancias, sería más que correcto que dieras un gran abrazo a tu hermano, Patricia. A él no habrá de molestarle una pequeña demostración de afecto fraternal, aunque estén presentes los sirvientes, ¿no es así, Matthias?

–¿A qué demonios te refieres? ¡Uughh! –se interrumpió bruscamente Matthias cuando Patricia lo rodeó con sus brazos y le dio un rápido apretón.

–Me hace muy feliz ver que no lo han matado, señor –dijo Patricia con la voz sofocada por tener la cabeza hundida contra la chaqueta de Matthias.

Se apartó de él antes de que pudiera responderle, parpadeando repetidas veces con actitud avergonzada.

Por su parte, Matthias pareció estar completamente desconcertado, pero recobró la compostura con su aplomo habitual y echó una fiera mirada a la servidumbre allí reunida.

–¿No tienen nada que hacer? –preguntó.

–Por supuesto que sí, milord –murmuró Ufton–. Pero antes debo decir, en representación de todos nosotros, que nos sentimos sumamente complacidos viendo que goza usted de tan... de tan...

–¿Tan excelente salud? –completó secamente Matthias–. Gracias. Pero no comprendo a qué se debe tanto alboroto. Cualquiera puede llevar a su flamante esposa a dar un paseo matinal sin provocar tanta preocupación entre el personal.

Ufton se aclaró la garganta y dijo:

–Sí, milord. No habíamos advertido que lady Colchester lo había acompañado.

–Por supuesto que lo he acompañado –dijo Imogen, mientras Matthias la ayudaba a apearse del coche–. Soy muy madrugadora.

Ufton y los otros observaron, atónitos, la extraña figura de su ama disfrazada de mozo de cuadra.

Imogen dirigió una sonrisa radiante a la pequeña multitud reunida en la escalinata.

–Juro que estos vivificantes paseos matutinos abren el apetito, sí, señor. ¿Está preparado el desayuno?

CAPÍTULO XIII

–Acabo de oír un rumor muy divertido, Colchester –dijo Alastair Drake mientras se dejaba caer en una silla frente a la ocupada por Matthias.

Había de ser Drake el que trajera la primera ola de rumores, pensó Matthias. Alastair era socio de la Sociedad Zamariana, pero hasta hacía muy poco Matthias no lo había tenido en cuenta, ya que lo consideraba uno de los muchos diletantes que se bañaban en las aguas de la ciencia del antiguo Zamar por puro esnobismo.

Sin embargo, cuando descubrió la pasada relación entre Alastair e Imogen, la actitud de Matthias hacia él pasó del completo desinterés al desprecio total. Lo cual, en sí mismo, no quería decir mucho. Matthias sentía un profundo desagrado por todos aquellos que destacaban en los crueles y despiadados juegos de la nobleza.

–No suelo prestar oídos a las habladurías –dijo Matthias, sin levantar la vista del *Morning Post*–. Las considero inexactas y aburridas.

Faltaba poco para las once de la mañana, una hora temprana para las costumbres en boga entre la alta sociedad. El club estaba en calma. Hasta la llegada de Alastair, los únicos sonidos que se oían eran los de la porcelana y la platería, cuando se servía el té o el café a los pocos audaces que se aventuraban a salir a esa hora. La mayoría de los caballeros presentes en el club no había regresado aún a sus casas, tras toda una noche de recorrer burdeles y garitos, bebiendo hasta cerca del amanecer. Estaban allí, tratando de despejar sus doloridas cabezas a causa de los excesos. Había otros que estaban empezando a vislumbrar entre vagas imágenes las fortunas perdidas en las mesas de juego.

–En realidad, son dos los rumores que flotan sobre el Támesis esta mañana –continuó Alastair–. El primero dice que ayer se casó con la señorita Waterstone gracias a una licencia especial.

–Eso no es un rumor –dijo Matthias, mirándolo brevemente–. Hay un anuncio en el *Morning Post*.

–Entiendo. –La mirada de Alastair era inescrutable–. Mis felicitaciones.

–Gracias –dijo Matthias, y volvió a su periódico.

–El segundo rumor es casi tan sorprendente como el primero.

Matthias no hizo ninguna pregunta sobre ese segundo rumor. Sabía que Alastair sería incapaz de resistirse a contarlo.

–Se dice que Vanneck ha sido retado a duelo y que éste iba a tener lugar hoy al amanecer –dijo Alastair.

–No me diga.

Matthias volvió la página. Sólo cabía esperar que el nombre de Imogen no apareciera vinculado con el asunto.

–Se dice también que Vanneck acudió a la cita.

–Asombroso.

–Tal vez lo más asombroso es que el duelo se llevó a cabo antes de que llegaran los padrinos. Muy raro. –Alastair hizo una breve pausa–. Aparentemente, Vanneck no salió vivo del lance.

Diablos, pensó Matthias. Así que los chismes han corrido en esa dirección. Al menos, no aparece mencionada la presencia de Imogen.

–En el transcurso de un duelo pueden ocurrir cosas como ésa.

–Oh, sí, claro. Especialmente cuando no hay testigos que puedan confirmar que se respetaron las reglas. Se dice que dispararon al pobre Vanneck antes de que se apeara de su carricoche. Aparentemente, su contrincante no quería arriesgar el resultado.

Matthias aceptó las conclusiones inevitables de lo que acababa de oír con algo parecido al alivio. Había estado tan preocupado con la reputación de Imogen, que había olvidado la propia. En lo concerniente al mundillo de la nobleza, Colchester, *El Despiadado* había vuelto a asestar un golpe.

Los rumores de que había disparado contra Vanneck a sangre fría serían un caldo de cultivo propicio al escándalo durante algunos días, pero en poco tiempo terminarían por desvanecerse. No había pruebas al respecto, y era poco probable que nadie estuviera tan afligido por la muerte de Vanneck como para mantener el tema en el candelero durante mucho tiempo. Volverían a poner sobre el tapete todas las viejas historias de Colchester, *El Despiadado.* En el pasado, Matthias había sobrevivido a tales habladurías. Volvería a hacerlo. Lo importante era que Imogen no fuera obligada a soportar más chismorreo malicioso. Ahora, él era su marido. Tenía el derecho, y el deber, de protegerla.

Alastair aguardó un instante, con la mirada ávida de especulación. Luego suspiró y se puso de pie.

–Veo que no está muy interesado en las noticias que traigo, Colchester, así que lo dejo con su periódico. Por favor, transmita mis saludos a la nueva lady Colchester.

–Le transmitiré sus felicitaciones, Drake.

Matthias pasó la página y mandó mentalmente al infierno los buenos deseos de Alastair.

No tenía la menor intención de mencionárselo a Imogen. Todavía no estaba del todo seguro acerca de los sentimientos de ella hacia Alastair. No mostraba señal alguna de mantener viva ninguna llama, pero no tenía sentido buscarse problemas.

Matthias no dobló el periódico hasta que Alastair abandonó el salón de café. Cuando estuvo seguro de que volvía a estar solo frente al fuego, lo arrojó sobre una mesa cercana. Apoyó los codos sobre los laterales del sillón, juntó los dedos y clavó la mirada en las cambiantes llamas.

Imogen le había jurado amor, pero Matthias sabía que no

podía confiar demasiado en eso. Después de todo, él prácticamente la había sometido a chantaje en un momento en el que ella había temido por su vida. Él tenía el suficiente conocimiento del mundo como para saber muy bien que las emociones intensas solían estimular a la gente a proclamar declaraciones violentas y temerarias. Si Imogen descubría la verdad sobre él, o quizá debería decir cuando lo hiciera, muy bien podría volverse en su contra.

Miró fijamente el fuego del hogar y vio los viejos fantasmas, sonriéndole con sus bocas espectrales. Sabía lo precaria que era su recién descubierta felicidad y con qué facilidad podía ser destruida. Y entonces, cuando todo se derrumbara a su alrededor, cuando fuera obligado a retroceder en las sombras, estarían allí, esperándolo.

Cerró los puños sobre el apoyabrazos de su sillón. Todavía existía la pasión, se dijo. Y todavía estaba Zamar. Quizá demostraran ser suficientes.

Quizá no.

Todavía seguía con la mirada perdida en el fuego, cuando oyó que Fairfax lo llamaba desde el otro extremo de la habitación.

–¡Colchester! Sabía que te encontraría aquí. –La expresión de constante alegría que animaba el rostro de Fairfax estaba ahora oscurecida por una o dos arrugas de preocupación. Se sentó frente al fuego–. ¿Pasa algo malo?

–No –respondió Matthias, alzando los ojos–. ¿Por qué lo preguntas?

–Me ha parecido notar una extraña expresión en tu rostro, eso es todo. –Fairfax se calentó las manos en la chimenea–. No tiene importancia. Sólo he venido a contarte los rumores que circulan por todo Londres sobre la muerte de Vanneck.

–Ahorra saliva. Ya los he oído. Ya irán desapareciendo poco a poco.

–Podría ser así como dices –dijo Fairfax, aclarándose la garganta–. En circunstancias normales.

–¿Qué es lo que convierte las actuales circunstancias en anormales?

–La nueva lady Colchester –dijo sucintamente Fairfax. Se inclinó hacia Matthias y bajó la voz, aunque no había nadie cerca que pudiera oírles–. No tengo intención de decirte cómo debes manejar tus asuntos personales, pero ¿has pensado cómo reaccionará ella cuando oiga esta historia en particular?

Con demasiada demora se hizo la luz en la cabeza de Matthias. Él había advertido a Imogen que no reconociera ante nadie que estaba enterada del duelo y mucho menos que lo había acompañado hasta Cabot's Farm. Pero no le había indicado cómo debía reaccionar si oía que otras personas comentaban los rumores acerca del duelo.

El problema con Imogen era que se debía ser extremadamente explícito con las instrucciones que se le dieran. Tenía una fuerte tendencia a las salidas inesperadas.

Se apoyó en el sillón para ponerse de pie.

–Discúlpame, Fairfax, pero debo ir a casa. Quiero tener una conversación con mi esposa.

–Me temo que es un poco tarde para una charla matinal.

–¿A qué te refieres?

Fairfax le dedicó una sonrisa que era a la vez de simpatía y de diversión.

–He pasado por tu casa antes de venir hasta aquí. Tu mayordomo, Ufton, me comentó algo acerca de que lady Colchester acababa de salir de compras.

–¡Santo Dios!

Vislumbrando las horrendas posibilidades que se abrían ante esa noticia, quedó momentáneamente transfigurado.

–Sólo cabe esperar que el chismorreo no haya llegado aún hasta las damas de la sociedad. –Fairfax sacó su reloj y miró la hora–. Mientras estamos hablando, ya estarán circulando por Oxford Street y Pall Mall.

–¿Que no haya llegado hasta las señoras? ¿Estás loco? –A grandes zancadas, Matthias fue hacia la salida–. Las habrán recibido junto al chocolate de la mañana.

–¡Me preocupé tanto cuando vi que Matthias se había marchado antes de que nadie se levantara! –confió Patricia a Imogen, mientras caminaba a su lado–. Estaba segura de que lo matarían. Me parece que tendré pesadillas sobre este asunto durante varias semanas.

–Tonterías. Ya está zanjado, y cuanto menos se hable de ello mejor. –Imogen se dio cuenta de que los hechos de esa mañana habían establecido un nuevo vínculo entre Patricia y ella. Dedujo que no era para sorprenderse. Después de todo, ambas se preocupaban por Matthias–. Recuerda lo que dijo Colchester: debemos actuar como si no hubiese ocurrido nada fuera de lo común.

–Comprendo. Pero todavía no entiendo por qué estabas con él. Y todavía menos por qué ibas vestida como mozo de cuadra.

–Fui allí para asegurarme de que el duelo no se llevara a cabo, por supuesto –explicó Imogen–. No podía permitir que Colchester arriesgara su vida por mí.

–Pero ¿qué suponías que podías hacer para detenerlo?

–Había pensado varios planes –aseguró Imogen–, pero, tal como sucedieron las cosas, no tuve necesidad de poner en práctica ninguno.

–Y sólo porque un salteador de caminos o un bandolero disparó a Vanneck. –Patricia se estremeció–. ¡Qué asunto más raro!

–Muy extraño. Pero no pienso lamentar su muerte.

–Imogen...

–¿Sí?

–Gracias –susurró Patricia.

Oxford Street presentaba un animado aspecto. Era casi mediodía, hora clave para la seria tarea de salir de compras. Damas elegantemente ataviadas se paseaban de un escaparate a otro en busca de la última moda, seguidas por doncellas y lacayos cargados de bolsas y paquetes.

–Lady Colchester. –Una mujer de mediana edad, vestida con un costoso traje y un casquete muy a la moda sonrió a

Imogen fríamente. Sus pequeños ojos brillantes tenían una expresión ávida y curiosa–. Felicidades por su reciente boda, señora. He visto el anuncio en el periódico de la mañana.

–Gracias, lady Benson –respondió Imogen, disponiéndose a seguir su camino.

–He oído también que a un conocido suyo le ha ocurrido algo sumamente trágico –continuó rápidamente lady Benson–. Esta mañana, muy temprano, han encontrado muerto de un disparo a lord Vanneck. ¿Ha oído algo al respecto?

–Lo siento. No sé nada de nada. Deberá disculparme, lady Benson, pero no tengo mucho tiempo. –Imogen arrastró a Patricia hasta la siguiente tienda–. Tenemos cita... con... uh... –alzó los ojos hacia el pequeño letrero de madera que colgaba en la entrada–, con madame Maud. Una modista excelente, como sabe. Espero verla esta noche.

–Por supuesto. –Lady Benson entrecerró los ojos–. Colchester y usted serán sin duda la atracción principal de las fiestas más importantes que se realicen esta noche. Tal vez podamos conversar más tarde.

–Tal vez.

Imogen empujó a Patricia hacia el interior de la tienda de la modista. Sintió alivio cuando comprobó que no había clientes en el pequeño establecimiento.

–No tenemos ninguna cita con madame Maud –susurró Patricia.

–Bien lo sé. –Imogen se volvió para espiar por el cristal del escaparate–. Pero no quería enredarme en una larga conversación con lady Benson. Es una chismosa de las que pueden sacar a Colchester de sus casillas.

–Sí, ya lo sé –replicó Patricia en voz baja–. Lady Lyndhurst la ha mencionado. Imogen, ¿dónde está la propietaria de esta tienda? Aquí no hay nadie.

–Madame Maud debe de estar en el probador con alguna clienta. –Imogen dejó escapar un suspiro de alivio al ver que lady Benson seguía su camino calle abajo–. Bien. Se ha marchado. Ya podemos ir a la tienda de guantes. Pongámonos en marcha. Quiero detenerme en la librería antes de volver a casa.

En ese momento, se oyó una estridente voz de mujer que llegaba desde el fondo del salón, que exclamaba.

–¡No me digas que Colchester ha asesinado a Vanneck a sangre fría, Theodosia! ¡No puedo creerlo!

–Por algo le llaman Colchester, *El Despiadado,* Emily –respondió Theodosia en un tono de mórbida excitación–. Personalmente, sólo puedo asegurarte que es perfectamente capaz de matar a un hombre. Has de haber oído los rumores sobre la misteriosa muerte de Rutledge.

–Bueno, sí, por supuesto. La maldición de Rutledge y todo eso. Pero, Theo, Jonathan Exelby fue muerto hace años, y Rutledge murió allá en Zamar. Este asunto con Vanneck ha ocurrido esta misma mañana, en las afueras de la ciudad.

–Conozco a Colchester mejor que nadie, y puedo asegurarte que... ¡ay! Tenga cuidado con esos alfileres, Maud. Acaba de pincharme.

–Perdón, señora –mascullό la modista.

–Se dice que Colchester es un excelente tirador –observó Emily, pensativa–. ¿Por qué iba a matar a Vanneck antes del duelo? ¿Por qué no esperar y matarlo frente a los testigos adecuados?

–¿Quién puede saberlo? Tal vez tuvieron una discusión antes de que llegaran los padrinos –dijo Theodosia–. Una cosa es segura: nadie condenará a Colchester por sus crímenes. Es demasiado maquiavélico y listo para eso.

–Y es conde –señaló Emily con pragmatismo–. Hablando de maquiavelismo, me pregunto cuál es el verdadero juego que está llevando con Imogen, *La Impúdica.* El compromiso tenía un cierto sentido. Todos sabían que no se detendría ante nada para conseguir algún objeto zamariano valioso, pero, ¿casarse?

–Un matrimonio no tiene por qué durar eternamente –dijo Theodosia, sombría–. No es tan difícil asesinar a una esposa.

Ya era demasiado. Imogen sintió crecer una furia helada en su interior.

–¿Cómo se atreven a hablar de Colchester de esa forma? –murmuró, indignada.

Patricia lanzó una mirada incómoda al cortinaje que separaba el probador de la parte delantera de la tienda.

–Quizá deberíamos marcharnos –sugirió.

–No antes de que cambie algunas palabras con Theodosia Slott –dijo Imogen, rodeando el mostrador y dirigiéndose hacia el probador a grandes zancadas.

Patricia se apresuró a ir tras ella.

–Espera, Imogen. No estoy segura de que mi hermano apruebe tu conducta. Sabes muy bien que nos advirtió que no debíamos hablar con nadie de este asunto.

–Esta provocación ha ido demasiado lejos –dijo Imogen.

Apartó la pesada cortina y entró. La recibieron tres ahogadas exclamaciones de sorpresa.

Theodosia estaba de pie frente a un espejo. Su amiga, Emily, estaba sentada a su lado, observando, mientras Theodosia se probaba un vestido de fiesta.

Madame Maud, mostrando una expresión desolada, estaba arrodillada a su lado, marcando el dobladillo del traje de su clienta.

–Un momento, *s'il vous plait*, señora –dijo la modista, con la boca llena de alfileres.

–No tengo prisa –respondió Imogen, encontrando la desconcertada mirada de Theodosia en el espejo–. Simplemente querría corregir a la señora Slott. Está difundiendo falsa información.

–Señorita Waterstone –musitó Theodosia, después de abrir y cerrar la boca con consternación–. Quiero decir, lady Colchester. No la he oído entrar.

–Eso es obvio –barbotó Imogen–. Estaba demasiado ocupada desparramando mentiras y falsedades acerca de mi esposo.

–Creo que deberíamos irnos –dijo Patricia, tirando de su

manga. Imogen la ignoró. Se volvió hacia la amiga de Theodosia–. Tenga usted buenos días, señora Hartwell.

–Buenos días, señorita... bueno, lady Colchester –respondió Emily Hartwell con una débil sonrisa–. Felicitaciones por su boda.

–Gracias –replicó Imogen, volviendo a clavar los ojos en el reflejo de los de Theodosia–. Ahora, veamos todas esas mentiras sobre Colchester.

–¡No son mentiras! –exclamó Theodosia, repuesta de su confusión inicial. Alzó la barbilla, desafiante–. Nunca podrá probarse, pero cualquiera que conozca el carácter de Colchester sabe que es más que probable que haya disparado al pobre Vanneck antes de que el duelo se formalizara.

–Eso es un completo disparate, señora Slott –dijo Imogen–. Ha habido testigos que han presenciado todo este asunto, y estarán complacidos de confirmar la inocencia de mi esposo, si fuera necesario.

Emily lanzó una exclamación ahogada. Se llevó las manos a la garganta y dijo:

–No sabía que había testigos.

–Imogen, por favor, debemos irnos. –Patricia parecía desesperada–. Una cita previa, comprenden.

–Un momento, Patricia. –Imogen miró a Theodosia fijamente–. No será necesario que nadie atestigüe a favor de la inocencia de Colchester, porque la sola idea de su culpabilidad es completamente descabellada.

–No esté tan segura de eso, lady Colchester –replicó Theodosia–. Todo el mundo sabe que su esposo tiene fama de ser muy peligroso.

–Theodosia, por favor, ¿qué estás diciendo? –exclamó Emily, horrorizada–. Colchester se pondrá furioso si se entera de que estás acusándolo de asesinato. Debes tener cuidado.

–Sí, señora Slott –convino Imogen, muy suavemente–. Le recomendaría que fuera extremadamente prudente con lo que dice.

Theodosia parpadeó varias veces. Una sombra de inseguridad reemplazó a la cólera divina que inflamaba su mirada. Echó a su amiga una breve mirada de incomodidad.

–No estoy haciendo ninguna acusación –dijo–. Sólo estoy comentando lo que es evidente.

–¿No me diga? –Imogen se colocó las manos sobre las caderas y comenzó a golpear el suelo con la punta del pie–. No alcanzo a ver qué es lo evidente, salvo, naturalmente, que usted tenía tantas razones para disparar a Vanneck como cualquier otra persona. Y muchas más que la mayoría.

–¿Qué? –preguntó Theodosia, abriendo la boca con expresión escandalizada.

–No puedes hablar en serio –dijo Emily a Imogen, horrorizada.

La modista quedó paralizada, con su boca llena de alfileres.

–Imogen –susurró desesperadamente Patricia–. Por favor, vámonos.

Antes de que nadie pudiera moverse, se oyó una voz familiar desde la parte delantera de la tienda.

–Por favor, continúe, lady Colchester –murmuró Selena, mientras entraba al probador–. Estoy impaciente por saber por qué Theodosia mató a Vanneck antes del duelo.

–Lady Lyndhurst –musitó la modista, ya casi frenética–. Un momento, por favor.

Todas se volvieron para mirar a Selena.

–Yo no maté a nadie –se lamentó Theodosia.

–Yo no digo que haya disparado Theodosia a Vanneck –aclaró Imogen, frunciendo el entrecejo–. Sólo señalo que como mucha gente, tenía una gran cantidad de razones para hacerlo. Dadas las circunstancias, debería ser más cuidadosa cuando se trata de hacer acusaciones.

–Yo tampoco he dicho que Colchester asesinara a Vanneck –gritó Theodosia–, sino que «podría» haberlo hecho. Eso es todo.

–¿Por qué razón podría Theodosia haber disparado a

Vanneck antes del duelo? –preguntó Selena a Imogen, sonriendo casi imperceptiblemente.

–Para que pareciera que Colchester lo había asesinado a sangre fría –respondió tranquilamente Imogen.

El rostro de Theodosia se convulsionó de rabia.

–¿Por qué iba a hacer yo semejante cosa? –exclamó.

Imogen se mordió los labios y pareció reflexionar sobre la pregunta.

–Porque quizás esperaba que las habladurías que surgieran a continuación hicieran que Colchester se marchara de Londres.

–¿Qué quiere decir con eso? –preguntó Theodosia.

–Para usted debe de ser bastante embarazoso tener a Colchester rondando cerca, ¿no es así, Theodosia? Después de todo, siempre se corre el riesgo de que, cada vez que se muestra en sociedad, haga conocer la verdad.

–¿Cuál es esa verdad, Imogen? –preguntó Selena, alzando una ceja.

–Bueno, pues que Theodosia ha estado viviendo durante años en la más absoluta falsedad –respondió Imogen–. Nadie se batió a duelo por ella. Su amigo, el señor Exelby, fue a América a probar fortuna después de ser atrapado haciendo trampas con los naipes en El Alma Perdida. Y en cuanto a ese disparate de Colchester intentando ocupar el lugar de Exelby en su lecho, bueno, pues es absurdo.

Theodosia la miró con odio.

–¿Cómo se atreve a sugerir que he estado mintiendo a mis amigos? –preguntó.

–La única persona que podía desear que se conozca la verdad es el propio Colchester –continuó Imogen–. No puede correr ese riesgo, ¿verdad, Theodosia?

–¿Qué pretende insinuar? –insistió Theodosia.

–En tanto él se mantenía apartado de la alta sociedad, su secreto estaba a salvo. Pero Colchester decidió volver a los círculos sociales. Piense en el daño que podría sufrir su posición ante la nobleza si a él se le ocurriera comentar los hechos que hicieron que Exelby se marchara de Londres. ¡Usted quedaría en un ridículo total!

–¡Esto es un ultraje! –bramó Theodosia–. ¡No pienso tolerarlo!

–Y yo no toleraré más acusaciones absurdas de su parte contra mi esposo –repuso Imogen fríamente–. La próxima vez que se le ocurra insinuar que puede haber matado a Vanneck, deténgase a pensar que usted también podría ser acusada de lo mismo.

–No puede hacerme esto –siseó Theodosia.

Imogen la miró con desdén y luego se volvió hacia una atónita Patricia.

–Vamos –dijo–. Debemos ir a ver al guantero y luego pasaremos por la librería.

Imogen se volvió enérgicamente, y se dio de bruces con Matthias, que estaba reclinado contra la puerta de entrada del probador.

–¡Uuyy! –exclamó Imogen, tambaleándose.

Durante un momento, todo lo que pudo ver era un tapiz de paja color verde. Se dio cuenta de que el impacto había hecho resbalar su sombrero de ala ancha hasta cubrir sus ojos. Agarrando el borde del sombrero, lo apartó de su rostro.

Matthias sonrió ligeramente y se acercó para acomodarle el sombrero.

–Permíteme –dijo.

–¡Cielo santo, Colchester! –exclamó Imogen, atando apresuradamente los lazos de su sombrero–. No le había visto. ¿Qué diablos está haciendo aquí, en la tienda de madame Maud?

Matthias paseó su mirada sobre la escena que tenía lugar en el probador, con un brillo en los ojos.

–Quizás he empezado a tener cierto interés por la moda.

Selena parecía estar sumamente divertida. Emily miraba a su alrededor con gran ansiedad, como si buscara la manera de escapar.

Theodosia soltó un extraño e inarticulado sonido y cayó, en un desmadejado montón.

–Bueno –mascculló Imogen, contemplando a Theodosia–, parece que esta vez su desmayo es auténtico. Quizá deba sacar su frasco de sales, señora Hartwell.

El reloj de pie dejaba oír su ruidoso tictac en uno de los ángulos de la biblioteca. Matthias tenía aguda conciencia de su presencia, mientras observaba a su esposa y a su hermana, sentadas frente a él con el escritorio de por medio, y pensaba en la mejor manera de iniciar su sermón.

Patricia no representaría ningún problema, se dijo. Se veía sumamente nerviosa y parecía desconocer el motivo de esa pequeña reunión. Matthias sospechaba que su principal temor era que él le diera un fuerte tirón de orejas por no haber tenido en cuenta sus instrucciones de no discutir con extraños el tema del duelo.

Imogen era otra cuestión. Estaba mirándolo de frente, con una expresión disgustada en el rostro que no presagiaba nada bueno. Cualquier recelo que pudiera haber sentido estaba anulado por su sentimiento de justa indignación.

Matthias cruzó las manos sobre el escritorio y la miró fijamente a los ojos.

–Tal vez esta mañana no fuera lo suficientemente claro –comenzó.

–Has sido perfectamente claro –aseguró Imogen, con gran dignidad–. Dijiste que no debía comentar con extraños los hechos relacionados con la muerte de Vanneck.

–Entonces, ¿puedo preguntarte por qué has decidido desobedecerme?

Al oír su tono de voz, Patricia pareció encogerse en su silla. Matthias la ignoró.

–Yo no te he desobedecido –respondió Imogen con una mirada glacial.

–¿Serías entonces tan amable de explicarme qué demonios estabas discutiendo en ese maldito probador?

Patricia estrujó el pañuelo que tenía en sus manos.

Imogen pareció erizarse de ira.

–No tengo la culpa de haberme encontrado con Theodosia Slott mientras desparramaba mentiras y falsedades a su alrededor. Sólo intenté detenerlas señalándole que había varias personas, además de ti, que podrían aparecer como culpables de la muerte de Vanneck.

–¡Maldición, casi la has acusado de matar a Vanneck!

–No exactamente –contestó Imogen con cautela.

–Ha sido exactamente así.

–Bueno, pues si alguien ha interpretado mis palabras de esa forma, es justamente lo que ella merece –replicó Imogen, frunciendo fieramente el entrecejo–. Tía Horatia me aseguró que la señora Slott ha pasado años difundiendo toda clase de historias maliciosas acerca de usted. Y en ese probador llegó a acusarlo directamente del asesinato de Vanneck. ¿No es verdad, Patricia?

Al oír surgir su nombre en la discusión, Patricia dio un respingo. Sin embargo, para gran sorpresa de Matthias, se las arregló para responder a la pregunta de Imogen.

–Sí –dijo suavemente–. Es verdad.

–¡Así es! ¿Lo ves? –exclamó Imogen, triunfante–. Cuando llegara la noche, el rumor habría dado la vuelta a Londres si yo no hubiese intervenido.

–El rumor ya ha dado la vuelta por todo Londres. Puedes ser muy brillante cuando se trata de descifrar la escritura formal del perdido Zamar, pero eres una perfecta ingenua en todo lo referente a la alta sociedad.

Imogen pareció quedar momentáneamente distraída.

–¿Brillante? –preguntó.

Matthias apoyó las manos sobre el escritorio y se puso en pie. No le sería fácil regañarla por salir en defensa de él, pero debía hacerlo.

–Maldición, Imogen, te dije que ignoraras cualquier cosa que oyeras con respecto a la muerte de Vanneck.

–No pude ignorar las acusaciones de Theodosia Slott. No quería que las llevara más lejos.

–Nadie, incluido yo, da un penique por las opiniones de Theodosia Slott –dijo Matthias entre dientes–. ¿Acaso no lo entiendes? Estoy mucho más preocupado por tu reputación.

–Ya te he dicho más de una vez que me importa un comino mi reputación.

–Pues bien, a mí sí me importa. ¿Cuántas veces debo recordarte que ahora eres mi esposa? Debes actuar en consecuencia.

–¿No piensas en otra cosa? –replicó ella–. ¿En cómo debe comportarse la nueva lady Colchester?

–Maldición. No quiero ver tu nombre vinculado con la muerte de Vanneck.

–Y yo tampoco deseo ver el tuyo, milord.

–La única manera de acabar con el inevitable chismorreo es ignorarlo –dijo Matthias–. Créeme, soy un experto en la materia.

–No estoy de acuerdo. En mi opinión, uno debe pagar ojo por ojo y diente por diente.

–Esta guerra la libraremos a mi manera –afirmó Matthias, categórico–. Todas estas historias irán desvaneciéndose con el tiempo. Siempre sucede así. Por lo tanto, seguirás mis instrucciones al pie de la letra. No dirás una sola palabra más relativa a la muerte de Vanneck fuera de las cuatro paredes de esta casa. ¿Me has comprendido?

–Deje de gritarle, Matthias –dijo inesperadamente Patricia, poniéndose en pie de un salto.

Matthias la contempló estupefacto, al igual que la propia Imogen.

El rostro de Patricia mostraba una mezcla de temor y determinación. Apretaba con fuerza las manos.

–Creo que es muy injusto de su parte hablar a Imogen como lo hace, Colchester. En verdad, ella sólo intentaba defenderlo cuando se enfrentó a la señora Slott.

–Esto no te concierne, Patricia –dijo Matthias–. Siéntate.

–¡Patricia! ¡Qué bondadoso de tu parte! –exclamó Imogen, saltando de su silla. Envolvió a Patricia en un fuerte abrazo–. Nadie me ha defendido nunca de esa forma. ¿Cómo podré agradecerte haber intercedido en mi favor?

Patricia pareció estar anonadada. Dio unos tímidos golpecitos a Imogen sobre el hombro.

–Está bien, Imogen. Me he visto obligada a intervenir. Colchester estaba teniendo una actitud muy injusta.

–¡Maldición! –murmuró Matthias, arrojándose cansadamente en su sillón.

Imogen se apartó de Patricia y sacó un pañuelito de su bolso.

–Debéis disculparme –dijo, mientras se secaba los ojos–. Estoy demasiado emocionada.

Salió apresuradamente y se perdió en el vestíbulo.

Matthias tamborileó con los dedos sobre el escritorio cuando la puerta se cerró tras ella.

–Realmente tiene una manera muy personal de terminar las conversaciones que no le divierten.

–Creo que no debería haberla sermoneado tan duramente –musitó Patricia–. Sólo procuraba defenderle.

Matthias observó a su hermana con creciente interés.

–¿Desde cuándo te has convertido en defensora de Imogen? Creí que no la aprobabas.

–He cambiado de opinión –dijo Patricia rígidamente.

–Comprendo. En ese caso, parece que podemos coincidir en un objetivo.

Patricia lo miró con cautela.

–¿Qué objetivo?

–Debemos hacer el enorme esfuerzo de evitar que se meta en problemas.

–No creo que sea fácil –dijo Patricia lentamente.

–Nada es sencillo cuando se trata de Imogen.

CAPÍTULO XIV

Esa noche, en mitad del baile de los Reedmore, Imogen llegó a la conclusión de que algo andaba definitivamente mal con Patricia.

Alastair sonreía con galantería a Imogen mientras abandonaba cualquier intento de conducirla describiendo un círculo en la pista de baile.

–Imagino que le ha dado a Colchester el mapa del Sello de la Reina como regalo de bodas. Dígame, ¿se lo ha agradecido convenientemente?

–En realidad, no hemos hablado del mapa –respondió Imogen con una vaga sonrisa, y miró a un lado para ver quién estaba bailando con Patricia.

Hugo Bagshaw. Otra vez.

Imogen se pasó la lengua por el labio superior. Era la segunda vez en la noche que Hugo invitaba a bailar a Patricia. A Matthias no le haría demasiada gracia.

Desde el balcón situado sobre la pista de baile surgían los acordes del vals, interpretado por unos músicos que luchaban bravamente contra el calor producido por cientos de candelabros y un número casi igual de personas. Podía decirse que la velada había conseguido un lleno total, el mayor espaldarazo que podía otorgar la nobleza a una fiesta.

Por lo que Imogen sabía, Horatia creía que Patricia tenía un éxito aún mayor. Esa misma noche, Patricia le había dicho que sentía un profundo alivio al comprobar que los recientes rumores sobre Colchester no habían tenido consecuencias graves. Más todavía, pensaba que las habladurías acerca del duelo y la apresurada boda habían servido para hacer aún más interesante si cabe a Colchester ante los ojos de las mujeres y de los hastiados miembros de la alta sociedad.

–¿Imogen? –le llamó Alastair, impaciente.

–¿Me disculpa usted? –le contestó Imogen.

Imogen se obligó a sonreír. Bailar con Alastair era un poco aburrido, pero al menos nunca había que tironear con él. Bailar con Matthias, en cambio, siempre era una especie de escaramuza.

Imogen había aceptado la invitación de Alastair tal como lo había hecho con algunos otros caballeros sólo porque era la forma más conveniente de no perder de vista a Patricia. Horatia le acababa de expresar su preocupación sobre los esfuerzos que ciertos conspicuos mujeriegos realizaban para atraer a Patricia a las sombras del jardín.

Desde el día del duelo, Imogen había ido sintiéndose cada vez más preocupada por Patricia, aunque no había hablado sobre este tema con Horatia ni con Matthias. El constante malhumor que mostraba Patricia había comenzado a alarmar a Imogen. Sabía que la estirpe de los Colchester cultivaba una cierta tendencia a los pensamientos sombríos, pero el reciente comportamiento de Patricia parecía más nervioso de lo normal.

Imogen empezaba a preguntarse si no sería ya hora de discutirlo con Matthias. La única razón por que había evitado hacerlo hasta el momento, era que conocía bien la renuencia de éste a conversar sobre la tendencia familiar a los oscuros pensamientos y a la debilidad nerviosa.

Alastair advirtió que nuevamente había perdido la atención de Imogen. Sus ojos mostraron brevemente su fastidio, pero enseguida éste fue reemplazado por cierta diversión.

–Me sorprende que Colchester aún no haya pensado en un plan para buscar el Sello de la Reina.

–Supongo que nos dedicaremos a ello un día de estos –dijo Imogen, con indiferencia.

Buscó con la mirada a Patricia y a Hugo. La pareja había

desaparecido, tragada por la multitud que llenaba la pista de baile.

–¡Maldición! –murmuró, arrastrando a Alastair por la pista.

–¿Qué ha dicho? –preguntó Alastair, con los labios apretados por la irritación.

–Señor Drake, usted, que es más alto que yo, ¿puede ver a la hermana de Colchester?

Alastair paseó una mirada por el gentío.

–No –respondió.

–Espero que el joven Bagshaw tenga el suficiente sentido común como para no llevarla al jardín. –Imogen se detuvo en medio de la pista y se puso de puntillas para intentar ver por encima de las cabezas de los bailarines que tenía más cerca–. Ya los veo. Lo siento, Alastair, deberá disculparme.

–Al diablo con ellos –murmuró Alastair, furioso por haber sido abandonado en el centro de la pista–. No tiene la menor idea de cómo comportarse correctamente en sociedad. Lucy tenía razón. Es usted un verdadero hazmerreír, lady Colchester.

El nombre de Lucy logró inmovilizarla como no podría haberlo logrado ninguna otra mención. Se volvió con rapidez y miró fijamente a Alastair.

–¿Qué ha dicho usted?

–Nada. –El breve estallido de furia se esfumó rápidamente de los ojos de Alastair. Miró a su alrededor, incómodo, claramente avergonzado por lo que acababa de decir–. Vaya y cumpla con su deber de acompañanta.

–¿Qué ha dicho acerca de Lucy? –insistió, y tambaleó al chocar con una pareja que no se había apartado a tiempo de su camino. Miró a ambos con el ceño fruncido–: Estoy tratando de tener una conversación.

–Sí, ya lo vemos, lady Colchester –dijo irónicamente el caballero–. Tal vez le resultará más cómodo continuar su discusión fuera de la pista.

Su acompañante sonrió con malicia, divertida.

–Sí, por supuesto –repuso Imogen, sonrojándose. Se volvió, para encontrarse con que Alastair había desaparecido entre la multitud–. Maldición. ¿Adónde se ha metido?

Los fuertes y elegantes dedos de Matthias se cerraron en torno de su cintura.

–Quizá pueda serte de ayuda –le dijo.

–Matthias. –Imogen sonrió aliviada al sentirse en sus brazos–. ¿Qué estás haciendo aquí? Pensaba que tenías la intención de pasar la noche en tu club.

–De pronto me acometió el capricho de bailar con mi mujer. –Matthias paseó la mirada por todo el salón por encima de la cabeza de Imogen–. ¿Qué pasaba entre Drake y tú?

–¿Qué? Oh, nada importante. Un comentario que ha hecho sobre Lucy. Le he pedido que lo repitiera, pero ha aprovechado mi choque con otra pareja de baile para desaparecer.

–Comprendo.

–Me parece que estaba un poco molesto conmigo por dejarle plantado en medio de la pista –confesó Imogen.

–Puedo comprenderlo perfectamente –dijo Matthias–. Pero me intriga saber por qué lo has hecho. ¿Acaso ha intentado tomar la iniciativa en el baile?

–No, nada de eso. Estaba intentando localizar a Patricia. La había perdido de vista entre el gentío.

–Está en el comedor con Hugo Bagshaw. La acabo de ver hace un momento.

–Oh. –Imogen buscó su mirada–. Deduzco que no te agrada demasiado.

–No, no me agrada.

–Sé que tienes claro que el señor Bagshaw está buscando una manera de vengarse de ti, pero espero que no hagas una escena de eso. Patricia se sentiría sumamente mortificada. Creo que está empezando a sentir algo por él.

–En ese caso, será mejor que no pierda el tiempo.

–Matthias, espero que no actúes impulsivamente.

–¿Qué sugieres que haga? –preguntó Matthias, alzando las cejas.

–Creo que deberías tener una conversación a solas con el señor Bagshaw.

–Excelente idea. Lo llevaré aparte y le advertiré que se mantenga alejado de Patricia.

–No me refiero a eso. Por todos los cielos, Matthias, una advertencia de ese tipo no servirá de nada.

–Tal vez tengas razón –convino Matthias, pensativo–. Me parece que la atención que le dispensa a Patricia es cada vez más temeraria.

–Lo importante es que Patricia no resulte herida por este asunto. Creo que deberías informar al señor Bagshaw de toda la verdad acerca de la muerte de su padre.

–Dudo de que le importe mucho la verdad. Ha crecido rodeado de un montón de mentiras.

–Quizá tú puedas lograr que se enfrente con la verdad. Alguna vez debe aceptarla, de otra manera pasará el resto de su vida alimentando un rencor hacia ti que terminará por corroer su alma.

Matthias la apretó más fuerte contra sí.

–¿Qué te hace pensar que puedo obligar al joven Bagshaw a enfrentarse con la verdad acerca de su padre? –le preguntó, con mirada seria.

–Has pasado por una situación similar con tu propio padre –dijo Imogen afectuosamente–. De toda la gente que lo conoce, eres tú quien mejor puede entender lo que fermenta en su interior. Sabes lo que significa ser rechazado por tu propio padre.

–El padre de Bagshaw no lo rechazó. Se suicidó por sus problemas económicos.

–Sospecho que, para Hugo, las consecuencias han sido las mismas. El rechazo puede adoptar muchas formas, milord. Los dos habéis quedado huérfanos a una edad demasiado temprana para enfrentar las consecuencias de los actos de vuestros padres.

Matthias no respondió.

–Tú encontraste la salvación en la búsqueda de Zamar –continuó Imogen, mirándole directamente a los ojos–. Temo que Hugo no sea tan afortunado. Tienes la obligación de orientarlo, Matthias.

–Tengo mejores cosas que hacer que intentar hacer entrar en razones al joven Bagshaw.

Imogen alcanzó a ver a Patricia y a Hugo al borde de la pista. Distinguió una tímida y ansiosa expresión en el rostro de Patricia y luego vio a Hugo que miraba hacia donde estaba Matthias. La mirada de ardiente furia que bullía en los ojos del joven no dejaba lugar a dudas.

–No, Matthias –dijo Imogen suavemente–. No creo que tengas nada mejor que hacer.

Matthias se apoyó en la puerta de entrada de El Alma Perdida con los brazos cruzados sobre el pecho y observó cómo Hugo tiraba los dados en una partida de *hazard*. El joven lanzó un ronco sonido y apretó los puños cuando otro de los jugadores reclamó el triunfo para sí. Su cara era una máscara de odio y temeridad: estaba perdiendo.

Era ya una hora avanzada de la noche, y el garito hervía con una mezcla de jóvenes petimetres, distinguidos aristócratas y calaveras mundanos. Junto al humo que llenaba toda la sala, pendía sobre todas las mesas un clima de malsana excitación. El salón olía a sudor, cerveza y una abigarrada mezcla de perfumes. Poco era lo que había cambiado desde que él fuera propietario del lugar, reflexionó Matthias. Quizá la naturaleza de las salas de juego fuera inmutable.

–Buenas noches, Matthias. ¿Has venido a jugar o sólo a visitar a los viejos fantasmas?

Matthias bajó la mirada hasta el hombrecito rechoncho que se había acercado a él en la entrada.

–Hola, Felix. Hoy debes de estar de buen humor. El público está muy animado.

–Mucho. –Felix cruzó las manos sobre el tallado mango de su bastón. Su sonrisa de querubín formaba hoyuelos en sus rubicundas mejillas y formaba amables arrugas en el rabillo de sus ojos perspicaces–. Parece que veré un bonito beneficio cuando termine el trabajo esta noche.

Diez años atrás, Matthias había contratado a Felix Glaston para que se hiciera cargo de la administración de El Alma Perdida. Felix tenía un talento natural para los números, así como un olfato innato para recoger información. La combinación de ambas habilidades lo había hecho sumamente valioso a los ojos de Matthias. Juntos habían creado uno de los más famosos y populares garitos de Londres. El éxito había enriquecido a ambos.

Cuando Matthias logró reunir los fondos necesarios para financiar su expedición a Zamar, vendió El Alma Perdida a Felix. Desde entonces, Glaston había prosperado sin cesar en su nuevo papel de propietario. En ese momento, era un comerciante acaudalado.

Ambos hombres, provenientes de clases sociales profundamente diferentes, habían desarrollado un vínculo de amistad que aún estaba vigente. Un vínculo que continuaba disgustando a la aristocracia: un caballero podía perder su fortuna en una sala de juegos, pero jamás soñaría siquiera con asociarse con el dueño de una de ellas.

–Me parece que antes del amanecer el joven Bagshaw habrá tocado fondo –observó Felix.

–¿Piensas intervenir?

–Naturalmente –contestó Felix, con una risita–. He mantenido tu sabia política de no permitir jamás que un cliente pierda todas sus propiedades o su fortuna en mis mesas de juego. Ha sido muy positivo para el negocio.

–Este joven Bagshaw, ¿suele jugar tan imprudentemente?

–No. Por lo que he oído, raramente juega. Sabes que aún culpa a El Alma Perdida de la muerte de su padre.

–Bien lo sé.

–Sí, claro, debes de saberlo mejor que nadie –murmuró Felix–. Imagino que has debido de tener una semana muy movida, Colchester. Dicho sea de paso, felicitaciones por tu boda.

–Gracias.

–Y por haber sobrevivido a otro duelo más.

–En este caso no ha sido tan difícil –repuso Matthias con una suave sonrisa.

–Por lo que he oído, Vanneck no llegó a disparar ni un tiro. Me dijeron que ya estaba muerto cuando llegaste a Cabot's Farm.

–Como siempre, tu información es asombrosamente precisa, Felix.

–Pago bien por ella –dijo Felix, haciendo un ademán con su mano regordeta y cargada de anillos–. Hay algo raro, sin embargo.

–¿De qué se trata?

–Que Vanneck se hiciera presente. De acuerdo con mis fuentes, despidió a su servidumbre ayer por la tarde sin previo aviso. Aparentemente, planeaba realizar un largo viaje por el continente.

–Interesante.

–¿Crees que pudieron quitarle de la faz de la tierra un bandolero borracho o un salteador de caminos?

–No estoy seguro.

–¿Por qué lo dudas? –preguntó Felix, mirándole a los ojos.

–Cuando lo encontramos en su carricoche, todavía llevaba sus anillos.

–Curioso.

–Mucho.

Al ver que Hugo recogía los dados, Felix frunció el entrecejo.

–Me parece que no tengo más remedio que ir a ver al joven Bagshaw. Dudo que tenga la presencia de ánimo o el temperamento adecuado para esta clase de juego. Me pregunto qué le pasa esta noche, que está tan temerario.

–Creo que hoy se cumple un aniversario de la muerte de su padre.

–Ah, sí. Eso lo explicaría todo.

Matthias contempló a Hugo mientras agitaba los dados con velocidad febril. Casi podía oír a Imogen susurrar en su oído: «Usted encontró la salvación en la búsqueda de Zamar. Temo que Hugo no sea tan afortunado».

Pensó en la expresión del rostro de Patricia cuando los vio a los dos sentados a la mesa del buffet. No cabía ninguna duda de que Patricia había empezado a sentir cierta *tendre* por Hugo.

Por una u otra razón, Hugo debía ser apartado del camino.

Matthias tomó una decisión:

–Felix, esta noche yo me ocuparé por ti del joven Bagshaw.

Felix encogió sus bien mullidos hombros.

–Como tú quieras –respondió.

Matthias se abrió camino entre el público hasta situarse al lado de Hugo, que se aprestaba a un nuevo lanzamiento de los dados.

–Bagshaw, si no le importa, me gustaría conversar un momento con usted –dijo Matthias suavemente.

–¡Colchester! ¿Qué demonios quiere? –exclamó Hugo, poniéndose rígido.

Matthias contempló la furiosa mirada de Bagshaw y advirtió en ella un nuevo fantasma. Este espectro no era como aquellos que se le aparecían habitualmente en las llamas del hogar. Esta aparición sólo tenía lugar ocasionalmente en el espejo al afeitarse.

–Me han dicho que usted y yo tenemos algo en común –dijo Matthias.

–Márchese, Colchester. No tengo nada que discutir con usted. –Hugo hizo el gesto de volver al juego, pero se detuvo, con la boca curvada en una sonrisa burlona–. A menos que, por supuesto, haya resuelto retarme a duelo. Tengo entendido que conduce sus duelos de una manera un tanto... inusual.

Un profundo silencio se abatió sobre la mesa. Los demás jugadores miraron a Hugo y a Matthias con ojos brillantes de interés.

–Venga conmigo –insistió Matthias con la mayor suavidad–. O nos veremos obligados a mantener esta conversación ante sus compañeros.

Hugo le dirigió una sonrisa desdeñosa.

–Entiendo que esto tiene que ver con las atenciones que tengo con su hermana. Bueno, bueno, bueno. Me preguntaba cuándo pensaba darse por enterado de que ella y yo nos habíamos convertido en grandes amigos.

–Se trata de su padre.

–¿Mi *padre*? –repitió Hugo, dejando caer los dados, que rebotaron sobre el verde tapete–. ¿De qué demonios habla?

Matthias aprovechó la confusión de Hugo para tomarlo firmemente del brazo. Condujo al joven fuera del caldeado garito lleno de humo hacia la clara y fresca noche, donde los aguardaba el carruaje de alquiler.

–Matthias va a retar a duelo al pobre Hugo –se quejó Patricia mientras el carruaje de Colchester traqueteaba por las enfangadas calles–. ¿Cómo puede hacerlo? ¡Es tan injusto! Hugo no tiene la menor posibilidad. Matthias lo matará.

–Tonterías –dijo Horatia con firmeza–. Estoy segura de que Colchester no tiene intención de disparar a nadie, y mucho menos al joven señor Bagshaw.

–Así es, tía Horatia –dijo Imogen, recostándose en su asiento–. Patricia, escúchame. Te he dicho un montón de veces que Matthias no piensa retar en duelo al señor Bagshaw. Sólo quiere hablar con él.

–Amenazarle, sería mejor. –Los ojos de Patricia se llenaron de lágrimas–. Dirá a Hugo que no vuelva a hablar ni bailar conmigo.

–No, no lo creo.

–¿Cómo sabes lo que piensa hacer Colchester? No aprueba a Hugo. Me ha advertido que debo mantenerme alejada de él.

–La amistad surgida entre el señor Bagshaw y tú preocupa a Colchester porque no está seguro de sus intenciones

–dijo Horatia–. Y no le falta razón, debo decirlo. Tu hermano tiene motivos para estar preocupado.

–Soy alguien importante para Hugo –dijo Patricia–. Eso es todo. Y es perfectamente respetable. Matthias no tiene derecho a poner objeciones.

Imogen puso los ojos en blanco.

–Te he explicado hasta la saciedad que Hugo culpa a Matthias de lo ocurrido con su padre hace varios años. Esta noche, Matthias intentará decirle toda la verdad.

–¿Y si Hugo no le cree? –susurró Patricia–. Discutirán. Sabéis cómo son los hombres. Uno provocará al otro y se batirán en un duelo.

–No habrá duelo –afirmó Imogen–. No lo permitiré.

Patricia pareció no escucharla.

–Es la maldición –dijo.

–¿Maldición? –repitió Horatia, frunciendo el entrecejo–. ¿De qué hablas, por Dios?

–La maldición de Rutledge –dijo Patricia–. La hemos estudiado en el salón de lady Lyndhurst.

–La maldición de Rutledge es una perfecta estupidez –dijo Imogen firmemente–. En este asunto no hay ninguna maldición.

Patricia se volvió para mirarla a los ojos.

–Imogen, me temo que estás equivocada –dijo.

Matthias observó el enfurruñado y desafiante rostro de Hugo bajo la débil luz de la lámpara del coche. Procuró pensar en la mejor manera de comenzar una conversación que, en última instancia, él consideraba inútil.

–A lo largo de los años he descubierto que es mucho más satisfactorio culpar a alguien por una injusticia que aceptar la verdad del asunto –le dijo.

Hugo apretó los labios.

–Si piensa decirme que no tiene nada que ver con la muerte de mi padre, ahorre saliva. No le creeré ni una palabra.

–No obstante, ya que estamos aquí, bien puedo decir lo que pensaba decir. Mira, éstos son los hechos relacionados con la muerte de su padre. No perdió su fortuna jugando a los naipes. La perdió en una mala inversión comercial. Y no fue sólo él, hubo otros que pasaron por lo mismo.

–Eso es mentira. Mi madre me contó la verdad. La noche de su muerte, mi padre había estado jugando a las cartas en El Alma Perdida. Usted discutió con él, no lo niegue.

–No lo niego.

–Después de la discusión, él se marchó a casa y se disparó un tiro en la cabeza.

–Su padre estaba bebiendo más de lo aconsejable esa noche –dijo Matthias, mirándole directamente a los ojos–. Se sentó a una de las mesas junto a otros varios caballeros y quiso participar en el juego. Le pedí que abandonara el club porque había bebido tanto que ya no era capaz siquiera de sostener las malditas cartas en la mano.

–¡Eso no es verdad!

–Lo es. Yo estaba enterado de que esa misma tarde le habían informado acerca de un serio traspié en sus finanzas. Además de ebrio, estaba deprimido. No tenía sentido que apostara esa noche.

–Usted se aprovechó de su situación –dijo Hugo, furioso–. Él se lo contó a otras personas.

–Cuando dejó el club, su padre estaba indignado conmigo porque él había planeado recuperar su fortuna en mis mesas de juego. Pero, de haberlo permitido yo, puede estar seguro de que habría perdido todavía más de lo que ya había perdido en el negocio naviero.

–¡No le creo!

–Lo sé. –Matthias se encogió de hombros–. Le dije a mi esposa que no aceptaría mi versión del asunto. Pero ella insistió en que intentara explicarle lo que había sucedido.

–¿Por qué?

–Le preocupa que Patricia resulte lastimada en el caso de que usted intente utilizarla para vengarse de mí.

Las manos de Hugo se cerraron con fuerza sobre el mango de su bastón. Miró hacia la ventana.

–No tengo intención de lastimar a lady Patricia.

–Por supuesto, me complace saberlo –dijo Matthias con aire ausente–. Porque si algo le ocurriera a mi hermana, me vería obligado a actuar en consecuencia. Soy responsable de ella.

Hugo giró violentamente la cabeza para mirar a Matthias.

–¿Acaso está advirtiéndome que debo mantenerme lejos de lady Patricia? –preguntó.

–No. Debo confesarle que tenía intenciones de hacerlo, pero lady Colchester me aconsejó que me abstuviera. Sin embargo, sí estoy advirtiéndole que no se le ocurra utilizar a mi hermana en ningún plan de venganza que pudiera haber imaginado. Si siente que debe culparme por el suicidio de su padre, entonces venga y enfréntese conmigo directamente, de hombre a hombre. No se esconda detrás de las faldas de una dama.

–No me escondo detrás de las faldas de Patricia –replicó Hugo, enrojecido.

Matthias sonrió fugazmente.

–Entonces, no hay nada más que discutir. Informaré a mi esposa que hemos tenido esta pequeña y agradable charla, y tal vez así me deje un poco en paz.

–No me diga que ha hecho todo esto sólo para complacer a su esposa. No parece propio de usted, Colchester.

–¿Qué sabe usted de mí? –preguntó Matthias suavemente.

–Sé lo que me contó mi madre después de la muerte de mi padre. Conozco los rumores referidos a la muerte de Rutledge. Sé que siempre ha sido usted considerado como brutal y temerario, y que mató a balazos a un hombre llamado Exelby, varios años atrás. Hay quienes dicen que esta mañana mató a Vanneck a sangre fría. Es mucho lo que sé sobre usted.

–Igual que mi esposa –dijo Matthias, pensativo–. Ha escuchado las mismas historias que usted. Pero no obstante se casó conmigo. ¿Qué cree que la impulsó a hacerlo?

–¿Cómo podría saberlo? –respondió Hugo, mostrándose sorprendido. Se aclaró la garganta–. Se dice que lady Colchester es sumamente original.

–Oh, en verdad lo es. Y supongo que, en cuestión de gustos, no está dicha la última palabra. –Matthias pareció arrancarse del ensueño en el que se había sumido–. Me dijo que usted y yo tenemos algo en común.

–¿Qué podríamos compartir usted y yo? –preguntó Hugo con desdén.

–Padres que eligen no hacerse responsables de sus hijos.

Hugo le miró fijamente.

–Eso es un ultraje –dijo finalmente–. Es lo más ultrajante que he oído jamás.

–Hace una hora, le dije a mi esposa que estaba diciendo tonterías. Pero ahora que he reflexionado más profundamente sobre la cuestión, creo que ella tiene razón, al menos en un punto.

–¿Qué punto?

–¿Se le ha ocurrido, Bagshaw, que tanto su padre como el mío han dejado a sus hijos la tarea de recoger los trozos de los desaguisados que ellos mismos han provocado?

–¡Mi padre no provocó ningún desaguisado! –replicó apasionadamente Hugo–. ¡Usted lo arruinó en su casa de juego!

–Como le dije a Imogen, esto es una completa pérdida de tiempo.

Matthias miró por la ventanilla del coche y reconoció el vecindario por el que rodaban. El cochero de punto había seguido sus instrucciones.

–Así es –dijo Hugo, malhumorado.

Matthias golpeó el techo del carruaje para avisar al cochero que debía detenerse.

–Creo que de aquí en adelante voy a ir andando. Necesito un poco de aire fresco.

Hugo miró por la ventanilla, confundido.

–Pero estamos muy lejos de su casa.

–Ya lo sé.

El coche de punto se detuvo entre estrépitos y traqueteos. Matthias abrió la portezuela y se apeó. Luego, volviéndose hacia Hugo, le dijo:

–Recuerde lo que le dije, Bagshaw. Siga adelante con su venganza, si siente que debe hacerlo. Pero no use a mi hermana como escudo. Usted no es su padre. Hay algo que me dice que está hecho de un material más noble que él. Usted puede enfrentar sus problemas como un hombre.

–Maldito sea, Colchester –susurró Hugo.

–Puede empezar por hacerle algunas preguntas al antiguo procurador de su padre. Él puede contarle lo que realmente ocurrió con las finanzas familiares.

Matthias hizo el gesto de cerrar la portezuela del carruaje.

–¡Colchester, espere!

–¿Qué sucede? –preguntó Matthias, deteniéndose.

–Olvidó advertirme que no debo cortejar a su hermana.

–¿Ah, sí?

–¿Entonces? –insistió Hugo, frunciendo el entrecejo.

–Entonces, ¿qué? Tengo otras cosas que hacer esta noche, Bagshaw. Debe disculparme.

–¿Acaso está diciéndome que sería bienvenido en su casa?

Matthias sonrió en forma casi imperceptible.

–¿Por qué no nos visita y lo comprueba personalmente?

Cerró la portezuela de un golpe y se alejó calle abajo, sin echar una sola mirada hacia atrás.

Se encontraba en una zona tranquila y respetable de la ciudad. La oscura extensión de una calle larga y estrecha corría entre dos hileras de casas modestas. Algunas pocas ya estaban a oscuras, pero en la mayoría las ventanas estaban iluminadas. Al menos en un punto los rumores habían demostrado ser fundados: la fortuna de Vanneck había caído en picado. Hasta hacía pocos meses, Vanneck había residido en una casa mucho más grande y en un vecindario más próspero.

La idea de hacer una visita nocturna a la residencia de

Vanneck se le había ocurrido esa tarde, mientras meditaba sobre los acontecimientos de la mañana. No lo había hablado con Imogen porque sospechaba que ella habría querido acompañarlo.

Se detuvo un momento y se quedó examinando las dos filas gemelas de casas. Aquella en la que había vivido Vanneck estaba completamente a oscuras.

Durante un rato permaneció inmóvil, evaluando cómo actuar. Finalmente se puso en marcha, dobló la esquina y se encontró con un sombrío callejón que conducía hasta la parte trasera de la casa de Vanneck.

Había suficiente luz de luna como para ver el camino hasta el portón que se abría sobre un pequeño jardín. Las bisagras chirriaron en la oscuridad.

Cerró el portón lo más suavemente que pudo y se internó en el jardín, hacia la puerta de la cocina. Por suerte, era capaz de ver muy bien de noche, habilidad que, con los años, se había vuelto sumamente práctica.

Le sorprendió descubrir que la puerta de la cocina estaba abierta. Evidentemente, los sirvientes habían olvidado echar el cerrojo antes de marcharse a sus propios hogares.

Matthias entró en la cocina y se detuvo a esperar que sus ojos se acostumbraran a la oscuridad. Luego sacó del bolsillo de su chaqueta la vela que había llevado consigo. La encendió.

Protegiendo con una mano la vacilante llama, atravesó el amplio vestíbulo que dividía la planta baja de la casa. No estaba seguro de qué era lo que buscaba, pero tenía intención de comenzar la búsqueda en el estudio de Vanneck. Parecía el lugar más lógico para hacerlo.

Encontró la desordenada habitación a la izquierda del vestíbulo. El escritorio de Vanneck estaba cubierto por un revoltijo de papeles. Matthias miró el tintero y vio que estaba destapado. A su lado había una pluma. Parecía como si algo hubiese interrumpido a Vanneck en medio de la escritura de una carta o una nota.

Matthias apoyó la vela y tomó la primera hoja de papel de carta. Quedó inmóvil al descubrir varias manchas oscuras sobre uno de los papeles. Sostuvo el papel cerca de la luz. No eran manchas de tinta. Era posible que las gotitas fueran de té derramado o vino clarete, pero Matthias no creyó que ése fuera el caso.

Estaba casi seguro de que las manchas en el papel eran de sangre seca.

Bajó la mirada y vio una mancha mucho más grande y ominosa sobre la alfombra, cerca de la punta de su bota.

Algo hizo que se le pusieran los pelos de punta cuando se inclinó para ver la oscura mancha más de cerca. No necesitó del casi inaudible sonido de un zapato sobre la alfombra para advertir que no estaba solo en el estudio.

Se arrojó hacia el costado en el preciso momento en que un objeto muy grande y pesado volaba directamente hacia su cabeza. Se oyó el ruido de algo que se astillaba cuando un pesado candelabro golpeó el borde del escritorio.

Matthias giró sobre sí mismo y salió de donde se había refugiado, justo en el momento en que su atacante volvía a levantar el candelabro para asestar un nuevo golpe.

CAPÍTULO XV

Matthias logró eludir por milímetros el segundo golpe del candelabro y no concedió tiempo a su atacante para un tercer intento. Se hizo a un lado, poniendo en práctica uno de los movimientos que había aprendido en un antiguo tratado zamariano sobre técnicas de lucha.

Antes de que su oponente pudiera alterar el curso de su ataque, Matthias descargó un puntapié. El golpe arrojó a su atacante sobre el escritorio. Pluma, papel y tintero cayeron rodando estrepitosamente al suelo.

El atacante lanzó un ronco gruñido e intentó bajar del escritorio. La capa que llevaba le estorbaba, al igual que la gruesa bufanda de lana que cubría la parte inferior de su rostro. Su cabello estaba oculto por una gorra encasquetada hasta los ojos.

Un crujido proveniente del vestíbulo alertó a Matthias en el preciso momento en que estaba a punto de arrojarse sobre el escritorio. No era uno, sino dos, quienes estaban en la casa. El rostro de la segunda figura estaba oculto por la capucha de su capa y una bufanda.

Mientras Matthias lo miraba, el recién llegado alzó uno de sus brazos. La luz de la vela brilló sobre el cañón de una pequeña pistola sostenida por una mano enguantada. Matthias levantó el candelabro que casi le había partido el cráneo y lo arrojó a la figura que se dibujaba en el hueco de la puerta.

Se oyó un disparo en el instante mismo en que el pesado candelabro golpeaba al segundo atacante en medio del pecho. Matthias oyó el impacto de la bala en el panel de roble que tenía a sus espaldas y supo que contaba con algo más de tiempo. Al segundo asaltante le llevaría algunos minutos recargar la pequeña pistola de un solo tiro.

Matthias saltó sobre el escritorio y se abalanzó sobre el primero de los hombres, que todavía luchaba por ponerse en pie.

El impulso envió a ambos sobre la alfombra. Rodaron violentamente sobre una de las sillas y luego volvieron a chocar contra el escritorio. Matthias esquivó un puñetazo y se dispuso a responder con otro golpe. En ese instante sintió que se acercaba el segundo villano.

Una vez más, echó mano a otra de las técnicas zamarianas que había practicado durante años. Rodó hacia un costado y se puso de pie con un movimiento elástico. El fuego helado de una cuchilla le atravesó el brazo.

Ignoró el lacerante dolor y, describiendo un veloz y brutal arco con su pierna, lanzó un puntapié que alcanzó al primero de los hombres en el momento en que conseguía ponerse de pie. El hombre retrocedió, tambalante, hasta el escritorio.

Matthias se dispuso a atacar nuevamente pero, para su sorpresa, ambos atacantes dieron media vuelta y huyeron apresuradamente del estudio. Sus pasos resonaron sobre las baldosas del vestíbulo mientras se precipitaban hacia la salida trasera de la casa.

Preparado y listo para un nuevo ataque, Matthias quedó momentáneamente desconcertado por la fuga de sus oponentes.

Corrió hacia el vestíbulo, pero sabía que ya era demasiado tarde. Oyó cómo se cerraba de un golpe la puerta de la cocina tras su presa.

–¡Maldita sea!

Apoyó una mano contra la pared para recuperar el equilibrio, mientras respiraba profundamente. Estaba comenzando a sentirse extrañamente aturdido.

Matthias frunció el entrecejo. ¿Qué diablos le ocurría? La

pelea sólo había durado unos pocos minutos y creía encontrarse en excelentes condiciones físicas.

Sintió que el fuego que le quemaba el brazo ya no era una llama helada, sino una infernal hoguera. Miró hacia su brazo y vio que la puñalada le había desgarrado la manga de la chaqueta.

La luz de la vela que todavía brillaba en el estudio alcanzaba para iluminar el color de su propia sangre empapando la tela.

Sus oponentes habían estado bien pertrechados. Uno llevaba una pistola, el otro un cuchillo. Fuera lo que fuese lo que buscaban en la casa de Vanneck, era indudable que tenía gran importancia para ellos.

Matthias se preguntó si lo habrían encontrado.

Rasgó la camisa y ató fuertemente una improvisada venda alrededor del brazo sangrante, luego se dispuso a continuar el registro del estudio de Vanneck. Se obligó a organizar su pensamiento de la misma forma en que lo había hecho cuando estaba buscando las fantasmales ruinas del antiguo Zamar.

Una hora más tarde, Matthias descansaba en el sofá de los delfines, en la comodidad de su propia biblioteca y oía los pasos de Imogen que bajaba con rapidez la escalera. A pesar del dolor que sentía mientras Ufton terminaba de vendar su herida, no pudo evitar una sonrisa.

–¿Herido? –La voz de Imogen atravesó la puerta cerrada sin ninguna dificultad. A Matthias no le habría extrañado que la oyeran los que pasaban en ese momento por la calle–. ¿Qué diablos quiere decir con eso de que está herido? ¿Dónde está? ¿Cómo está? ¿Ha llamado Ufton al médico? –La vertiginosa retahíla de preguntas de Imogen iba acompañada del repiquetear de sus pasos en la escalera–. ¿Está Ufton atendiéndolo? ¿Ufton? ¡Ufton! ¡Por todos los cielos, Ufton es mayordomo, no médico!

–La señora parece estar preocupada –comentó Ufton, mientras ponía cuidadosamente la venda alrededor del brazo de Matthias.

–Eso parece. –Matthias cerró los ojos y reclinó la cabeza sobre el respaldo del sofá sonriendo para sus adentros–. Es extraño esto de tener una esposa rondando por la casa.

–Sin intención de ofender, milord, me permito señalar que lady Colchester es un poquito más extraña que la mayoría de las esposas.

–Así parece; sospecho que lo es –dijo Matthias.

Prestó atención, satisfecho, oyendo a Imogen que repartía órdenes y requería información.

–Comprueben que su cama esté preparada –le dijo a alguien–. Usted, Charles, sí, usted. Haga alguna clase de camilla en la cual podamos llevar arriba a Su Señoría.

Matthias se movió en su asiento y abrió desganadamente los ojos.

–Supongo que será mejor que alguno de nosotros la detenga antes de que convierta la casa en un hospital.

Ufton se puso pálido.

–Se lo ruego, milord, no me mire a mí cuando piense en alguien para calmar a lady Colchester.

–Nunca me había dado cuenta de que carecías de temperamento y fortaleza, Ufton.

–Nunca me había visto obligado a lidiar con una dama del peculiar carácter de la señora.

–En eso somos dos.

Fuera, en el vestíbulo, Imogen alzó la voz.

–¿Es sangre lo que hay en las baldosas? Sangre de Colchester. ¡Dios bendito! Traigan vendas. Agua. Y aguja e hilo. ¡Deprisa, por el amor de Dios!

–Prepárate, Ufton –dijo Matthias, mirando hacia la puerta–. Ya casi está sobre nosotros.

Ufton siguió ocupándose de las vendas, exhalando un profundo suspiro.

La puerta de la biblioteca se abrió de golpe y por ella entró Imogen como una tromba, vestida con una bata de cretona y una pequeña cofia blanca adornada con volantes. Sus grandes ojos alarmados se dirigieron inmediatamente hacia el sofá. Matthias procuró mostrarse heroico y trágico a la vez.

–¡Matthias, por Dios! ¿Qué ha ocurrido?

Imogen se detuvo resbalando cerca del sofá. Sus ojos volaron hacia el blanco vendaje que rodeaba su brazo izquierdo, y luego hacia la rasgada camisa manchada de sangre que yacía amontonada sobre una bandeja. Matthias podría haber jurado que palidecía.

–Todo está bien, Imogen –dijo–. Cálmate, querida.

–Cielo santo, todo es culpa mía. Jamás debería haber permitido que te fueras solo en un coche de alquiler. ¡Las calles son tan peligrosas! ¡Si hubieras vuelto a casa con nosotras! ¿En qué estaría pensando cuando te dije que debías hablar con el señor Bagshaw?

Matthias alzó la mano.

–No tienes por qué culparte por esto, amor mío. Como puedes comprobar, no estoy a las puertas de la muerte. Ufton tiene cierta experiencia en estos asuntos. Te puedo asegurar que es mucho más competente que la mayoría de los médicos londinenses.

–¿Qué clase de experiencia? –preguntó Imogen, mirando a Ufton con suspicacia.

–Acompañé a Su Señoría en sus viajes por el mundo en busca del antiguo Zamar –respondió Ufton, bajando la vista–. Los accidentes y las incidencias de todo tipo eran el pan de cada día. Adquirí bastante experiencia en la curación de heridas, huesos rotos y todos los percances sufridos por nuestros compañeros, tanto a bordo como en tierra, durante las excavaciones.

–Oh. –Imogen pareció quedar anonadada. Luego, aparentemente satisfecha, asintió con la cabeza y dijo–: Bueno, si está seguro de saber lo que hace, supongo que podemos confiar en usted.

–Sí, podemos –aseguró Matthias–. Ufton siempre ha tenido facilidad para los temas médicos. Durante nuestros viajes, aprendió toda clase de técnicas y recetas médicas.

–¿Qué clase de técnicas y recetas? –preguntó Imogen.

Ufton carraspeó, aclarándose la garganta.

–Por ejemplo, antes de cerrar la herida de Su Señoría le he echado un poco de brandy. Muchos marinos y militares creen que las bebidas fuertes previenen las infecciones.

–¡Qué interesante! –Imogen frunció la nariz, olisqueando el ambiente–. Deduzco que también echó algo de brandy en la garganta de Su Señoría. ¿También formaba parte del tratamiento?

–Absolutamente indispensable –murmuró Matthias.

Ufton tosió discretamente.

–También quemé la punta de la aguja con la llama de una vela antes de coserlo. Es una técnica utilizada en Oriente.

–He oído hablar de ella. –Imogen se inclinó para examinar el vendaje en el brazo de Matthias–. La hemorragia parece haberse detenido.

–El corte no era demasiado profundo –dijo Ufton. Suavizó su tono de voz, asegurando roncamente–: Su Señoría estará bien en un par de días.

–Me alegra oírlo ¡Qué alivio! –Imogen se puso en pie de un salto y rodeó a Ufton con los brazos–. ¿Cómo podré agradecerle haber salvado la vida de Colchester?

Ufton se quedó paralizado, con una marcada expresión de horror reflejada en el rostro.

–Oh, oh... señora. Si la señora me lo permite, esto es algo más bien... poco frecuente.

Se interrumpió, volviendo unos ojos desesperados y suplicantes hacia Matthias.

–Creo que es mejor que lo sueltes, Imogen –dijo Matthias, ocultando con esfuerzo una sonrisa–. Ufton no está acostumbrado a semejantes demostraciones de gratitud. Siempre lo he recompensado con dinero. Me parece que prefiere ese tipo de arreglo.

–Oh, sí. Por supuesto. –Imogen soltó a Ufton y retrocedió rápidamente–. Le ruego que me disculpe, Ufton. No tenía intención de incomodarlo. –Le dedicó una brillante sonrisa–. Pero quiero que sepa que quedo en deuda con usted por lo que acaba de hacer esta noche. Si hay cualquier cosa que yo pueda hacer, no tiene más que decírmelo.

El rostro de Ufton adquirió un extraño tono rojizo y tragó con dificultad.

–Gracias, señora, pero le aseguro que los muchos años que llevo con Su Señoría hacen innecesaria una oferta semejante. Él haría lo mismo por mí en la situación inversa, como de hecho ha ocurrido en una o dos ocasiones.

Imogen se mostró claramente intrigada.

–¿Él le ha curado alguna herida?

–Fue hace algunos años. Un incidente poco afortunado ocurrido en un panteón –Ufton retrocedió rápidamente, rumbo a la puerta–. Bueno, pero..., es mejor que me marche. Estoy seguro de que Su Señoría y usted tendrán asuntos que discutir.

Ufton se volvió y huyó.

Imogen esperó hasta que la puerta se cerró tras él y se sentó en el sofá, junto a Matthias.

–Cuéntamelo todo. ¿Te ha asaltado algún bandido?

–No creo que «bandido» sea el término correcto.

Imogen abrió los ojos con asombro, súbitamente horrorizada.

–¡No me digas que el joven señor Bagshaw ha perdido los estribos y te ha atacado!

–No.

–¡Gracias al cielo! Por un momento me pregunté si acaso había perdido la cabeza cuando hablaste con él.

–Bagshaw es razonablemente cuerdo, por lo que me pareció. Sin embargo, no mostró el menor interés en lo que le dije.

–Oh, Dios. –Imogen suspiró–. ¡Tenía tanta esperanza de que comprendiera...! Bueno, ya no tiene importancia. Es otro problema. Cuéntame la historia completa, Matthias.

–Es una larga historia.

Matthias hizo un ligero movimiento y se quejó cuando su brazo herido le hizo daño.

La mirada de Imogen fue sumamente elocuente.

–¿Te duele mucho?

–Creo que podríamos recurrir a otra dosis de brandy. Mis nervios, ya sabes. ¿Quieres servirme una copa?

–Sí, por supuesto –Imogen se levantó rápidamente del sofá y alcanzó apresuradamente la mesita con el brandy. Tomó el botellón con tanta fuerza que desprendió el tapón finamente tallado y derramó parte de su contenido sobre la alfombra. Imogen lo ignoró y sirvió, no una, sino dos copas de brandy.

Llevó ambas copas hasta el sofá, dio una a Matthias y se sentó a su lado.

–Te aseguro que todo esto es muy preocupante.

Imogen bebió un largo trago de su brandy e inmediatamente empezó a toser.

–Bueno, mi amor. –Matthias la palmeó suavemente entre los hombros–. El brandy calmará tus destrozados nervios.

Ella lo miró por encima del borde de su copa.

–Mis nervios no están destrozados, son sumamente resistentes. Te lo he explicado muchas veces.

–Bueno, tal vez entonces haga algo por los míos. –Matthias bebió un sorbo reconfortante–. ¿Por dónde comenzar? Ah, sí, como te he dicho, tuve mi pequeña charla con Bagshaw. Cuando terminé, me apeé del coche y, para mi sorpresa, me encontré frente a la residencia de Vanneck. Su ex residencia, supongo que debería decir.

–¿Fue una casualidad que te apearas en ese barrio? ¡Qué extraño!

–Ciertamente, a mí también me sorprendió. De cualquier manera, decidí que, ya que estaba allí, podría entrar a su casa y echar una mirada a su estudio.

–¡¿Qué hiciste?! –exclamó Imogen, que por poco dejó caer su copa.

–No hay motivos para que me grites de esa forma, amor

mío. Seguramente te darás cuenta de que debido a las recientes y desconcertantes experiencias vividas me encuentro en un estado delicado.

–No tuve intención de alzar la voz. ¡Es que estoy tan asustada! Matthias, tal vez no deberías estar sentado de esa manera. Sin duda hará que te sientas mareado. ¿Por qué no apoyas la cabeza sobre mi regazo?

–Excelente idea.

Imogen le rodeó el hombro con su brazo y acomodó la cabeza sobre sus piernas.

–Así está mejor.

–Infinitamente mejor.

Matthias cerró los ojos y gozó de la cálida y sensual redondez del muslo de Imogen bajo su cabeza. Subrepticiamente inhaló su aroma. Su cuerpo se endureció como respuesta.

–¿Dónde estaba? –preguntó, distraído.

–En el estudio de Vanneck –contestó Imogen, mirándolo con el ceño fruncido–. ¿Por qué demonios fuiste hasta allí?

–Simplemente, quería echar un vistazo. He estado algo preocupado por las circunstancias de su muerte. Sabes que ese tipo de cosas pueden llegar a angustiarme mucho.

Imogen masajeó suavemente su frente.

–Deberías haber hablado conmigo sobre lo que te preocupaba antes de cometer una imprudencia.

–No sabía con certeza si había algo de qué preocuparse. Por esa razón, como te dije, fui a revisar el estudio de Vanneck.

–¿Encontraste algo fuera de lo normal?

–Manchas de sangre.

La mano que masajeaba su frente se detuvo.

–¿Manchas de sangre? –repitió–. ¿Estás seguro?

–Totalmente seguro. En el estudio de Vanneck se derramó una buena cantidad de sangre, y no hace mucho tiempo. Sobre la alfombra se distinguía una gran mancha. Nadie se había tomado la molestia de limpiarla, lo que indica que se produjo muy poco tiempo antes de su muerte. –Matthias hizo una pausa–. Y, probablemente, después de que él despidiera a la servidumbre.

–¿Despidió a sus sirvientes? ¿Cuándo?

–Ayer por la tarde, me han dicho.

–Pero, Matthias, eso significa que se proponía abandonar la ciudad en lugar de enfrentarse contigo.

–Así es. Pero, siguiendo con lo que te contaba, uno de los papeles que tenía sobre el escritorio tenía varias manchas de sangre. Y, oh sorpresa, la hoja estaba fechada. Parecía que Vanneck había comenzado a escribir una carta antes de ser interrumpido.

–¿Qué fecha había escrita?

–La de ayer, el día anterior al duelo.

–Asombroso. –Imogen se quedó quieta, contemplando el fuego–. ¿Crees que le dispararon anoche, en su estudio, antes de que fuera a encontrarse contigo en Cabot's Farm?

–Diría que es muy posible.

Matthias siguió su mirada. Se preguntó distraídamente si el fantasma de Vanneck aparecería entre las llamas y llegó a la conclusión de que no, no lo haría. Este espectro en particular no se le aparecería, pensó.

–Pero eso significaría que no lo mató un bandolero ni un salteador de caminos. ¿Un ladrón, tal vez?

–Yo diría que un ladrón ocasional o un ratero no se tomaría la molestia de transportar el cadáver de su víctima hasta el lugar del duelo –dijo Matthias–. Ni siquiera estaría enterado del encuentro.

–Muy lógico. –Imogen frunció el entrecejo, concentrándose–. Pero entonces, eso implicaría...

–Precisamente. –Matthias se acomodó sobre su muslo, con la esperanza de volver a atraer la atención de ella hacia su frente–. Creo que es lícito suponer que el que mató a Vanneck era alguien que lo conocía lo suficiente como para estar enterado del duelo. El asesino probablemente intentó cargar sobre mí la culpa, llevando el cuerpo de Vanneck hasta Cabot's Farm.

Imogen comenzó a dar rítmicos golpecitos con un dedo sobre el brazo sano de Matthias.

–Pero eso significa que el asesino debe de ser del círculo de relaciones de Vanneck.

Matthias vaciló y dijo:

–Creo que las personas involucradas son dos.

–¿Dos? ¿Cómo lo sabes?

–Anoche, cuando entré en el despacho de Vanneck –repuso Matthias–, interrumpí a dos personas que estaban registrando la casa. Habían llegado antes que yo y no parecieron alegrarse demasiado de mi llegada.

Imogen le clavó los dedos en el brazo herido.

–¿Fueron ellos los que te hirieron?

Matthias contuvo el aliento.

–Aprecio mucho tu preocupación, cariño mío, pero éste es el brazo lastimado.

–¡Oh, Dios mío! –Imogen lo soltó inmediatamente, con una angustiada expresión de disculpa en su rostro–. Lo olvidé. Me he dejado llevar por esta historia tan asombrosa.

–Comprendo. Es la consecuencia de un estado nervioso profundamente perturbado.

–A mis nervios no les ocurre nada. Vamos, continúa contando lo que pasó.

–Basta ya con decir que se produjo una riña muy poco digna, durante la cual uno de los dos me clavó un cuchillo en el brazo. No pude identificar a ninguno de aquellos villanos porque ambos usaban capote y se cubrían el rostro con una gran bufanda. Lamento decir que lograron escapar.

–¡Matthias, podrían haberte matado!

–Pero no lo hicieron. Bien, ésa fue la parte aburrida de la historia. La más interesante tiene que ver con lo que descubrí después de que mis dos compañeros se perdieron en la noche.

Matthias pensó que no le había pedido brandy para el dolor que sentía en la herida. Lo necesitaba para tener la fuerza de arriesgar su futuro a los dados. Sabía que actuaba como un tonto. Parecía como si fuese una polilla sin cerebro, incapaz de resistir la seducción de la llama.

–¿Te quedaste a registrar la casa después de haber sido herido? Colchester, ¿cómo pudiste hacer algo tan estúpido? Debiste haber venido a casa de inmediato.

«Registrar el estudio no fue la parte estúpida del asunto –pensó Matthias–. La parte estúpida es la que viene ahora.»

–Tan sólo estuve algunos minutos –dijo–. Lo suficiente como para encontrar ese diario.

Las cejas de Imogen se unieron en una severa línea.

–¿Qué diario? –preguntó.

–El que está sobre la mesa, a tu lado.

Imogen echó una mirada al delgado volumen encuadernado en cuero.

–¿Es de Vanneck?

–No. Pertenecía a tu amiga Lucy.

–¿Lucy? –Imogen examinó el diario con mirada perpleja–. No comprendo.

–Vanneck lo tenía muy bien escondido en un compartimiento secreto de su escritorio.

–Pero ¿por qué iba a molestarse en esconderlo?

–No tengo ni idea. –Matthias le dirigió una mirada especulativa–. Pero quizá las dos personas que descubrí en la casa de Vanneck podían estar buscándolo.

–¿Por qué?

–No sabremos la respuesta hasta que alguno de los dos lo lea. –Matthias apretó los dientes–. Ya que Lucy era amiga tuya, te sugiero que hagas los honores.

Imogen pareció confundida.

–¿Crees que es correcto leer su diario?

–Ella está muerta, Imogen. ¿Cómo podría molestarle?

–Bueno...

–Tú y yo cultivamos la ciencia de estudiar los mensajes dejados por la gente en sus sepulturas hace mucho tiempo.

–Hablas de los registros hallados en el antiguo Zamar. Lucy no era de Zamar.

–¿Y cuál es la diferencia? Los muertos están muertos. No importa cuánto tiempo lleven en esa situación.

Imogen se acercó para tocar el volumen.

–De alguna manera, si leyéramos su diario, sería como si invadiéramos su intimidad.

–Por supuesto que lo haremos. Pero quiero saber por qué Vanneck lo consideró algo tan importante como para ocultarlo, y por qué otras dos personas se introdujeron esta noche en su casa para registrarla.

–Pero, Matthias...

–Imogen, voy a ser categórico. Si no quieres leerlo tú, lo haré yo.

Antes de que Imogen pudiera responder, volvió a abrirse la puerta de la biblioteca. Matthias giró la cabeza y vio a Patricia que lo contemplaba con expresión afligida.

Entonces ella lanzó un alarido. Un agudo, estridente, espeluznante chillido. Matthias hizo una mueca y se tapó los oídos con ambas manos.

–Está bien, Patricia –dijo Imogen enérgicamente–. Matthias se recuperará pronto y bien.

–¡Es la maldición! –exclamó Patricia, llevándose la mano a la garganta–. Se ha derramado sangre. Tal como predijo la maldición.

Se volvió y desapareció en el vestíbulo. A través de la puerta abierta Matthias la vio subir la escalera como si todos los demonios de Zamar fueran tras ella.

–Se me acaba de ocurrir que mi hermana tiene futuro en el escenario –murmuró Matthias–. ¿A qué diablos se refería? ¿Qué es esa tontería acerca de una maldición?

–Ha mencionado algo sobre eso esta mañana –dijo Imogen, con expresión preocupada–. Aparentemente, ella y las otras jóvenes que asisten al salón de lady Lyndhurst han estado estudiando la Maldición de Rutledge.

–¡Por todos los diablos! Creía que Selena tenía algo más de sensatez.

–Dudo que la propia lady Lyndhurst crea en ella –dijo

Imogen–. Estoy segura de que para ella no deja de ser un pasatiempo divertido. Pero las jóvenes de la edad de Patricia y con una sensibilidad delicada como la suya suelen tomar muy en serio esta clase de cosas.

–Esa maldita sensibilidad delicada –dijo Matthias, suspirando–. Siempre causándonos problemas a quienes la padecemos.

Imogen se mantuvo despierta hasta mucho después de que Matthias se durmiera. Dio mil vueltas en la cama, inquieta, buscando una posición más cómoda en el amplio lecho. Los minutos le parecían siglos. El haz de fría luz de luna que se infiltraba por la ventana fue corriéndose lentamente sobre la alfombra. Tenía clara conciencia de la presencia de Matthias, dormido a su lado, pero se sentía muy sola cuando consideraba la perspectiva de leer el diario de Lucy. Por alguna razón que estaba más allá de la cuestión de su intimidad violada, se sentía reacia a abrirlo.

Pero también sabía que no le sería posible conciliar el sueño si no se enfrentaba con el diario. Si ella no lo hacía, sería Matthias quien lo leyera. No tenía sentido intentar evitar lo inevitable.

Imogen se deslizó fuera del cálido lecho. Se puso una bata, calzó los pies en sus escarpines y se volvió a mirar a Matthias. Estaba dormido boca abajo, con el rostro vuelto hacia el otro lado. Sus hombros desnudos aparecían bellos y poderosos sobre las sábanas blancas. La luz de la luna refulgía sobre el plateado mechón que surcaba su negro cabello. A Imogen se le ocurrió de pronto que había algo en él que tenía mucho que ver con la noche.

Sintió que la recorría un escalofrío premonitorio. Recordó la oscura figura de sus sueños, aquel que era, a la vez, Matthias y Zamaris. Un hombre atrapado por las sombras.

Se alejó rápidamente del dormitorio y atravesó la zona

iluminada por la luna rumbo a su propia habitación. Cerró tras ella la puerta que comunicaba ambas estancias.

El diario de Lucy estaba sobre la mesa situada cerca de la ventana. Imogen lo tomó y se quedó contemplándolo largo rato. Su resistencia a abrirlo pareció intensificarse cuando tuvo el delgado volumen en las manos. Era como si una fuerza desconocida intentara impedírselo.

Molesta con sus propios pensamientos sombríos, se sentó en uno de los sillones y encendió la lámpara.

Matthias esperó hasta que oyó cerrarse suavemente la puerta de comunicación. Entonces se volvió boca arriba, dobló cuidadosamente su brazo herido bajo la cabeza y clavó los ojos en el oscuro cielo raso.

Sabía que Imogen había ido a su habitación para leer el diario de Lucy. Si el volumen contenía respuestas a muchos de sus interrogantes, ella las descubriría.

Por lo que le había dicho Horatia, Matthias había llegado a la conclusión de que Lucy en verdad no había sido una buena amiga. Era evidente que la bondad de lady Vanneck para con Imogen había tenido su lado oscuro. Se dijo que lo peor que podía pasar era que Imogen se viera obligada a enfrentarse con algunas verdades desagradables acerca de Lucy.

Pero sabía que estaba engañándose. Conocer la verdad sobre Lucy no era lo peor que podía pasar.

Lo peor sería que Imogen conociera la verdad sobre él.

Matthias dudó, hasta que ya no fue capaz de seguir esperando. El ominoso silencio que surgía del cuarto vecino amenazaba con volverle loco. Apartó las mantas y sábanas y se levantó. Una fuerte sensación de urgencia lo apremiaba con la fuerza de un tornado. Se había comportado muy tontamente. Quizá no era aún demasiado tarde para salvarse.

Buscó su bata negra, forcejeó brevemente para meter el brazo herido en la manga, pero abandonó el intento. Pasó la bata sobre sus hombros, a guisa de capa, y fue hacia la puerta de comunicación.

Se detuvo frente a ella, aspiró profundamente y la abrió. Un estremecimiento de profundo pesar lo recorrió al ver a Imogen, sentada en una silla, cerca de la ventana. El diario de Lucy estaba abierto boca abajo sobre su regazo. Matthias tuvo la certeza de que sus sospechas acerca del contenido del desdichado volumen habían sido acertadas. Se quedó en la entrada de la habitación, inmóvil, sosteniendo el tirador, amargamente consciente de una creciente sensación de fatalidad.

–¿Imogen?

Ella volvió el rostro hacia él. Tenía las mejillas bañadas por las lágrimas.

–¿Qué sucede? –pregunto Matthias en un susurro.

–Lucy tenía un romance. –Un sollozo le quebró la voz–. Teniendo en cuenta lo desdichado de su matrimonio, supongo que no es para sorprenderse. Y no la culpo por buscar la felicidad en otra parte. De veras, no lo hago. Pero, oh, Matthias, ¿por qué me ha utilizado de esa manera? Creí que era mi amiga.

Matthias sintió que un puño le retorcía las entrañas. Sabía que se trataría de algo así.

–¿Lucy te ha utilizado?

–Ésa fue la razón de que me invitara a visitarla hace tres años. –Imogen enjugó sus ojos con un pañuelo–. En realidad, era el único motivo por el que quería que fuera a Londres. Esperaba evitar que Vanneck se enterara de su idilio. Temía que le cortara los fondos. O, tal vez, que la enviara a vivir al campo. Ya estaba bastante enfadado con ella por no haberle dado un heredero.

–Comprendo –dijo Matthias, caminando lentamente hacia ella.

–En el diario, Lucy escribe que no puede soportar el contacto con Vanneck. Se había casado con él por su título y su fortuna. –Imogen sacudió la cabeza, como si todavía no pudiera terminar de comprender del todo lo que había descubierto–. Es brutalmente sincera sobre este punto.

Matthias se detuvo frente a Imogen, sin decir nada.

–Pensó que, si yo me convertía en su compañía permanente aquí, en Londres, Vanneck daría por sentado que el objeto de las atenciones de su amante era yo.

En la mente de Matthias las piezas del rompecabezas fueron encajando en su lugar.

–Alastair Drake –dijo, casi para sí.

–¿Qué? –preguntó Imogen, mirándolo de soslayo mientras se sonaba la nariz–. Oh, sí. Era Alastair, por supuesto. Ella parece haberlo amado apasionadamente. Escribe que tenía intenciones de fugarse con él, pero que, mientras ese momento llegara, deseaba poder estar junto a él todo el tiempo posible.

–Y tú hiciste que ella pudiera estar en compañía de Drake sin despertar las sospechas de Vanneck.

–Sí. –Imogen se secó los ojos con el dorso de la mano–. Alastair conspiró con ella para simular que la dama que le había robado el corazón era yo. Vanneck, todo el mundo e, incluso yo, así lo creímos. Su actuación fue realmente convincente. Bueno, ya no tiene importancia.

–Lamento que hayas tenido que conocer la verdad de esta manera.

–No te culpes, Matthias. Tú no podías saber lo que descubriría en el diario de Lucy. –Sonrió tristemente–. No tengo más remedio que aceptar que tenías razón. Parece que soy un poco ingenua en algunos aspectos. Y crédula.

–Imogen...

–Si lo pienso, es sorprendente. Tanto tiempo que pasé en compañía de Alastair, y jamás me di cuenta de que estaba enamorado de Lucy. Jamás sospeché que estaba usándome para encontrarse con ella, tanto en público como en privado. No hay que sorprenderse de que ella siempre estuviese de tan buen humor cada vez que estábamos los tres juntos.

–Lo siento –susurró Matthias. No se le ocurrió decir otra

cosa. Se acercó a ella y la invitó delicadamente a ponerse de pie.

–Matthias, ¿cómo he podido ser tan tonta? –Imogen apoyó la cabeza sobre el pecho de él–. ¡Escribió cosas tan despiadadas sobre mí! Mofas, desprecios. Es como si nunca la hubiera conocido en absoluto.

Matthias no encontró palabras para consolarla o para consolarse a sí mismo. La abrazó contra su pecho y dejó que su mirada se perdiera en la noche.

Se preguntó si acaso no sería cierto que padecía de debilidad nerviosa. Tal vez el cruel sentimiento de desesperación que había endurecido su alma hasta convertirla en hielo era el precio que se pagaba por pisotear la frágil flor de la inocencia.

CAPÍTULO XVI

Dos días después, Imogen se paseaba por el pequeño salón de Horatia, llevando una taza de té en la mano.

–Todavía no logro convencerme de que estaba completamente equivocada en la opinión que tenía de Lucy.

–Sé que no quieres pensar mal de Lucy. –Horatia, sentada en el sofá, la miró con honda preocupación–. Creías que era tu amiga, y es propio de tu naturaleza ser absolutamente leal con aquellos que quieres.

–*Era* mi amiga; yo no lo imaginé. –Imogen se detuvo frente a la ventana y miró hacia la calle–. Cuando éramos vecinas, en Upper Stickleford, fue muy bondadosa conmigo.

–*Tú* fuiste bondadosa con ella. Siempre la invitabas a quedarse a pasar la noche.

–Me daba sus vestidos.

–Sólo después de que habían pasado de moda –murmuró Horatia.

–La moda no tenía importancia en Upper Stickleford.

–La tenía para Lucy.

Imogen dejó pasar el comentario.

–Venía a visitarme a menudo, a tomar una taza de té conmigo, después de la muerte de mis padres.

–Te visitaba porque constantemente estaba al borde de la muerte por aburrimiento. La vida en el campo no era de su gusto.

–Hablábamos sobre el antiguo Zamar.

–*Tú* hablabas –dijo Horatia con intención–. Me temo que Lucy sólo pretendía estar interesada en Zamar.

Imogen giró tan violentamente que la taza de té tembló sobre su plato.

–¿Por qué dices eso? –preguntó.

–Debo admitir que no conocía muy bien a tu amiga Lucy –respondió Horatia, lanzando un pequeño suspiro–, pero lo que descubrí de su carácter no era muy estimulante.

–Chismes –insistió Imogen–. Sólo chismes.

–Lo siento, querida, pero todo demuestra que era egoísta, obstinada, desconsiderada y dueña de un temperamento extraño e impredecible.

–Estaba desesperada por escapar de la casa de su tío. George Haconby era un hombre sumamente desagradable. Mis padres nunca sintieron estima por él.

–Lo sé –admitió Horatia.

Imogen recordó la expresión que tenían los ojos de Lucy la primera noche que había llamado a su puerta para pedirle que le permitiera dormir allí.

–Haconby la intimidaba –dijo–, especialmente cuando estaba bebido. Fueron muchas las veces que me pidió quedarse conmigo antes que estar a solas con él.

–Y tú la recibiste. –Horatia hizo un pequeño gesto, levantando apenas un hombro–. Imogen, realmente no deseo discutir contigo sobre este tema. Lucy está muerta. No se ganará nada revolviendo ahora su pasado.

–No, supongo que tienes razón.

Horatia la miró, mostrando una severa desaprobación.

–¿Dices que te has enterado de la relación entre Lucy y el señor Drake leyendo el diario de Lucy? –preguntó.

–Sí. Sé que no debía leerlo, pero Colchester estaba convencido de que podría contener algunas pistas sobre el motivo por el cual pudieron disparar a Vanneck. He leído la mayor parte, pero hasta donde he llegado, no he encontrado nada que explique esa muerte.

–Creía que a Vanneck lo había matado un salteador de caminos –dijo Horatia, frunciendo el entrecejo.

–No estamos totalmente seguros de ello. En todo caso,

Colchester dijo que si yo no leía el diario, lo haría él. Sentí que tenía la obligación de proteger sus papeles personales de la mirada de un extraño.

–Comprendo. ¿Y puedo preguntar cómo ha entrado Colchester en posesión de ese diario?

Imogen carraspeó, aclarándose la garganta.

–Eh, bueno... lo descubrió durante una visita que realizó a la residencia de lord Vanneck.

–¿Y por qué rayos fue a la casa de Vanneck?

–Han estado preocupándole algunas de las circunstancias que tienen que ver con la muerte de Vanneck –explicó Imogen. Pensó a toda velocidad–: Creyó que podía descubrir algo si hablaba con alguno de los sirvientes.

–Comprendo.

A Imogen no le gustó el tono escéptico en la voz de Horatia.

–Perfectamente natural, dadas las circunstancias –dijo rápidamente–. Después de todo, los rumores han vinculado el nombre de Colchester con el asesinato de Vanneck. Pero me habría gustado que me hubiera informado acerca de sus intenciones.

Horatia alzó las cejas.

–Pues te aseguro que Colchester se encuentra en una situación más bien difícil. Pero esto no es nada nuevo para él.

–Deseaba limpiar su nombre y acallar los rumores.

–Me temo que eso sea una tarea imposible, y que él lo sabe –dijo Horatia secamente–. A la gente siempre le ha fascinado murmurar acerca de Colchester, *El Despiadado.* Es bastante improbable que eso se modifique por una minucia tal como la verdad de las cosas.

–No lo llames «despiadado».

–Te pido disculpas –dijo Horatia, sin mostrar signo alguno de arrepentimiento. Por el contrario, parecía calladamente furiosa.

Imogen frunció el entrecejo, consternada.

–¿Tía Horatia? –preguntó–. ¿Ocurre algo malo?

–Nada importante, querida –respondió Horatia suavemente–. Volvamos al asunto. ¿Dices que Colchester ha descubierto el diario de Lucy y te lo ha dado para que lo leyeras?

–Sí. Me propongo terminarlo esta noche. Pero dudo que descubra algo más de lo que ya sé. La pobre Lucy estaba claramente obsesionada con Alastair Drake. Estaba decidida a fugarse con él. Soñaba con ir a Italia, donde ambos serían libres para celebrar su amor.

–Imagino que planeaba llevar en Italia el mismo tren de vida al que estaba acostumbrada, ¿verdad?

–En su diario dice que Alastair tenía buenos ingresos.

–No me digas.

–Pero él no quería llevarla a Italia. –Imogen recordó el creciente tono de desesperación en las notas del diario de Lucy–. Estaba enloquecida. Lo amaba muchísimo, ¿sabes?

–¿Ah, sí?

–Escribió que Vanneck a menudo montaba en cólera porque ella trataba de negarse cada vez que él intentaba ejercer sus derechos maritales. La forzó en varias ocasiones. –Imogen se estremeció–. Y te aseguro que puedo creerlo. En una ocasión tomó medidas para interrumpir su embarazo de un hijo de Vanneck. En el diario figura algo referente a una consulta hecha a una mujer de Bird Lane que se ocupaba de esas cosas.

–Comprendo.

–Me parece que Vanneck se enteró del aborto o de sus planes para abandonarlo.

–¿Y se alteró de tal manera que la asesinó?

–Sí.

Éste era un limpio resumen de los hechos, se dijo Imogen. Pero cada vez que se lo repetía, no podía sino pensar en la manera enérgica en que Vanneck había negado tener nada que ver con la muerte de Lucy.

–Bueno, si Vanneck mató a Lucy, ya ha pagado por su crimen –dijo Horatia.

–Sí, pero ¿quién lo mató a él?

–Probablemente nunca lo sepamos.

–Supongo que tienes razón –dijo Imogen, observando la hilera de casas del otro lado de la calle.

–¿Hay algo más que te preocupe, querida?

–He estado esbozando una teoría acerca del comportamiento de Lucy –dijo lentamente Imogen.

–¿Y cuál es?

–Se me ocurre que podría haber estado enferma.

–¿Enferma?

–Una forma de locura, tal vez. –Imogen se volvió hacia Horatia con una certeza que iba en aumento–. Eso explicaría muchas cosas. Su imprudencia, su desesperación, sus extraños estados de ánimo...

–Oh, Imogen, realmente no creo...

–Tiene sentido, tía Horatia. Sospecho que ha sufrido mucho a manos de su tío, quizá más de lo que admitía. Es posible que le afectara la mente. Sin duda esa condición fue agravándose con los años. No debe sorprendernos que pareciera tan diferente después de marcharse de Upper Stickleford.

–No estoy del todo segura de que fuera tan diferente –dijo Horatia.

Imogen no prestó atención. Su nueva teoría iba entusiasmándola más y más.

–Ahora comprendo por qué urdió la trama de utilizarme para ocultar su romance con Alastair Drake. ¿No la ves, tía Horatia? Cuando llegué a Londres a quedarme con ella, ya estaba desesperada. Ya no era dueña de sí misma.

Horatia la contempló largamente.

–Tal vez estés en lo cierto, querida –dijo, por último.

–Es la única explicación razonable –continuó Imogen con firmeza–. Lucy nunca fue una mujer fuerte. El terrible trato que recibió, primero de su tío y luego de su esposo, indudablemente la convirtió en una mujer insoportablemente ansiosa y perturbada. Terminó destruyéndola, tal como hizo el láudano. Sí. Una enfermedad mental lo explica todo.

Una sensación de paz descendió sobre Imogen. Después de todo, no se había equivocado con respecto a su amiga. Lucy había sido una enferma profundamente desdichada. No había estado en sus cabales cuando había escrito todas esas cosas crueles sobre Imogen en su diario.

Imogen se apeó del carruaje y subió la escalinata de entrada a la casa sintiendo el corazón mucho más ligero que cuando se dirigió a casa de su tía. Nada haría que Lucy regresase, pero el cálido recuerdo de su amistad quedaba una vez más a buen resguardo en el corazón de Imogen. Pobre Lucy, cuánto había sufrido.

Al final de la escalinata se abrió la puerta de entrada. Ufton apareció allí, aguardándola.

–Bienvenida a casa, señora.

–Gracias, Ufton. –Imogen sonrió mientras se desataba los lazos de su sombrero–. ¿Está Colchester en la biblioteca?

–No, señora. Su Señoría ha salido.

–¿Salido? ¿Adónde? –preguntó, alarmada.

–No lo ha dicho, señora.

–Pero ¿y su herida? Debería estar aquí, en casa, descansando.

–Su Señoría no es muy propenso a escuchar consejos de esa índole, señora –dijo Ufton, cerrando la puerta tras ella.

–Hablaré con él al respecto, apenas regrese.

–Por supuesto, señora. –Ufton vaciló–: ¿Necesitará el coche esta tarde?

Imogen, con un pie en el escalón, se detuvo para mirarlo.

–No –contestó–, no planeo volver a salir. ¿Por qué me lo pregunta?

–Solamente quería estar seguro de que no lo necesitaría. Lady Patricia mencionó que pensaba hacer una visita a lady Lyndhurst. Me parece que ya están haciendo falta dos coches.

–Oh, no será necesario –replicó Imogen sonriendo y subió corriendo la escalera.

Entró en la casa y atravesó el alfombrado vestíbulo a grandes zancadas, rumbo a su habitación. Estaba decidida a terminar de leer el diario de Lucy esa misma tarde. Ahora que tenía una clara comprensión de la enfermedad de Lucy, podría analizarlo con una mirada más detallada y analítica. Había estado tan sumida en la melancolía por lo que creía una traición de Lucy a su amistad, que no había razonado con claridad.

Abrió la puerta de su dormitorio y entró rápidamente. Arrojó el sombrero sobre la cama y se detuvo, sobresaltada.

No estaba sola en la habitación. Patricia se encontraba junto a la ventana, sosteniendo en sus manos el diario de Lucy. Contemplaba a Imogen con expresión consternada.

–¿Patricia? –Imogen dio un paso hacia ella–. ¿Qué estás haciendo aquí? ¿Por qué has cogido ese diario? No te pertenece.

–Imogen, por favor, discúlpame. Sé que debes de considerarme una persona terrible, pero te ruego que comprendas si te digo que no tengo alternativa.

–¿De qué estás hablando?

–La Maldición de Rutledge.

–No empieces de nuevo con esa ridícula historia de la maldición.

–¿No lo ves claro? Ésa es la razón de que Matthias estuviera la otra noche a punto de morir. Soy la única persona que puede poner fin a esto antes de que alguien muera.

–Tonterías.

–Es cierto, Imogen. Todos prometimos no comentarlo a nadie, pero he estado tan nerviosa que ya no puedo soportarlo más. Todo está sucediendo tal y como lo predijo la tablilla.

–¿Qué tablilla? –preguntó Imogen con voz aguda.

–Lady Lyndhurst posee algunas tablillas de arcilla zamarianas. La maldición está escrita en una de ellas.

–Imposible. Cálmate, Patricia. –Imogen dio otro paso para acercársele, pero se detuvo al ocurrírsele algo–: ¿Qué tiene que ver la Maldición de Rutledge con el diario de mi amiga?

–Sin querer he oído los comentarios que hacíais sobre el diario. Sé que Matthias lo cogió de la casa de Vanneck la noche en que fue herido. Por esa razón casi lo mataron.

–¿Qué crees tú que sucedió? –preguntó Imogen con cautela.

–¿No te das cuenta? Vanneck era la víctima de la Maldición de Rutledge. El diario está relacionado con él. Matthias lo cogió en su casa y por poco lo matan; el diario está tocado por la maldición. Todo lo que pertenecía a Rutledge lo está.

–¡Oh, por todos los cielos, Patricia...!

–No puedo permitir que esto se prolongue. Alguien tiene que detenerlo. Lady Lyndhurst ha estudiado las maldiciones zamarianas. Ella sabrá qué conviene hacer.

–Tonterías. –Imogen fue hacia la cama para recoger su sombrero–. Ya he oído bastante sobre la Maldición de Rutledge. Es hora de poner punto final a todas esas estúpidas habladurías.

Patricia la observó con expresión de desconcierto mientras ella se ataba los lazos del sombrero.

–¿Qué se propone hacer? –preguntó.

–¿No lo ves? –Imogen le dirigió una cálida sonrisa–. Iré al salón de lady Lyndhurst contigo, Patricia. Quiero ver esa inscripción en la tablilla de arcilla con mis propios ojos.

Matthias llegó a su casa poco después de la marcha de Imogen. Había buscado refugio para sus pensamientos sombríos, primero en el club y luego en el predio de subastas de Tattersall. Pero ni el mejor de los caballos exhibido frente a los ansiosos compradores había logrado levantar su ánimo.

Quedó desilusionado, pero a la vez visiblemente aliviado, cuando se enteró que Imogen no estaba en casa. Ansiaba tenerla en sus brazos, pero una parte de él temía mirarla a los ojos. Le provocaba más temor la aurora de la verdad que las sombras de la noche. Después de todo, estaba acostumbrado a los fantasmas.

Se dirigió a la biblioteca, molesto por la desacostumbrada mezcla de emociones que bullía en su interior. Pensaba en que venía experimentando una variada gama de extrañas sensaciones desde que conoció a Imogen.

Se quitó la corbata, la arrojó a un lado y se sentó frente a su escritorio. Abrió un grueso volumen griego que contenía referencias sobre una misteriosa isla e intentó enfrascarse en sus investigaciones. Estaba convencido de que la isla en cuestión no era otra que la perdida Zamar. Si estaba en lo cierto, se confirmarían algunas de sus teorías referentes al comercio entre los griegos y los zamarianos.

Las palabras en griego, que él leía tan fácilmente como en inglés, parecían mezclarse en la página. Se encontró con que dos o tres veces tuvo que volver al principio para releer nuevamente todo el pasaje. Estaba distraído y tenso, intentando infructuosamente concentrarse en el texto.

> Se dice que los nativos de esta lejana isla son hábiles en el estudio de las matemáticas. Utilizan cálculos para determinar la altura de edificios y montañas. Predicen también la pleamar y la bajamar.

Era inútil. Cada vez que miraba el texto que tenía ante sí sólo veía la fantasmal visión de los ojos de Imogen mientras le relataba lo que había leído en el diario. Casi podía sentir la humedad de sus lágrimas. Durante las últimas dos noches, Matthias había permanecido despierto la mayor parte del tiempo. Una sensación de fatalidad inminente le atormentaba, una fatalidad que él mismo había atraído.

¿Por qué había obligado a Imogen a leer el diario? Una y otra vez se hacía la condenada pregunta, pero él no sabía la respuesta.

Matthias cerró el volumen, lo dejó sobre su escritorio y se frotó la nuca. Una profunda sensación de cansancio se abatió sobre él. En lo que se refería a sus estudios sobre el antiguo Zamar, él era un hombre racional, lógico y reflexivo.

Pero cuando se trataba de sus propias acciones, parecía incapaz de comprenderlas. ¿Qué demonios le estaba pasando?, se preguntó.

Sus sombrías meditaciones fueron interrumpidas por un golpe en la puerta de la biblioteca.

–Adelante.

Ufton entró y dijo:

–La señora Elibank desea verlo, señor.

–¿Horatia? Me pregunto qué querrá ahora. Hazla entrar, Ufton.

Horatia entró como una tromba en la biblioteca, mostrando una expresión de mal contenida furia. Tenía un aspecto más intimidatorio que el que Matthias jamás hubiera visto en ella. Colchester se puso de pie con cierta cautela.

–Milord.

–Buen día, Horatia. –Matthias la observó mientras se sentaba al otro lado del escritorio–. ¿Le ha dicho Ufton que Imogen no se encuentra en casa?

–He venido a verle a usted, Colchester.

–Comprendo. ¿Ocurre algo malo?

–No me andaré con rodeos, milord –dijo Horatia fríamente–. ¿Por qué le ha dado a Imogen el diario de Lucy?

–¿Qué dice?

–Ya me ha oído. Usted encontró el diario de Lucy, ¿no es verdad?

–Sí.

–Y se lo ha dado a Imogen –dijo Horatia–. Debería haber imaginado que no hallaría en él consuelo alguno y que, en cambio, lo que leyera podría lastimarla. ¿Por qué lo ha hecho?

Sólo una vida entera de hábito y larga práctica permitió a Matthias mantener una expresión imperturbable. Con toda deliberación, se reclinó en su silla.

–Lucy era amiga de Imogen –respondió–. Parecía natural que fuera ella quien lo leyera.

–Tonterías. Entregó el diario a Imogen porque deseaba

destruir la imagen que ella tenía de su amiga. No se moleste en negarlo.

Matthias no contestó.

–Tal como imaginé. –Horatia se inclinó hacia delante y clavó en él una indignada mirada–. ¿Qué espera ganar haciendo añicos la imagen de Lucy? ¿Qué cruel propósito lo guía?

–Fue usted la primera en informarme que Lucy no era la noble y buena amiga que Imogen creía que era. Desde que llegué a la ciudad he hecho algunas averiguaciones por mi cuenta. Todas ellas me confirman lo que usted dijo acerca de la personalidad de Lucy.

–¿Y con eso, qué?

–Siempre es más sabio enfrentarse con la verdad, ¿no cree usted? –dijo Matthias, jugueteando con la pluma–. Al final, uno siempre debe vérselas con ella.

–Lucy era la única amiga de Imogen tras la muerte de sus padres. De no haber sido por ella, Imogen se habría encontrado absolutamente sola en Upper Stickleford. Tiene derecho a tener sus ilusiones respecto a Lucy.

–Lucy y ese condenado de Alastair Drake usaron a Imogen para ocultar su relación ilícita. ¿Llama amistad a eso?

–No, no lo hago –repuso Horatia, entornando los ojos–. Pero ¿qué ha obtenido al arrojar la verdad sobre Imogen después de tanto tiempo?

–Hay algunos interrogantes sobre la muerte de Vanneck que necesitan ser despejados –contestó Matthias, contemplando la pluma–. Pensé que algunas de esas respuestas se encontrarían en el diario de Lucy.

–Bien pudo usted haber leído ese diario en privado, milord. No había ninguna necesidad de hacérselo conocer a Imogen, mucho menos de chantajearla para que lo leyera.

Matthias sintió que lo recorría una dolorosa sensación, que podía ser de angustia o de ira.

–Yo no la chantajeé para que leyera ese maldito diario.

–Pues a mí me parece un claro caso de chantaje, señor.

Ella dijo que usted la amenazó con leerlo si ella no lo hacía. Ella pensó en proteger la intimidad de Lucy.

–¡Maldición, Horatia, hice aquello que me pareció que era lo mejor! Imogen necesitaba conocer la verdad sobre Lucy.

–Bah. Aquí la cuestión no es la verdad. Usted intentó deliberadamente destruir los amables recuerdos que tenía Imogen de su única amiga. Señor, permítame decirle que se merece el apodo de Colchester, *El Despiadado.* Lo que ha hecho es insensible y cruel. Me preguntaba cuándo iría a aparecer su verdadera naturaleza. Desgraciadamente, ha salido a la superficie demasiado tarde como para salvar a mi sobrina de lo que sin duda ha de demostrar ser un matrimonio desastroso.

La pluma se partió en dos. Matthias bajó la mirada hasta los trozos que aún sostenía en las manos. Los dejó cuidadosamente sobre el escritorio.

–Naturalmente, tiene derecho a opinar como guste, señora Elibank.

–Lo único que puede uno hacer es especular acerca de sus motivos.

Horatia se puso de pie y le dirigió una mirada altiva. En ese momento quedó en evidencia la sangre muy antigua y muy azul que fluía por sus venas. No resultaba difícil ver que descendía de un marqués.

Matthias se puso de pie. Miró a Horatia a los ojos a través del ancho del escritorio.

–No me movió otro motivo que sacar a relucir la verdad –dijo.

–No lo creo en absoluto. Maldición, señor, ya estaba empezando a convencerme de que realmente le importaba mi sobrina. ¿Cómo ha podido hacerle esto?

Matthias cerró un puño, se volvió, y con la otra mano dio un fuerte golpe sobre la pared.

–¿Se le ha ocurrido pensar que pude haberme cansado de llevar adelante una condenada mentira con mi propia esposa? –estalló.

Se produjo una pausa, breve y densa.

–En el nombre del cielo, ¿qué quiere decir? –preguntó Horatia suavemente.

Matthias luchó para recuperar el dominio de sí. Aspiró profundamente y se cubrió con la armadura del control personal.

–No tiene importancia –respondió–. No es importante. Tenga usted un buen día, señora Elibank. Ufton la acompañará hasta la salida.

Horatia lo miró durante un momento y luego, sin decir una palabra, se volvió y se dirigió hacia la puerta.

Matthias no se movió hasta que Horatia se hubo marchado. Luego fue hacia la ventana y se quedó observando el jardín largo rato.

Finalmente, encontró la respuesta a la pregunta que había estado planteándose. Ahora sabía con exactitud por qué había dado a Imogen el diario de Lucy.

No había rasgado el velo que cubría los ojos de Imogen para que se enfrentara a la verdad acerca de Lucy. Lo había hecho porque quería que enfrentara la verdad acerca de él mismo.

Aquello que él había dicho a Horatia un momento antes, en su estallido de frustrada cólera, había sido dolorosamente honesto. No podía mantener la mentira frente a Imogen. Necesitaba saber si ella podía seguir amándolo después que conociera la realidad de su propio carácter. Necesitaba saber si ella podía amar a Colchester, *El Despiadado.*

Imogen era demasiado inteligente como para no darse cuenta de la revelación acerca de sí mismo que él pretendía hacer cuando la obligara a leer el diario. Después de todo, ella era I. A. Stone.

Imogen estudió a los demás asistentes al salón zamariano cuando se sentaron en semicírculo alrededor de su elegante anfitriona. Lo primero que notó fue que todo el grupo, con excepción de Selena, estaba formado por damas muy jóvenes. Imogen podría haber apostado que ninguna de las deslumbrantes ataviadas muchachas allí sentadas pasaba de los diecinueve. Muchas eran aun más jóvenes, y estaban en su primera temporada en sociedad.

Selena, vestida con un traje azul adornado con rosas celestes, sonrió graciosamente a sus invitadas mientras la criada servía el té.

Imogen advirtió que, hasta ese día, siempre había visto a Selena desde cierta distancia o de noche, cuando aparecía en los salones de baile iluminados por lámparas de araña.

No era ningún secreto que la luz de las velas favorecía a las damas mucho más que la solar. A pesar de ello, Imogen quedó igualmente sorprendida cuando vio que Selena perdía más que la mayoría a la luz del día. Ésta daba a la dama saludada como El Ángel un toque mucho más frío y más duro que el que se esperaba. Sus ojos celestes recordaron a Imogen más un par de zafiros refulgentes que el candor del cielo.

Las asistentes al salón estaban claramente cautivadas por su elegante anfitriona. Cotilleaban, y murmuraban excitadas, mientras esperaban que Selena diera la señal de empezar las actividades de esa tarde.

Selena conducía su público con el aire de una reina de cuento de hadas. Se había rodeado de una cantidad de elementos propios de un salón filosófico de alto nivel de erudición. Varios volúmenes encuadernados en cuero se apilaban en una mesita cercana. Cerca de ellos, había colocado una gran caja de madera que contenía piezas de alfarería y antiguas botellas de vidrio. Sobre la mesa se encontraba un objeto envuelto en terciopelo negro. Fragmentos y partes de objetos zamarianos, ninguno de ellos especialmente notable, según la opinión de Imogen, estaban artísticamente distribuidos por todo el salón. Cerca de la ventana se alzaba una copia más bien pobre de una estatua de Anizamara.

Patricia se acercó a Imogen y dijo, bajando la voz.

–Lady Lyndhurst guarda la tablilla con la inscripción de

la maldición dentro de esa funda de terciopelo. Dice que es la pieza más valiosa de su colección.

–Ya veo.

Imogen miró la tablilla envuelta en terciopelo mientras aceptaba una taza de té de la criada.

Selena golpeó suavemente las manos y el grupo hizo respetuoso silencio. Miró a Imogen sonriendo fríamente.

–Lady Colchester, nos ha dado una agradable sorpresa. Me encanta que hoy pueda reunirse con nosotras. ¿Puedo preguntar qué ha atraído su atención hacia nuestro pequeño encuentro?

–Sólo curiosidad –respondió Imogen–. Lady Patricia me ha contado que disfruta mucho de su salón zamariano.

–No podemos competir con los descubrimientos y los textos de su ilustrado esposo –murmuró Selena–. De hecho, tenía la impresión de que Colchester creía que sólo los diletantes y los aficionados asistían a salones como el mío.

–No puedo quedarme mucho tiempo –dijo Imogen, apoyando la taza de té–. Lady Patricia me ha dicho que habéis estado estudiando la Maldición de Rutledge.

–Es cierto. –La mirada de Selena voló hacia Patricia. Algo, que pudo haber sido enfado, destelló en sus gélidos ojos azules, pero se desvaneció al instante tras una máscara de frío encanto–. Pero se suponía que se trataba de una investigación secreta.

Patricia se puso rígida en su asiento y miró a Imogen con ansiedad.

–No debe usted culpar a Patricia –dijo Imogen, con el entrecejo fruncido–. Me he enterado esta misma tarde. Como sabrá, tengo cierto interés en los temas zamarianos.

–¿Se refiere al Sello de la Reina y al mapa que le dejó su tío en el testamento? –preguntó Selena, con burlona sonrisa.

–Ciertamente. Pero ahora que estoy casada con Colchester de Zamar, mis intereses van más allá del sello. Desearía examinar la tablilla que contiene la inscripción de la así llamada Maldición de Rutledge. Imagino que está en esa funda de terciopelo.

Un tenso silencio se instaló en el salón. Las elegantes jovencitas intercambiaron miradas de incomodidad. Evidentemente, no estaban acostumbradas a que se desafiara la autoridad de Selena.

Selena vaciló. Luego dijo, con un gracioso encogimiento de hombros:

–Ya que está aquí, es bienvenida a estudiarla. Pero debo advertirle que está escrita en zamariano. En toda Inglaterra, sólo unas pocas personas pueden descifrarla.

–Soy consciente de ello.

Imogen se levantó, dio dos largos pasos hasta la mesa frente a Selena y tomó la negra funda de terciopelo antes de que nadie pudiera advertir sus intenciones.

Varios carraspeos y jadeos entrecortados se alzaron entre las jóvenes cuando Imogen desenvolvía la tablilla.

Selena entrecerró los ojos cuando vio que Imogen sacaba la antigua tabla de arcilla.

–Por lo que veo, los rumores acerca de sus excéntricos modales son ciertos –comentó.

Imogen la ignoró. Observó la pesada tablilla.

–Sorprendente. Se trata, en efecto, de una tablilla zamariana.

–¿Qué pensaba que era? –preguntó Selena.

–Tenía la sospecha de que se tratara de un fraude. Pero, definitivamente, es auténtica.

–Gracias por su opinión –dijo Selena con frialdad–. Ahora, si ha terminado ya...

–Aún no he terminado. –Imogen alzó la mirada–. La tablilla es, sin lugar a dudas, del antiguo Zamar. Eso apenas sorprende. Sé que se estila tener una o dos en la biblioteca. Pero la inscripción que contiene no es ninguna maldición.

–¿Cómo dice? –exclamó Selena.

–Desgraciadamente, me temo que ha estado mal informada, lady Lyndhurst.

–¿Cómo sabe lo que dice la inscripción? –saltó Selena, enrojeciendo furiosamente.

–Puedo leer el zamariano, tanto el oficial como el popular –dijo Imogen, con fría sonrisa–. Esto podría ser sólo divertido, si no fuera por el hecho de que algunas personas han tomado demasiado en serio la idea de una maldición.

–¿Divertido? –Selena estaba indignada–. ¿Qué quiere decir con eso?

–La inscripción de la tablilla no es más que el registro de una operación comercial –anunció Imogen–. Para ser precisos el trueque de dos medidas de trigo por un buey.

–Eso es falso. –Selena se puso en pie de un salto. Su voz se alzó tanto como ella misma–. ¿Cómo es posible que conozca la escritura zamariana?

Hubo un ligero movimiento en la entrada. Todos los que estaban en el salón se volvieron hacia la puerta de entrada. Allí estaba Matthias, con actitud engañosamente despreocupada.

–Mi esposa lee la escritura zamariana tan bien como yo –dijo suavemente.

Imogen se dio vuelta con tal velocidad que su bolso, sostenido por un cordón de satén, voló describiendo un amplio arco. Chocó contra una taza de té y la volcó sobre la alfombra. Varias damiselas sentadas en su trayecto se pusieron en pie de un salto, lanzando chillidos de espanto.

–Colchester –dijo Imogen con una sonrisa–. No te he visto entrar. ¿Tal vez quieras darnos tu opinión sobre esta tablilla?

Matthias inclinó la cabeza con un gesto gracioso en el que convergían la diversión y un respeto indudable.

–La traducción que has hecho es correcta. La tablilla es un antiguo documento comercial zamariano. En resumen, una factura.

CAPÍTULO XVII

Matthias subió al carruaje de un salto y se sentó frente a Imogen y Patricia. Mientras el vehículo comenzaba a moverse, contempló pensativamente la puerta de entrada de la casa de Selena. Esta visita en busca de Imogen y Patricia era la primera que hacía a la residencia del Ángel. Tenía la sensación de haber rescatado a Imogen y a Patricia del centro de una tela de araña.

–Vaya sorpresa, milord –comentó Imogen alegremente–. ¿Cómo se te ha ocurrido venir a buscarnos? ¿Sucede algo malo?

–No.

Matthias se recostó sobre el tapizado y se volvió para mirarla a la cara. Se obligó a escudriñarla desde cerca, buscando algún signo de melancolía, enfado o resentimiento.

No pudo encontrar ninguno. Para su sorpresa, el sempiterno buen carácter de Imogen parecía haber reaparecido. Las sombras que habían oscurecido su mirada durante los últimos dos días se habían evaporado como por ensalmo. Evidentemente, se había recuperado del destructivo golpe que él le había asestado. No sabía qué pensar al respecto.

Patricia paseó su mirada de Imogen a Matthias. Sus ojos iban de la confusión a la esperanza.

–Entonces, ¿la inscripción de la tablilla no es más que una antigua factura?

–Así es –respondió Imogen, palmeando la enguantada mano de Patricia–. La mayoría de las tablillas zamarianas que utiliza mucha gente para decorar sus salones y bibliotecas son antiguos registros de transacciones comerciales u otros asuntos igualmente mundanos. –Se volvió hacia Matthias–: ¿No es así, Colchester?

–Es verdad. –Matthias se dirigió a Patricia–: Te aseguro que Imogen es una experta en la escritura zamariana. Desde donde estaba pude ver los símbolos del trigo y de los bueyes. Sin ninguna duda, el mensaje no era una maldición.

–No comprendo –susurró Patricia–. ¡Tantas cosas terribles que han sucedido últimamente! El duelo, la muerte de lord Vanneck, y, por último, hace dos noches, el ataque que por poco le cuesta la vida a Matthias. Estaba segura de que lady Lyndhurst tenía razón cuando dijo que la Maldición de Rutledge había vuelto a atacar.

–La Maldición de Rutledge es una estupidez –dijo Matthias–. La inventó un grupo de desocupados con cabeza de chorlito de la Sociedad Zamariana, poco después de que les llegaran los rumores de que Rutledge había muerto en el laberinto. Sólo cabe esperar que el mundillo de la nobleza se aburra pronto del antiguo Zamar y vuelva a su interés por el antiguo Egipto.

–Eso es altamente improbable –dijo Imogen, burlona–. ¿Cómo podría acaso competir el antiguo Egipto con el perdido Zamar? Además, ya se sabe cuanto hay por saber acerca de Egipto.

Matthias quedó momentáneamente atraído por esta idea.

–No estoy tan seguro. Si alguien llegara a tener éxito en descifrar las inscripciones de ese gran fragmento de basalto negro que llaman la Piedra de Rosetta, bien podría renovarse el interés por el antiguo Egipto.

Imogen frunció la nariz.

–Siempre preferiré las maravillas de Zamar.

–Tú siempre tan leal, querida –comentó suavemente Matthias.

Patricia continuaba con la mirada baja, clavada en sus manos.

–Lady Lyndhurst aseguraba que podía traducir la escritura zamariana –señaló–. Decía que podía leer perfectamente la inscripción de la tablilla. ¿Por qué mentiría sobre algo semejante?

–Lady Lyndhurst disfruta haciendo bromas. –Matthias no se preocupó por ocultar su disgusto–. Por lo tanto, los dos os mantendréis a conveniente distancia de ella.

–No tengo intención de volver a asistir a su salón –dijo Patricia con un estremecimiento.

Imogen se inclinó hacia ella, enarcando las cejas en gesto interrogante.

–Patricia, hay algo que me gustaría preguntarte: ¿ha sido idea tuya llevar el diario de Lucy al salón esta tarde?

Matthias sintió que un escalofrío le congelaba las entrañas.

–¿Qué decís sobre el diario? –preguntó.

Cuando oyó el tono de su voz, Patricia se puso rígida.

–Lamento mucho lo del diario. Creí que estaba haciendo lo mejor.

Matthias volvió a abrir la boca para repetir su exigencia de una explicación, pero Imogen le hizo callar con un rápido y casi imperceptible movimiento de cabeza. A regañadientes, se sometió a su deseo. En los últimos tiempos, había visto en más de una oportunidad que los métodos que utilizaba Imogen para tratar con Patricia eran más efectivos que los suyos.

–Está bien –dijo Imogen a Patricia con una sonrisa–. No se ha causado daño a nadie. Sólo me preguntaba si habías mencionado a alguien lo del diario desde que... bueno, entramos en posesión de él.

Ésta era una descripción llena de tacto de lo que claramente podría llamarse robo. Matthias alzó las cejas.

–Oh, no –aseguró Patricia–. No lo he mencionado con nadie.

Imogen la observó con atención.

–¿Nadie te ha sugerido que esta tarde llevaras el diario de Lucy al salón de lady Lyndhurst?

Patricia sacudió la cabeza con total seguridad.

–Por supuesto que no. ¿Cómo iba alguien a saber que Matthias lo había cogido en la casa de lord Vanneck?

–Naturalmente –convino Imogen sin mucha convicción–. ¿Cómo podía saberlo alguien aparte de nosotros tres?

Patricia se relajó ostensiblemente.

–Llegué a la conclusión de que debía llevar el diario al salón de lady Lyndhurst después de recibir el mensaje de una de mis amigas del salón.

Semejante noticia fue demasiado para Matthias. Se precipitó sobre Patricia antes de que Imogen pudiera detenerlo.

–¿Te envió alguien un mensaje sobre el diario? ¿Quién?

–No estoy segura –respondió Patricia, abriendo desmesuradamente los ojos–. El mensaje que recibí esta mañana no estaba firmado. Pero tenía el sello secreto que usan los miembros del salón cuando se comunican entre sí.

–¿Sello secreto? –repitió Matthias con una mueca–. ¡Qué disparate! ¿Por qué diablos no me has mostrado ese mensaje? ¿A qué hora te llegó? ¿Has conocido la caligrafía?

–Te ruego que permanezcas en silencio, milord –dijo ésta, mirando a Matthias fijamente–. Estás complicando las cosas.

–Maldición. –Matthias deseaba sacudir a Patricia hasta que diera todas las respuestas, pero como eso, evidentemente, no era posible, dedicó a Imogen la mayor parte de su menguante paciencia–. No te equivoques, Imogen. Tengo la firme intención de descubrir qué está sucediendo aquí.

–Sé que lo deseas y que lo harás –repuso ella con voz agria–. Pero lo sabremos mucho más rápidamente si me permites discutir el asunto con tu hermana de un modo tranquilo y razonable.

Matthias tamborileó sus dedos sobre el marco de la portezuela. Imogen tenía razón y él lo sabía.

–Muy bien –concedió–. Adelante, entonces.

–No te preocupes –dijo Imogen, volviéndose hacia Patricia–. Los hombres tienden a ser impacientes. Ahora bien, este mensaje que dices haber recibido, ¿hacía alguna mención específica al diario?

–No, por supuesto que no. –Patricia estaba notoriamente perpleja–. ¿Quién podía saber que lo teníamos nosotros?

–¿Quién, realmente? –señaló Matthias secamente–. ¿Tal vez enviaste alguna que otra notita a tus amigas del salón? Convenientemente cerrada con el sello secreto, naturalmente.

Los ojos de Patricia se llenaron de lágrimas.

–Acabo de decirle que no lo conté a nadie.

Imogen dirigió a Matthias otra mirada reprobatoria.

–Milord, si tienes la mitad de la inteligencia que siempre me ha parecido que tienes, dejarás ya de interrumpirnos.

Matthias apretó los dientes, pero guardó silencio.

–Bien, ahora háblanos de la nota que recibiste –dijo Imogen a Patricia, alentándola con una sonrisa.

Patricia miró a Matthias con recelo, sin duda atemorizada de que reanudara sus agresivos intentos de sonsacarle información. Al ver que él se mantenía callado, dijo, dirigiéndose a Imogen:

–El mensaje decía que debíamos tener cuidado con la Maldición de Rutledge, ya que se temía que ésta cayera sobre la casa de alguno de los integrantes del salón zamariano. Enseguida me di cuenta de que Matthias había sido la última víctima.

–Naturalmente. Una conclusión perfectamente lógica –dijo Imogen.

Matthias la miró con el entrecejo fruncido, pero se las ingenió para contener su lengua.

–¿Decía algo más la nota, Patricia? –preguntó rápidamente Imogen.

–Sólo que aquel que tuviese en su poder cualquier objeto que hubiera pertenecido a Vanneck corría gran peligro. –Patricia titubeó–. La maldición habría contaminado todas sus pertenencias.

–No es muy sutil –dijo Matthias despectivamente–. Por todos los infiernos, alguien está enterado del diario.

Imogen le hizo otra mirada de advertencia antes de proseguir con su amable interrogatorio.

–Y entonces te diste cuenta de que una de las pertenencias de Vanneck estaba bajo nuestro techo, ¿no es así, Patricia? Es decir, el diario.

–Así es. –Patricia parecía desconcertada–. Sabía que ni tú ni Matthias me creeríais si trataba de explicaros lo de la maldición. Ambos la desestimabais. Debía hacer algo. Casi habían matado a Matthias. ¿Quién podía saber adónde asestaría su nuevo golpe la maldición? Pensé que lady Lyndhurst sabría qué hacer con el diario, ya que es experta en el antiguo Zamar y creía en la Maldición de Rutledge.

–Maldita sea –murmuró Matthias–. Selena sólo es experta en modas.

Imogen mantuvo la mirada fija en Patricia.

–Comprendo por qué sentiste que debías hacer algo, pero tu hermano está muy bien. La Maldición de Rutledge es una tontería. Mucho me temo que lady Lyndhurst estuviera llevando adelante un desagradable juego contigo y las demás miembros del salón.

Patricia suspiró.

–Pero, Imogen, no comprendo. Si no existe tal maldición, ¿cómo pueden explicarse todos los extraños acontecimientos de los últimos tiempos?

–Casualidades –respondió Imogen con tranquilidad–. Suceden continuamente.

–¡Qué casualidad ni niño muerto! –gruñó Matthias, veinte minutos más tarde, entrando en la biblioteca detrás de Imogen–. En todo este asunto hay mucho más que la mera casualidad, y bien lo sabes.

–Sí, Matthias, pero no veo por qué debemos alarmar a Patricia. –Imogen miró hacia la puerta cerrada de la biblioteca mientras se desataba los lazos del sombrero y se quitaba los guantes–. Ya está bastante nerviosa con lo poco que sabe. Y, dada la tendencia familiar a las fantasías mórbidas y terribles, creo que es mejor que no la asustemos.

–A mí me parece que en toda esta situación hay más de una condenada razón para alguna que otra fantasía mórbida y terrible –dijo Matthias, arrojándose sobre la silla que tenía detrás de su escritorio, mientras observaba pensativamente a Imogen, paseándose por la habitación–. ¿Qué es todo esto?

–No lo sé con certeza. Pero es evidente que el diario de Lucy es muy importante para alguien.

Matthias entornó los ojos, dejando vagar sus pensamientos y tratando de establecer conexiones entre hechos y personas aparentemente sin relación alguna.

–¿Selena? –se preguntó.

–Desde luego es una posible sospechosa. –Imogen parecía no tener inconveniente en seguir el derrotero de sus razonamientos–. Después de todo, es quien pretendió interpretar la Maldición de Rutledge.

–¿Y para qué querría el condenado diario?

–No tengo ni idea. Hasta donde yo sé, Lucy y ella apenas se conocían. Lucy nunca hablaba de Selena, salvo ocasionalmente y como de pasada.

–Comprendo.

Imogen lo miró con expresión interrogante.

–¿Ves alguna vinculación que a mí se me escape? –preguntó.

–¿Recuerdas aquella noche en la que compartimos aquel memorable abrazo en el jardín?

Imogen se ruborizó adquiriendo un encantador tono rosado.

–Sí, por supuesto. A raíz de eso insististe en que nos comprometiéramos.

–Yo no insistí con el compromiso solamente por ese abrazo, por más delicioso que fuera.

Imogen interrumpió brevemente su paseo por el cuarto.

–Insististe en ello porque habíamos sido vistos por Selena y Alastair Drake.

–Precisamente. Para empezar no es mucho, pero es un dato interesante, ¿no crees?

–Pero fue sólo una coincidencia que dieran un paseo por el jardín esa noche y nos descubrieran en tan... tan... –Imogen se aclaró la garganta–, tan comprometida situación.

–Como ya te dije, no me siento inclinado a creer que en todo este asunto haya algo casual.

–Muy bien, entonces, comencemos con algunas suposiciones. –Imogen juntó las manos a la espalda y reanudó su paseo–. Alguien sabe que has cogido el diario de la casa de Vanneck. Esa persona desconocida trató de engañar a Patricia para que lo llevara hoy al salón. Bien pudo haber sido Selena, aunque no hay razón para creer que podría tener interés en el diario o que tuviera manera de enterarse de que nosotros lo teníamos.

–Quizá la persona que está detrás de todo esto es una de las asistentes a su salón.

Imogen negó con la cabeza.

–No es probable. Tú las has visto, Matthias. Son todas jóvenes de la edad de Patricia. Para la mayoría de ellas, es su primera temporada en sociedad. Hace tres años aún estaban en la escuela. Ninguna de ellas pudo haber tenido relación con Lucy.

–¿Y algún familiar de las jóvenes?

–Es posible. –Imogen frunció el entrecejo–. Pero bastante improbable. Volvemos al problema de siempre: ¿cómo pudo enterarse alguien de que cogiste el diario del estudio de Vanneck?

–Te olvidas que esa noche había otras dos personas más en casa de Vanneck –dijo Matthias–. No pude verles la cara porque habían hecho todo lo posible por ocultarlas. Pero ellos me vieron a mí.

–¡Cielo santo! Tienes razón.

–Deben de haber supuesto que yo buscaba el diario porque era lo que ellos mismos estaban buscando –continuó Matthias–. Lo consideraban algo valioso, y probablemente llegaran a la conclusión de que yo también conocía su importancia.

–Pero tú no tenías la menor idea de su valor.

–Yo no entré a esa casa buscando nada en particular, pero las dos personas que encontré no podían saberlo. Tomé el condenado diario sólo porque era obvio que Vanneck lo había ocultado deliberadamente. –Matthias vaciló–. Y porque vi que había pertenecido a tu amiga Lucy.

–Tienes una notable habilidad para descubrir todo aquello que está escondido –musitó Imogen.

–Todos tenemos nuestros pequeños talentos. Esa destreza me fue muy útil en el perdido Zamar.

Matthias se preguntó, sombrío, si ella habría percibido su mentira por omisión. No había tomado el diario solamente porque éste estuviera escondido o porque perteneciera a Lucy. Lo había hecho porque sabía que su destino estaba de alguna manera ligado a ese diario.

Pero Imogen parecía resuelta a seguir la lógica del problema que estaba en discusión, no las lúgubres cuestiones referidas a su particular elección de imponerse una fatalidad.

–Los dos villanos que te atacaron pueden haber vuelto a la casa a continuar su búsqueda después que tú te habías marchado –sugirió–. Como el diario ya no estaba allí, concluirían que tú lo habrías encontrado y te lo habrías llevado.

–O quizá simplemente se escondieran fuera de la casa y me vieran partir con el diario en la mano. Esa noche la luna brillaba bastante y se podía ver con claridad.

–No sé, Matthias. Nada de todo esto tiene sentido a menos que haya algo de suma importancia en el diario de Lucy. Pero ¿qué puede ser? Al único que podía afectar el romance de Lucy con Alastair Drake era a Vanneck. Con toda seguridad, sólo él podría estar preocupado por ellos a estas alturas. Todo sucedió hace ya tres años.

Matthias reunió fuerzas para hacer la pregunta que daba vueltas en su cabeza:

–¿Lo has terminado de leer?

–Casi. –Ella miró por la ventana, hacia el jardín–. He avanzado con lentitud en su lectura. Temo que lo escrito por Lucy me ha resultado demasiado doloroso.

Matthias agarró el cuchillito que solía utilizar para afilar las plumas y comenzó a juguetear con él.

–Imogen, quizá no creas lo que voy a decirte, pero de verdad lamento haberte obligado a leer ese maldito diario.

–Tonterías. –Imogen le dedicó una sonrisa tranquilizadora–. Hiciste lo que creías que debías hacer, y tenías razón. Es preciso que conozcamos el contenido de ese diario, que es tan valioso para alguien.

Matthias volvió a poner el cortaplumas sobre el escritorio.

–Eres asombrosa, ¿lo sabes? Absolutamente desconcertante. Santo Dios, ¿no puedes enfrentarte con la verdad cara a cara cuando te das de boca contra ella? Después de todo, eres I. A. Stone.

Ella se detuvo en medio de la habitación y se quedó mirándolo con la boca abierta de asombro:

–¿Pasa algo malo? ¿Por qué estás enfadado?

–¿Cómo puedes ser tan condenadamente inteligente en algunas cosas y tan increíblemente ingenua en otras?

Imogen sonrió de manera enigmática.

–¿Has pensado que tal vez no sea tan ingenua como supones, Matthias? Simplemente, veo la verdad desde otra perspectiva que la tuya.

–Sólo puede haber una verdad en cada situación.

–No estoy de acuerdo. Recuerda solamente que con frecuencia hemos discutido por escrito sobre algún punto en particular referido a la historia zamariana. En esos casos los dos interpretamos la escritura zamariana de la misma manera, pero le adjudicamos significados diferentes. Dos puntos de vista sobre la misma cuestión.

–¿Es que no entiendes? –dijo él entre dientes–. Esto no tiene nada que ver con el antiguo Zamar. Ya que estamos discutiendo sobre la verdad, pongamos algo en claro.

–¿De qué se trata?

Matthias comenzaba a asustarse de lo que estaba haciendo. Debía detenerse en ese mismo instante, pensó. Sería un imbécil si decía una sola palabra más. Aparentemente, aún tenía una pequeña posibilidad de salir con fortuna en lo referente al diario. Debía agradecer a su buena estrella por su suerte y dejar de ahondar en el interminable pozo de la autocompasión.

Imogen se había convencido de que él la había obligado a leer el diario porque no había otra alternativa. Si tenía dos dedos de frente, debía dejar que siguiera creyéndolo. Era muy necio desperdiciar su buena fortuna de esta forma. Pero no podía detenerse. Se precipitó dentro del tenebroso abismo que él mismo había cavado.

–Seguramente, te das cuenta de que yo era plenamente consciente de que cuando leyeras el diario descubrirías el verdadero carácter de Lucy.

–Sacaste algunas conclusiones sobre Lucy basadas en viejos chismes. Supusiste que yo iba a hacer lo mismo después de leer el diario.

–Eran algo más que suposiciones. Te ha herido lo que has leído. Mil diablos, Imogen, yo he visto tus lágrimas.

Ella inclinó la cabeza hacia un costado y se quedó contemplándolo pensativamente.

–Hoy mismo tía Horatia reconoció por primera vez que también ella había advertido el extraño comportamiento de Lucy.

–¿Extraño comportamiento? –Matthias lanzó una carcajada carente de humor–. Eso es expresarlo de una manera demasiado bondadosa. Era una mujerzuela sin corazón.

–Estaba profundamente perturbada. Fui amiga suya varios años antes de que se marchara a Londres. No puedo negar que padeció ciertos cambios tras abandonar Upper Stickleford.

–¿Cambios?

–Te confieso que estaba preocupada, especialmente cuando dejó de escribirme. Pero pensaba que esos cambios se debían a su boda.

Algo en su tono de voz alertó a Matthias.

–¿Has cambiado de opinión? ¿Ya no crees que Vanneck sea el responsable de la desdicha de Lucy?

–Vanneck debía responder por muchas cosas –aseguró Imogen–. Pero ahora creo que Lucy tenía otros problemas.

–¿De qué diablos estás hablando?

–He estado pensando largamente en lo que leí en su diario. Como le dije a tía Horatia, he llegado a la conclusión de que Lucy estaba enferma.

Matthias quedó estupefacto.

–¿Enferma? –repitió.

–Creo que su salud mental no era buena. Siempre padeció de un carácter sumamente tenso. En ocasiones sufría de ataques de melancolía. Pero sus estados de ánimo empeoraron notablemente después de su boda con Vanneck. El tono que impera en su diario revela su creciente nerviosismo. Y no cabe duda de que se volvió obsesiva respecto a Alastair Drake.

Matthias la miró con la más absoluta incredulidad reflejada en su rostro.

–Déjame estar seguro de que te entiendo correctamente: ¿has llegado a la conclusión de que Lucy puede haber estado loca?

–No de la manera que asociamos con las pobres almas que van a parar a Bedlam. No veía cosas invisibles, ni escuchaba voces extrañas. Sus escritos en el diario son muy lúcidos. La verdad es que, cuando vine a Londres a visitarla, se mostró completamente racional. Pero ahora me doy cuenta de que algo ya andaba mal. Su obsesiva pasión por el señor Drake no parece... –Imogen titubeó, claramente buscando la palabra adecuada–: saludable.

–Estaba cometiendo adulterio –observó Matthias con desprecio–. Tal vez eso le preocupara. Después de todo, no había dado un heredero a Vanneck. Éste se habría puesto furioso de haber descubierto su indiscreción. Las buenas esposas de la nobleza siempre ofrecen un heredero a sus señores antes de emprender su carrera de relaciones ilícitas.

–No, en esto hay algo más que la preocupación de que Vanneck descubriera el romance. Quería a Alastair Drake tan obsesivamente que no parecía natural. Estaba furiosa porque él se negaba a fugarse con ella.

Matthias se puso de pie.

–Si escucho un minuto más esta cháchara, es probable que yo mismo me vuelva loco. Imogen, tu tía vino hoy a verme.

–¿Tía Horatia te ha visitado? –Imogen lo miró con curiosidad–. Qué extraño. Yo he ido a verla esta mañana. No me dijo que quería hablar contigo.

–Fue sin duda tu visita la que le inspiró tal deseo. –A Matthias le dolían las mandíbulas por la tensión que torturaba cada músculo de su cuerpo–. Después de que tú hablaras con ella, se dio cuenta, no así tú, de lo que yo había hecho al darte el diario de Lucy.

–No entiendo.

–Eso es más que evidente. –Matthias flexionó las manos y las apoyó sobre el escritorio. Se inclinó hacia delante y se obligó a mirar a Imogen directamente a los ojos–. Hice que leyeras el diario de Lucy porque quería que te enteraras de ciertos hechos relacionados con tu supuesta amiga. Quise obligarte a verla tal cual era. Que Dios me asista, prácticamente te chantajeé para que leyeras el condenado diario, aun cuando estaba seguro de que sufrirías con la verdad. Fue un acto cruel y despiadado de mi parte.

–No creo ni una palabra de todo esto –dijo Imogen sin apartar la mirada.

–¡Maldición, es la verdad! –dijo Matthias violentamente–. Mírame, Imogen. Afronta la verdad. Con toda seguridad, debes darte cuenta de que, dándote el diario de Lucy, demostraba lo despiadado que soy.

–Matthias...

–El día que nos conocimos dijiste que yo no era el hombre que tú creías. Tenías razón. –Matthias no apartaba su mirada de la de ella–. No sabías cuánta razón tenías.

Un terrible silencio se abatió sobre la biblioteca.

De pronto la habitación se pobló de fantasmas. Rodearon a Matthias, mofándose de él con sus bocas de las que no salía voz alguna, despreciándolo con las miradas que nacían en las cuencas vacías de sus ojos. Sus carcajadas silenciosas sonaron en sus oídos.

«¿Por qué destruir sus ilusiones? Te han sido muy útiles, ¿no es así? No has vacilado en calentar tu alma fría como el hielo en el calor de su dulce pasión. Te has deleitado con la falsa imagen de ti mismo que viste en sus ojos. ¿Por qué no has dejado todo como estaba? Ahora lo has estropeado todo.»

Matthias no necesitaba que los viejos espectros de su pasado atormentado le dijeran que era un idiota. Pero no había manera de echarse atrás. Esa misma mañana le había dicho la verdad a Horatia: no podía sostener una mentira. Menos aún con Imogen.

–¿Qué estás tratando de decirme? –preguntó cautelosamente Imogen.

–No seas necia. Me dicen Colchester, *El Despiadado* con toda razón. Me gané el apodo, Imogen. No soy el hombre bondadoso, noble y de altos principios que tú creíste que era. No tengo sensibilidad delicada ni refinadas emociones. Lo he demostrado al obligarte a leer el diario de Lucy. Un marido amable y considerado no habría chantajeado a su esposa para que se enterara de la verdad sobre una mujer a la que una vez llamó su amiga.

Imogen lo observó durante toda una eternidad, con ojos que parecían quemar su piel. Matthias se preparó para enfrentar la interminable noche que lo aguardaba para engullirlo.

Y entonces Imogen sonrió. Era la sonrisa de Anizamara. Brilló con la calidez del sol.

–Me parece que has tomado demasiado en serio todo este asunto, Colchester –dijo–. Supongo que es lo que cabe esperar de alguien que tiene un temperamento tan sensible.

–¿Demasiado en serio? –Matthias rodeó prestamente el

escritorio y la tomó por los brazos–. ¿Qué sucede contigo? ¿Qué clase de espejo hace falta para mostrarte cómo soy?

Ella se aproximó para acariciarle las mejillas con dedos trémulos.

–Ya te he explicado que tú y yo no vemos la verdad bajo la misma luz.

Él apretó la mano que sostenía su brazo.

–¿Y qué verdad ves cuando me miras?

–Veo muchas verdades. La más importante de todas es que tú y yo somos bastante parecidos en más de un aspecto.

–¡Por el amor de Dios, no somos espíritus afines, sino totalmente opuestos!

–Tal vez recuerdes que una vez me dijiste que lo que teníamos en común era la pasión y Zamar.

Matthias notó cómo una oleada de fuego salvaje e incontrolable, compuesto por partes iguales de desesperación y esperanza, le recorría.

–Compartimos esas cosas, es cierto, pero eso no nos convierte en almas gemelas. No nos hace «parecidos».

–Ah, sin embargo es ahí donde te equivocas. –Los ojos de Imogen brillaron con una expresión indescifrable–. Eres un hombre que se precia de responder a la lógica, así que consideremos todo esto bajo esa óptica. Primero consideremos la pasión. Habla por sí misma, ¿no crees? Jamás he sentido con otro hombre lo que siento por ti.

–Jamás te has acostado con ningún otro hombre. ¿Cómo puedes saber qué sentirías con alguien que no fuera yo?

Apenas podía articular las palabras. La visión de Imogen en los brazos de otro hombre, ahora que se había entregado a él, era infinitamente dolorosa.

–¡Shh, silencio, milord! –Imogen le tapó la boca con los dedos–. No necesito hacer el amor con otro hombre para saber que lo que compartimos tú y yo es absolutamente único. Y ya está bien con ese punto. Pasemos al tema del interés que compartimos por Zamar.

–¿Crees, acaso, que nuestro mutuo interés por el antiguo

Zamar nos liga de una manera grandiosa y metafísica? Me parece que has leído demasiado Coleridge o Shelley. Hay más de cien miembros de la Sociedad Zamariana que comparten nuestros intereses, y te aseguro que no me siento ligado a ninguno de ellos, ni metafísicamente ni de ninguna otra forma. Maldito si me importa si no vuelvo a ver ni siquiera a uno solo durante el resto de mi vida.

–Matthias, ¿es que no comprendes? No es el «estudio» de Zamar lo que liga nuestros espíritus en el plano metafísico, sino el hecho de que ambos buscamos desentrañar sus secretos por la misma razón.

–¿Y cuál es esa razón?

Imogen se puso de puntillas y le rozó los labios con los suyos.

–Pues escapar de la soledad, por supuesto.

Matthias se quedó atónito. La pasmosa verdad que encerraba esa simple observación lo impactó con la fuerza de la aurora en la perdida isla de Zamar. Súbitamente, todo se iluminó con una claridad tan espectacularmente luminosa que no parecía natural.

Él había usado su búsqueda como un medio de mantener a raya a sus fantasmas. No se le había ocurrido que Imogen podía estar librando una batalla contra sus propios espectros tenebrosos.

–¿No lo ves? –insistió Imogen suavemente–. La búsqueda de los secretos del antiguo Zamar llenó los espacios vacíos de nuestras propias vidas. Nos proporcionó pasión, propósitos y objetivos. ¿Qué habríamos hecho sin Zamar?

–Imogen... –Matthias tragó con dificultad.

–Sé lo que significa Zamar para ti, Matthias, porque significa lo mismo para mí. En realidad, te debo a ti más de lo que nunca podré pagarte porque has logrado hacer lo que yo no pude. Has descubierto la isla perdida. Tus investigaciones y tus escritos me han abierto puertas que yo no estaba en condiciones de abrir. Nunca sabrás lo que tus exploraciones han hecho por mí. Trajeron consigo un formidable misterio a Upper Stickleford. Gocé muchísimo en la búsqueda de soluciones al enigma de Zamar.

Finalmente, Matthias pudo recuperar el habla.

–No es suficiente –logró decir.

Ella quedó inmóvil entre los brazos de él.

–Dijiste que era suficiente, milord. Dijiste que era una base más sólida para un matrimonio que la que tenían la mayoría de las parejas.

–Quise decir que no era suficiente para explicar por qué persistes en adjudicarme una nobleza que no tengo. Con toda seguridad, no te has casado conmigo porque yo descubriera el antiguo Zamar. ¿Qué habría sucedido si el que regresaba del segundo viaje que hicimos hubiese sido Rutledge, y hubiera sido él quien abriera las puertas para ti? ¿Te habrías casado con él?

–No, por supuesto que no –respondió Imogen, haciendo una mueca–. Te dije por qué me había casado contigo, Matthias. Te amo.

–Lo dijiste solamente porque creías que estaba en peligro de muerte por el duelo. Aquella noche estabas enloquecida. Emocionada, temerosa, agitada.

–Tonterías.

–Y, Dios me asista, me aproveché de tu estado nervioso para coaccionarte y obligarte a casarte conmigo.

–¿Cómo te atreves? No hiciste nada semejante. Cuando accedí a casarme contigo, tenía un perfecto control de mis facultades. ¿Cuántas veces debo explicarte que gozo de excelente salud emocional? No estaba enloquecida. Lo cierto era que te amaba entonces y te amo ahora.

–Pero, Imogen...

Ella entrecerró los ojos.

–Eres el hombre más obstinado que conozco. No puedo creer que esté aquí, discutiendo contigo lo que siento por ti. Cualquiera pensaría que estamos discutiendo sobre alguna oscura referencia en un papiro zamariano.

–Creo que el amor que sientes por mí es mucho más incomprensible que cualquiera de los misterios del antiguo Zamar –dijo, mirándola a los ojos.

–Algunas verdades deben aceptarse sin darle vueltas, porque son incuestionables. El amor es una de ellas. Te he brindado mi amor. ¿Lo aceptas o lo rechazas?

Matthias contempló sus ojos verde azulados y no encontró en ellos ningún fantasma.

–Puedo ser obstinado, pero no soy estúpido. Acepto tu ofrenda. Que Dios me ayude, es más valiosa que cualquier cosa que podría haber descubierto en la biblioteca del perdido Zamar. Te juro que cuidaré ese amor como algo sagrado y que lo protegeré contra cualquier ataque.

Ella sonrió, con una sonrisa que contenía todos los secretos del pasado de Matthias, de su presente y de su futuro.

–No te habría dado mi amor si no creyera que lo cuidarías celosamente.

Él no perdió tiempo tratando de comprender los femeninos secretos de esa sonrisa. La tomó en sus brazos y cubrió su boca con la suya.

CAPÍTULO XVIII

Imogen oyó un gemido áspero e inarticulado y supo que éste surgía de lo más profundo del alma de Matthias. Éste la alzó en sus brazos y la llevó hasta el sofá de los delfines. Su mirada se fundió con la de ella cuando la apoyó sobre los almohadones de seda, e Imogen distinguió un inconfundible brillo de deseo, mezclado con un inmenso anhelo.

Quedó sorprendida e intrigada a la vez.

–¿Matthias? ¿Qué te propones? ¿No intentarás hacerme el amor aquí? ¿Ahora?

–A menudo me he sentado en esa silla, detrás del escritorio, preguntándome qué aspecto tendrías tendida en este sofá, desnuda. Era una forma de torturarme a mí mismo.

–¡Cielo santo!

–He estado aguardando la oportunidad de convertir mi fantasía en realidad. –Matthias se recostó a su lado, sobre los almohadones, y se acercó a ella–. Creo que ese día ha llegado.

–Pero es media tarde y estamos en la biblioteca.

Matthias le mordisqueó el lóbulo de la oreja, mientras empezaba a quitarle el vestido.

–Los antiguos zamarianos solían hacer el amor durante el día.

–¿Ah, sí?

–Con toda seguridad –respondió Matthias, soltando el corpiño de su vestido–. Lo sé de una fuente fidedigna.

–Que debes de ser tú mismo, ¿verdad? Eres el principal experto en el tema del antiguo Zamar.

–Me encanta que lo reconozca, I. A. Stone. –Inclinó la cabeza para besar la redondez de uno de sus pechos.

Una dulce premura revoloteó en su interior.

–Hacer el amor por la tarde. Qué extraordinario. Recuerdo que uno de tus escritos decía que los zamarianos era un pueblo muy desinhibido.

–A falta de una palabra más adecuada...

Se inclinó para levantar la falda hasta la cintura.

Imogen sintió que en su interior florecían un montón de sensaciones placenteras. Se sintió ligera, casi mareada. Había ofrecido su amor a Matthias y él había jurado protegerlo. Colchester era un hombre de palabra. Y también, se dijo, era un hombre que podía aprender a amar.

A ella le correspondía enseñarle.

En ese instante él encontró, con sus manos elegantes y poderosas, el cálido y húmedo lugar entre sus muslos, y todo pensamiento sobre el futuro huyó por el momento de la mente de Imogen. Se sometió a sus exóticas técnicas amatorias zamarianas con feliz abandono. Matthias la acarició hasta dejarla sin aliento. Hasta que se estremeció entre sus brazos. Hasta que se retorció y se arqueó en sus brazos.

Ella luchó para quitarle los pantalones, liberando su rígido miembro. Matthias lo puso entre las manos de ella y se estremeció de placer al sentir su caricia.

–Te amo –susurró ella.

–¡Oh, por Dios, Imogen!

Matthias rodó hasta situarse sobre ella.

La penetró, apretándola contra los almohadones. Imogen se aferró a él, deleitándose con su fuerza y su peso. Sus dedos se clavaron en los músculos tensos de la espalda de Matthias.

Cuando él llegó a la culminación de su placer, profundamente hundido en ella, Imogen le oyó susurrar su nombre.

Por el momento, era suficiente.

El diario de Lucy terminaba con desconcertante brusquedad. Una vez que hubo leído las últimas anotaciones, Imogen sintió que la cubría un ominoso manto de turbios presentimientos.

Mi querido y encantador Alastair es el más atractivo de los hombres, pero comparte con sus congéneres la debilidad propia de su sexo. En el lecho habla sin cesar, y su charla se reduce a sí mismo. Sin duda supone que no he advertido su pequeño lapsus de la noche pasada. Quizá crea que no comprendí las implicaciones de lo que dijo, tras sucumbir a la hastiada melancolía que aflige a los hombres después de haber saciado su deseo. Incluso es posible que se haya convencido de no haberlo dicho en voz alta. Pero no soy tonta. Lo oí y lo entendí. Alastair es mi verdadero amor, y lo obligaré a reconocer que fuimos hechos el uno para el otro. Iremos a Italia y viviremos la dorada y gloriosa vida de los amantes destinados a permanecer juntos.

Estoy tan excitada que apenas puedo respirar. Mis manos tiemblan al escribir estas palabras. El investigador de Bow Street que contraté para que descubriera las pequeñas indiscreciones de Alastair ha regresado por fin del norte. La información que me ha dado resultó ser de mayor utilidad que lo que había osado esperar. Mi pícaro Alastair no es en absoluto lo que pretende ser. Estoy segura de que hará cualquier cosa para que la alta sociedad no se entere de la verdad. Cualquier cosa. Cuando le comunique el precio de mi silencio, lo pagará. Al principio puede mostrarse enfadado, pero cuando estemos a salvo, en Italia, no podrá sino admitir que estamos predestinados a estar juntos durante toda la eternidad. A su debido tiempo, me perdonará lo que me veo obligada a hacer. Es por su propio bien.

Un escalofrío recorrió la columna de Imogen cuando cerró el diario. Se quedó sentada un largo rato, con la mirada perdida hacia la ventana de su habitación.

No había nada que hacer, pensó Imogen. A medida que se aproximaba al final, Lucy había ido internándose más y más en un extraño mundo de su propia invención. La realidad y la fantasía se habían mezclado hasta tal punto que ya no podía distinguir dónde empezaba una y terminaba la otra. Su obsesión por Alastair Drake la había arrastrado más allá de toda lógica y razón. Tal vez Lucy no estuviera exactamente loca, pero ciertamente no había actuado de manera racional.

Imogen se levantó y, con el diario de Lucy bajo el brazo, se dirigió lentamente a la planta baja, para encontrarse con Matthias.

Éste estaba en la misma situación en que lo había dejado apenas dos horas antes: sentado frente a su escritorio, sumido en la lectura de un antiguo texto griego. Al oír que Imogen entraba en la biblioteca, alzó la mirada.

–Imogen... –comenzó a decir con una sonrisa y entonces vio el diario. Todo rastro de emoción desapareció de sus fantasmales ojos grises. Se puso lentamente de pie–. ¿Has terminado de leerlo?

–Sí.

–¿Y bien? –La observó mientras ella se acercaba a su escritorio–. ¿Valía la pena angustiarse tanto, amor mío?

Imogen sonrió tristemente.

–Sospecho que tu dolor ha sido mayor que el mío, Matthias.

–Ni por asomo. Lucy era amiga tuya, no mía.

–Sí, pero has estado atormentándote por pedirme que leyera el diario. Las garras de los remordimientos son muy afiladas, ¿no es así, milord?

–Confieso que hasta hace muy poco no he tenido mucho trato con ellos –respondió Matthias, alzando las cejas–. No puedo decir que me interesen particularmente las sensaciones que éstos provocan. Tenga piedad de mí, señora. Puedo merecer ese tormento, pero espero que no prolongue mi miseria más de lo necesario. ¿Te has enterado de algo importante o todo ha sido en vano?

–Creo que ahora sé por qué alguien desea quedarse con el diario. Y posiblemente sepa quién es esa persona. Lucy descubrió algún turbio secreto relacionado con Alastair Drake.

–¿Drake? –repitió él, frunciendo el entrecejo–. ¿Qué clase de secreto?

–No lo sé. En el diario no lo menciona. Pero debe de haber sido algo muy importante, ya que contrató a un investigador de Bow Street para que lo descubriera.

–Qué interesante –dijo Matthias con suavidad.

–Sus últimas anotaciones se refieren al informe del investigador. Sea lo que sea lo que puede haberle dicho, parece haber confirmado sus peores sospechas. Se proponía utilizar esa información para chantajear a Drake y obligarle a llevarla a Italia.

–¡Qué pobre ignorante debe de haber sido Lucy! –Matthias sacudió la cabeza–. Cualquiera que conozca a Drake puede darse cuenta de que es el arquetipo de la sociedad londinense. Le encanta ese ambiente. Jamás abandonaría voluntariamente la vida social de esta ciudad.

Imogen apretó el diario con fuerza.

–Dudo de que Lucy lo comprendiera. Yo, ciertamente, no lo vi.

Matthias se encogió de hombros y no dijo nada.

Imogen lo miró, malhumorada.

–Si haces un solo comentario acerca de mi supuesta ingenuidad, no respondo de mí.

–Jamás se me ocurriría decir ni una palabra al respecto.

–Muy sabio de tu parte. –Imogen se aclaró la garganta–. En todo caso, como ya te he dicho, poco antes de la muerte Lucy ya no era ella misma.

–Puedes tener razón en ese punto. Seguramente ninguna mujer racional podría haber pergeñado un plan tan demencial. ¿No dejó ninguna pista acerca del secreto que descubrió?

–No. –Imogen se sonrojó al recordar lo que había escrito Lucy–. Sólo que era algo que el señor Drake dejó escapar accidentalmente durante uno de esos curiosos momentos de profunda fatiga que parecen afectar al sexo masculino tras un encuentro.

–¿Un encuentro con qué? –preguntó Matthias, y de pronto pareció comprender–. Ah, ya veo. Drake no tuvo el seso necesario para mantener la boca cerrada cuando no llevaba los pantalones, ¿no es así?

–Es una manera un tanto descarnada de expresarlo.

–Pero acertada, admítelo.

–Supongo que sí. –Imogen comenzó a golpear con la punta del pie sobre la alfombra–. Te das cuenta de las implicaciones de esta información, ¿verdad?

Los ojos de Matthias brillaron con una expresión de aguda y sagaz inteligencia.

–Por supuesto que sí. Es cierto que tu amiga puede haber sido asesinada, pero lo más probable es que el asesino fuera Alastair Drake en lugar de Vanneck.

–Así es. –Imogen se dejó caer en una silla y miró el diario que estaba sobre su regazo–. El señor Drake puede haber llegado a la conclusión de que debía matarla para que no revelara su secreto. Qué cosa tan extraña. Durante tres años he dado por sentado que Vanneck había asesinado a Lucy. Es difícil ver a Drake como un asesino.

–Yo no tengo ninguna dificultad en imaginarlo –murmuró Matthias–. Pero lo que me interesa es ese condenado secreto. Me pregunto si será posible localizar al investigador privado que contrató Lucy. Me gustaría hacerle algunas preguntas.

–Excelente idea, Matthias –dijo Imogen, levantando la mirada hacia él.

–Enviaré de inmediato un mensaje a Bow Street. –Matthias se sentó y tomó la pluma–. Entretanto, me parece que voy a hacer una visita a alguien que puede saber algo sobre este asunto.

–No se te ocurrirá ir a ver al señor Drake, ¿verdad? Todavía no tenemos información suficiente.

–No se trata de Drake, sino de ese faro refulgente de erudición zamariana: el Ángel.

–¿Acaso te propones hablar con lady Lyndhurst? –preguntó Imogen, preocupada–. ¿Por qué?

–Estoy seguro de que tiene algo que ver con todo este asunto. –Matthias terminó su breve esquela y dejó a un lado la pluma–. Creo que era ella la que esta tarde quería quedarse con el diario.

–Es muy posible, milord. Puede saber algo que nosotros desconocemos. –Imogen se puso de pie con determinación–. Iré contigo.

–No, no lo harás –replicó Matthias, resuelto–. Esperarás aquí hasta que regrese.

–No puedo permitir que vayas solo a buscar información, Matthias. Piensa en la desastrosa situación en que te metiste cuando entraste a registrar la casa de Vanneck sin mi ayuda. En esa ocasión podrían haberte matado.

–Dudo seriamente que Selena intente asesinarme en su propio salón –comentó Matthias, divertido–. Es una dama, no un matón de baja estofa. Las mujeres de esa clase se apoyan en sus encantos para lograr sus objetivos.

–Bueno... No te ofendas, pero no creo que podamos confiar en tu experiencia en la materia. Mi madre me dijo una vez que los hombres suelen subestimar a las mujeres.

–Siempre pongo mucho cuidado en no subestimarla a usted, señora.

Imogen frunció la nariz.

–Muy bien, entonces. Ya que insistes en que no hay peligro, entonces no hay razón alguna para que no te acompañe al salón de lady Lyndhurst, milord.

Matthias hizo una pausa en medio del proceso de sellar la esquela.

–Veo que, de ahora en adelante, deberé ser más cuidadoso con mis procesos lógicos.

–No te culpes. –Imogen echó una mirada pensativa al sofá zamariano–. Después de todo, acabamos de abandonar el lecho conyugal hace apenas un momento. Tal vez todavía no te hayas recobrado por completo de la flojedad que aqueja al macho de la especie humana después del encuentro amoroso.

Los dientes de Matthias resplandecieron en una fugaz sonrisa traviesa.

–Tienes un efecto perturbador sobre mi delicada sensibilidad. Muy bien, puedes acompañarme a visitar a Selena, pero déjame conducir la conversación. ¿Comprendido?

Imogen le dedicó la más beatífica de sus sonrisas.

–Naturalmente, milord. No se me ocurriría tomar la iniciativa en una situación que, obviamente, está a su cargo.

Matthias la miró, escéptico.

–Eso espero.

Apenas una hora más tarde, una malhumorada ama de llaves abría la puerta de la casa de Selena.

–¿Qué puedo hacer por ustedes? –preguntó, de mal talante.

–Informe, por favor, a lady Lyndhurst, que el conde y la condesa de Colchester desean hablar con ella de un asunto urgente –dijo Matthias fríamente.

–Lady Lyndhurst no está en casa –refunfuñó el ama de llaves–. No sé cuándo regresará.

Imogen advirtió que eran casi las cinco de la tarde.

–¿Quizás ha ido a dar un paseo por el parque?

–No lo creo, a menos que ahora esté de moda ir al parque con todas las maletas.

–¿Acaso está diciéndonos que lady Lyndhurst ha hecho sus maletas y se ha marchado de la ciudad? –preguntó Matthias.

–Sí, eso es precisamente lo que estoy diciendo.

–Pero hemos estado aquí hace muy pocas horas –protestó Imogen–. Hoy mismo ha tenido lugar aquí un encuentro en su salón zamariano.

—Apenas se fueron ustedes mandó a paseo a todas las damiselas –dijo el ama de llaves–. Y luego ordenó a toda la servidumbre hacer las maletas a toda prisa. Nunca había visto algo parecido.

–¿Mencionó adónde se marchaba? –preguntó Matthias.
–A mí, no. –El ama de llaves encogió sus anchos hombros.
–¡Maldición! –murmuró Matthias.

Algo en el tono del ama de llaves llamó la atención de Imogen. Vinieron a su memoria las historias que había contado la señora Vine, referidas a sus inquilinos y sus vidas secretas.

–¿Se ha acordado lady Lyndhurst de entregar la paga trimestral del personal antes de irse?

–No, no lo hizo –respondió ésta, con los ojos llameantes de indignación–. Típico de esa clase de gente. Después de tres años de servicio leal, se marcha sin molestarse en pagarnos.

Imogen miró a Matthias de soslayo.

–Mi esposo les pagaría muy complacido, a usted y al resto del personal, si puede indicarnos adónde fue lady Lyndhurst.

–Imogen, ¿qué diablos estás diciendo? –preguntó Matthias–. Nunca dije...

–Shh, silencio, milord. –Imogen volvió su atención al ama de llaves–. ¿Y bien? ¿Cerramos trato?

Una luz de esperanza brilló en los ojos del ama de llaves.

–Espero que el hermano de la señora sepa adónde ha ido.

–¿Hermano? –repitió Imogen, mirando atónita a la mujer–. No sabía que lady Lyndhurst tuviera un hermano.

–Eso es porque ambos lo han mantenido en secreto –replicó el ama de llaves, maliciosa–. Yo me enteré accidentalmente, poco después de entrar a trabajar al servicio de lady Lyndhurst. Nadie suele prestar atención a la servidumbre. Todos actúan como si fuéramos invisibles. Pero tenemos ojos y oídos igual que la nobleza. Los oí hablar un día en que él vino a visitarla.

–¿Y cómo se llama el hermano de lady Lyndhurst? –preguntó Matthias suavemente.

El ama de llaves le echó una mirada taimada.

–Estaré encantada de decírselo, señor, una vez que yo y el resto del personal hayamos cobrado nuestros salarios.

–No importa –dijo Matthias–. Creo que podemos aventurar un nombre acerca de la identidad del hermano de lady Lyndhurst. Hay un solo candidato para ese puesto.

Imogen sintió una repentina inspiración.

–¿Alastair Drake? –sugirió.

La mujer hizo una mueca.

–Así son las cosas con la nobleza. Gastan fortunas en ropas y en caballos, y luego se vuelven avaros y tacaños cuando se trata de pagar a la pobre gente que trabaja para ellos.

–Vamos, entregue el dinero para sus salarios, milord –indicó Imogen a Matthias.

–¿Y por qué debería hacer algo semejante? –replicó Matthias, malhumorado.

–Colchester, no es momento de ser testarudo. Pague ahora mismo.

Matthias suspiró, resignado.

–Muy bien. –Matthias se volvió hacia el ama de llaves–. Ya que he accedido a pagar por una información que ya poseo, ¿sería usted tan amable de confirmarla?

El rostro de la mujer se distendió de alivio.

–Sí, el hermano de lady Lyndhurst es Alastair Drake. No tengo idea de por qué han querido mantener su parentesco en secreto. ¿Qué podrían ganar?

–Excelente pregunta –murmuró Imogen.

–Hasta ahora, parece que encontramos más preguntas que respuestas –señaló Imogen mientras Matthias la ayudaba a subir al faetón–. Así que Selena y el señor Drake son hermanos. Me pregunto si sería ése el secreto que había descubierto Lucy.

–Debe de haberse enterado de la relación –dijo Matthias, tomando las riendas–. Pero no parece que eso justifique un chantaje. Y mucho menos un asesinato.

–No, a menos que Selena y el señor Drake ocultaran su parentesco con el objeto de encubrir otro secreto aún más peligroso. –Los caballos se pusieron en movimiento, e Imogen se sujetó el amplio sombrero adornado con conchas marinas–. Me pregunto si también el señor Drake ha abandonado Londres.

–Eso es fácil de comprobar. Voy a pasar por su casa. Creo que es en Hollowell Street.

–¿Cómo lo sabes, Matthias?

–Me ocupé de averiguar algunas cosillas sobre Drake cuando llegue a Londres –dijo, sombrío.

Imogen sintió una repentina curiosidad.

–¿Y por qué se te ocurrió hacer averiguaciones acerca de él? –preguntó.

–Digamos que al verte en sus brazos aquel día que os visité a tu tía y a ti, se me plantearon algunos interrogantes sumamente interesantes.

Imogen lo contempló, estupefacta.

–Nunca me dijiste que estabas celoso de Alastair Drake, Matthias.

–Por supuesto que no –aseguró Matthias, con la mirada fija en las orejas de los caballos–. Los celos son una pasión ridícula e inmadura, propia de jovenzuelos y de poetas calenturientos.

–Por supuesto, milord. –«Definitivamente, había estado celoso», se dijo Imogen. Sonrió, complacida–. ¿Qué te propones hacer si el señor Drake también ha desaparecido?

–Tomar algunas precauciones –respondió Matthias, entornando los ojos–. No me gusta esta situación, Imogen. Hay algo que huele muy mal.

–Estoy de acuerdo.

Pocos minutos después, Matthias detuvo el faetón frente al número 12 de Hollowell Street. Llamó a la puerta de Alastair pero nadie respondió.

Un rápido vistazo por la ventana sin cortinas reveló una escena caótica en el interior de la vivienda. Evidentemente, Alastair Drake había empaquetado sus pertenencias a toda prisa.

–Se han ido. Es increíble –dijo Imogen poco rato después, adelantándose hacia la biblioteca de Matthias–. Pero ¿por qué? ¿Qué habrá sido lo que ha hecho que se sintieran tan incómodos como para que decidieran huir?

–El hecho de que el diario estuviera en nuestro poder, y de que no tuviéramos la menor intención de que cayera en manos de Selena –dijo Matthias. Dio un impaciente tirón al lazo de su corbata–. Tras la escena de hoy en su salón Selena debió de llegar a la conclusión de que ya habíamos descubierto el secreto que mencionaba Lucy o estábamos a punto de hacerlo.

–Debe de haber avisado a Alastair. –Imogen frunció el entrecejo y pareció reflexionar–. Y ambos, presa del pánico, han huido de Londres.

Matthias se plantó frente a la ventana, con la corbata colgando descuidadamente del cuello.

–Es más que probable que Drake matara a Lucy por haber descubierto el secreto. También pudo haber disparado a Vanneck por la misma razón.

–Pero es posible que Vanneck tenga el diario de Lucy desde hace tres años. ¿Por qué esperar hasta ahora para matarlo?

Matthias apoyó un brazo sobre el antepecho de la ventana.

–¿Cómo sabemos cuándo Vanneck descubrió realmente el diario o cuándo decidió leerlo?

–Hace pocos meses Vanneck vendió su residencia y compró otra más pequeña –recordó Imogen–. Quizás el diario apareció cuando el personal empaquetaba las pertenencias de la casa para la mudanza.

–Muy posible. Hay algo más, sin embargo. Lucy no reveló en el diario su profundo y sombrío secreto. Sólo mencionó haberlo descubierto, y declaró que planeaba utilizarlo para chantajear a Drake. El secreto en sí no está en el maldito diario.

–Es verdad. –Imogen cruzó las manos a la espalda y comenzó a pasearse por la biblioteca–. Pero el hecho de que Vanneck lo escondiera en su escritorio implica que sabía que era importante.

–Y el hecho de que Selena y Drake lo quisieran señala que ellos creían que Lucy había escrito su secreto en el diario. ¿Cómo habrían de conocer la verdad, si nunca llegaron a leerlo?

–Excelente observación –susurró Imogen–. ¿Y qué pasaría si resultara que Vanneck había descubierto el diario sólo poco tiempo atrás, como acabas de sugerir? ¿Y que estuviera al tanto de que Selena y Alastair tenían algo que ocultar, aunque no supiera de qué se trataba?

–Es muy posible que Vanneck se tirara un farol. Puede haber dejado que Drake creyera que conocía el secreto descubierto por Lucy y que intentara chantajearlo a su vez, al igual que Lucy. Y entonces Drake lo mató, tal como mató a Lucy.

–Oh, sí. Una deducción brillante. Es totalmente lógica, Colchester.

–Gracias. Viniendo de I. A. Stone, es un verdadero elogio. –Matthias se apartó de la ventana, y se dirigió al escritorio–. Lo que sabemos, sin lugar a dudas, es que el diario es peligroso. Hasta que sepamos por qué, quiero asegurarme que tanto tú como Patricia estéis a salvo.

Imogen se sobresaltó.

–Ciertamente, no creerás que Patricia y yo estamos en peligro, ¿verdad? Selena y Alastair se han marchado de Londres.

–Al menos, eso creemos. No quiero correr el menor riesgo. –Un discreto golpe en la puerta de la biblioteca lo interrumpió–. ¿Sí, Ufton?

–Un señor llamado Hugo Bagshaw desea verlo, señor –dijo Ufton, sereno.

–¿Bagshaw? –repitió Matthias, arrugando la frente–. Ese muchacho tiene poco sentido de la oportunidad. Dile que no estoy en casa.

Hugo se acercó y apareció detrás de Ufton en el hueco de

la puerta. Iba vestido de punta en blanco y llevaba en la mano un ramo de flores. Miró a Matthias con indignación.

–Sabía que estaba burlándose de mí cuando me dijo que sería bienvenido si venía a presentar mis respetos a su hermana. ¿Por qué no tuvo la decencia de ser sincero conmigo? ¿Por qué adularme con toda esa tontería acerca de que tenemos algo en común y todo eso?

–Hugo –dijo Imogen, sonriendo cálidamente y extendiendo las manos a modo de saludo mientras iba a su encuentro–. Entre, por favor. Estamos encantados de verlo. ¿No es así, Colchester?

–Tengo otras cosas que atender en este momento –dijo Matthias, imperturbable–. ¿O acaso has olvidado nuestro pequeño problema?

–Por cierto que no –aseguró ella–. Pero creo que deberíamos dar la bienvenida a Hugo.

–Tal vez en otro momento –gruñó Matthias.

–¡Bah! –exclamó Hugo. Sus cejas formaban una línea recta sobre la nariz–. No lo dice en serio. Sólo intenta librarse de mí, Colchester.

–¡Hugo! –Se oyó a Patricia, encantada, desde lo alto de la escalera–. Es decir, señor Bagshaw. ¿Qué está haciendo aquí? ¿Ha venido a hacernos una visita?

–Sí, así es –respondió él en voz muy alta–. Pero parece que no soy bienvenido.

–Eso no es verdad –dijo Imogen, encrespada–. Ufton, por favor, apártese de la puerta para que el señor Bagshaw pueda entrar en la biblioteca.

–Como guste, señora. –Después de echar una mirada de reojo a Matthias, Ufton se hizo a un lado.

–Oh, Hugo –exclamó Patricia, mientras bajaba velozmente la escalera–. Por supuesto que es bienvenido.

–Haga que nos traigan una bandeja con el té a la biblioteca, por favor –indicó Imogen a Ufton, con una sonrisa.

–Sí, señora. –Ufton inclinó la cabeza en una rígida reverencia y comenzó a retroceder.

–No se moleste –dijo Hugo, irguiéndose altivamente–. Todo indica que no voy a quedarme.

–Todo lo contrario. –Imogen dirigió a Matthias una mirada reprobatoria–. Acabo de decirle que es usted muy bienvenido. Siéntese, por favor. –Su tono se hizo más duro–. Ahora.

Hugo pareció amedrentarse ligeramente. Parpadeó una o dos veces, y luego entró con cautela en la biblioteca.

Matthias se resignó ante lo inevitable. Se sentó tras su escritorio y contempló el grupo reunido en la puerta de entrada con expresión pensativa.

–Pase ya, Bagshaw, y tome asiento. Tal como están las cosas, necesitaré de su ayuda.

–¿Ayuda? –repitió Hugo, suspicaz–. ¿De qué demonios habla, Colchester?

Matthias sonrió sin humor.

–En este momento, Patricia necesita de un guardaespaldas y no tanto de un pretendiente. Me han dicho que ha estado practicando diligentemente su puntería y que toma clases de boxeo con el señor Shrimpton.

El rostro de Hugo se tiñó de escarlata.

–¿Y bien? –dijo, a la defensiva.

–Bien, me doy cuenta de que sin duda tenía intención de usar sus nuevas habilidades contra mí, pero tengo una sugerencia más práctica que hacerle. ¿Qué me dice, Bagshaw? ¿Le importaría desempeñar el papel de caballero protector de mi hermana?

–¿Puedo saber de qué habla, Colchester? –preguntó Patricia.

–Sí, ¿qué quiere decir? –replicó también Imogen.

–Es muy sencillo –respondió Matthias–. No quiero que ninguna de las dos, ni Patricia ni tú, salgáis de esta casa a menos que vayáis acompañadas por mí o por Bagshaw. Ufton puede ser útil en una emergencia, pero tiene otras obligaciones. Preferiría liberarlo de semejante responsabilidad.

Hugo contempló a Matthias, claramente fascinado por este inesperado giro de los acontecimientos.

–¿Acaso está diciendo que existe una amenaza sobre las damas de esta casa, Colchester?

–Sí –repuso Matthias–. Eso es precisamente lo que digo. Aún no sé hasta qué punto es grave dicha amenaza, pero me propongo averiguarlo lo antes posible. Mientras tanto, quiero contar con la ayuda de un hombre en el que pueda confiar. ¿Y bien, señor?

Hugo miró a Patricia, que se sonrojó violentamente. Luego cuadró los hombros, alzó la barbilla y dijo:

–Será para mí un honor proteger a lady Patricia.

Patricia lo miró con ojos llenos de adoración.

–Oh, Hugo, aprecio su valentía y nobleza.

Hugo enrojeció. Luego, recordando aparentemente el ramo de flores que había traído, se lo ofreció.

–Para usted –dijo.

–Gracias –dijo Patricia, sonriendo, mientras se acercaba a él para tomar las flores.

Imogen se aproximó al escritorio y dedicó a Matthias una sonrisa de aprobación.

–Bien hecho, milord –murmuró entre dientes–. Has hecho felices a dos personas.

–Gracias, querida, pero te aseguro que esto es demasiado en un solo día para alguien con tan exquisita sensibilidad y profundidad de sentimientos como yo.

CAPÍTULO XIX

Estaba en la biblioteca del tío Selwyn con sus negros cortinajes. Varios cirios negros ardían suavemente. Sobre su cabeza colgaban oscuros tapices. Desde las paredes la contemplaban los ojos de las máscaras sepulcrales. La escena se había tornado estremecedoramente familiar, pero se dio cuenta de que esta vez había algo diferente.

Se volvía, tratando de divisar a Matthias entre las sombras. Entonces advertía que eran dos, no uno, los sarcófagos en la estancia. A ambos les habían quitado las pesadas tapas profusamente talladas. Sentía que se paralizaba de terror al ver dos figuras sentadas en los ataúdes: Selena y Alastair. Reían silenciosamente, con mirada cruel y burlona. Luego apuntaban sus esqueléticos dedos hacia la embozada figura de un hombre, caído sobre la alfombra. Imogen se acercaba rápidamente, poseída por el presagio de un desastre inminente, temerosa de lo que podía descubrir. El rostro del hombre estaba vuelto, pero ella alcanzaba a ver el mechón de plata que surcaba su pelo, negro como la noche.

–La culpa es tuya, ya lo sabes –decía Alastair, saliendo del ataúd–. Él jamás se habría visto envuelto en este divertido juego si tú no le hubieras asignado un papel en él.

–La culpa es totalmente tuya –corroboraba Selena.

Se levantaba de su sarcófago y ponía los pies en la alfombra.

Imogen se despertó súbitamente sobresaltada. Fantasmagóricos fragmentos del terrorífico sueño aún permanecían pegados a su recuerdo. Sentía la piel húmeda, al igual que los ojos. Respiró profundamente, procurando sofocar el pánico que la dominaba. Debía resistir, se dijo. Ella tenía nervios fuertes y resistentes.

Durante un instante, permaneció inmóvil en el lecho. Algo andaba mal. Terriblemente mal. Entonces, advirtió que estaba sola. No sentía el reconfortante calor del fuerte cuerpo de Matthias ni el peso de su musculoso brazo atravesado sobre sus pechos. Sintió que el miedo crecía en su interior.

–¿Matthias?

–Estoy aquí, Imogen.

Aun sin verlo, lo notó moverse. Se sentó apresuradamente en la cama, apretando la sábana contra su garganta. La silueta de Matthias se destacaba contra la ventana. Volvió hacia ella desde la oscuridad, con el rostro oculto en las sombras. La luz de la luna sólo alcanzaba a revelar el mechón de plata de su pelo. Tenía exactamente el mismo aspecto que en su sueño.

–Lo siento –susurró Imogen. Cerró fuertemente los ojos, en un vano esfuerzo para borrar los resabios del sueño y contener las lágrimas–. Todo esto es culpa mía. Nunca debí haberte metido en esto.

–¿Qué condenado disparate estás diciendo? –Matthias se sentó en el borde de la cama y la tomó en sus brazos–. Cálmate, amor mío. ¿Te encuentras bien?

–He tenido un sueño. Una pesadilla. –Hundió la cara en su hombro. El contacto con el áspero tejido de seda de la bata de Matthias contra su mejilla le resultó reconfortante–. Era igual a uno que he tenido repetidas veces, pero esta vez aparecían Selena y Alastair.

–Dadas las circunstancias, no es de sorprender. –Matthias le acarició el pelo–. Yo mismo he tenido también esta noche algunas imágenes desagradables de ellos. La única diferencia está en que las mías aparecieron mientras estaba acostado, aunque despierto. Pero esos sueños cesarán cuando haya encontrado a Drake y a su hermana.

–Matthias, nunca quise ponerte en peligro. Fue un error de mi parte haberte pedido que me ayudaras. No tenía derecho...

–Calla.

Él inclinó la cabeza y la silenció con un beso.

Imogen se estremeció y lo abrazó con fuerza.

Matthias separó su boca de la de ella y sonrió ligeramente.

–Te diré algo, Imogen. Algo muy importante, así que presta mucha atención. –Rodeó el rostro de ella con sus manos–. No podías mantenerme al margen de todo esto.

–No te entiendo. Si no te hubiera obligado a cumplir esa promesa que hiciste al tío Selwyn, nada de todo esto habría ocurrido. Estarías a salvo.

–Desde el momento exacto en que te conocí, nada en el mundo podría haberme impedido involucrarme en tu vida, ¿comprendes?

–Pero, Matthias...

–Absolutamente nada.

–Pero si no te hubiese llamado a Upper Stickleford...

–Pues te habría encontrado no mucho después. Estaba decidido a conocer la verdadera identidad de I. A. Stone. No me habría llevado mucho tiempo lograrlo. ¿Lo ves ahora? Al final, todo habría resultado lo mismo.

–Oh, Matthias, eres tan bondadoso, pero yo...

–No –interrumpió él con brusquedad–, no soy bondadoso. Pero te deseo como nunca he deseado nada en mi vida.

Volvió a cubrir la boca de ella con la suya, ahogando sus protestas con la poderosa fuerza de su avidez. Imogen se resistió brevemente y luego, con un ligero suspiro, se permitió el extraordinario lujo de someterse.

A veces era agradable dejar que Matthias se hiciera cargo de las cosas, reflexionó. Debía admitir que no siempre tenía opción. Él parecía tener una tendencia natural a tomar la iniciativa en gran número de actividades, no sólo en el baile. Y como ella tenía tendencia a hacer lo mismo, no era aventurado suponer que su vida en común no sería aburrida.

Cuando Matthias alzó la cabeza, sus ojos tenían una mirada intensa.

–No volverás a hablar de culpas ni remordimientos, ¿entiendes? Yo no me arrepiento de nada y no permitiré que tú lo hagas.

Imogen se estremeció y se acurrucó aún más cerca de él. Matthias la arropó con la capa de su fuerza y su calidez.

–¿Crees que lograremos encontrar al investigador de Bow Street que contrató Lucy? –preguntó ella al cabo de un instante.

–Espero enterarme de algo mañana, pero he decidido no poner todas las expectativas en ese aspecto del problema. Sería de suma utilidad poder entrevistar al investigador, pero hay otras maneras de obtener información. Por la mañana me dedicaré a explorar una de ellas.

–¿Qué planeas hacer?

–Hacer una visita a Felix Glaston.

–¿Tu antiguo socio?

–La información pasa por El Alma Perdida tal como el río Estigia recorre el infierno, y Felix es un experto pescador. Bien podría ser que cayera algo interesante en su red.

Imogen alzó la cabeza.

–Espero ansiosamente trabar relación con el señor Glaston. Ha de ser un individuo bastante interesante.

–¿Deseas conocer a Felix? –Matthias estaba anonadado–. Imposible. Tu tía podría matarme si te lo presentara. Y nadie podría condenarla por eso.

–Mi tía no tiene por qué opinar al respecto.

–Imogen, sé razonable. Felix dirige un garito. Una dama no hace visitas a hombres que dirigen negocios como El Alma Perdida.

–Alguna vez fuiste tú el que dirigió ese garito.

–Eso fue hace muchos años, y te aseguro que en aquel entonces tampoco podrías haberme visitado. –Hizo una mueca–. Al menos, no podrías haberlo hecho sin dañar tu reputación más allá de toda posibilidad de reparación.

–¿Y tú crees que eso me habría detenido?

–Conociéndote, diría que no –gruñó Matthias–. Pero ése no es el punto en cuestión. En resumen, no es adecuado que una dama vaya a la casa de un hombre que dirige una casa de juego.

–Tonterías. ¿Desde cuándo se ha convertido usted en árbitro estricto de modales y buenas costumbres, milord?

–Imogen...

–Colchester, *El Despiadado* e Imogen, *La Impúdica* deben proteger sus reputaciones. Espero que ahora, que has asumido las funciones de esposo, no te conviertas en un pomposo mojigato. Sería una terrible desilusión.

–¡No me digas!

–Sabes muy bien que no me interesa lo que piense el mundillo de la alta sociedad. ¿Por qué iba a importarme, cuando siempre ha tenido tan pobre opinión de mí?

Matthias lanzó una carcajada.

–Una vez más, mi sentido común ha sido vencido por su lógica implacable, señora mía. Muy bien, mañana vendrás conmigo y conocerás a Felix. Algo me dice que os entenderéis a las mil maravillas.

Matthias encontró sumamente divertida la expresión de total estupor que mostraba el rostro del mayordomo de Felix. El pobre hombre tragó varias veces con dificultad antes de poder repetir el nombre de los visitantes.

–¿Lord y «lady» Colchester, me ha dicho, señor?

–Ya me ha oído, Dodge –replicó Matthias con sequedad.

–¿Lady Colchester? –insistió Dodge–. ¿Está totalmente seguro, señor?

–Dodge, ¿acaso está sugiriendo que no conozco la identidad de mi esposa?

–No, po... por supuesto que no, mi... milord –tartamudeó Dodge.

Imogen le dedicó una sonrisa deslumbrante.

–Lo siento. –Dodge estaba encandilado por Imogen–. Les anunciaré enseguida. Si me disculpan...

Dodge retrocedió, inclinándose, hasta el vestíbulo, donde se volvió y cerró la puerta en las narices de Imogen y Matthias.

–El mayordomo del señor Glaston parece un hombre algo nervioso –observó Imogen.

–Me ha recibido muchísimas veces –dijo Matthias–, pero te aseguro que jamás ha abierto la puerta a una condesa.

–En realidad, no lo ha hecho –aclaró Imogen, señalando la puerta cerrada–. Al menos, no la ha dejado abierta mucho tiempo.

–Se ha puesto nervioso. Seguramente enseguida se dará cuenta de que nos ha dejado en la calle y se apresurará a enmendar su error.

En ese mismo momento Dodge abrió la puerta de par en par. Sudaba copiosamente.

–Les presento mis excusas. Lo siento... Ha sido un accidente... El viento ha debido de cerrar la puerta... Les agradecería que entrasen y se pusieran a resguardo del frío. El señor Glaston les recibirá de inmediato.

–Gracias, Dodge.

Matthias tomó a Imogen del brazo y la escoltó hasta el imponente vestíbulo de entrada de la casa de Felix.

–Por aquí, señora. –Dodge se adelantó hasta la puerta de la biblioteca, en la que ardía un luminoso fuego. Se aclaró la garganta ruidosamente–. Lord y «lady» Colchester están aquí, señor.

–Colchester –saludó Felix, levantándose con el auxilio de su bastón–. Vaya sorpresa. –Volvió hacia Imogen una mirada especulativa–. Dodge me ha dicho que has venido acompañado de tu flamante esposa.

–Permíteme presentártela. –Matthias sintió una gran satisfacción diciendo la palabra «esposa»–. Imogen, éste es mi viejo amigo Felix Glaston.

–Es un placer conocerlo, señor Glaston –dijo Imogen,

extendiendo la mano tal cual lo hubiera hecho al ser presentada a cualquier caballero de la aristocracia–. Colchester me ha hablado mucho de usted.

–Vaya. –Los ojos de Felix brillaron de sorpresa. Por un instante pareció no saber qué hacer con la mano de Imogen. Luego reaccionó, inclinándose sobre los dedos enguantados con el aire de un experto cortesano–. Es un honor. Por favor, tomad asiento.

Matthias acompañó a Imogen hasta una silla cercana al fuego y luego se sentó frente a ella. Vio la mueca de dolor en el rostro de Felix al sentarse cuidadosamente en su propia silla. Advirtió que las nudosas manos de su amigo estaban fuertemente apretadas en torno del mango de su bastón.

–¿Vuelve a molestar la pierna? –preguntó Matthias suavemente.

–Es por el tiempo –respondió Felix suspirando con fuerza, mientras apoyaba el bastón contra el sillón–. Me atrevería a pronosticar que en las próximas horas ha de llover.

–Mi tía tiene una medicina excelente para el reumatismo y otras dolencias que afectan las extremidades –dijo Imogen con locuacidad–. Le pediré la receta.

–Es usted muy amable, lady Colchester –dijo Felix, pestañeando un par de veces.

–En absoluto –contestó Imogen con una sonrisa–. Es una receta personal de la tía Horatia. Ella misma la ha inventado.

–Muy amable –repitió Felix.

Tenía un aspecto tan aturdido como el que había mostrado Dodge pocos momentos antes.

Matthias pensó que ya era hora de tomar el control de la situación. Si no lo hacía cuanto antes, lo más probable sería que su viejo amigo se volviera tonto de remate.

–Nos trae un asunto de cierta urgencia –dijo.

Con alguna dificultad, Felix apartó sus ojos del rostro de Imogen.

–¿Urgencia? ¿Qué clase de urgencia?

–Una cuestión de vida o muerte –dijo Imogen.

–En ocasiones, mi esposa suele ponerse algo dramática, pero te aseguro que el asunto es sumamente serio. Debo hacerte una pregunta, Felix.

Felix extendió sus manos.

–Adelante con tu pregunta, amigo mío. Si conozco la respuesta, será un gran placer para mí dártela.

–¿Qué sabes acerca de Alastair Drake?

–¿Drake? –repitió Felix. Frunció el entrecejo, sumiéndose en sus pensamientos–. Según creo recordar apareció por Londres hace unos tres años. Alguna que otra vez ha venido a El Alma Perdida a jugar a los naipes. Ahora que lo pienso, últimamente no ha aparecido mucho por allí. ¿Por qué?

–¿Sabía usted que es hermano de lady Lyndhurst? –preguntó Imogen.

Felix alzó una ceja.

–No, no lo sabía. ¿Tiene alguna importancia?

–Queremos saber por qué los dos han mantenido en secreto su parentesco –respondió Matthias–. Para empezar, me gustaría saber dónde vivían antes de que establecieran su residencia en Londres.

Imogen se inclinó hacia delante con actitud ansiosa.

–¿Por casualidad conocía usted a lord Lyndhurst, señor Glaston?

Felix y Matthias intercambiaron miradas.

–No lo creo –contestó.

Imogen se volvió hacia Matthias.

–¿Y tú lo conocías, Colchester? –preguntó.

–No –respondió él, pensativo–. Jamás lo he visto.

–¡Qué extraño! Creía que vosotros habíais conocido a la mayoría de los caballeros de Londres en algún momento u otro. Tengo entendido que, tarde o temprano, todos se dejan ver por El Alma Perdida. –Imogen hizo una pausa–. ¿Creéis que ha habido alguna vez un lord Lyndhurst?

–Excelente pregunta –señaló Felix.

–Ya lo creo –concordó Matthias–. Debería habérseme ocurrido pensar antes en ello.

–Realmente. –Felix tamborileó con sus dedos sobre el apoyabrazos del sillón–. Te has casado con una dama muy inteligente, Colchester. Mis felicitaciones. Me alegra saber que te has encontrado con alguien que puede cuestionarte de tanto en tanto.

–Puedes estar seguro de que no he de aburrirme –murmuró Matthias.

Imogen lo miró y sonrió cálidamente.

–Colchester y yo tenemos mucho en común.

–Ya lo veo. –Felix se arrellanó en su sillón–. Bien, entonces, no será muy difícil averiguar lo que quieres saber. Me ocuparé inmediatamente del tema.

Los ojos de Imogen se iluminaron de gratitud y excitación.

–Sería maravilloso, señor Glaston. ¿Cómo podremos agradecérselo?

Felix la contempló pensativamente.

–Aceptando una taza de té, lady Colchester. Nunca he tomado el té con una condesa.

–Estoy segura de que no resultará ni la mitad de divertido que tomar el té con el dueño de un garito –dijo Imogen–. La verdad es que cuando Colchester me dijo que le íbamos a hacer una visita, debo confesar que tenía la ilusión de que lo haríamos a su lugar de trabajo. Jamás he visto una casa de juegos.

Felix la contempló, azorado, y luego se volvió hacia Matthias.

Éste se encogió de hombros.

–Tal vez en alguna otra oportunidad, lady Colchester –comenzó a decir suavemente Felix.

Los ojos de Imogen se iluminaron.

–Sería maravilloso. ¿Qué tal iría mañana?

–Ni lo pienses –dijo severamente Matthias.

–No le haga caso, señor Glaston –señaló Imogen, dirigiéndose a Felix con una sonrisa–. Mi esposo sufre de un temperamento excesivamente nervioso. Una sensibilidad demasiado delicada, ¿comprende?

Felix le dedicó su mejor sonrisa de querubín.

–Sospecho que usted provocará un efecto muy estimulante sobre sus nervios, señora.

Cuando Imogen y Matthias regresaron a casa, los aguardaba el esperado informe de Bow Street. Ufton los puso al tanto de las novedades mientras los acompañaba hasta el vestíbulo.

–El investigador que usted buscaba fue asesinado hace unos tres años, milord. Le disparó un delincuente al que intentaba apresar.

–Es muy probable que lo matara Alastair Drake –dijo Matthias, mirando a Imogen.

Ésta sintió que la recorría un escalofrío.

–Sí. Seguramente después de la muerte de Lucy, ese investigador era la única persona que conocía su secreto. Debe de haberse visto obligado a deshacerse de él.

Horatia echó una mirada por su acogedor saloncito y sonrió viendo a Patricia y Hugo. Estaban sentados frente a una mesita, enfrascados en un juego de naipes.

–Debo reconocer que forman una pareja encantadora –murmuró Horatia a Imogen–. Pero no deja de sorprenderme que Colchester diera su permiso al señor Bagshaw para cortejar a Patricia. Todo el mundo pensaba que Colchester y Hugo estaban destinados a enfrentarse en un duelo antes de que terminara la temporada.

–Eso sólo confirma que los juicios de la aristocracia son con frecuencia equivocados –dijo Imogen.

Hugo se había tomado muy en serio sus nuevas responsabilidades. Durante los últimos días, se había puesto a disposición de Patricia para acompañarla, a donde deseara ir, así como a Imogen en aquellas ocasiones en que Matthias se encontraba ocupado. Había soportado horas y horas de compras, paseos vespertinos en el parque e interminables veladas en atestados salones de baile.

Patricia había confiado a Imogen que su paladín había decidido ir armado con una pequeña pistola.

–Por si hiciera falta –le explicó.

La información había puesto un poco nerviosa a Imogen, pero supuso que era lo más adecuado. Se preguntó si Matthias haría lo mismo.

Todo podría haber sido realmente excitante, pensó Imogen, pero la verdad era que la vida se había vuelto demasiado tediosa y limitada. Patricia parecía muy feliz por tener a Hugo como escolta permanente, pero Imogen comenzaba a irritarse por las restricciones que Matthias le había impuesto. Hasta ahora nunca había sido obligada a someterse a la conveniencia de ningún caballero para hacer sus planes. La experiencia no era agradable.

Desdichadamente, conseguir información sobre Alastair y Selena había resultado ser mucho más difícil que lo que habían pronosticado las optimistas predicciones de Felix. Parecía como si los dos hubieran aparecido de golpe en Londres, tres años atrás. Tenían el dinero suficiente como para mantener las apariencias y el porte social adecuado como para ser bien recibidos en los mejores salones. Nadie había puesto en tela de juicio sus respectivos pasados.

Ya habían pasado cuatro días sin noticias ciertas sobre ninguno de ellos. No obstante, los rumores abundaban, y Felix Glaston había pasado numerosas informaciones interesantes, pero ninguna pudo ser confirmada. La tensión ya estaba empezando a afectar a toda la gente de la casa.

Matthias estaba cada día más intranquilo e irritable. Pasaba el día dando vueltas en la biblioteca y gruñendo a la servidumbre. Por la noche, pasaba las horas frente a la ventana de la alcoba, con la mirada perdida en las sombras. Sólo parecía alcanzar algo de paz inmediatamente después de hacer el amor con Imogen. Y aun esa satisfacción era efímera.

Por su parte, Imogen había empezado a temer el momento de caer dormida. Sus sueños en los que reinaban la sangre y los sarcófagos se habían vuelto más frecuentes y perturbadores. Despertaba dos y tres veces por noche, encontrándose con que estaba temblando entre los brazos de Matthias.

El asunto se había transformado en algo enloquecedor, incluso para alguien con una fuerte constitución nerviosa.

Esa mañana, durante el desayuno, Matthias había manifestado su intención de ir a hacer una visita a Felix en El Alma Perdida. Cuando Imogen sugirió que le gustaría acompañarlo, se había negado rotundamente tan sólo a considerar la posibilidad.

Confinadas en casa, Imogen y Patricia se pusieron de inmediato a hacer planes para escapar durante algunas horas. Imogen propuso que fueran al museo del Instituto Zamariano. Ansiaba enfrascarse en sus investigaciones para distraerse de sus actuales problemas. Patricia le comentó que podía llegar a morir de aburrimiento si se le obligaba a pasar la tarde entera entre las polvorientas reliquias del antiguo Zamar.

Tras una viva discusión sobre las alternativas posibles, habían convenido en visitar a Horatia. Patricia había enviado un mensaje a Hugo, pidiéndole que las acompañara. A la hora convenida, Hugo había aparecido obedientemente y las había llevado hasta la casa de Horatia.

–¿Y qué haréis si Colchester es incapaz de localizar a lady Lyndhurst y al señor Drake? –preguntó Horatia con gesto de preocupación.

–Esta situación no puede prolongarse toda la vida –repuso Imogen–. No tengo la menor intención de seguir soportando mucho más este encierro.

–¿Encierro? –repitió Horatia, alzando las cejas por encima de sus gafas–. Eso es exagerar un poco las cosas, ¿no crees?

–Sería distinto si Matthias permitiera que Patricia y yo gozáramos de la misma libertad para ir y venir que se ha reservado para sí mismo –se quejó Imogen–. Pero no es el caso.

–Bueno, estoy segura de que todo ha de terminar pronto.

–Espero que tengas razón. Desde hace cuatro días, Colchester me viene prometiendo acompañarme al museo zamariano en dos ocasiones al menos, y siempre ha debido cancelar la salida porque su amigo, el señor Glaston, le ha enviado algún mensaje. Es muy irritante.

Tras una breve vacilación, Horatia bajó la voz y dijo:

–Dejando de lado la situación actual, ¿eres feliz en tu matrimonio, querida?

–Perdóname, ¿qué has dicho? –Imogen apartó a Matthias de sus pensamientos–. Vaya extraña pregunta. ¿Por qué lo dices?

–Eres una mujer poco común, Imogen. Y Colchester no es precisamente un típico caballero de la nobleza. Tengo algunas preocupaciones razonables al respecto.

–Estoy muy contenta con mi matrimonio. Lo único que nos preocupa es encontrar a Alastair y a Selena. Mientras eso no suceda, nadie conseguirá dormir bien en nuestra casa.

–Es un poco inquietante pensar que hay un asesino suelto –dijo Horatia.

–Una vez conocí un asesino –comentó la señora Vine mientras entraba con una bandeja de té–. Alquilaba esta misma casa hace cinco o tal vez seis años. Un verdadero caballero, sí señor. Muy limpio y cuidadoso en sus costumbres, comparado con otros inquilinos que he tenido.

Todos los ocupantes del salón se volvieron para clavar la mirada en la señora Vine.

Imogen fue la primera en recuperar la voz.

–¿Tuvo aquí a un asesino, señora Vine? –preguntó.

–Sí, es verdad. Al principio no lo sabía, por supuesto. –Apoyó la bandeja sobre una mesa baja y comenzó a preparar las tazas–. Siempre pagaba la mensualidad a tiempo, ya lo creo. Lamenté mucho perderlo como inquilino.

–¿Cómo se enteró de que era un asesino? –preguntó Hugo, fascinado.

–Por un infortunado encuentro que tuvimos una noche,

en el vestíbulo –contestó la señora Vine, exhalando un suspiro de auténtico pesar–. Era mi noche libre y había ido a visitar a mi hermana. Pero, en lugar de quedarme con ella hasta la mañana siguiente, como lo hacía habitualmente, decidí regresar a casa. Me encontré con el señor Leversedge en el vestíbulo, sí señor. Vaya sorpresa que se llevó. Había llegado unos minutos antes que yo y estaba arrastrando un cadáver hasta el sótano.

–¡Santo Dios! –exclamó Horatia, transfigurada–. ¿Escondía los cadáveres en el sótano?

–Hacía el trabajo las noches en que yo iba a visitar a mi hermana. Llevaba los cadáveres al sótano para cortarlos en trozos y lograr así que entraran limpiamente en unas cajas. Luego llevaba las cajas hasta el centro de la ciudad y se deshacía de ellas.

–¡Dios mío! –dijo Patricia, tapándose la boca con la mano, mientras abría desmesuradamente los ojos, horrorizada–. ¿Y qué hizo cuando lo descubrió con su víctima en el vestíbulo, señora Vine?

–Algo tenía que hacer, con ese cadáver ahí y todo eso. –La señora Vine sacudió tristemente la cabeza–. No podía hacerme la tonta, aunque hubiese sido el mejor inquilino de mi vida. Bajé la escalera y llamé al policía. Jamás olvidaré las últimas palabras que me dijo el señor Leversedge.

–¿Cuáles fueron? –preguntó Imogen.

–Me dijo: «No se preocupe por la sangre en el vestíbulo, señora Vine. Yo la limpiaré». Como dije, un caballero muy cuidadoso.

A la mañana siguiente, Matthias, acompañado por Imogen, se encontró en medio del Museo Zamariano, contemplando las polvorientas antigüedades amontonadas frente a ellos. La sonrisa de satisfacción que mostraba Imogen tenía mucho de éxito. Matthias sabía que era debido a su victoria en la pequeña disputa que habían tenido durante el desayuno.

Matthias se había opuesto a perder la mañana en el museo, pero no había sido capaz de argumentar ninguna excusa plausible para evitarlo. Felix no había enviado ningún mensaje nuevo con informaciones. Además, aunque ella parecía haberse aficionado a la compañía de la pareja, era evidente que Imogen no estaba dispuesta a tolerar otro día de compras y visitas con Patricia y Hugo. Finalmente, Matthias se había dado por vencido. Se le ocurrió preguntarse si sería capaz de negar algo a Imogen, una vez que a ella se le ponía entre ceja y ceja.

–Comenzaremos por el extremo más alejado de la sala, Matthias. –Imogen anudó un delantal blanco a su cintura–. ¿Te importaría tomar notas o prefieres que lo haga yo?

–Yo tomaré notas mientras tú examinas los objetos –dijo Matthias, quitándose la chaqueta–. Serás tú quien se ensucie las manos. Estoy convencido de que no hay nada demasiado importante enterrado bajo esos escombros que envió Rutledge.

–Vaya, Matthias, no puedes estar seguro hasta que no se catalogue todo convenientemente. –Imogen se abrió camino entre las estatuas rotas y los ataúdes de piedra, dirigiéndose hacia los cajones de madera situados contra la pared–. ¿Quién sabe? Quizás encontremos el Sello de la Reina en alguno de estos cajones.

–Seguro –gruñó Matthias, a la vez que colgaba su chaqueta de un gancho. Al rozar el bolsillo contra la pared, se oyó un apagado sonido metálico.

–¿Qué ha sido ese ruido? –preguntó Imogen.

–Tengo una pistola en el bolsillo de la chaqueta –respondió Matthias, mientras se arremangaba la blanca camisa de linón.

–¿También tú has decidido andar con una pistola? –dijo Imogen, con el entrecejo fruncido.

–Tal como están las cosas, no parece una precaución excesiva.

–Matthias, no creerás que Alastair va a regresar a Londres, ¿verdad? Seguramente, Selena y él se mantendrán lo más lejos posible de nosotros. Apostaría a que han huido al continente.

–No sé lo que van a hacer, ni tú tampoco –dijo Matthias, mirándola a los ojos–. Por lo que sabemos, es posible que hayan matado ya a tres personas. No podemos estar seguros de que no vuelvan a intentarlo.

–Pero ¿qué motivo tendrían para matarnos a nosotros?

–Si nosotros desapareciéramos no quedaría nadie que pudiera vincularlos con la muerte de lord y lady Vanneck, y mucho menos con la del investigador. Podrían volver libremente a su vida londinense, y ya te he dicho que Drake y su hermana necesitan mucho ese ambiente. No van a renunciar de buen grado al estilo de vida al que están acostumbrados.

–Pero seguramente no podrían volver a sus lugares en la sociedad así como así, después de todo lo que ha pasado. Puede ser que no haya pruebas de su culpabilidad, pero estoy segura de que habría mucho chismorreo.

–Pueden sobrevivir a algún que otro chisme sobre asesinato –apuntó Matthias, con una sonrisa, mientras se sentaba sobre el extremo de un sarcófago abierto–. Yo lo he hecho.

–Puede que tengas razón. –Imogen dio un tirón a una gran lona que cubría un revoltijo de tablillas de arcilla. La arrojó a un lado y tomó la primera del montón–. Aun así, debo decirte que no soportaré mucho tiempo más una vida tan restringida. A Patricia no parece importarle, pero a mí pronto me llevará a Bedlam.

Esa afirmación causó gracia a Matthias.

–Tal vez te interese saber que las restricciones que os he impuesto a ti y a Patricia esta última semana no son peores que las limitaciones habituales que muchas damas de la sociedad aceptan sin chistar.

–Pues bien, yo no pienso aceptarlas mucho tiempo más. –Imogen se inclinó para examinar una tablilla–. Matthias, hay algo que quiero preguntarte desde hace tiempo.

Éste contempló las seductoras curvas de sus nalgas.

–Pregunte, señora. Hoy estoy a su entero servicio –respondió, mientras consideraba la posibilidad de levantarle la falda cuando se encontrara otra vez en tan tentadora posición. Siempre podía explicarlo diciendo que se trataba de otra exótica posición amatoria zamariana.

–¿Sabes realmente qué le sucedió a Rutledge?

La pregunta tomó a Matthias por sorpresa y le llevó un momento recobrarse.

–Sí –respondió, aspirando profundamente.

–Me imaginé que así sería. –Imogen se enderezó y comenzó a apilar las tablillas con gran precisión–. ¿Y bien, milord? ¿No vas a contármelo?

Matthias clavó la vista, pensativo, en el cuaderno que había llevado consigo para registrar las observaciones de Imogen.

–Rutledge trató de asesinarme. Murió en el intento.

–¡Cielo santo! –Imogen giró con tanta rapidez que su codo golpeó las tablillas apiladas. Se apresuró a sostener la pila, con los ojos fijos en el rostro de Matthias–. No estás bromeando, ¿verdad?

–No, y menos con un tema como éste. Estábamos explorando uno de los pasillos del laberinto. Yo iba delante. Rutledge siempre decía que era mejor que él para esa clase de cosas.

»Me había topado con la escalera de piedra aunque nada hacía presagiar ese hallazgo. Estaba recorriendo la asfixiante estrechez del corredor subterráneo, cuando de pronto me encontré en el comienzo de una interminable sucesión de escalones tallados en la piedra viva.

»–¿Qué pasa? –preguntó Rutledge a mi espalda. Su voz sonaba ronca y le faltaba el aliento.

»–Otra escalera. –Levanté la lámpara que llevaba en la mano, pero la luz no logró penetrar las tinieblas del final de la escalera. Era como si los escalones llegaran hasta el centro mismo del infierno–. Parece muy traicionera. Necesitaremos cuerdas para bajar.

»–Continúa –ordenó Rutledge–. No necesitamos cuerdas.

»–No es segura. Ni siquiera puedo ver el fondo del pozo.

»Lo que me alertó fue el sonido de la dificultosa respiración de Rutledge. Me volví para ver qué le ocurría. Rutledge estaba a punto de arrojarse sobre mí, con la pala en alto, como para asestar un golpe.

»–¡Rutledge, no!

»–¡Te dije que no necesitabas esas malditas cuerdas!

El rostro de Rutledge estaba desencajado por la furia. La pala bajó describiendo un veloz arco.

»Me aparté de un salto, pero había muy poco espacio para moverme en el estrecho pasaje. La pala, que tenía mi cráneo como destino, me golpeó en el hombro. Quedé momentáneamente aturdido y retrocedí, trastabillando, hasta el primer peldaño de la escalera. Durante un instante, quedé tambaleante al borde mismo de la eternidad. Luego levanté la lámpara, recuperé el equilibrio y me arrojé sobre el hombre que alguna vez había sido mi mejor amigo.

»–¡Muérete, condenado! –aulló Rutledge–. ¡Ya no te necesito más! Has cumplido ya con mi propósito.

»La pala volvió a caer sobre mi cabeza. Alcancé a asir su cabo de madera y la arranqué de las manos de Rutledge.

»–¡Debes morir! –insistió Rutledge, volviendo a cargar sobre mí, cegado por la ira.

»Me aplasté contra una de las paredes rocosas. Rutledge me buscó a tientas y falló. Su propio impulso lo llevó hasta el comienzo de la escalera.

»Durante algunos segundos, Rutledge pareció quedar suspendido, manoteando inútilmente en busca de algún apoyo. Me apresuré a acercarme a él, tratando de agarrarlo y arrastrarlo nuevamente hacia la seguridad del corredor.

»Pero ya era demasiado tarde. Rutledge se precipitó al agujero y cayó dentro de la inconmensurable oscuridad hasta el último de los peldaños de piedra. Su alarido retumbó contra las paredes rocosas del corredor.

–Pero ¿por qué haría algo parecido? –preguntó Imogen, suavemente, trayendo a Matthias de vuelta a la realidad.

Éste examinó una obscena máscara de arcilla apoyada contra uno de los costados del sarcófago, y respondió:

–Dos días antes, yo había hecho un valioso descubrimiento. Desde entonces, Rutledge había estado portándose de un modo muy extraño.

–¿La biblioteca?

–No. Otra cosa, pero no viene al caso ahora. En lo referente a objetos individuales, habíamos convenido en que cada uno se quedaba con lo que descubriera. Pero Rutledge estaba obsesionado con lo que yo había encontrado. Era capaz de matar para tenerlo. –Matthias alzó los ojos y buscó los de Imogen–. Lo curioso es que si él me lo hubiera pedido, yo se lo habría dado sin problemas.

Imogen apoyó las manos sobre las caderas y comenzó a dar golpecitos con su botín.

–¿Piensas, acaso, que Rutledge se volvió loco, igual que la pobre Lucy?

–No –respondió Matthias con tranquilidad–. Creo que me utilizó desde el principio. Intuyó, incluso antes de que yo mismo lo hiciera, que probablemente iba a dar con las pistas conducentes al descubrimiento de Zamar. Se hizo amigo mío, me abrió su biblioteca, me acompañó en el viaje y luego, cuando dejé de serle útil, intentó matarme.

–¡Pero era tu amigo!

–Ahora voy con más cuidado al elegir a mis amistades. –Matthias sonrió con el recuerdo de su juvenil ingenuidad–. Era tan tonto que me sentía verdaderamente agradecido cuando Rutledge demostró confiar en mis investigaciones. Por algún motivo que nunca pude comprender, deseaba su aprobación.

Los ojos de Imogen se iluminaron con afectuosa comprensión.

–Tal vez te daba lo que tu padre... –El inquietante ruido de piedra contra piedra la interrumpió. Se volvió para observar los objetos que se alzaban en torno de ellos–. ¿Qué rayos ha sido eso?

Matthias dejó el cuaderno y se puso lentamente de pie.

–Me parece que tenemos compañía –dijo.

Alastair Drake se irguió desde las profundidades de un sarcófago ligeramente abierto situado en el otro extremo de la habitación.

–Siempre me pregunté qué le habría pasado a Rutledge –fueron sus palabras.

–¡Drake! –exclamó Matthias, viéndolo descender del ataúd.

–Así que lo empujó por la escalera, ¿eh, Colchester? Muy listo. –Alastair sonrió de esa forma tan característica suya que le había hecho tan popular en los mejores salones y apuntó con su pistola a Matthias–. Lástima que ya no podrá contar su historia personalmente.

–¡Alastair! –gritó Imogen, observándolo con la boca abierta–. ¿Qué está haciendo aquí?

–Creo que resulta obvio.

–Vaya, vaya. –Matthias echó una mirada pesarosa hacia su chaqueta, que estaba colgada lejos de su alcance. Se insultó en silencio por haber dejado la pistola en el bolsillo–. ¿Y dónde está su encantadora hermana?

–Aquí estoy, Colchester. –Selena apareció graciosamente de detrás de una lona que cubría varias estatuas. Su enguantada mano sostenía firmemente una pequeña y elegante pistola–. Estábamos esperando que os reunierais con nosotros. Llevamos varios días vigilando su casa y sabíamos que, tarde o temprano, se presentaría la oportunidad.

–Estoy seguro de que le complacerá saber que su esposo y usted terminarán sus investigaciones sobre el antiguo Zamar de la mejor manera –dijo Alastair con una sonrisa, dirigiéndose a Imogen–. Serán recordados por todos como las últimas víctimas de la Maldición de Rutledge.

CAPÍTULO XX

Imogen sintió una punzada en medio del pecho. Se dio cuenta de que había dejado de respirar. Dirigió a Matthias una mirada cargada de ansiedad. Éste se hallaba todavía reclinado contra el sarcófago, como si no hubiera ocurrido nada fuera de lo normal. Su rostro era una máscara fría y enigmática. Éste era el hombre que se había ganado el epíteto de Colchester, *El Despiadado*. Ahora sabía por qué.

Se preguntó cómo podía haber supuesto que Matthias sufría de debilidad nerviosa.

Durante un breve instante, sus fantasmales ojos grises se encontraron con los de ella. La gélida determinación que vio en ellos le puso los pelos de punta. Supo entonces que, si había alguna manera de salir de esta situación, Matthias la encontraría.

«Éste era el Colchester de Zamar.» Le invadió un claro sentimiento de reconocimiento: no había estado equivocada. Siempre había sabido que era un hombre de acción.

Recuperó el aliento y su respiración se normalizó. Ellos eran camaradas, compinches, socios. Debía estar alerta para llevar a cabo la parte del plan que Matthias estaba preparando.

–Supongo que sería mucho pedir que ustedes huyeran al continente –dijo, con lo que esperaba que sonara como un tono de disgusto.

–¿Y dejar todo lo que nos ha costado tanto trabajo conseguir? –dijo Selena, con sonrisa casi imperceptible–. No sea tan tonta. Mi hermano y yo hemos ido demasiado lejos para poder ganarnos el lugar que hoy ocupamos en la sociedad.

No tenemos intención de perderlo por obra y gracia de una enteradilla como usted, lady Colchester. –Volvió su atención a Matthias–. O a causa de su... digamos, un tanto peligroso marido.

Imogen asintió, muy seria, como si las palabras de Selena hubiesen sido esclarecedoras.

–Comprendo. Colchester sugirió algo por el estilo, pero yo le dije que ustedes eran demasiado listos como para tirarlo todo por la borda después de lo ocurrido.

–Evidentemente, has sobreestimado su inteligencia, querida –dijo suavemente Matthias.

Los ojos de Alastair refulgieron de odio. Levantó el cañón de la pistola con un corto y tembloroso movimiento que delató su agitado estado de ánimo.

–¡Silencio, arrogante bastardo entrometido! –exclamó–. En pocos instantes estarán ocupando estos ataúdes zamarianos tan oportunos. Pienso que, aunque sean un poco apretados, podremos meterlos a los dos en el mismo sarcófago. Una idea muy romántica, ¿no les parece?

–¿Ése es su plan? –La boca de Matthias se curvó en una mueca sardónica–. ¿Intenta meternos en una de estas cosas?

Dio unas palmaditas sobre el borde del sarcófago de piedra.

Al ver ese pequeño movimiento, Alastair frunció el entrecejo. Su expresión sólo se calmó cuando Matthias dejó la mano quieta.

–Puede estar convencido de ello –aseguró.

–Es usted más idiota de lo que pensaba, Drake –dijo Matthias–. Tengo algún que otro amigo en Londres, ya lo sabe. No tardarán nada en deducir lo sucedido y sabrán quién es el responsable.

–No se haga ilusiones, maldito cabrón –dijo Alastair, entornando los ojos–. Aunque alguien, por ejemplo su amigo Felix Glaston, dedujera lo sucedido, nadie podrá probar nada. Nunca encontrarán sus cadáveres.

–¿Qué quiere decir? –preguntó Imogen, mirándolo fijamente.

Alastair sonrió.

–El sarcófago con sus restos y los de Colchester será despachado esta misma noche en la carreta del recolector nocturno. Viajarán al campo acompañados del contenido de numerosos pozos ciegos. He contratado a un grupo de robustos bribones de los arrabales para hacerse cargo del asunto. No son de los que hacen preguntas. Y ciertamente no van a levantar la tapa de un ataúd cerrado para ver qué contiene.

–Ambos desaparecerán en una tumba anónima, situada en las tierras de algún granjero –dijo Selena–. Muy sencillo. Muy pulcro.

–No les será tan fácil –dijo Imogen con fiereza–. Nuestro cochero pasará a recogernos dentro de dos horas. Cuando no nos encuentre, hará que nos busquen por todo el Instituto Zamariano.

–Acaba de llegar un mensaje a su residencia, en el que se advierte que esta tarde no se volverá a necesitar el coche. –Los ojos de Alastair brillaban de febril excitación–. Su mayordomo ha sido informado de que, aprovechando el día tan precioso que hace, han decidido volver a casa andando.

Matthias se mostró interesado.

–¿Qué les hace pensar que alguien ha de creerles? –preguntó.

Selena le dedicó una sonrisa satisfecha.

–Esta tarde se verá a dos personas que abandonan el Instituto Zamariano. El caballero llevará puesta su chaqueta negra, su sombrero y sus botas, milord. La mujer estará vestida con el característico vestido verde zamariano de lady Colchester y su horrible turbante.

–¿Piensan dejar este lugar vistiendo nuestras ropas? –preguntó Imogen, frunciendo el entrecejo.

–Y desaparecerán en medio de la multitud londinense, para no volver a ser vistos jamás. –Selena hizo un gesto de displicencia con su mano libre–. Nuevas víctimas de la Maldición de Rutledge.

–Pero habrá habladurías –insistió Imogen–. Colchester tiene razón. Sus amigos se harán preguntas.

–Preguntas que nunca tendrán respuesta –aseguró Selena–. La aristocracia arderá de especulaciones y rumores durante un tiempo y luego todo el asunto se olvidará. Alastair y yo volveremos a Londres dentro de unos pocos meses y retomaremos nuestra rutina habitual. Nadie nos vinculará con su desaparición.

–¿O con la muerte de lady Vanneck? –dijo Matthias, moviéndose ligeramente hacia el costado, como si necesitara estirarse un poco. Su pie rozó la máscara de arcilla que descansaba contra el costado del ataúd.

Alastair se puso alerta al ver ese ligero movimiento. Sus ojos volaron hacia la bota de Matthias, pero después se tranquilizó.

–De manera que ha conseguido sacar eso en claro, ¿no es así? –dijo–. Muy astuto de su parte.

–Después de leer el diario de Lucy, no fue muy difícil –dijo Imogen–. Usted la mató porque ella intentaba chantajearle para que huyera con ella a Italia.

–Lucy ya había dejado de resultarme entretenida –dijo Alastair, con una mueca parecida a una sonrisa–. Traté de dar por terminado el asunto de la forma habitual, pero no quiso dejarme en paz. Se obsesionó con la idea de fugarse a Italia, aunque no sé por qué diablos pensó que yo querría acompañarla.

–Lucy se negaba a dejar a Alastair –agregó Selena, apretando la pistola con más fuerza–. Y luego intentó chantajearlo. Algo teníamos que hacer.

–Afortunadamente, no descubrió que Selena y yo éramos parientes, pero logró enterarse de algo que había ocurrido en el norte. –Alastair se encogió de hombros–. Eso fue demasiado.

–No tuvimos más remedio que deshacernos de ella –explicó Selena–. Y del investigador que había contratado.

–¿Así que fue usted, supongo, el bandolero que mató a

ese pobre investigador de Bow Street? –preguntó Imogen, mirando fijamente a Alastair.

–Si me permite, debo decir que tenía una gallarda figura con esa capa y ese par de pistolas –alardeó Alastair–. En cambio, Lucy resultó un problema. Hubo que armar una cuidadosa puesta en escena para que Selena y yo no nos viéramos implicados en su muerte. Podéis estar seguros de que lo hicimos con sumo cuidado.

–Y me adjudicasteis el papel protagonista –dijo amargamente Imogen.

Matthias cruzó los brazos sobre el pecho.

–Es tal como lo deduje, querida –dijo–. Arreglaron todo para que los rumores cayeran sobre ti y sobre Vanneck, como responsables del supuesto suicidio de Lucy.

–Si le sirve de consuelo, lady Colchester, Vanneck fue un actor tan involuntario como usted –dijo Selena–. Fue a esa habitación con la esperanza de encontrar en ella a la amante que tenía en ese momento.

–Por casualidad, ¿no era usted esa amante? –aventuró Imogen.

–Así es. –Selena volvió a sonreír–. Por un capricho de la suerte, Lucy nunca descubrió mi relación con Alastair, ni mi participación en lo sucedido en el norte. Es evidente que no me mencionó en su diario, porque después de que Vanneck lo descubriera, hace unos meses, intentó chantajear sólo a Alastair.

Imogen creyó advertir un casi imperceptible tono de pregunta en la voz de Selena, como si buscara confirmación. Se dio cuenta de que Selena no estaba completamente segura de que el diario no la mencionaba.

Miró a Matthias con el rabillo del ojo. Éste negó una vez con la cabeza, haciendo un movimiento imperceptible: no quería que ella confirmara nada a Selena. Como si pudiera leerle el pensamiento, Imogen se dio cuenta de que Matthias se proponía utilizar el diario como prenda de intercambio por sus vidas.

–La noche en que usted y Vanneck fueron sorprendidos en esa habitación –continuó Selena–, Alastair había preparado un plan para pasar en ese preciso momento por el vestíbulo, en compañía de un amigo. Como todo el mundo sabe, mi hermano quedó convenientemente impresionado y horrorizado por haberla encontrado en una situación tan comprometida.

Imogen se volvió para encararse con Alastair.

–Así que usted y su amigo hicieron correr enseguida el rumor de que Vanneck había seducido a la mejor amiga de su esposa –dijo con los dientes apretados–. Luego convenció con malas artes a Lucy para que ingiriera todo ese láudano.

–No fue nada difícil –aseguró Alastair–. Dije a Lucy que la copa contenía un nuevo tónico para los nervios. Se había vuelto extremadamente nerviosa y asustadiza. Bebió el brebaje sin chistar.

–Y todos creyeron que había sido un suicidio –susurró Imogen.

–Felicitaciones –se burló Alastair, efectuando una pequeña reverencia socarrona–. Por fin lo ha comprendido.

–Una pareja de malditos actores –dijo Matthias suavemente.

–En realidad, es así. –Selena lanzó una carcajada–. ¿Cómo lo ha sabido? Alastair y yo nos dedicábamos al teatro allá, en el norte. Pero hace tres años decidimos escribir nuestra propia obra y representarla aquí, en Londres. Y lo hemos hecho brillantemente, modestia aparte.

Matthias separó los brazos y se cogió del borde del sarcófago con ambas manos, a los costados de los muslos. Este nuevo cambio de posición hizo que Alastair volviera a ponerse rígido.

Matthias lo contempló con divertido descaro.

–Cuando pusieron en escena su segunda obrita mortífera, otra vez intentaron poner a Imogen y Vanneck en los papeles principales, ¿no es así? Incluso me añadieron a mí a su compañía de actores. Debía ser el ejecutor de Vanneck.

–Así habíamos escrito la escena –confirmó Selena–. Pero Vanneck se negó a desempeñar su papel.

–Si alguno de ustedes me hubiese consultado –dijo Matthias–, les podría haber dicho que Vanneck no respondía al tipo de persona de los que acuden a un duelo.

Los ojos celestes de Selena destellaron de furia.

–Sabía que era pusilánime –dijo–, pero no había advertido su completa cobardía hasta que ya fue demasiado tarde. Fui a verle la noche anterior al duelo para escenificar ante él el papel de llorosa y destrozada ex amante.

–Deseaba asegurarse de que todo marchaba según lo planeado –dijo Matthias–. Imagino su decepción al ver que Vanneck, en lugar de prepararse para enfrentarse conmigo, se preparaba para huir de la ciudad.

–Fue peor de lo que supone –replicó Selena–. Cuando llegué, vi que acababa de sentarse a escribir una carta para Imogen. Se había enterado de que lo culpaba de la muerte de Lucy. Tenía la intención de contarle que sospechaba de Alastair. Pensaba que esa información convencería a Imogen e intentaría conseguir que Colchester no acudiera al duelo. Todavía me estremezco cada vez que pienso qué podría haber ocurrido si no hubiese ido esa tarde a visitarle.

–Usted le disparó, ¿verdad? –dijo Matthias con toda calma–. Allí mismo, en su estudio.

–No tenía opción –dijo Selena–. Estaba a punto de huir al campo.

Imogen estaba fuera de sí.

–Después de matarlo, llamó a Alastair, y los dos se las arreglaron para subir el cuerpo al carricoche. Lo dejaron en la escena del duelo, esperando que todos creyeran que Colchester lo había matado a sangre fría.

–O, al menos, que lo había matado un salteador de caminos –dijo Alastair, encogiéndose de hombros–. No había mucha diferencia, ya que Vanneck estaba muerto.

Matthias volvió a cambiar de posición. Una vez más, la

punta de su bota golpeó contra la máscara de arcilla, pero esta vez Alastair pareció no darse cuenta.

Imogen advirtió que Matthias había efectuado una cantidad de pequeños movimientos sin importancia aparente en los últimos minutos. Semejante inquietud no era propia de su habitual actitud de controlada inmovilidad.

Sus ojos se cruzaron con los de ella durante un fugaz instante. Imogen no tuvo ninguna dificultad para leer la advertencia que había en ellos. Era evidente que planeaba alguna acción desesperada.

En ese momento de silenciosa comunicación, Imogen cayó de repente en la cuenta del motivo de esa serie de movimientos aparentemente insignificantes. Matthias trataba que Alastair y Selena se acostumbraran al aparente movimiento involuntario de él.

–Hay algo que me resulta confuso –dijo lentamente Imogen–. ¿Por qué han esperado tanto para matar a lord Vanneck? Mataron a Lucy hace tres años.

Los ojos de Selena se ensombrecieron.

–El bastardo descubrió el bendito diario de Lucy hace poco tiempo. Nadie sabía de su existencia hasta que una criada lo encontró en una caja con las pertenencias de Lucy. Apareció cuando Vanneck se mudó a su nueva residencia.

–Durante tres años, Selena y yo supusimos que estábamos a salvo. –Alastair sonrió–. Entonces, hace unos dos meses, Vanneck vino a verme para decirme que había encontrado el diario de Lucy, y que sabía lo que ella había descubierto. Me dijo que, si yo le hacía entrega con regularidad de una cierta cantidad de dinero, mantendría la boca cerrada. Me vi obligado a ceder, mientras Selena y yo planeábamos la forma de librarnos de él.

–Y entonces hizo usted su aparición entre la sociedad londinense, con esa loca historia del mapa y una antigua reliquia zamariana –dijo Selena, sonriendo abiertamente–. Mejor aún, con Colchester rondando a su alrededor.

Alastair dirigió su mirada hacia Matthias.

–Debo confesar que Selena y yo quedamos asombrados cuando vimos que usted mostraba un interés serio en Imogen y su mapa. Cuando llegó a ir tan lejos como para seducirla y anunciar el compromiso, supimos que creía que el mapa era verdadero. No había otra explicación para tan ridícula alianza.

–¿Cree que no? –preguntó amablemente Matthias.

Selena no le prestó atención.

–Como parecía evidente su intención de quedarse con Imogen y con el mapa, enseguida vimos la manera de utilizar la rivalidad existente entre Vanneck y usted para que funcionara como causa de la muerte de Vanneck.

–Quedaba el problema del diario –dijo Matthias–. Debían librarse de él. Registraron la casa de Vanneck en su busca.

–Y le encontramos a usted –dijo Alastair, alzando las cejas–. Pero ¿cómo se enteró de lo del diario?

–¡Ah! –exclamó Imogen–. Excelente pregunta. –Retrocedió un paso para situarse cerca de la pila de tablillas de arcilla que acababa de ordenar pocos minutos antes–. ¿Y cuántas personas más saben de su existencia?

–Bah. Ya encontraremos la forma de recuperarlo después de que ustedes hayan desaparecido.

–Quizá –convino Matthias.

–No será difícil convencer a su apenada hermana de que se desprenda del maldito diario –murmuró Selena.

–No esté tan segura –dijo Matthias, con una sonrisa–. He hecho los arreglos necesarios para que el diario vaya a parar a las manos apropiadas en caso de que algo nos sucediera a mi esposa o a mí.

–No le creo –lo desafió Selena.

Matthias alzó las cejas, pero no respondió nada.

Alastair frunció el entrecejo.

–¿Selena? –dijo, asustado.

–Está mintiendo, Alastair. Es sólo un farol. No le prestes atención. Conseguiremos ese diario.

–Tal vez tengáis interés en saber cómo descubrimos la

existencia del diario de Lucy –dijo despreocupadamente Imogen–. No fue por accidente, ¿sabéis?

Alastair y Selena se volvieron hacia ella con febril interés. Era evidente que no habían considerado esa posibilidad.

–¿De qué demonios está hablando? –preguntó Alastair.

Selena la miró fijamente.

–Vanneck se lo debe de haber contado –aventuró.

–En realidad, no –respondió Imogen–. No se trató precisamente de Vanneck.

–¿Y entonces, quién? –gritó Alastair.

Selena lo fulminó con la mirada.

–Cálmate, Alastair –ordenó.

–Maldición, Selena, ¿es que no lo ves? Alguien más sabe lo del diario.

–No, ella miente.

Durante un momento, Alastair y Selena parecieron distraerse con esta nueva preocupación. Matthias aprovechó para volver a moverse. En esta ocasión, su actitud no tuvo nada de inquieta o casual.

Se agachó, recogió la pesada máscara de arcilla apoyada al costado del sarcófago y la arrojó con mortífera puntería contra Alastair.

–¿Qué está por...? –Selena fue la primera en reaccionar, girando para apuntar a Matthias con su pistola–. ¡No! ¡Alastair! ¡Mira!

Alastair comenzó a volverse, pero su reacción fue tardía. Lanzó un grito inarticulado y levantó el brazo. Pudo desviar ligeramente la pesada máscara con esa reacción instintiva, pero aun así ésta tuvo fuerza suficiente como para hacerlo trastabillar hacia atrás. La pistola voló de su mano y Matthias se abalanzó sobre él.

–¡Bastardo! –exclamó Selena, con su hermoso rostro desencajado por la furia, mientras se disponía a disparar.

Imogen movió la mano, volteando la pila de tablillas zamarianas que cayeron sobre Selena, haciéndole perder el equilibrio antes de que consiguiera disparar.

–¡Maldita zorra! –exclamó sibilante, volviéndose hacia Imogen–. ¡Ha sido la causante de todo este problema!

Imogen se dispuso a escapar. Golpeó con la rodilla el borde del sarcófago, tropezó y cayó en el preciso instante en que Selena conseguía disparar.

Imogen sintió que algo helado le rozaba el brazo mientras caía dentro del ataúd de piedra. Pudo oír que a sus espaldas se producía una violenta lucha. Selena aulló, con furia violenta.

Imogen se sentó. Por alguna razón, su hombro izquierdo parecía no responderle como de costumbre, así que se concentró en utilizar el derecho para impulsarse y salir del ataúd.

Vio, con horror, que Alastair y Matthias estaban frente a frente, moviéndose con sigilo. Se produjo un destello de luz, reflejada en el cuchillo que empuñaba Alastair. Selena estaba en cuclillas, procurando recoger la pistola que Alastair había dejado caer.

–Esta vez voy a matarte, Colchester –gruñó Alastair.

Hizo una finta con el cuchillo.

Matthias lanzó una patada, describiendo un extraño movimiento que alcanzó a Alastair con el costado del muslo. Alastair gritó de dolor y se agarró el costado.

Imogen vio que Selena ya casi había logrado alcanzar la pistola.

–¡Oh, no, no lo lograrás!

Se obligó a hacer fuerza para terminar de salir del ataúd y se arrojó sobre Selena, derribándola con un golpe sordo.

La fuerza del impacto las arrojó a ambas contra la colosal estatua de Zamaris. El golpe hizo que la pesada figura se tambaleara. El brazo mal reparado cedió a la altura del hombro. Se escuchó un alarmante ruido de piedra que se quebraba.

–¡Imogen, atrás! –gritó Matthias.

Imogen rodó hacia el costado con un revuelo de su falda. Una fracción de segundo más tarde, el enorme brazo de Zamaris se estrelló contra el suelo.

Selena no pudo apartarse a tiempo. El brazo de piedra la golpeó en el hombro, aplastándola. Lanzó un grito, breve y quebrado, y luego quedó inmóvil.

Lentamente, Imogen se sentó. Sentía un extraño zumbido dentro de su cabeza y una dolorosa sensación en el hombro herido. Pensó que se había raspado al caer dentro del sarcófago.

El silencio se adueñó de la habitación. Imogen se volvió para mirar hacia donde se hallaba Matthias y vio que éste estaba poniéndose de pie, al lado de la forma inmóvil de Alastair.

–¡Matthias! –llamó Imogen, luchando para ponerse de pie–. ¿Estás bien?

–Sí. ¿Y tú?

–Bastante... –Imogen contuvo el aliento a causa de una punzada de dolor que la atravesó– bien.

–Amor mío, jamás dejas de sorprenderme. –Matthias se dispuso a ir hacia ella. Su mirada fue hasta Selena–. ¿Está muerta?

–Creo que no. –Imogen echó una mirada a la figura inmóvil que yacía en el suelo–. Inconsciente, me parece. ¿Y Alastair?

–Igual. Parece que ambos vivirán para responder ante la justicia por los crímenes cometidos. –Matthias frunció el entrecejo–. ¿Estás segura de que estás bien, Imogen?

–Sí, por supuesto. –Tuvo que hacer un gran esfuerzo para ponerse de pie. Se vio obligada a agarrarse de la pierna de Zamaris para enderezarse–. Te he dicho muchas veces que no soy propensa a la debilidad nerviosa.

–Envidio sus fuertes nervios, señora. –Matthias sonrió con pesar–. Personalmente, me siento agotado.

Imogen tragó con dificultad.

–No espere que le crea, señor. Usted me ha engañado bien con el tema de sus pobres nervios.

–Por el contrario, tomar conciencia de que por poco te matan basta para mandarme a la cama por toda una quincena. –Los ojos de Matthias se ensombrecieron de golpe–: ¡Imogen, tu hombro!

–Tranquilícese, señor. Es sólo un rasguño que me he hecho contra el borde del sarcófago.

–¡Y un cuerno! –Los ojos de Matthias eran perlas de plata helada mientras iba rápidamente hacia ella–. Selena te ha herido.

Imogen bajó la vista hasta su hombro herido y vio la sangre.

–¡Oh, Dios, es cierto!

Entonces apareció el dolor. Abrasador, quemante, enloquecedor.

Por primera vez en su vida, Imogen se desmayó. Matthias llegó a sostenerla antes de que cayera al suelo.

Cuando Imogen volvió en sí, se encontró en los brazos de Matthias. Le oía impartir órdenes a dos operarios en las escalinatas del Instituto Zamariano. Algo acerca de llamar al policía y vigilar a dos personas que estaban dentro del museo.

El mundo volvió a dar vueltas a su alrededor cuando Matthias la alzó para introducirla en un coche de alquiler. Hundió el rostro en el hombro de Matthias y apretó los dientes. Él la abrazó con más fuerza.

Después de un tiempo que pareció un siglo de dolor, advirtió que el coche se había detenido. Matthias la llevó en brazos hasta la entrada de la casa y alguien abrió la puerta.

Desde el saloncito se oyeron voces airadas. Imogen oyó que estaba teniendo lugar una violenta disputa.

–¡Aparte sus manos de ella! –exclamó Hugo–. ¡O le rompo la cara!

–Es mi sobrina –gruñó el otro hombre–. Haré con ella lo que quiera.

–Patricia no va a ir a ninguna parte con usted –amenazó Hugo–. Hágase a un lado. Estoy dispuesto a defenderla hasta la muerte.

–¡Ufton! –bramó Matthias–. En nombre de Dios, ¿dónde estás?

–Aquí, señor –dijo Ufton–. Lo siento, señor. No le he oído llegar. Aquí tenemos un pequeño problema.

–Eso puede esperar. Imogen ha sido alcanzada por un disparo.

Imogen abrió los ojos y vio el rostro de Ufton, inclinado sobre ella, observándola con profunda preocupación.

–Hola, Ufton.

La debilidad de su propia voz la dejó pasmada.

–Llevémosla inmediatamente a la biblioteca.

Volvieron a alzarse las voces en el salón.

–Ése debe de ser el horrible tío de Patricia, el señor Poole –susurró Imogen–. Está aquí, ¿no es verdad, Ufton?

–Dice que ha venido a llevarse de vuelta con él a lady Patricia –explicó Ufton mientras abría la puerta de la biblioteca–. El señor Bagshaw se opone.

Imogen logró sonreír.

–¡Muy bien, Hugo! –dijo.

En ese momento llegó otro violento grito desde el salón. Un hombre alto y delgado, de pelo grasiento, salió disparado por la puerta del mismo y cayó, desmadejado, en medio del vestíbulo.

Pasaron unos minutos en los que el hombre permaneció aturdido sobre el mármol. Luego sacudió la cabeza y dirigió una mirada malévola a Matthias. Sus dientes amarillos refulgieron entre los pelos de su bigote. Imogen vio durante un instante la imagen de una rata.

–Supongo que usted debe de ser Colchester. –El hombre se sentó, frotándose la mandíbula–. Soy Poole, el tío de Patricia. He venido a llevarme la chica, milord. Ese joven bastardo de ahí dentro asegura que usted ha dicho que ella puede quedarse aquí.

Hugo apareció en la puerta del salón. Detrás de él se asomaba Patricia, con expresión de terrible ansiedad.

–Es la verdad –dijo Hugo, mientras masajeaba los nudillos de su mano derecha y contemplaba a su víctima. Luego su mirada se cruzó con la de Matthias–. Usted prometió a Patricia que no la enviaría de vuelta con esa gentuza, ¿no es así, Colchester?

–Efectivamente, así es. –Matthias entró en la biblioteca con Imogen en sus brazos–. Deshágase de él, Bagshaw.

–Será un placer.

Imogen pudo ver confusamente que Hugo obligaba a Poole a ponerse de pie.

–¡No me toque! –gruñó Poole, esquivándolo.

Voló sobre el piso de mármol, rumbo a la puerta. Hugo fue tras él.

Patricia atravesó corriendo el vestíbulo, mientras Hugo daba un portazo detrás de Poole.

–Lady Lyndhurst le ha disparado –explicó Matthias, depositando cuidadosamente a Imogen sobre el sofá de los delfines.

–¡Cielo santo! –murmuró Patricia–. ¿Se pondrá... se recuperará?

–Sí –respondió Matthias.

Esa única palabra parecía tener la fuerza de un juramento, sellado con su propia sangre.

Imogen se recostó contra el brazo del sofá y procuró sonreír tranquilizadoramente.

–Estaré bien. No tenéis por qué estar tan preocupados.

–Veamos qué tenemos aquí.

Con cierto esfuerzo, Ufton consiguió quitar a Matthias de en medio para poder examinar la herida.

–¿Y bien? –preguntó Imogen.

El mundo había cesado de girar a su alrededor. Se sentía mejor con cada minuto que pasaba.

Ufton movió la cabeza, aparentemente muy satisfecho.

–Es sólo una herida superficial, señora. Se pondrá buena en muy poco tiempo. –Tomó la botella de brandy–. ¿Querría beber un buen trago, señora?

–Buena idea, Ufton –respondió Imogen, parpadeando.

Bebió un buen trago de brandy. El líquido bajó, quemante, hasta su estómago, inundándola de una placentera calidez. Cuando terminó de parpadear, dedicó a Matthias una beatífica sonrisa, que éste no devolvió. En todo caso, su expresión se volvió aún más sombría.

–¿Podría usted sostenerla, por favor, señor? –preguntó Ufton con suavidad, haciéndose a un lado.

Matthias se sentó sobre el brazo del sofá y rodeó a Imogen con sus brazos. La abrazó contra su pierna, con gentileza.

–Perdóname, Imogen –dijo.

–¿Perdonarte, por qué? –preguntó ella, frunciendo el entrecejo–. No has hecho absolutamente nada ofensivo. En realidad, esta tarde tu actitud ha sido realmente heroica. Ha sido muy emocionante. Siempre supe que, en el fondo, eras un hombre de acción.

Ufton echó brandy en la herida abierta. Imogen lanzó un alarido y, por segunda vez en su vida, volvió a desmayarse.

CAPÍTULO XXI

Tres días más tarde, Imogen estaba otra vez recostada en el sofá zamariano, charlando con Horatia, cuando Patricia entró alegremente en la biblioteca.

–¿Cómo te encuentras, Imogen? –preguntó.

–Muy bien, gracias –contestó Imogen–. He sentido algunas punzadas en el hombro, pero en general me va estupendamente, gracias a Ufton y a su tratamiento con brandy.

–No me lo recuerdes. –Patricia sonrió y dejó su sombrero adornado con flores sobre una mesita–. Te aseguro que jamás olvidaré la expresión de Matthias mientras te sostenía para que Ufton echara brandy en la herida.

Imogen pareció iluminarse.

–¿Y cuál era esa expresión, si no te importa decírmelo?

–Parecía como si quisiera asesinar a alguien. –Patricia se sentó y tomó la tetera–. En ese momento comprendí por qué lo llaman Colchester, *El Despiadado*.

–Debía de estar preocupado por mí. –Esperaba que Patricia describiera la expresión de Matthias como de profunda angustia por el dolor que ella sentiría. Pero «asesina» no estaba mal. Hablaba de una gran profundidad de sentimientos.

Horatia contempló a Patricia, que estaba resplandeciente.

–Pareces estar de excelente humor esta tarde, querida –dijo–. ¿Has disfrutado de tu paseo?

–¡Oh, sí! –Su rubor se acentuó–. Mucho. Hugo es un verdadero maestro con las riendas. Fuimos el centro de atención en el parque. Por cierto, Imogen, te envía sus saludos y lamenta no poder verte esta noche, en la fiesta de los Shelton.

Imogen arrugó la nariz.

–Matthias me ha prohibido salir de casa durante dos semanas. En ese aspecto, es inflexible. No he tenido éxito pretendiendo que cambie de idea.

–Dice que el otro día le diste un susto terrible. –Patricia terminó de servirse el té–. Me dijo que supone que su delicada sensibilidad tardará semanas en recobrarse.

–Vamos. –Imogen sorbió su té–. Últimamente me ha parecido que Colchester invoca sus nervios inestables y su delicada sensibilidad sólo cuando le conviene.

Patricia rió.

–Creo que estás en lo cierto. Pero es una lástima que te pierdas los bailes y las fiestas de esta semana. Sólo se hablará de vosotros; se olvidarán de cualquier otra cosa que pueda haber pasado en Londres. Hoy, en el parque, Hugo y yo nos hemos tenido que parar continuamente. Todos querían conocer los terribles hechos del museo zamariano.

Horatia lanzó una risita.

–Sospecho que ésa debe de ser la razón por la que Colchester no quiere que Imogen acepte invitaciones durante dos semanas. No le interesa satisfacer la curiosidad de la nobleza.

–Horatia tiene toda la razón –dijo Matthias desde la puerta de la biblioteca–. Tengo mejores cosas que hacer que mantener conversaciones corteses sobre una cuestión que ha afectado tan profundamente a mis nervios.

–Oh, Colchester, has venido. –Imogen le sonrió–. Estábamos esperándote. ¿Tenía Felix la información que buscabas?

–La tenía.

Matthias atravesó la habitación y se inclinó para depositar un rápido y posesivo beso sobre la boca de Imogen.

–¿Qué información? –preguntó Patricia.

–Acerca de lo que sucedió en el norte, por supuesto –respondió Imogen–. Como sabes, el señor Drake y su hermana se negaron a confesar. Supusieron, con razón, que Lucy no lo había revelado en su diario.

–Pero con la información que Imogen y yo teníamos, más la que recogió Felix Glaston, finalmente logré encajar todas las piezas del rompecabezas. –Matthias se sentó al lado de Imogen y se dirigió a Horatia–: Usted encontrará esto verdaderamente interesante.

–Veamos, ¿de qué se trata? –preguntó Horatia.

–¿Recuerda esa horripilante historia sobre los infames Gemelos Diabólicos del castillo de Dunstoke?

–Por supuesto. –Horatia abrió los ojos, sorprendida–. ¡No me diga que el señor Drake y lady Lyndhurst son los malvados gemelos!

–Eso es exactamente –dijo Matthias.

Patricia frunció el entrecejo, confundida.

–Pero no son mellizos.

–No todos los mellizos son idénticos –recordó Imogen, mientras servía una taza de té a Matthias.

–Exactamente –dijo Matthias, mirándola con preocupación–. Imogen, déjame a mí servir el té. No debes hacer esos esfuerzos todavía. –Tomó la tetera de manos de Imogen–. Selena y Drake se escaparon del incendio que habían provocado para matar al anciano lord Dunstoke, tal como insinuaban los rumores. Más aún, huyeron con la colección de joyas y piedras preciosas de Dunstoke. Durante los últimos tres años, han estado viviendo de sus beneficios.

Imogen se las ingenió para llenar los huecos de la historia con su propia imaginación.

–Adoptaron nuevas identidades y se mudaron a Londres –dijo–. Tenían el dinero necesario para guardar las apariencias y su experiencia como actores para desempeñar los papeles que se habían asignado. A nadie se le ocurrió cuestionarlos.

Matthias estuvo de acuerdo con ella, mientras se servía el té.

–Pero cuando llegaron a Londres, se enteraron de que toda la sociedad hablaba de los Gemelos Diabólicos. La aparición en escena de dos hermanos desconocidos habría suscitado sospechas y entonces decidieron mantener en secreto su parentesco.

–Y cuando los rumores se acallaron, no tuvieron más remedio que seguir manteniéndolo en secreto –murmuró Horatia–. No podían decir que eran hermanos después de haber dejado que la gente pensara otra cosa tanto tiempo.

–Exactamente –confirmó Matthias–. Pero entonces, Drake comenzó su romance con Lucy. En algún momento se le escapó algo que despertó las sospechas de ella. Probablemente habló del teatro o de su talento artístico. Sea lo que sea, fue suficiente para que Lucy decidiera contratar a un investigador que debió de haberse enterado de algo interesante.

–Y tres años después, lord Vanneck descubrió el diario de Lucy –agregó Imogen, pensativamente–. No se enteró de la exacta naturaleza del secreto, pero se dio cuenta de que allí había algo oculto. Era suficiente; necesitaba dinero, de manera que decidió chantajear a Alastair.

–Convenció a Drake de que sabía lo que Lucy había descubierto y así firmó su propia sentencia de muerte –concluyó Matthias–. El mundillo de la alta sociedad lo era todo para Drake y su hermana. Eran totalmente capaces de matar para mantener las posiciones que habían conseguido.

–Los colgarán, ¿verdad? –preguntó Patricia asustada.

–Es más probable que los deporten a Australia –dijo él–. Es el destino habitual para esa calaña, ahora que ya no podemos seguir enviando convictos a América.

Imogen lanzó una risita.

–Se me ocurre que Selena y Alastair se van a arreglar muy bien en las colonias.

Estaba en una habitación tapizada por pesadas colgaduras negras. Por alguna razón, sabía que era cerca de medianoche. Las ventanas estaban abiertas. El aire frío de la noche hacía vacilar las llamas de las velas. No había señales de Matthias. Se volvía lentamente, llamándolo. No obtenía respuesta.

De pronto la invadía una sensación de pánico. Debía encontrar a Matthias. Salía apresuradamente de la habitación y atravesaba corriendo la fúnebre mansión del tío Selwyn. La desesperación y el terror la consumían. Si no lo encontraba, estarían perdidos para siempre en este terrorífico mausoleo...

Buscaba en cada uno de los lúgubres cuartos de la mansión, hasta que sólo faltaba revisar la biblioteca. Contemplaba la puerta cerrada, temerosa de abrirla. Si Matthias no estaba allí dentro, ya no lo encontraría. Ambos se quedarían solos durante toda la eternidad.

Lentamente, alargaba la mano para girar el tirador...

–Buenos días, mi amor –dijo Matthias.

Los restos del sueño se disolvieron con la rapidez de un suspiro. Imogen abrió los ojos y vio a Matthias que la miraba desde los pies de la cama. Bajo su brazo había un pequeño cofre ricamente tallado y en su mano un ejemplar del *Boletín zamariano*.

–Lamento haberte despertado –dijo–. Pero pensé que te gustaría saber que ha llegado la última edición del *Boletín*. Jamás lograrás imaginar lo que ha osado escribir en este número ese arrogante, presuntuoso y autoritario I. A. Stone.

Imogen se sentó en la cama y se reclinó sobre las almohadas, bostezando. Observó a Matthias con el rabillo del ojo. Él era algo sólido y real. Estaba en mangas de camisa y llevaba sus pantalones de montar. El sol brillaba sobre el mechón de plata de su pelo. Sus ojos mostraban el pálido color gris de la aurora.

De pronto, Imogen advirtió que por la ventana entraba la luz a raudales.

–¡Cielo santo! ¿Qué hora es?

–Cerca de las diez –respondió Matthias, divertido.

–Es imposible. Jamás duermo hasta tan tarde. –Miró el reloj que tenía sobre su tocador y confirmó que faltaban cinco minutos para las diez de la mañana–. Es por tu culpa. Me obligaste a estar despierta hasta altas horas de la noche.

Matthias le dedicó una sonrisa diabólica.

–Me inspiró tu insistencia en practicar la mitad de las posiciones reproducidas en mi papiro zamariano de instrucciones matrimoniales, querida.

Con el recuerdo de la pasión compartida, Imogen se sonrojó.

–La mitad, no. Sólo algunas que parecían particularmente interesantes.

–Todas aquellas en las que la mujer estaba encima del hombre, por lo que recuerdo. –La sonrisa de Matthias se amplió aún más–. Pero no te preocupes, amor mío. Sabes bien que mi sangre hierve cada vez que tú tomas la batuta.

Rodeó el lecho y le ofreció el ejemplar del *Boletín zamariano*.

–¿Me has despertado para mostrarme mi propio artículo? –preguntó ella, comenzando a sentirse interesada.

Abrió el *Boletín*.

–Bueno, no. No te he despertado por eso.

–¡Oh, mira, Matthias, los editores han publicado mi artículo antes que el tuyo!

–Sí, lo sé –dijo él–, pero te he despertado por otra cosa, Imogen...

–Es la primera vez que publican uno de mis artículos antes que el tuyo –dijo, con entusiasmo–. Quizás hayan llegado a la conclusión de que mis observaciones están tan bien fundamentadas y son tan interesantes como las tuyas.

–Tengo intención de hablar con ellos al respecto. Parecen haberse olvidado de que fui yo el que fundó ese maldito periódico. –Matthias se sentó en el borde de la cama–. Pero antes hay algo que quiero darte, querida.

–Un momento. Permíteme ver si hay alguna carta referida a mi último artículo sobre la relación entre Zamaris y Anizamara en la mitología zamariana.

–Tengo algo para ti, Imogen.

–Mira, aquí hay una carta de ese idiota de Bledlow. Sabía que iba a tratar de refutar mis argumentos. –Hizo una pausa–. ¿Qué has dicho?

–Tengo un regalo para ti –respondió Matthias.

–¡Qué encantador! –Tuvo la sensación de que él intentaba decirle algo muy importante–. ¿Está en ese cofre?

–Sí –dijo, y puso la caja tallada en sus manos.

Lentamente, Imogen levantó la tapa y miró en su interior. Apoyado sobre terciopelo negro, había un objeto del tamaño de su mano. Era de oro y en uno de sus costados aparecía una inscripción realizada en la escritura formal del antiguo Zamar. El otro costado estaba incrustado de piedras preciosas y cristales de singular belleza. Lanzaban destellos de brillo tan deslumbrante, que Imogen apenas pudo creer que fueran auténticos.

–¡El Sello de la Reina! –exclamó con voz sofocada.

–Estás contemplando el objeto que hizo que Rutledge intentara asesinarme.

Ella lo miró a los ojos.

–Siempre lo has tenido en tu poder, ¿verdad? ¿Lo has mantenido oculto y has dejado que creciera la leyenda?

Matthias se encogió ligeramente de hombros.

–Así es. Supongo que para mí simbolizaba algún fantasma.

–¿Por qué me lo das?

–Porque me has rescatado de los fantasmas. Eres mi Anizamara.

–¡Oh, Matthias, cuánto te quiero!

Imogen dejó a un lado el inapreciable sello y se acercó a él.

–Me alegra saberlo –Matthias logró agarrar el sello antes de que cayera y se estrellara contra el suelo. Lo apoyó cuidadosamente sobre la mesilla de noche–. Porque yo también te quiero. Te amaré hasta el fin de mis días y lo seguiré haciendo durante toda la eternidad.

–¿Es una promesa, milord?

–Sí. La más importante que he hecho jamás.

Imogen le echó los brazos al cuello y lo abrazó hasta que él cayó sobre ella, con feliz entusiasmo. Todo el mundo sabía que Colchester siempre cumplía sus promesas.

Título de la edición original: *Mischief*
Traducción del inglés: Delia Lavedan
Diseño: Emil Tröger
Ilustración: Ramón González

Círculo de Lectores, S.A. (Sociedad Unipersonal)
Travessera de Gràcia, 47-49, 08021 Barcelona
www.circulolectores.com
3 5 7 9 8 9 1 0 8 6 4 2

Licencia editorial para Círculo de Lectores
por cortesía de Ediciones B Argentina, S.A.
Está prohibida la venta de este libro a personas que no
pertenezcan a Círculo de Lectores.

© Jayne A. Krentz, 1996
© Ediciones B Argentina, S.A., 1997

Depósito legal: B. 35555-1998
Fotocomposición: Fotoletra, S.A., Barcelona
Impresión y encuadernación: Printer industria gráfica, s.a.
N. II, Cuatro caminos s/n, 08620 Sant Vicenç dels Horts
Barcelona, 1998. Impreso en España
ISBN 84-226-7302-9
N.° 33449